신선전

神仙傳

고즈윈은 좋은책을 읽는 독자를 섬깁니다.
당신을 닮은 좋은책 — 고즈윈

신선전 神仙傳

진晉 갈홍葛洪(撰)
임동석 역주

1판 1쇄 발행 | 2006. 2. 1.

발행처 | 고즈윈
발행인 | 고세규
신고번호 | 제313-2004-00095호
신고일자 | 2004. 4. 21.
(121-819) 서울특별시 마포구 동교동 200-19번지 501호
전화 02)325-5676 팩시밀리 02)333-5980

값은 표지에 있습니다.
ISBN 89-91319-56-4

고즈윈은 항상 책을 읽는 독자의 기쁨을 생각합니다.
고즈윈은 좋은책이 독자에게 행복을 전한다고 믿습니다.

중국 고전으로 전하는 84인의 신선 이야기

신선전

神仙傳

진晉 갈홍葛洪(撰) | 임동석 역주

고즈윈
God'sWin

지구상에는 참으로 많은 사람이 살다가 갔다. 그 많은 사람들은 각기 무슨 생각을 하면서 한 세상을 살다가 갔을까?

　이태백李太白은 "무릇 천지라고 하는 공간은 만물이 잠깐 머물렀다 가는 여인숙이요, 광음이라는 시간은 영원을 두고 지나가는 손님일 뿐, 떠 있는 이 삶이란 그야말로 꿈과 같은 것이니 누릴 즐거움이 그 얼마나 될꼬?夫天地者, 萬物之逆旅. 光陰者, 百代之過客, 浮生若夢, 爲歡幾何"라 하였다.

　삶이 유한하여 한번 죽고 나면 다시는 영원히 이 세상을 더 볼 수 없다는 사실은 이 세상에서 부귀영화를 누려보지 못한 자라도 안타깝기 그지없는 일이다. 옛사람이라고 다르겠는가? 안지추顔之推는 "쉰 살만 살아도 요절은 아니라더라"라고 하였지만, 팔구십을 살아도 일장춘몽一場春夢이기는 마찬가지다.

　역사 기록이 있기 이전에도 사람들은 지금 우리와 마찬가지로 별 생각을 다하며 살았고, 전혀 뜻밖의 행동으로 유한한 삶을 무한으로 바꾸어 보려고 노력하였다. 그들은 지금의 우리처럼 지레 생명의 유한을 숙명으로 받아들인다거나 장생불사는 불가능한 것이라고 단정하지 않았으며 적극적으로 상상을 현실로 실천해 보려고 애써 왔다.

그렇다면 사람은 얼마나 살 수 있을까?

팽조彭祖는 "사람이 기氣를 받았으니 비록 방술方術을 모른다 할지라도 이를 수양하기를 그에 맞게 하기만 하면 수명을 120세까지는 누릴 수 있다. 그 수명을 누리지 못하는 자는 모두가 기를 손상했기 때문이다. 그리고 다시 조금이라도 도를 알게 되면 240세까지는 살 수 있다. 그리고 거기에 더하여 노력하면 480세까지 살 수 있으며 그 이치를 다하는 자는 죽지 않을 수 있다"라 하였다. "그러나 이들이 선인이 되는 것은 아니다"라 하여 장생불사가 아니라 신선이 되어 영생하는 것을 목표로 삼았다.(본책 '팽조')

그런가 하면 혜강嵇康은 『양생론養生論』에서 "상수上壽가 120세라 함은 고금이 같으나, 도양득리導養得理하면 많게는 일천 세, 적어도 수백 년은 살 수 있다"라 하였다.

과연 그럴까? 그러나 여기 84명의 신선들은 누구나 거의 수백 세를 살아 일반 사람이 몇 대에 걸쳐 그를 보았다고 하였으며, 심지어 그들이 사라질 때 어떤 이는 백주에 성선승천成仙昇天하였고, 또는 죽고 나서 몸체가 사라지는 시해尸解하는 것을 많은 사람들이 직접 보았다고 기록하고 있다. 게다가 살아 있을 때도 온갖 마술과 도술, 방술, 환술을 다 부려, 현실적으로는 있을 수 없으며 상상력의 극치를 기록한 것이 아닌가 하는 편이 오히려 마음이 편할

지경이다. 어찌 이처럼 황당무계한 일이 있을 수 있는가? 그러나 진위를 떠나 인간이 설정한 또 다른 세계에 대하여 우리는 인정하는 편이 빠르다. 적어도 이러한 옛사람들의 신선 세계에 대한 사고는 종교로 승화하여 도교, 선교라는 한 분야로 엄연히 존속해 오고 있다. 지금도 중국에는 가는 곳마다 도교 사원과 도교 성지가 있으며, 십대동천十大洞天, 소동천小洞天 36곳이 있어 참배와 득도를 위해 온몸을 바치고 있는 이들을 얼마든지 볼 수 있다.

필자는 그동안 중국고전 중에 유가 경전과 역사 기록, 잡저 등 여러 방면의 꽤 많은 책들에 손을 대어 역주해 보았다. 그러다가 이제 망륙望六의 중반을 넘어 이 책을 역주하면서 참으로 마음 편한 안위를 맛보았다. 이는 장생불사에 안타깝게 매달리는 것과는 반대로 자연 섭리에 순응하는 것이 소박한 신선이 아니겠는가 하는 나름대로의 깨달음 때문이다.

그리고 상상이란 참으로 아름다운 것이며 그 다양성은 '마음의 신선이 곧 실제의 신선이 될 수 있으리라'는 것이 현실론으로 귀결되어 행복하다는 뜻이다. 시간과 공간에 매여 있는 우리에게 '영원'이라는 수치數值는 도리어 사치요, 집고執苦인지도 모를 일이다.

그러나 결국 신선이란 시공을 뛰어넘겠다는 것이다. 시간과 공간이라는 절대구속을 해체하여 영원한 삶과 영원한 건재를 꿈꾸는 것은 불가능한 것이지만, 이들은 그것을 가능하다고 믿은 것이다. 그럼에도 가끔은 천선天仙보다는 지선地仙으로 남아 있기를 원했고, 더러는 '인간 세상만큼 아름답고 즐거운 천국이 있겠는가' 하고 여겨 이 세상의 삶을 중시하고 즐기는 신선도 있었다.

즉 백석생白石生의 경우 "천상天上이라고 해서 이 인간 세상보다 더 즐겁겠습니까? 단지 천상이 하는 일이란 능히 늙거나 죽지 않게 할 뿐이지요. 천상에는 모시고 받들어야 할 지존至尊의 높은 신선이 너무 많습니다. 이 인간 세상보다 더 노고롭지요"라 하였다.

그렇다. 마음이 신선이면 몸도 신선이요, 이 세상을 선계라고 여기면 이보다 더 즐겁고 화려한 신선 세계는 없다. 그리고 마음으로 5백 살, 천 살을 살면 그것이 장생하는 것이요, 병이 있어도 그것이 내 몸의 일부라고 느끼면 그것이 무병無病이며, 죽음도 새로운 순환의 한 고리라고 여긴다면 그것이 불사不死이며 비행기 타고 창밖을 내다보는 것이 우화승천羽化昇天이 아니겠는가?

따라서 '장생불로'니 '불사영생'이니 '백일승천'이니 하는 것은 모두가 내 정신세계에 분명히 있는 것이며 허탄하고 무지한 미신만은 아닐 수도 있다는 생각이 든다. 숙명적으로 육체의 유한을 벗을 수 없는 한, 영혼의 무궁함을 믿는 것은 죄가 되지 않을 뿐더러 나만의 아름다운 자유일 수도 있으리라 여긴다.

끝으로 이 책을 상재해 준 고즈윈 고세규 대표에게 감사를 표한다. 우리는 가끔 신선의 이야기를 화제로 삼을 수 있어 아주 가깝게 느낄 수 있기 때문이다.

2006년 1월

茁浦 林東錫이 醉碧軒에서 쓰다.

1. 이 책은 「사고전서四庫全書」『신선전神仙傳』(晉 葛洪 撰. 子部 14, 道家類)과, 같은 「사고전서」『운급칠첨雲及七籤』(宋 張君房 撰. 子部 14, 道家類)에 실려 있는 『신선전』, 그리고 『태평광기太平廣記』에 전재되어 있는 내용을 모두 모아 대조하여 완역한 것이다.

2. 『운급칠첨』의 『신선전』은 21편만 실려 있으며, '장도릉張道陵'과 '회남왕淮南王(劉安)'은 그 내용이 일부 상이하다. 그리고 '왕원王遠'과 '채경蔡經'을 분장하여 실제로는 20편만 전재한 셈이다.

3. 『태평광기』에는 『신선전』을 출전으로 표시한 것을 모두 모았으나 일부는 원본에는 없는 것도 있으며 역시 원본에는 있으나 『태평광기』에는 전재되어 있지 않은 것이 있다.

4. 그 외에 사서史書와 『수신기捜神記』, 『열선전列仙傳』, 『박물지博物志』, 기타 유서類書에 실려 있는 관련 기록도 가능하면 찾아 참고란에 실어 대조에 편리하도록 하였다.

5. 한편 명대明代 홍응명洪應明, 洪自誠의 『선불기종仙佛奇蹤』에 실려 있는 일부 신선의 기록도 실어 대조하도록 하였다.

6. 직역을 위주로 하였으며 일부 뜻을 풀이하여 문장이 순통하도록 부연한 것도 있다.

7. 일련번호와 괄호 안에 권장번호를 함께 부여하여 찾아보기 편리하도록 하였다.

8. 관련 그림은 『운급칠첨』과 『선불기종』에 실려 있는 것을 적의 활용하였다.

9. 현대 백화본白話本으로는 『신선전금역神仙傳今譯』(道敎經典, 『列仙傳』과 합본. 邱鶴亭 注譯, 中國社會科學出版社, 1996, 北京)이 있으며 훌륭한 참고자료가 되었음을 밝힌다.

10. 해제에는 저자와 책에 대하여 간단히 설명하여 연구에 도움이 되도록 하였다.

차례

해 제

나 갈홍葛洪의 저술 『포박자抱朴子』 내편內篇은 신선神仙의 일을 논한 것으로 모두 20권이다. 이에 제자 등승滕升이 나에게 질문하였다.

　"선생님께서는 신선술을 터득하면 죽지 않을 수 있으며, 옛날 신선술을 터득한 자를 따라 배울 수 있다고 하셨습니다. 과연 그러한 사람이 있습니까?"

　이에 갈홍이 답하였다.

　"옛날 진秦나라 대부 완창阮倉이 기록한 것으로 수백 명이 있고, 유향劉向이 찬술한 것으로도 71명이 있다. 대체로 신선神仙의 유은幽隱은 세상과 다른 흐름으로, 세상에 알려진 자는 그의 천분의 일에도 미치지 못한다. 그러므로 영자甯子는 불에 들어가서 연기 속을 다닐 수 있었고, 마황馬皇은 용의 병을 고쳐 주어 용의 영접을 받았으며, 방회方回는 운모雲母를 씹어 먹었으며, 적장자赤將子는 꽃을 먹고 바람을 따라 마음대로 움직일 수 있었다. 그리고 연자涓子는 삽주를 먹고 『천서天書』라는 도경을 저술하였으며, 소보嘯父는 뜨거운 불을 끝없이 일으킬 수 있었다. 무광務光은 깊은 못에서 마음대로 놀며 해채薤菜를 포脯로 만들어 먹었고, 구생仇生은 송지松脂를 먹고 노화를 물리쳤으며, 공소邛疏는 돌을 먹어 그 몸을 단련하였다. 금고琴固는 탕碭이라는 곳에서 잉어를 타고 다녔으며, 계보桂父는 거북의 뇌腦를 먹고 그 얼굴색을 젊게 바꾸었고, 여환女丸은 일흔 살에 용모가 젊어졌으며, 능양陵陽은 오지五脂를 먹고 높이 오를 수 있었으며, 상구商丘는 창포菖蒲를 먹고 죽지 않았다. 그리고 우사雨師는 오색석五色石을 연단하여 하늘에 닿았고, 자광子光은 현도玄塗에 오르면서 규룡의 고삐를 잡았고, 주진周晉, 왕자교은 구씨산緱氏山에서 흰 학을 타고 다녔으며, 헌원軒轅, 黃帝은 정호鼎湖에서 용을 타고 올라갔으며, 갈유葛由는 수산綏山에서 목양木羊을 길들였다. 그리고 육통陸通은 황로목黃盧木의 열매를 먹고 장수했으며, 소사蕭史는 봉황을 타고 가볍게 승천하였고, 동방삭東方朔은 경도京都에서 관직을 버리고 표연히 옷깃을 흩날리며 살았다. 독자犢子는 영성靈性이 변하여 신선 세계로 가 버렸고, 주주主柱는 단사丹砂에서 마음놓고 날아다녔으며, 완구阮丘, 黃阮丘는 수령睢嶺에서 장수했으며, 영씨英氏는 물고기를 타고 멀리 올라갔으며, 수양공脩羊公은 서악西嶽에서 돌 속으로 들어가 버렸다. 그리고 마단馬丹은 번개처럼 바람을 타고 사라졌으며, 녹옹鹿翁, 鹿皮公은 험한 절벽으로 들어가 흐르는 냇물을 마셨고, 원객園客은 오화五華에서 매미 허물 벗듯 우화羽化해 버렸다.

　내가 다시 고대 선인들의 일을 모아 편집한 이 책은 『선경복식방仙經服食方』과 백가百家의 책들에 이미 보이며 그 외에 선사先師들이 한 말들, 기유耆儒들이 논한 것으로 모두 10권으로 하여 진리를 알고 식견이 높은 선비들에게 전해 주기 위함이다. 그중에 속세에 묶여 있는 무리들이나 미세한 것을 생각하지 못하는 자라면 역시 억지로 이를 보라고 하지 않겠다. 유향이 찬술한 것은 아주 심히 간요簡要하

며 좋은 이야기들은 거론하지 않고 있다. 나의 이 전傳은 비록 심묘기
이深妙奇異하기는 하나 모두 다 싣지는 못하였으며 오히려 그 대체大
體만을 다루어 내 스스로 유향보다는 조금 낫다고 여기기는 하나 그
래도 빠뜨리고 버린 것도 많다."

갈홍葛洪 찬撰.

洪著內篇, 論神仙之事, 凡二十卷, 弟子滕升問曰: 「先生曰神仙可得
不死, 可學古之得仙者, 豈有其人乎?」答曰: 「昔秦大夫阮倉, 所記有數
百人, 劉向所撰, 又七十一人, 蓋神仙幽隱, 與世異流, 世之所聞者, 猶千
不及一者也. 故甯子入火而凌煙, 馬皇見迎以獲龍, 方回咀嚼以雲母, 赤
將茹葩以隨風, 涓子餌朮以著經, 嘯父烈火以無窮, 務光游淵以脯薤, 仇
生却老以食松, 邛疏服石以鍊形, 琴高乘鯉於碭中, 桂父改色以 龜腦, 女
丸七十以增容, 陵陽吞五脂以登高, 商丘咀菖蒲以不終, 雨師煉五色以厲
天, 子光嚮虯電於玄塗, 周晉跨素禽於緱氏, 軒轅控飛龍於鼎湖, 葛由策
木羊於綏山, 陸通迤遲紀於黃盧, 蕭史乘鳳而輕舉, 東方飄衣於京都, 犢
子靈化以淪神, 主柱飛行於丹砂, 阮丘長存於睢嶺, 英氏乘魚以登遐, 脩
羊陷石於西嶽, 馬丹回風以電徂, 鹿翁陟險而流泉, 園客蟬蛻於五華.

余今復抄集古之仙者, 見於『仙經服食方』及百家之書, 先師所說, 耆儒
所論, 以爲十卷, 以傳知眞識遠之士. 其繫俗之徒, 思不經微者, 亦不强
以示之矣. 則知劉向所述, 殊甚簡要, 美事不舉. 此傳雖深妙奇異, 不可
盡載, 猶存大體, 竊謂有愈於向, 多所遺棄也.」

葛洪撰.

【內篇】 본 『신선전』의 저자인 갈홍이 쓴 『抱朴子內篇』을 가리킴. '神家方藥', '鬼怪變化', '養生延年', '禳邪却病' 등에 대하여 기술한 것으로 「金丹」, 「黃白」 편 등에는 광물질을 이용한 煉丹法, 金銀을 製鍊하는 법 등이 들어 있으며, 「仙藥」편과 기타 다른 편에는 식물로 병을 치료하는 법이 실려 있어 중국의 고대 化學과 醫術 등에 매우 기이한 자료임.

【滕升】 인명. 갈홍의 제자.

【阮倉】 인명. 秦나라 때 神仙에 관한 책을 남긴 것으로 되어 있으나 지금은 그의 저술이 남아 있지 않음.

【劉向】 西漢 때의 經學家·文學家·目錄學者로 널리 알려져 있으며, 대체로 본명은 更生(B.C.77~B.C.6년), 자는 子政. 成帝 초에 이름을 向으로 바꾸었음. 『七略』 외에 『別錄』, 『洪範五行傳論』, 『新序』, 『說苑』, 『楚辭章句』, 『諫營昌陵疏』, 『戰國策廻錄』, 『戰國策』, 『列仙傳』, 『列女傳』 등을 남겼음. 文集은 『隋書』 經籍志에 『劉向集』 6권의 목록이 보이나 지금은 없어졌고, 明代 張溥가 輯佚한 『劉子政集』이 『漢魏六朝百三家集』에 수록되어 있음. 『漢書』 楚元王傳에 劉交·劉向·劉歆이 함께 실려 있음.

【幽隱】 신선들의 행적과 일생은 숨겨져 세상에 널리 알려지지 않음을 뜻함.

【甯子~園客】 劉向의 『列仙傳』에 赤松子, 甯封子, 馬師皇, 赤將子輿, 黃帝, 偓佺, 容成公, 方回, 老子, 關令尹, 涓子, 呂尚, 嘯父, 師門, 務光, 仇生, 彭祖, 邛疏, 介子推, 馬丹, 平常生, 陸通, 葛由, 江妃二女, 范蠡, 琴高, 寇先, 王子喬, 幼伯子, 安期先生, 桂父, 瑕邱仲, 酒客, 任光, 蕭史, 祝雞翁, 朱仲, 脩羊公, 稷邱君, 崔文子, 赤須子, 東方朔, 鉤翼夫人, 犢子, 騎龍鳴, 主柱, 園客, 鹿皮公, 昌容, 雞父, 山圖, 谷春, 陰生, 毛女, 子英, 服閭, 文賓, 商邱子胥, 子主, 陶安公, 赤斧, 呼子先, 負局先生, 朱璜, 黃阮邱, 女丸, 陵陽子明, 邗子, 木羽, 玄俗 등 모두 70명과 贊 1편이 실려 있음. 여기서 갈홍이 말한 선인 중에 '子光'은 없음.

【碭郡】 지금의 河南省 永城縣 동북.

【玄塗】 신선이 되어 승선하는 길.

【遐紀】 도가에서 말하는 아득한 시간.

【黃盧】 나무 이름. 橐盧木, 黃櫨木. 황색 염료로도 쓰며 陸通이 이 나무의 열매를 먹고 수도하였다 함(『列仙傳』).

【蟬蛻】 매미가 蛻化하듯 몸은 빠져 신선이 되어 사라지고, 옷이나 띠만 남음.

도교에서는 이를 '尸解登仙'이라 함.

【五華】 지명. 지금의 廣東省 동부.

【先師】 여기서는 갈홍의 선생님 鄭隱을 가리킴.

神仙傳

제**1**권

001(1-1) 광성자 廣成子

광성자는 옛날의 선인이다. 그는 공동산崆峒山 석실石室에 살고 있었다. 황제黃帝가 듣고 그를 찾아가서 물었다.

"감히 지극한 도의 요체를 묻습니다."

광성자는 이렇게 말하였다.

"그대가 천하를 다스리자 구름이 모일 시간도 없이 즉시 흩날리고 초목은 말라 누렇게 되기 전에 쇠락해 버리고 있소. 그런데 어찌 능히 지극한 도라는 것을 화제로 삼겠소?"

황제는 할 수 없이 물러나 한가하게 날을 보낸 후 다시 석 달 후 그를 찾아가 뵈었다. 그때 광성자는 마침 머리를 북쪽으로 두고 누워 있었다. 황제는 무릎으로 기어 다가가 두 번 절하고, 이번에는 몸을 다스리는 도에 대하여 질문을 청하였다.

그러자 광성자는 급히 일어나 이렇게 말하였다.

"훌륭하도다. 그대의 질문이여! 지극한 도의 정밀함이란 아득하고 아득하며, 지극한 도의 끝은 어둡고 말이 없다오. 보이지도 않으며 들리지도 않는다오. 정신을 껴안고 조용히 해보면 그 몸이 장차 바르게 될 것이오. 반드시 고요하게 하여야 하고 반드시 깨끗하게 하여야 하오. 그대의 몸을 노고롭게 해서도 안 되며, 그대의 정신에 흔들림이 있어도 안 되오. 그렇게 하여야 길이 생명을 누릴 수 있다오. 안으로 조심하고 밖으로 외물의 침입이 없도록 닫으시오. 많이 안다는 것이 곧 실패라오. 나는 그 하나―를 지켜 그 화和에 처하고 있소. 그 때문에 천이백 살을 살았지만 지금도 몸이 아직 쇠하지 아니한 거라오. 나의 이러한 도를 터득하는 자는 위로는 황제가 될 수 있으나 나의 도를 잃는 자는 흙덩이처럼 천한 자가 될 것이오. 자, 나는 이제 그대로부터 떠나겠소. 그 어떤 방향을 정해야 할 고통도 없는 곳으로. 무궁無窮의 문으로 들어가 무극無極의 들에서 놀며 일월日月과 같이 그 빛을 함께 비추며 천지天地와 더불어 항상 함께할 것이오. 사람들은 모두 죽게 되지만 나만은 홀로 남게 될 것이오!"

廣成子者, 古之仙人也, 居崆峒山石室之中. 黃帝聞而造焉, 曰:「敢問至道之要.」廣成子曰:「爾治天下, 雲不待簇而飛, 草木不待黃而落, 奚足以語至道哉!」黃帝退而閒居, 三月, 復往見之. 廣成子方北首而臥, 黃帝膝行而前, 再拜, 請問治身之道. 廣成子蹶然而起, 曰:「至哉, 子之問也! 至道之精, 窈窈冥冥; 至道之極, 昏昏黙黙. 無視無聽, 抱神以靜, 形將自正. 必靜必淸, 無勞爾形, 無搖爾精, 乃可長生. 愼內閉外, 多知爲敗. 我守其一, 以處其和. 故千二百歲, 而形未嘗衰. 得吾道者, 上爲皇; 失吾道者, 下爲土. 吾將去汝, 適無何之向, 入無窮之門, 遊無極之野, 與日月齊光, 與天地爲常. 人其盡死, 我獨存焉!」

【崆峒山】산 이름. 甘肅省 平涼縣 서쪽에 있으며 六盤山 줄기에 속함. 고대 소설에서 神仙과 劍俠의 무대로 흔히 거론됨.
【黃帝】중국 민족의 시조. 姬姓이며 흔히 軒轅氏로 불림. 少典의 아들. 신선이 되어 승천한 것으로 알려짐.
【雲不待簇而飛】『雲及七籤』과 『莊子』에는 '雲氣不待簇而雨'라 함. 司馬彪의 주에 '未聚而雨, 言澤少'라 함. 簇은 모여듦을 뜻함.
【閑居】閑暇하게 恬靜하게 지냄.

광성자: 『仙佛奇蹤』(印本. 明, 洪應
明 廣文書局, 臺灣 臺北, 1983)

참고 및 관련자료

1. 『莊子』在宥篇

　　黃帝立爲天子十九年, 令行天下, 聞廣成子在於空同之山, 故往見之, 曰:「我
聞吾子達於至道, 敢問至道之精. 吾欲取天地之精, 以佐五穀, 以養民人, 吾又欲
官陰陽, 以遂群生, 爲之奈何?」廣成子曰:「而所欲問者, 物之質也; 而所欲官者,
物之殘也. 自而治天下, 雲氣不待族而雨, 草木不待黃而落, 日月之光益以荒矣.
而佞人之心翦翦者, 又奚足以語至道哉!」黃帝退, 損天下, 築特室, 席白茅, 閒居
三月, 復往邀之.

　　廣成子南首而臥, 黃帝順下風膝行而進, 再拜稽首而問曰:「聞吾子達於至道,
敢問, 治身奈何而可以長久?」廣成子蹶然而起, 曰:「善哉問乎! 來! 吾語汝至

道. 至道之精, 窈窈冥冥; 至道之極, 昏昏黙黙. 无視无聽, 拘神以靜, 形將自正.
必靜必淸, 无勞汝形, 无搖汝精, 乃可以長生. 目无所見, 耳无所聞, 心无所知, 汝
神將守形, 形乃長生. 愼汝內, 閉汝外, 多知爲敗. 我爲汝遂於大明之上矣, 至彼
至陽之原也; 爲汝入於窈冥之門矣, 至彼至陰之原也. 天地有官, 陰陽有藏, 愼守
汝身, 物將自壯. 我守其一以處其和, 故我修身千二百歲矣, 吾形未常衰.」

　黃帝再拜稽首曰:「廣成子之謂天矣!」廣成子曰:「來! 余語汝. 彼其物无窮,
而人皆以爲有終; 彼其物无測, 而人皆以爲有極. 得吾道者, 上爲皇而下爲王; 失
吾道者, 上見光而下爲土. 今夫百昌皆生於土而反於土, 故余將去汝, 入无窮之
門, 以遊無極之野. 吾與日月參光, 吾與天地爲常. 當我, 緡乎! 遠我, 昏乎! 人其
盡死, 而我獨存乎!」

2. 『太平廣記』(권1) 廣成子

　廣成子者, 古之仙人也. 居崆峒之山, 石室之中. 皇帝聞而造焉, 曰:「敢問至
道之要.」廣成子曰:「爾治天下, 禽不待候而飛. 草木不待黃而落, 何足以語至
道?」皇帝退而閒居三月. 後往見之, 膝行而前, 再拜請問治身之道. 廣成子答曰:
「至道之精, 杳杳冥冥, 無視無聽, 抱神以靜, 形將自正. 必淨必淸, 無勞爾形, 無
搖爾精, 乃可長生. 愼內閉外, 多知爲敗, 我守其一, 以處其和. 故千二百歲, 而
形未嘗衰. 得我道者上爲皇, 失吾道者下爲土. 將去汝入無窮之門, 游無極之野,
與日月叅光, 與天地爲常, 人其盡死, 而我獨存矣.」

3. 『仙佛奇蹤』(권1) 廣成子

　廣成子, 軒轅時人, 隱居崆峒山石室中. 黃帝造焉, 問以至道之要. 答曰:「至
道之精, 窈窈冥冥; 至道之極, 昏昏黙黙. 無視無聽, 抱神以靜形, 將自正, 必靜
必淸. 毋勞爾形, 毋搖爾精, 毋俾爾思, 慮營營, 乃可長生. 愼內閉外, 多智多敗,
我守其一而處其和. 故千二百年未嘗衰老.」

002(1-2) 약사 若士

약사는 고대의 선인이다. 그 성명은 알 길이 없고, 연燕나라 사람 노오盧敖가 진秦나라 때 북해北海를 유람하면서 태양太陽을 경유하여 현관玄關으로 들어가 몽곡산蒙谷山에 이르러 이 약사라는 신선을 만나게 되었다는 것이다. 그 사람은 깊은 눈에 검은 콧잔등이었으며 어깨는 솟아올라 새매와 같았고, 기다란 목을 가지고 있었다. 그리고 몸의 상체는 풍성하고 아래는 아주 작았다.

즐거워하는 모습으로 바람을 맞이하여 출렁출렁 춤을 추고 있었다. 그러고는 돌아보아 노오를 발견하자 바로 비석 아래 숨어 버렸다. 노오가 고개를 들어 쳐다보았더니 약사는 거북 껍질 안에 웅크리고 앉아 새우와 조개를 먹고 있는 것이었다. 노오가 이에 그에게 말을 걸었다.

"오직 저 노오만이 친척도 친구도 다 등지고 육합六合의 밖까지 모두 유람해 보았을 것입니다. 어려서부터 유람하기를 좋아하였고 나이 들어서도 이 버릇을 고치지 못하여 세상 사방의 끝을 다 다녀보았는데 이 극지極地는 아직 다 훑어보지 못하였습니다. 그런데 지금 갑자기 여기서 선생님을 만나 뵙게 되었으니 저와 친구가 되어 주실 수 없겠습니까?"

그러자 약사는 엄숙한 모습을 짓더니 웃음을 터뜨렸다.

"하하, 그대는 중주中州의 백성이겠군요. 이 먼 곳까지 와서는 안 되는데. 이곳에도 해와 달의 빛은 있고 별들도 보이지만, 불명지지不名之地에 비하면 그래도 깊은 구석이라오. 내 일찍이 남으로 동이洞渴

의 들도 유람하였고, 북쪽으로는 침묵沈墨의 고을에서도 휴식을 취해 보았으며, 서쪽으로는 요명窈冥의 집도 끝까지 살펴보았으며, 동쪽으로는 홍동鴻洞의 빛이 비치는 곳도 뚫어 보았다오. 이러한 세계가 있다오. 아래로는 땅이 없고, 위로는 하늘이 없으며, 보아도 보이지 아니하고 들어도 들리지 아니하며, 그 밖은 넘쳐나는 물이 있는 것과 같은 곳이 있으며, 한번 움직이면 바로 천만여 리나 먼 길이 되어 버리는 곳 말이오. 그런데 나도 오히려 아직 그러한 곳을 모두 다 훑어보지 못하였는데, 지금 그대가 처음으로 이곳에 와서 세상을 다 보았다고 말하고 있으니 이 어찌 비루한 자랑이 아니겠소? 그러나 그대는 우선 머물러 있으시오. 나는 저 구해九垓의 위에서 한만汗漫과 만나기로 약속이 되어 있소. 여기 이렇게 오래 지체하고 있을 수 없소."

그러더니 팔을 들어 몸을 솟구쳐 드디어 구름 속으로 사라지고 말았다.

노오는 머리를 들어 그가 보이지 않을 때까지 바라보았다. 그러고는 집안의 사람을 잃은 듯이 안타까워하면서 이렇게 말하였다.

"내 저 선생에 비하면 오히려 홍곡에 땅벌레를 비교하는 것과 같도다. 종일 돌아다녀도 지척의 거리도 벗어나지 못하면서 이렇게 먼 곳까지 왔다고 여겼으니 과연 잘못된 것이 아닌가? 슬프도다!"

若士者, 古之仙人也, 莫知其姓名. 燕人盧敖, 秦時游于北海, 經于太陰, 入于玄關, 至于蒙谷之山, 而見若士焉. 其爲人也, 深目而玄準, 鳶肩而脩頸, 豐上而殺下, 欣欣然方迎風軒輊而舞. 顧見盧敖, 因遁逃于碑下, 盧敖仰而視之, 方踡龜殼而食蟹蛤. 盧敖乃與之語曰:「惟以敖爲背羣離黨, 窮觀六合之外. 幼而好遊, 長而不渝, 周行四極, 唯此極之未窺, 今卒観夫子于此, 殆可與敖爲友乎?」若士儼然而笑曰:「嘻! 子中州之民, 不宜遠而至此, 此猶光乎日月, 而載乎列星, 比夫不名之地猶突奧也. 我昔南游乎洞溺之野, 北息乎沈墨之鄉, 西窮乎窈冥之室, 東貫乎鴻洞之光; 其下無地, 其上無天, 視焉無見, 聽焉無聞, 其外猶有汲汲之氾. 其行一去而千萬餘里, 吾猶未之能窮也. 今子猶始至於此, 乃云窮觀, 豈不陋哉! 然子處矣, 吾與汗漫期於九垓之上, 不可以久駐.」乃舉臂竦身, 遂入雲中. 盧敖仰而視之, 弗見乃止, 愴恨若有所喪也, 曰:「吾比夫子也, 猶鴻鵠之與壤蟲也; 終日而行, 不離咫尺, 而自以爲遠. 不亦謬也, 悲哉!」

【燕】춘추전국시대의 나라 이름. 지금의 河北省 북부와 遼寧省 서쪽 지역. 도읍지는 薊(지금의 北京). 戰國七雄의 하나로 B.C.222년 秦始皇에게 망함.

【盧敖】秦始皇이 불러 박사를 삼아 신선을 찾도록 보냈으나 되돌아오지 않음. 『淮南子』道應篇 참조.

【北海】전설상의 지명. 북쪽 끝에 있다고 믿었음.

【太陰】전설상의 지명. 혹 태산의 북쪽이 아닌가 함.

【玄闕】역시 전설상의 지명으로 북방의 어느 곳을 가리킴.

【蒙谷】북방의 산으로 해가 져서 들어가는 곳.『淮南子』天文訓에 "至於蒙谷, 是謂定昏"이라 하고, 高誘 주에 "蒙谷, 北方之山名也"라 함.

【深目】눈이 깊이 들어가 있는 모습.

【玄準】코가 우뚝함을 형용한 말.

【鳶肩】어깨가 솟아 있음.『後漢書』梁冀傳에 "冀爲鳶肩豺目"이라 하고 李賢 주에 "鳶, 鴟也. 鴟肩, 上竦也"라 함.

【修頸】목이 깊을 뜻함.

【豐上而殺下】몸의 모습이 상체는 풍만하고 하체는 가늚을 표현하는 말.

【黨】친족을 뜻함.『禮記』坊記의 "睦于父母之黨"鄭玄 주에 "黨, 猶親也"라 함.

【六合】천지와 사방.『莊子』齊物論에 "六合之外, 聖人存而不論"이라 하고

成玄英의 疏에 "六合, 天地四方"이라 함. 결국 천하를 뜻함.

【中州】중원을 뜻함. 지금의 하남성 일대, 혹은 황하 유역 전체를 일컫는 말.

【突奧】'宎奧(요오)'의 오기. 방안에서 가장 깊고 어두운 구석을 지칭하는 疊韻語.

【洞淵】'洞瀰'와 같음. 물이 가득 찬 모습.

【沈墨】「四庫本」에는 '沉默'으로, 『雲及七籤』에는 '沈嘿'으로 되어 있음. 『淮南子』道應訓에 따라 고쳤음. 沈寂暗黑의 상태를 말함.

【窈冥】아득하고 어두움.

【鴻洞】끝이 없는 모습. 疊韻連綿語.

【汗漫】신선 이름. 구체적으로는 알 수 없음.

【九垓】'九閡'로도 표기함. 九重天上을 뜻함.

【竦身】'聳身'과 같음. 몸이 솟구쳐 올라감.

【鴻鵠】새 이름. 志氣가 원대함을 뜻하는 말로 흔히 쓰임.

【壤蟲】땅 속의 벌레.

참고 및 관련자료

1. 『淮南子』道應訓 盧敖

盧敖游乎北海, 經乎太陰, 入乎玄闕, 至於蒙穀之上, 見一士焉. 深目而玄鬢, 淚注而鳶肩, 豊上而殺下, 軒軒然. 方迎風而舞, 顧見盧敖, 慢然下其臂, 遯逃乎碑. 盧敖就而視之, 方倦龜殼, 而食蛤蚌, 盧敖與之語曰:「唯敖爲背羣離黨, 窮觀於六合之外者, 非敖而已乎! 敖幼而好游, 至長不渝, 周行四極, 唯北陰之未闚, 今卒睹夫子於是, 子殆可與敖爲友乎!」若士者齤然而笑曰:「嘻! 子中州之民, 寧肯而遠至此, 猶光乎日月, 而載列星, 陰陽之所行, 四時之所生, 其比夫不名之地, 猶窔奧也. 若我南游乎岡㵎之野, 北息乎沉墨之鄉, 西窮冥冥之黨, 東開鴻濛之光, 此其下無地, 而上無天. 聽焉無聞, 視焉無矚, 此其外猶有汰沃之汜. 其餘一擧而千萬里, 吾猶未能之在, 今子游始於此, 乃語窮觀, 豈不亦遠哉? 然子處矣, 吾與汗漫, 期于九垓之外, 吾不可以久駐.」若士擧譬而竦身, 遂入雲中. 盧敖仰而視之弗見, 乃止駕. 止杯治, 悖若有喪也. 曰:「吾比夫子, 猶黃鵠與壤蟲也. 終日行不離咫尺, 而自以爲遠, 豈不悲哉!」 故莊子曰:「小人不及大人, 小知不及大知, 朝菌不知晦朔, 蟪蛄不知春秋.」 此言明之有所不見也.

003(1-3) 심문태 沈文泰

심문태는 구억산九嶷山 사람으로 홍천신단거토부紅泉神丹去土符의 환년익명還年益命의 도를 터득하여 이를 복용하여 효과가 있었다. 그가 곤륜산崑崙山에 들어가 그곳에 머물면서 이천여 년의 안식을 취한 후 이를 이문연李文淵에게 전수하면서 이렇게 말하였다.

"이 토부土符를 복용하되 내가 일러주는 방법에 따르지 않으면 도를 수행해도 이익이 없다."

이문연은 드디어 심문태가 전수한 비법과 요체를 익혀 뒤에 그도 역시 선인이 되어 승천하였다. 지금 대나무 뿌리의 즙으로 황토를 구워 단약丹藥을 만들되 삼시三尸를 제거하는 방법은 이 두 사람에게서 시작된 것이다.

沈文泰者, 九嶷人也, 得紅泉神丹去土符, 還年益命之道, 服之有效. 欲之崑崙, 留安息二千餘年, 以傳李文淵曰:「土符不去服藥, 行道無益也.」 文淵遂授其秘要, 後亦昇天. 今以竹根汁煮丹黃土, 去三尸, 法出此二人也.

【九嶷】四庫본에는 '九疑'로 되어 있음. 산 이름이며 蒼梧山이라고 불림. 지금의 湖南省 寧遠縣 남쪽에 있으며 舜임금이 이곳에 묻혔다 함.

【紅泉神丹去土符】도교의 符書 이름. 四庫본에는 『江泉神丹土符』로 되어 있음.

【益命】四庫본에는 이 두 글자가 없음.

【崑崙山】昆侖山과 같음. 도교의 성지. 지금의 山東省 文登市에 있으며 전설상 麻姑가 이곳에서 수도하여 신선이 되었다 함.

【丹黃土】『雲及七籤』에는 '丹及黃白'으로 되어 있음.

【丹黃】연단하여 약으로 調劑함.

【三尸】도교에서 일컫는, 사람의 몸속에 여러 가지 부작용을 일으키는 세 가지 작용. '三尸神', '三蟲'이라고도 함. 段成式의 『酉陽雜俎』 玉格에 "上尸靑姑, 伐人眼; 中尸白姑, 伐人五臟; 下尸血姑, 伐人胃命"이라 함.

004(1-4) 팽조 彭祖

팽조는 이름이 전갱錢鏗으로 황제 전욱顓頊의 현손玄孫이며 은殷나라 말기에 이미 그 나이가 760세였는데 늙지 않고 있었다.

젊어서 염정恬靜을 좋아하여 세상일에는 전혀 관심이 없어 명예를 추구하는 일도 없었고, 수레와 의복을 화려하게 꾸미는 일도 없었으며, 오직 양생치신養生治身하는 것을 일로 삼았다.

은왕殷王이 이를 듣고 그를 대부로 모셨으나 언제나 병을 핑계로 고요하게 지내며 정사에 관여하지 않았다. 그는 보양도인술補養導引術에 뛰어났으며 수계水桂, 운모雲母 가루, 미록麋鹿의 녹각 등을 복용하여 언제나 소년과 같은 모습이었다. 그러나 성격이 침중沈重하여

팽조: 『仙佛奇蹤』

종일 함께 있어도 자신이 도가 있다는 말을 내뱉어 본 적이 없었고
게다가 미혹한 일이나 변화, 귀신의 괴이한 일 등은 보여주지도 않고
조용히 무위無爲의 상태를 지켰다.

　때때로 밖으로 유행遊行을 나서기도 하였지만 그 누구도 그가 어
디로 가는지 알 수 없었다. 어떤 사람이 이를 몰래 미행해 보았지만
끝내 그를 놓쳐 따라가 볼 수가 없었다. 수레와 말이 있었지만 자주
타는 것도 아니었다. 혹 수백 일 혹은 수십 일을 식량이나 노자도
없이 나갔다가 집에 돌아왔는데도 그의 옷과 식사하는 모습은 다른
사람과 전혀 차이가 없었다. 항상 숨을 닫고 안으로 호흡을 하였으며,

이른 아침부터 정오에 이르도록 오똑 앉아 눈을 비비며 몸을 문질렀고 입술을 핥고 침을 만들어 되넘기며, 복기服氣를 수십 번 한 뒤에야 일어서 움직였다. 그때는 말소리와 웃음이 전혀 달라진 것도 없다.

그 몸에 혹 피곤하거나 편안하지 못함이 있으면 곧바로 도인술導引術을 써서 숨을 막고 그 아픈 위치를 공략하였다. 마음에 그 몸을 지니고 있어 얼굴과 머리의 아홉 구멍, 오장五藏과 사지四肢는 물론, 모발에 이르기까지 모두 그의 마음속에 담고 있었으며, 그 기가 몸속을 운행하게 하여 코와 입안에서 시작하여 열 개 손가락 끝까지 이르도록 하여 조금 후에는 평화로워지게 하였다.

왕이 스스로 찾아와 물었으나 그는 일러 주지 아니하였다. 임금이 그에게 진귀한 보물과 완상품을 보내 주어 수만 가지가 되었지만 팽조는 이를 모두 받아 다시 가난하고 불쌍한 사람들에게 나누어 주고 거의 남겨 두는 것이 없었다.

당시 또 채녀采女라는 자가 있어 역시 젊어서 도를 얻어 양형養形의 비방을 알고 있었다. 나이가 270살이었지만 그 모습은 열대여섯 정도로 보였다. 왕이 그를 받들어 섬기면서 액정掖庭에 그를 위하여 화려한 집과 보랏빛 누각을 지어 이를 금옥으로 단장해 주었다. 그러고는 채녀로 하여금 가벼운 수레를 타고 팽조를 찾아가서 도를 묻도록 하였다. 우선 채녀는 두 번 절을 하고 수명을 연장하여 길게 늘리는 비법을 물었다. 그러자 팽조가 이렇게 말하였다.

"몸을 들어 하늘로 올라가 선계에서 선관仙官을 보좌하고 싶어 한다면 반드시 금단金丹을 복용해야 한다. 이는 원군태일元君太一이 복용하여 대낮에 승천한 것이다. 그러나 이 도는 지극히 커서 군왕君王이 아니고서는 해낼 수가 없다. 그 다음이라면 의당 정기를 아끼고 정신을 길러 지극한 신약을 복용하여야 장생長生할 수 있다. 다만 이 정도로는 귀신을 부릴 수는 없고 그저 허공을 타고 비행할 수 있을 뿐이다.

남녀 교접交接의 도를 모르면 비록 이 약을 복용한다 해도 아무런 이익이 없다. 그대 채녀는 음양을 능히 잘 기르는 자인데 음양의 뜻은 미루어 보면 터득할 수 있으나 단지 그것을 생각하지 않을 뿐일 것이다. 그런데 어찌 족히 나에게 물을 일이겠는가?

나는 유복자로 태어나 세 살에 어머니를 잃었고 게다가 견융犬戎의 난을 만나 서역을 유랑하며 백 년이나 떠돌기도 하였다. 거기에 어려서 부친도 없는 상태에서 나는 49명의 처를 잃었고, 54명의 자식을 잃기도 하였다. 이렇게 자주 우환을 만나 나의 화기和氣는 손상을 입었고, 나의 피부와 살갗은 윤기를 잃었다. 영우榮衛는 말라 비틀어져 더 이상 세상을 건널 수 없을 것이라 걱정이었다. 그리고 들은 바도 평소 또한 천박하여 내가 아는 것을 널리 퍼뜨려 전하기에도 족하지 못하였다.

지금 대완산大宛山 속에 청정선생靑精先生이란 분이 계시는데 전하는 말로 그는 나이가 이미 천 살이나 되었지만 얼굴이 동자 같으며 하루 3백 리를 걸을 수 있다고 한다. 능히 일 년 동안 아무것도 먹지 않을 수도 있으며 하루에 아홉 번이나 먹을 수도 있다고 한다. 진실로 찾아가 물어볼 만한 자는 바로 이 사람이다."

채녀가 물었다.

"감히 여쭙건대 청정선생을 무슨 선인이라 부릅니까?"

팽조가 설명하였다.

"그는 도를 얻은 자일 뿐이지 선인은 아니다. 선인이란 혹 몸을 가볍게 하여 구름으로 들어가기도 하고 날개가 없이 날기도 하며, 혹 용이나 구름을 타고 저 신선 세계의 태청궁 궁궐 계단에 이르기도 한다. 그런가 하면 혹 제 몸을 새나 짐승으로 바꾸기도 하고 청운을 타고 유람하기도 하며, 혹 강물과 바다 속을 잠행하다가 명산을 찾아 날아가기도 한다. 그리고 혹 원기元氣를 먹기도 하고 또는 지초芝草를 먹기도 한다. 또 혹은 인간 세상을

팽조: 『神仙傳』

드나들기도 하는데 사람들이 이를 알아채지 못하며, 혹 그 몸을 초야草野에 숨겨 그 얼굴에 특이한 골상骨相을 보이기도 하며 몸에 기이한 털이 나기도 한다. 그들은 깊고 사람이 없는 곳을 매우 그리워하며 세속과 교류하지도 않는다.

그러나 이러한 일들은 비록 죽지 않는 목숨을 누린다고는 하나 모두가 사람의 인지상정을 버리고 영화와 쾌락을 떠난 것으로, 이는 참새가 조개로 변하고 꿩이 변하여 조개가 되는 것과 같아 그 본래의 진실함을 잃은 것이다. 더구나 기이한 물건을 지키고 있어 지금의 어리석은 사람들은 그렇게 하기를 원하지도 않는다.

사람의 도리란 응당 맛있는 음식을 먹고, 가볍고 화려한 옷을 입으며, 남녀 음양을 통하고, 높은 관직에 오르며, 귀와 눈이 총명하기를 바라며, 골절이 강하기를 원하여 안색이 화택和澤하고 늙어도 쇠하지 않으며 목숨이 늘어나 세상을 길이 보며 이 인간 세상에 장수하고

싶어 한다. 그리하여 추위와 더위, 바람과 습기도 자신을 상하게 하지 못하며, 귀신과 정령들도 그를 괴롭히지 않으며, 다섯 가지 무기와 온갖 벌레도 그에게 가까이 하지 못하며, 근심과 기쁨, 훼방과 명예에도 고통을 당하지 않는 것, 이렇게 하는 것을 귀한 것이라 한다.

사람이 기氣를 받았으니 비록 방술方術을 모른다 할지라도 이를 수양하기를 그에 맞게 하기만 하면 수명을 120세까지는 누릴 수 있다. 그 수명을 누리지 못하는 자는 모두가 기를 손상했기 때문이다.

다시 조금이라도 되돌려 도를 알게 되면 240세까지는 살 수 있다. 그리고 거기에 더하여 노력하면 480세까지 살 수 있으며 그 이치를 다하는 자는 죽지 않을 수 있다. 그러나 이들이 선인이 되는 것은 아니다.

목숨을 양생하는 도란 단지 원래 타고난 기를 손상하지 않는 것일 뿐이다.

무릇 겨울에 따뜻하고 여름에 시원하게 하여 사시四時의 조화를 위배하지 않는 것은 몸에 알맞게 하고자 함이며, 아름다운 모습에 유한幽閑한 즐거움이 있다 해도 욕구를 채우고자 하는 미혹함에 이르지 않는 것은 신神과 교통하기 위함이다.

그리고 수레와 의복에 위의威儀가 있게 하되 족함을 알아 더 이상 바라지 않는 것은 그 뜻을 한결같이 하기 위함이며, 팔음八音과 오색五色에 대하여 이를 눈과 귀로 즐기는 것은 마음을 이끌어 인도하기 위함이다. 이들은 모두가 수명을 양생하는 것인데 이를 능히 잘 헤아려 짐작斟酌하지 못하는 자는 도리어 급한 근심거리로 만들어 버린다.

옛날의 지인至人은 재능이 낮은 자가 일의 마땅함을 알지 못한 채 흘러 순환을 함에도 되돌아올 줄 모르며 그 까닭으로 그 근원을 끊게 되는 것이라 두려워하였다. 그 때문에 '높은 선비는 침대를 따로 쓰며, 중간 선비는 이불을 달리 쓴다'라 하였으며, 다시 '천 첩의 약을 복용한다 해도 홀로 누워 있느니만 못하다'라 하였고, '오색은 사람의 눈을 멀게 하지만, 오미五味는 사람의 입을 상쾌하게 한다'라 하였다. 진실로 능히 그 절도에 맞게 하여 그것을 막고 통하게 함을 잘 조절한다면 그 주어진 수명을 줄이는 일 없이 도리어 더 늘릴 수 있는 것이다.

무릇 이와 같은 일은 비유컨대 물이나 불과 같다. 적당한 용도를 벗어나면 도리어 해가 되는 것이다.

사람이 경맥經脈의 손상을 알지 못하여 혈기가 부족하면 안으로 공소空疏하게 되고 골수와 뇌가 충실하지 못하여 그 몸에 우선 병이 먼저 찾아온다.

그래서 외물에 의해 침범을 받아 풍한風寒과 주색酒色으로 인해 이것이 드러나게 된다. 만약 근본이 충실하다면 어찌 병에 걸리겠는가? 무릇 쓸데없는 사색과 억지의 기억은 사람을 상하게 하고, 슬픔과 화냄, 비애도 사람을 상하게 하며, 정과 즐거움이 지나치거나 차이가 나게 하는 것도 사람을 상하게 하며, 분노와 풀리지 않는 걱정도 사람을 상하게 하며, 바라는 바에 급급하게 구는 것도 사람을 상하게 하고, 근심에 지나치게 애달파하는 것도 사람을 상하게 하며, 추위와 더위에 절도를 잃는 것도 사람을 상하게 하며, 음양의 교접交接도 사람을 상하게 하나니 사람을 상하게 하는 바는 아주 많은데 오직 남녀의 방사房事만이 그렇다고 여기는 것은 역시 잘못된 것이 아니겠는가?

남녀가 서로 이루어 주는 것은 천지가 서로 생육하는 것과 같다. 그러므로 정신과 기운을 도양導養하는 것은 사람으로 하여금 그 조화를 잃지 않도록 하는 것이다. 천지가 교접의 도를 얻음으로써 끝이 없는 순환을 이루는 것이며, 사람이 교접의 도를 잃음으로써 그 정해진 수명이 꺾여 중도에 죽게 되는 것이다.

능히 사람을 상하게 하는 여러 가지 일을 피하여 음양의 술법을 터득하게 되면 이것이 곧 죽지 않는 도이다. 천지는 낮에는 서로 떨어지지만 밤에는 합한다. 이렇게 일 년에 360번 교접하며, 정기가 화합하는 것이 일 년에 4번이다. 그 때문에 만물을 생육하도록 하는 것이며 그 끝날 날을 알 수 없는 것이다. 사람이 이를 법으로 따라 하면 가히 길이 살아 있을 수 있다.

그 다음으로 복기服氣도 그 도를 얻으면 사악한 기운이 들어오지 못하나니 이것이 곧 몸을 다스리는 근본 요체이다.

그 나머지 토납도인술吐納導引術과 몸에 만신萬神이 존재하고 있다는 생각, 함영수형含影守形의 방법 등 무려 1천7백 가지나 있다. 그리고 다시 사시가 어디를 머리로 향하고 있는지에 따라 자신의 죄와 허물을 살피는 일이라든지, 와기조안臥起早晏의 방법 등은 모두가 진실한 도가 아니며 그저 처음 배우고자 하는 자에게 그 마음을 바르게 하도록 가르치는 단계일 뿐이다.

정精을 아껴 몸을 보양하고 복기服氣로서 몸을 단련하여 만신萬神을 스스로 지키도록 하라. 그렇게 하지 아니하면 영위榮衛가 말라 버리고 만신이 스스로 멀어져 버리나니 이는 생각만 한다고 머물러 주는 것이 아니다.

어리석은 사람이 도를 행하기는 그 근본에 힘쓰지 아니하고 도리어 그 말末을 쫓아간다. 그리하여 지극한 내용을 일러주어도 그 말을 믿지 아니한다. 요체를 적은 책을 보여주어도 가볍고 천한 것이라 말하면서 밤낮으로 엎드려 외우기만 하며 『태화북신중경太淸北神中經』

따위를 보고 있으니 이로써 피로만 더할 뿐 죽을 때까지 아무런 이익이 되지 않는다. 이 역시 슬픈 일이 아니겠는가!

또 사람이 일이 많음을 고통스럽다 여기며, 능히 세상을 버리고 산속의 굴에서 살 수 있는 자는 적으며, 이들에게 도를 따르도록 가르쳐 주어도 끝내 이를 실천하지 못하나니, 이들은 인인仁人으로서 가질 의지가 아니다.

다만 방중지도房中之道와 폐기지술閉氣之術을 알고 사려를 조절하며 음식을 적당하게 하면 도를 얻을 수 있다. 나의 선사先師께서 처음으로 『구도절해九都節解』, 『도형은둔韜形隱遁』, 『무위폐명無爲開明』, 『사극구실四極九室』 등의 경서를 지었는데 1만 3천 수首나 된다. 이는 처음으로 도의 문과 뜰로 들어서는 자에게 보여주기 위함이었다.”

채녀는 이렇게 들은 여러 가지 요체를 모두 갖추어 왕에게 가르쳐 주었다. 왕이 이를 실천해 보고 효험이 있었다. 그러자 왕은 이를 비밀로 하여 남에게 가르쳐 주지 않고자 전국에 팽조의 도를 전파하는 자를 죽여 없앴으며 게다가 팽조를 죽여 그 도를 끊어 버리려 하였다. 팽조는 이를 알고 떠나 버렸으며 어디로 갔는지 그 소재를 알 수 없게 되었다. 그로부터 70년이 지난 다음 어떤 사람이 유사流沙에서 그를 보았다는 소문이 있었다.

왕은 늘 이 팽조의 비법을 실행하여 3백 세를 살았으며 힘은 장정처럼 변하여 마치 50세의 나이와 같았다. 마침 후궁의 정녀鄭女가 음란하게 굴어 왕은 그에게 빠져 도를 잃어 그만 죽고 말았다.

민간에 전하기로는 팽조의 도가 사람을 죽이는 것이라 한 것은 이를 금지시키기 위하여 은왕이 꾸민 말이다. 팽조가 은나라를 떠날 때 나이가 770세였는데 이는 그 목숨을 다 살고 마친 것이 아니다.

彭祖者, 姓籛, 名鏗, 帝顓頊之玄孫, 至殷末世, 年七百六十歲而不衰老. 少好恬靜, 不恤世務, 不營名譽, 不飾車服, 唯以養生治身爲事. 殷王聞之, 拜爲大夫, 常稱疾閒居, 不與政事. 善於補養導引之術, 并服水桂・雲母粉・麋鹿角, 常有少容. 然其性沈重, 終日不自言有道, 亦不作詭惑變化鬼怪之事, 窈然無爲. 時乃遊行, 人莫知其所詣, 伺候之, 竟不見也. 有車馬以不常乘. 或數百日或數十日不持資糧, 還家則衣食與人無異. 常閉氣內息, 從平旦至日中, 乃危坐拭目, 摩搦身體, 舐唇咽唾, 服氣數十, 乃起行, 言笑如故. 其體中或有疲倦不安, 便導引閉氣, 以攻其患. 心存其身, 頭面九竅, 五藏四肢, 至于毛髮, 皆令其存, 覺其氣行體中, 起於鼻口中, 達十指末, 尋卽平和也. 王自詣問訊, 不告之. 致遺珍玩, 前後數萬, 彭祖皆受之以恤貧賤, 略無所留.

又有采女者, 亦少得道, 知養形之方, 年二百七十歲, 視之年如十五六. 王奉事之, 於掖庭爲立華屋紫閣, 飾以金玉, 乃令采女乘輕軿而往, 問道於彭祖. 采女再拜, 請問延年益壽之法. 彭祖曰:「欲舉形登天, 上補仙官者, 當用金丹, 此元君太一所服, 白日昇天也. 然此道至大, 非君王所爲. 其次當愛精養神, 服餌至藥, 可以長生, 但不能役使鬼神, 乘虛飛行耳. 不知交接之道, 雖服藥無益也. 采女能養陰陽者也, 陰陽之意可推而得, 但不思之耳, 何足枉問耶? 僕遺腹而生, 三歲失母, 遇犬戎之亂, 流離西域, 百有餘年. 加以少怙, 喪四十九妻, 失五十四子, 數遭憂患, 和氣折傷, 令肌膚不澤, 榮衛焦枯, 恐不得度世, 所聞素又淺薄, 不足宣傳. 今大宛山中, 有靑精先生者, 傳言千歲, 色如童子, 行步一日三百里, 能終歲不食, 亦能一日九餐, 眞可問也.」

采女曰:「敢問靑精先生所謂何仙人也?」彭祖曰:「得道者耳, 非仙人也. 仙人者, 或竦身入雲, 無翅而飛; 或駕龍乘雲, 上造太堦; 或化爲鳥獸, 浮遊靑雲; 或潛行江海, 翔翔名山; 或食元氣, 或茹芝草; 或出入人間, 則不可識; 或隱其身草野之間, 面生異骨, 體有奇毛, 戀好深僻, 不交流俗. 然有此等, 雖有不亡之壽, 皆去人情, 離榮樂, 有若雀之化蛤, 雉之爲蜃, 失其本眞, 更守異器, 今之愚心未之願也. 人道當食甘旨, 服輕麗, 通陰陽, 處官秩, 耳目聰明, 骨節堅強, 顏色和澤, 老而不衰, 延年久視, 長在世間. 寒溫風濕不能傷, 鬼神衆精莫敢犯, 五兵百蟲不能近, 憂喜毀譽不爲累, 乃可貴耳.

人之受氣, 雖不知方術, 但養之得宜, 當至百二十歲, 不及此者, 皆傷之也. 小復曉道, 可得二百四十歲; 能加之, 可至四百八十歲; 盡其理者, 可以不死, 但不成仙人耳. 養壽之道, 但莫傷之而已. 夫冬溫夏凉, 不失四時之和, 所以適身也; 美色淑姿, 幽閑娛樂, 不致思欲之惑, 所以通神也; 車服威儀, 知足無求, 所以一其志也; 八音五色, 以玩視聽, 所以導心也. 凡此皆以養壽, 而不能斟酌之者, 反以速患. 古之至人, 恐下才之子, 未識事宜, 流遁不還, 故絕其源也. 故有:『上士別床, 中士異被』;『服藥千裹, 不如獨臥』;『五色令人目盲, 五味令人口爽.』苟能節宣其宜適, 抑揚其通塞者, 不減年筭而得其益. 凡此之類, 譬猶水火, 用之過當, 反爲害耳.

人不知其經脈損傷, 血氣不足, 內理空疏, 髓腦不實, 體已先病, 故爲外物所犯, 因風寒酒色以發之耳. 若本充實, 豈當病耶? 凡遠思強記傷人, 憂恚悲哀傷人, 情樂過差傷人, 忿怒不解傷人, 汲汲所願傷人, 戚戚所患傷人, 寒暖失節傷人, 陰陽不交傷人, 所傷人者甚衆, 而獨責於房室, 不亦惑哉? 男女相成, 猶天地相生也, 所以導養神氣, 使人不失其和. 天地得交接之道, 故無終竟之限; 人失交接之道, 故有殘折之期. 能避衆傷之事, 得陰陽之術, 則不死之道也. 天地晝離而夜合, 一歲三百六十交, 而精氣和合者有四, 故能生育萬物, 不知窮極, 人能則之, 可以長存. 次有服氣得其道, 則邪氣不得入, 治身之本要也. 其餘吐納導引之術, 及念體中萬神, 有含影守形之事, 一千七百餘條. 及四時首向, 責己謝過, 臥起早晏之法, 皆非眞道, 可以教初學者, 以正其心耳.

愛精養體, 服氣鍊形, 萬神自守. 其不然者, 則榮衛枯瘁, 萬神自逝, 非思念所留者也. 愚人爲道, 不務其本, 而逐其末, 告以至言, 又不能信. 見約要之書, 謂之輕淺, 而晝夕伏誦, 觀夫『太淸北神中經』之屬, 以此疲勞, 至死無益也, 不亦悲哉! 又人苦多事, 又少能棄世獨住山居穴處者, 以順道教之, 終不能行, 是非仁人之意也. 但知房中之道, 閉氣之術, 節思慮, 適飮食, 則得道矣. 吾先師初著『九都節解』·『韜形隱遁』·『無爲開明』·『四極九室』諸經, 萬三千首, 爲以示始涉門庭者耳.」

采女具受諸要以敎王, 王試爲之, 有驗. 欲秘之, 乃令國中有傳彭祖道者, 誅之. 又欲害彭祖以絶之, 彭祖知之, 乃去, 不知所在. 其後七十年, 聞人於流沙之西見之. 王能常行彭祖之道, 得壽三百歲, 力轉丁壯, 如五十時. 鄭女妖淫, 王失其道而殂. 俗間相傳, 言彭祖之道殺人者, 由於王禁之故也. 彭祖去殷時, 年七百七十歲, 非壽終也.

【顓頊】 중국 고대 부족의 수령. 高陽氏. 弱水에서 태어났으며 帝丘(지금의 河南省 濮陽)에 도읍을 정하였다 함.

【導引】 고대의 양생술. 呼吸과 俯仰, 手足의 屈伸 등을 수련하여 혈기를 유통시키며 이로써 몸의 건강과 장수를 도모하는 것.

【水桂】 도가 服食家의 약 이름. 구체적으로는 알 수 없음.

【雲母】 광물의 일종으로 고대 丹家들은 이를 八石 중의 하나로 여겨 상품의 仙藥으로 보았음.

【變化】 사물의 생성과 轉變. 『周易』 乾卦에 "乾道變化, 各正性命"이라 하였고, 疏에 "變, 謂後來改前, 以漸移改, 謂之變也. 化, 謂一有一無, 忽然而改, 謂之爲化"라 함.

【無爲】 도가의 철학사상으로 아무 작위를 하지 아니하고 자연 그대로의 변화를 중시함.

【伺候】 그 징후나 징조, 변화 등을 지켜봄.

【閉氣內息】 內煉의 용어. '閉息'이라고도 함. 숨을 들이마신 후 쉬지 않고 참아내는 훈련.

【日中】 정오를 뜻함.

【舐脣咽喉】 역시 내련의 용어. 혀로 자신의 입술을 핥고 목구멍으로 津液을 삼킴. 도가의 『養生歌訣』에 "赤龍攪水津, 再咽再呑津"이라 함.

【服氣】 내련의 용어로 내외의 기를 잘 조절하여 양생을 도모하는 훈련. 모든 사물은 하나의 元氣가 있다고 믿어 공기(호흡)의 조절이 가장 중요한 양생술이라 보았음. 『正一修眞略義』에 "修行之要在於服氣"라 함.

【心存】 내련의 용어. 생각을 집중하는 훈련이라 함.

【九竅】 사람의 몸에 있는 아홉 개의 구멍. 흔히 귀, 눈, 입, 코의 7개와 전음(음경이나 음부), 항문을 들고 있음.

【五臟】 간장, 심장, 비장, 폐, 신장을 말함. 한의학에서 이 다섯 가지를 오행, 오상, 오기 등과 연관지어 풀이하며 진단하고 치료함.

【采女】 商王의 宮女. 『墉城集仙錄』에 그 이름과 내용이 실려 있음.

【掖庭】 궁궐의 방사. 궁녀와 비빈이 거주하는 집.

【軿】 고대 귀족의 부인들이 타고 다니는 수레로 장막으로 가렸음.

【金丹】 고대 방사들이 황금을 제련하여 액체 상태로 만든 것. 『抱朴子』 金丹

에 "夫丹爲之爲物, 燒之愈久, 變化愈妙; 黃金入火, 百煉不誚, 埋之畢天不朽. 服此二物, 煉人身體, 故能令人不老不死"라 함.

【元君】 도교에서 여자로서 成仙한 자를 높여 부르는 호칭. 『山堂肆考』 女仙에 "男高仙曰眞人, 女曰元君"이라 함.

【太一】 '泰一'로도 쓰며 도교에서의 天神.

【服餌】 '服食'과 같음. 일체 초목이나 광물질을 재료로 하여 약을 만들어 복용하는 것.

【交接之道】 남녀의 성생활에 대한 기교와 수련. '房中術'이라고도 함.

【陰陽】 內丹 煉養에서 천지 실체의 일체 兩儀의 구분을 뜻함. 北宋 張伯端의 『悟眞篇』에 "道自虛無生一氣, 又從一紀産陰陽, 陰陽再合成三體, 三體重生萬物昌"이라 함.

【犬戎】 고대 중국 서북쪽의 민족 이름.

【西域】 玉門關 서쪽의 중앙아시아. 지금의 新疆 위구르자치구 일대.

【少怙】 어려서 부친이 없음을 말함.

【榮衛】 '營衛'로도 쓰며 한의학에서 말하는 인체의 영양 작용. 『素問』 九熱論에 "五臟已傷, 六腑不通, 榮衛不行, 如是之後, 三日乃死"라 함.

【度世】 이 세상을 벗어남. 신선이 되어 승선함을 뜻함. 『楚辭』 遠游의 주에 "度世, 謂仙去也"라 함.

【大宛山】 산 이름. 구체적으로는 알 수 없음.

【青精先生】 선인의 이름.

【太階】 하늘의 신선 세계. 天廷.

【流俗】 속세의 흐름에 휩쓸림. 『孟子』 盡心(下)에 "同乎流俗, 合乎汚世"의 朱熹 주에 "流俗者, 風俗頹靡, 如水之下流, 衆莫不然也"라 함.

【五兵】 사람을 죽게 하는 다섯 가지 무기. 전쟁 등으로 인해 수명을 다하지 못하고 죽음을 뜻함. 『周禮』 夏官 司兵에 "掌五兵五盾"이라 하고, 鄭玄의 주에 "五兵者, 戈, 殳, 戟, 酋矛, 夷矛"라 함. 한편 『荀子』 儒效篇에는 "反而定三革, 偃五兵"의 주에 "五兵, 矛, 戟, 鉞, 盾, 弓矢"라 함.

【方術】 도술. 『莊子』 天下篇에 "天下之治方術者多矣"라 하였고, 成玄英의 소에 "方, 道也. 自軒頊已下, 迄堯舜, 治道藝術方法甚多"라 함.

【威儀】 각종 행사와 전례에 쓰이는 여러 가지 의식. 『中庸』에 "禮儀三百, 威儀三千"이라 함.

【八音】중국 고대의 악기에 대한 분류. 흔히 金, 石, 土, 革, 絲, 木, 匏, 竹 여덟 가지 재료에 따라 분류함.

【五色】靑(東, 春, 木), 赤(南, 夏, 火), 白(西, 秋, 金), 黑(北, 冬, 水), 黃(中, 季夏, 土)을 말하며 이를 五常, 五行, 五方 등과 연결하여 상징적으로 풀이함.

【五味】甘(甛), 酸, 苦, 辣, 鹹 등 다섯 가지 맛. 이 역시 五行 등과 연결시켜 풀이함.

【經脈】몸에서 혈기가 운행하는 맥. 經絡.

【導養】保養과 같음.

【吐納】도가의 양생법 중의 호흡법. 폐 속의 濁氣를 토해내고 서서히 새로운 淸氣를 들이마시는 것. '吐故納新'의 줄인 말.『莊子』刻意에 "吹呴呼吸, 吐故納新, 熊經鳥中, 爲壽而已矣"라 하였고,『太平御覽』에 인용된『太上三元經』에 "眞人道士常吐納以和六液"이라 함.

【含影守形】漢晉 때 유행하던 存神養生의 방법. 먼저 신의 형상을 그려 이를 몸의 五臟六腑에 머물도록 하여 사색하는 것이라 함.『太平經』(72)의「齋戒思神救死訣」에 "先齋戒居閑善靖處, 思之念之, 作其人畵像, 長短自在. 五人者, 共居五尺素上爲之, 使其好善. 男思男, 女思女, 其畵像如此矣. 此者書已衆多, 非一通也. 自上下議其文意而爲之, 以文書傳相微明也"라 함.

【臥起早晏】눕고 일어나며 일찍 자거나 늦게 일어나는 일 등 도가에서 수양법.

【煉形】몸을 단련하는 훈련.

【太淸北神中經】도교의 경전 이름. 구체적으로는 알 수 없음.

【九都節解·韜形隱遁·無爲開明·四極九室】모두 도교의 경전 이름.

【流沙】중국 신장 위구르 지역의 사막 지대.

【鄭女】예로부터 鄭나라 지역의 여인들과 음악은 음란하였다 함.『論語』衛靈公에 "鄭聲淫"이라 하였음.

참고 및 관련자료

1.『太平廣記』(권2) 彭祖

彭祖者, 姓錢諱鏗, 帝顓頊之玄孫也. 殷末已七百六十七歲, 而不衰老. 少好恬靜, 不卹世務, 不營名譽, 不飾車服, 唯以養生治身爲事. 王聞之, 以爲大夫. 常稱疾閑居, 不與政事, 善於補導之術, 服水桂雲母粉麋角散. 常有少容, 然性沈重. 終不自言有道, 亦不作詭惑變化鬼怪之事. 窈然無爲, 少周遊, 時還獨行, 人莫知其所詣, 伺候竟不見也. 有車馬而常不乘, 或數百日, 或數十日. 不持資糧, 還家則衣食與人無異. 常閉氣內息, 從旦至中, 乃危坐拭目, 摩溺身體, 舐唇咽唾, 服氣數十, 乃起行言笑. 其體中或瘦倦不安, 便導引閉氣, 以攻所患. 心存其體, 面九竅, 五臟四肢, 至于毛髮, 皆令具至. 覺其氣雲行體中, 故于鼻口中達十指末, 尋卽體和, 王自往問訊, 不告, 致遺珍玩, 前後數萬金, 而皆受之, 以恤貧賤, 無所留. 又采女者, 亦少得道, 知養性之方, 年二百七十歲, 視之如五六十歲, 奉事之於掖庭. 爲立華屋紫閣, 飾以金玉. 乃令采女乘輜輧, 往問道於彭祖. 旣至再拜, 請問延年益壽之法. 彭祖曰:「欲舉形登天, 上補仙官, 當用金丹. 此九召太一, 所以白日昇天也. 此道至大, 非君王之所能爲. 其次當愛養精神, 服藥草, 可以長生. 但不能役使鬼神, 乘虛飛行. 身不知交接之道, 縱服藥無益也. 能養陰陽之意, 可推之而得. 但不思言耳, 何足怪問也? 吾遺腹而生, 三歲而失母, 遇犬戎之亂, 流離西域, 百有餘年. 加以少桔, 喪四十九妻, 失五十四子. 數遭憂患, 和氣折傷, 冷熱朋膚不澤, 榮衛焦枯, 恐不度世. 所聞淺薄, 不足宣傳. 大宛山有青精先生者, 傳言千歲, 色如童子, 步行日過五百里, 能終歲不食, 亦能一日九食, 眞可問也.」采女曰:「敢問青精先生是何仙人者也?」彭祖曰:「得道者耳, 非仙人也. 仙人者, 或竦身入雲, 無翅而飛. 或駕龍乘雲, 上造天階. 或化爲鳥獸, 遊浮青雲. 或潛行江海, 翱翔名山. 或食元氣, 或茹芝草, 或出入人間而人不識. 或隱其身而莫之見. 面生異骨, 體有奇毛, 率好深僻, 不交俗流. 然此等雖有不死之壽, 去人情, 遠榮樂. 有若雀化爲蛤, 雉化爲蜃, 失其本眞, 更守異氣. 余之愚心, 未願此已. 入道當食甘旨, 服輕麗, 通陰陽, 處官秩耳. 骨節堅彊, 顏色和澤, 老而不衰, 延年久視, 長在世間, 寒溫風濕不能傷, 鬼神衆精莫敢犯, 五兵百虫不可近, 嗔喜毀譽不爲累, 乃可貴耳. 人之受氣, 雖不知方術, 但養之得宜, 常至百二十歲, 不及此者傷也. 小復曉道, 可得二百四十歲, 加之可至四百八十歲. 盡其理者, 可以不死. 但不成仙人耳. 養壽之道, 但莫傷之而已. 未冬溫夏涼, 不失四時之和, 所以適身也. 美色淑資, 幽閑娛樂, 不至思慾之惑, 所以通神也. 車服威儀, 知足無求, 所以一志也. 八音五色, 以悅視聽, 所以導心也. 凡此皆以養壽, 而不能斟酌之者, 反以速患. 古之至人, 恐下才之子, 不識事宜, 流遯不還, 故絕其源. 故有上士別牀, 中士異被. 服藥百裹, 不如獨臥. 五音使人耳聾, 五味使人口爽, 苟能節宣其宜適, 抑揚其通塞者, 不以減年, 得其益也. 凡此之類, 譬猶水火, 用之過當, 反爲害也. 不知其經脈損傷, 血氣不足, 內理空疎, 髓腦不實, 體已先病, 故爲外物所犯. 因氣寒酒色, 以發之耳. 若本充實, 豈有病也? 夫遠思彊記傷人, 憂喜悲哀傷人, 喜樂過差, 忿怒不解傷人, 汲汲所願傷人, 陰陽不順傷人. 有所傷者數種, 而獨戒於房中, 豈不惑哉! 男女相成, 猶天地相生也. 所以神氣導養, 使人不失其和, 天地得交接之道, 故無終竟之限; 人失交接之道, 故有傷殘之期. 能避衆傷之事, 得陰陽之術, 則不死之道也. 天地晝分而夜合, 一歲三百六十交, 而精氣和合, 故能生產萬物而不窮. 人能則之, 可以長存. 次有服氣, 得其道則邪氣不得人, 治身之本要. 其餘吐納導引之術, 及念體中萬神, 有舍影守形之事, 一千七百餘條. 及四時首向, 責己謝過, 臥起早晏之法, 皆非眞道, 可以教初學者. 以正其身, 人受精養體, 服氣煉形, 則萬神自守其眞. 不然者, 則榮衛枯悴, 萬神自逝, 悲思所留者也. 人爲道, 不負其本而逐其末. 告以至言而不能信, 見約要之書, 謂之輕淺, 而不盡服誦. 觀夫太淸北神中經之屬, 以此自疲, 至死無益, 不亦悲哉! 又人苦多事, 少能棄世獨往. 山居穴處者, 以道教之, 終不能行, 是非仁人之意也. 但知房中閉氣, 節其思慮, 適飲食則得道也. 吾先師初著九節都解指韜形隱遯尤爲開明四極九室諸經, 萬三千首. 爲以示始涉門庭者.」 采女具受諸要以教王, 王試之有驗. 殷王傳彭祖之術, 屢欲祕之. 乃下令國中, 有傳祖之道者誅之. 又欲害祖以絕之. 祖知之乃去, 不知所之. 其後七十餘年, 聞人於流沙之國西見之. 王不常行彭祖之術, 得壽三百歲. 氣力丁壯, 如五十時. 得鄭女妖婬, 王失道而殂. 俗間言傳彭祖之道殺人者, 由於王禁之故也. 後有黃山君者, 修彭祖之術, 數百歲猶有少容. 彭祖旣去, 乃追論其言, 以爲彭祖經.

2. 『列仙傳』(卷上)

彭祖者, 殷大夫也. 姓籛名鏗, 帝顓頊之孫, 陸終氏中子. 歷夏至殷末, 八百餘歲. 常食桂芝, 善導引行氣. 歷陽有彭祖仙室. 前世禱請風雨, 莫不輒應. 常有兩虎, 在祠左右. 祠訖, 地卽有虎迹. 云後昇仙而去. 邈哉碩仙, 時惟彭祖. 道與化新, 綿綿歷古. 隱倫玄室, 靈著風雨. 二虎嘯時, 莫我猜侮.

3. 『搜神記』(卷1)

彭祖者, 殷時大夫也. 姓籛, 名鏗. 帝顓頊之孫. 陸終氏之中子. 歷夏而至商末, 號七百歲. 常食桂芝. 歷陽有彭祖仙室. 前世云:「禱請風雨, 莫不輒應. 常有兩虎在祠左右.」今日祠之訖, 地則有兩虎跡.

4. 『史記』 秦始皇本紀 正義

『陸終第三子曰籛鏗, 封於彭, 爲商伯. 外傳云, 殷末, 滅彭祖氏.』

5. 『法苑珠林』78 祭祠篇

彭祖者, 殷時大夫也. 歷夏而至商末, 號七百歲, 常食桂芝. 歷陽有彭祖仙室. 前世云: 禱請風雲, 莫不輒應. 常有兩虎, 在祠左右, 今日祠之訖, 地則有兩虎跡也.

6. 『北堂書鈔』157 窟篇 彭祖窟

歷陽有彭祖仙窟, 請雨輒得.

7. 『藝文類聚』64 居處部 室

彭祖, 殷大夫也. 歷夏至商末, 號七百歲. 歷陽有彭祖仙室.

8. 『藝文類聚』(권78)

又曰. 彭祖, 諱鏗, 帝顓頊玄孫. 至殷之末世, 年已七百餘歲而不衰. 少好恬靜, 惟以養神治生爲事. 王聞之, 以爲大夫. 稱疾不與政事, 善於補導之術. 并服水桂雲母粉麋角. 常有少容, 采女乘輜軿, 往問道於彭祖, 采女具受諸要以敎王. 王試爲之有驗, 欲秘之, 彭祖知之, 乃去, 不知所如. 其後七十餘年, 門人於流沙西見之.

9. 『仙佛奇蹤』(권1) 彭祖

彭祖, 籛鏗. 帝顓頊玄孫. 至殷末世, 年已七百餘歲, 而不衰. 好恬靜, 善於補導之術, 并服水晶雲母鹿角, 常有少容. 穆王聞之, 以爲大夫, 稱疾不與政事. 采女乘輜軿, 往問道於彭祖, 具受諸要. 因以敎王, 王試爲之有驗. 彭祖知之乃去. 不知所往. 其後七十餘年, 門人於流沙西見之.

005(1-5) 백석생 白石生

백석생은 중황장인中黃丈人의 제자이다. 팽조가 있던 시절 그는 이미 나이가 2천여 세였다. 그는 승선의 도를 닦으려 들지는 않았지만 단지 죽지 않는 것으로 만족할 뿐이었다. 그리고 인간 세상에서의 즐거움을 놓지도 않았다. 그가 수행하는 근거는 바로 교접交接의 도를 위주로 하는 것이었으며 그 중 금액金液을 약 중에 최고로 여겼다.

처음 그는 집이 가난하고 신분이 천하여 약을 지을 수 없음을 걱정하여 돼지와 양을 기르는 일을 하였다. 수십 년 후 그는 먹는 것과 입는 것을 절약하여 만금을 모은 다음 이로써 약을 사서 복용하였다. 항상 흰 돌을 구워 이를 양식으로 삼았고, 백석산白石山 근처에 살아 당시 사람들은 그를 '백석생'이라 불렀다. 역시 때때로 육포를 먹기도 하고 술도 마셨으며 또한 때때로 곡식을 먹기도 하였다. 하루에 능히 3, 4백 리를 갈 수 있었으며, 그의 눈 색깔은 마치 서른 살 젊은이 같았다. 아침에 신에게 경배하는 일과 자신의 정신을 온전하게 하는 일에 몰두하였고, 또한 『선경仙經』과 『태소전太素傳』 읽기를 즐겨하였다.

팽조가 그에게 물었다.

"어찌하면 약을 먹지 않고도 승천할 수 있습니까?"

백석생: 『仙佛奇蹤』

그는 이렇게 답하였다.

"천상天上이라 해도 이 세상의 약보다 나은 것이 있을 수 있다고 보십니까? 단지 천상이 하는 일이란 능히 늙거나 죽지 않게 할 뿐이지요. 천상에는 모시고 받들어야 할 지존至尊의 높은 신선이 너무 많습니다. 이 인간 세상보다 더 노고롭지요."

그 때문에 당시 사람들은 백석생을 은둔선인隱遁仙人이라 불렀다. 이는 승천하여 선관仙官이 되고자 급급하게 굴지도 않았으며, 또한 그 이름이 널리 퍼지기를 바라지도 않았기 때문이었다.

白石生者, 中黃丈人弟子也. 至彭祖之時, 已年二千餘歲矣. 不肯修昇仙之道, 但取於不死而已, 不失人間之樂. 其所據行者, 正以交接之道爲主, 而金液之藥爲上也. 初患家貧身賤, 乃養猪牧羊. 十數年, 約衣節用, 致貨萬金, 乃買藥服之. 常煮白石爲糧, 因就白石山居, 時人號曰白石生. 亦時食脯飮酒, 亦時食穀, 日能行三四百里, 視之色如三十許人. 性好朝拜存神, 又好讀『仙經』及『太素傳』. 彭祖問之:「何以不服藥昇天乎?」答曰:「天上無復能樂於此間耶? 但莫能使老死耳, 天上多有至尊相奉事, 更苦人間耳.」 故時人號白石生爲隱遁仙人, 以其不汲汲於昇天爲仙官, 而不求聞達故也.

【白石生】『太平廣記』에는 '白石先生'으로 되어 있다.

【中黃】고대 용사 이름. 『文選』張衡의 「西京賦」에 "中黃之士, 育獲之儔"라 함.

【丈人】고대 어른을 높여 부르던 칭호.

【金液】도가의 약 이름. '金漿'이라고도 함. 『抱朴子』金丹에 "朱草, 刻之汁流如血, 以玉及八石金銀投其中, 立便可丸如泥, 久則成水. 以金投之, 久爲金漿, 服之皆長生"이라 함.

【白石】도가의 외단에 쓰이는 암석. '陽起石'이라고도 함. 丹毒을 치료함.

【白石山】도교 성지 중의 하나. 洞天이 있음. 지금의 廣西 桂平縣 동남쪽에 있음.

【存神】도교 수양법의 하나. '定神'이라고도 함. 揚雄 『法言』問神에 "聖人存神所至"라 하고, 주에 "存其定身, 探幽索至"라 함. 한편 『莊子』刻意에 "純素之道, 唯神是守, 守而勿失, 與神爲一, 合於天倫"이라 함.

【仙經·太素傳】모두 도가의 경전.

【隱遁】은둔하여 세상을 피함.

【聞達】널리 그 이름이 알려짐. 『論語』顏淵篇에 "在邦必聞, 在邦必達"이라 하고, 朱熹 주에 "聞, 名譽著聞; 達, 謂德孚於人而行無不德"이라 함.

1. 『太平廣記』(권7) 白石先生

白石先生者, 中黃丈人弟子也. 至彭祖時, 已二千歲餘矣. 不肯修昇天之道, 但取不死而已. 不失人間之樂. 其所據行者, 正以交接之道爲主, 而金液之藥爲上也. 初以居貧, 不能得藥. 乃養羊牧猪, 十數年間. 約衣節用, 置貨萬金, 乃大買藥服之. 常煮白石爲糧, 因就白石山居, 時人故號曰白石先生. 亦食脯飮酒, 亦食穀食. 日行三四百里, 視之色如四十許人. 性好朝拜事神, 好讀幽經及太素傳. 彭祖問之曰:「何不服昇天之藥?」答曰:「天上復能樂比人間乎? 但莫使老死耳. 天上多至尊, 相奉事, 更苦於人間.」故時人呼白石先生爲隱遁仙人. 以其不汲汲於昇天爲仙官, 亦猶不求聞達者也.

2. 『藝文類聚』(권6)

神仙傳曰: 白石生者, 恆煮白石爲糧, 就白石山居, 故號白石先生.

3. 『仙佛奇蹤』(권1) 白石生

白石生, 中黃丈人弟子. 彭祖時已二千餘歲. 不愛飛昇, 但以長生爲貴而已. 以金液爲上藥, 家貧不能得. 養猪牧羊, 十數年, 致富萬金. 乃買藥服之. 嘗煮白石爲粮, 因就白石山居, 遂號石生. 亦時食脯, 亦時辟穀. 日能行三四百里, 顏色如三十許. 人或問:「何以不愛飛昇?」答曰:「天上未必樂於人間也.」

006(1-6) 황산군 黃山君

황산군은 팽조의 도술을 수련하여 수백 세를 살았는데 그 나이에도 오히려 소년의 모습이었다. 그는 지선地仙을 닦았을 뿐, 승천하는

법을 찾지는 않았다. 팽조가 이미 떠나자 그는 팽조가 남긴 말을 추론
追論하여 『팽조경彭祖經』을 지었다. 이에 『팽조경』을 터득한 자는 곧
나무들 중에 송백처럼 푸르고 장수하였다.

　黃山君者, 修彭祖之術, 年數百歲, 猶有少容. 亦治地仙, 不取飛昇. 彭
祖旣去, 乃追論其言, 爲『彭祖經』. 得『彭祖經』者, 便爲木中之松柏也.

【地仙】 도교에서 말하는 지상의 인간 세계에 머물러 사는 선인. 『抱朴子』 論
仙에 "按仙經云: 上士擧形飛昇虛, 謂之天仙; 中士游於名山, 謂之地仙; 下士
先死後蛻, 謂之尸解"라 함. 그리고 『仙丹合宗語錄』에는 "地仙者, 從人仙用功
不已, 進一階段者, 則精已化氣, 探此化氣之丹, 更而至於服食之者, 淫根除矣"
라 함.
【彭祖經】 이 책은 당 이후에 失傳된 것으로 보임. 책 이름은 『抱朴子』 遐覽
篇에도 보이며, 『隋書』 經籍志 子部 醫方類에 『彭祖養性經』과 『彭祖養性』
각 1권의 저록이 있음. 그리고 『新唐書』 藝文志에도 『彭祖養性經』 1권이 있
음. 한편 이 책의 逸文이 『醫心方』 28권에 일부 실려 있음.

007(1-7) 봉강 鳳綱

　봉강은 어양漁陽 사람으로 항상 온갖 풀과 꽃을 채집하여 이를 물
에 적셔 진흙에 봉하여 둔다. 이 일을 정월에 시작하여 구월 말이
되어서야 끝난다. 이렇게 백 일을 묻어 두었다가 이를 달여 환丸으로
만드는데 곧 죽어가는 자도 이 약을 입에 넣어 주면 모두가 즉시

살아난다. 봉강은 이 약을 장기간 복용하여 수백 세의 나이가 되었지만 늙지 않았으며 뒤에 지폐산地肺山에 들어가 신선이 되어 사라졌다.

鳳綱者, 漁陽人也, 常採百草花以水漬泥封之. 自正月始, 盡九月末止, 埋之百日, 煎丸之, 卒死者以此藥內口中, 皆立生. 綱長服此藥, 得壽數百歲不老, 後入地肺山中仙去.

【漁陽】 지명. 지금의 北京市 密雲縣 서남쪽.
【漬】 물에 담그거나 절임.
【丸】 작은 구슬처럼 동그랗게 조제한 약. 丸藥.
【地肺山】 산 이름. 구체적으로는 알 수 없음.

참고 및 관련자료

1. 『太平廣記』(권4) 鳳綱

鳳綱者, 漁陽人也. 常採百草花, 以水漬封泥之. 自正月始, 盡九月末止. 埋之百日, 煎九火. 卒死者, 以藥內口中, 皆立活. 綱常服此藥, 至數百歲不老. 後入地肺山中仙去.

神仙傳

제2권

008(2-1) 황초평 皇初平

황초평은 단계丹溪 사람이다. 나이 열다섯이 되어 집에서 그를 양을 치도록 내보냈을 때 마침 어떤 도사가 그의 선량함을 보고 금화산金華山 석실石室로 찾아오도록 하였다. 그는 그곳에서의 40여 년이 어떻게 흘렀는지 모르게 훌쩍 지나갔고 다시 집 생각도 나지 않게 되었다. 그의 형 황초기는 사방으로 동생 초평을 찾아다녔지만 몇 년이 되도록 찾아낼 수가 없었다. 뒤에 시장에서 그는 어떤 도사를 만났는데 그가 무척 점을 잘 본다기에 찾아가 물었다.

"제 동생 초평이라고 있습니다. 어릴 때 양을 치도록 내보냈는데 그만 실종되고 말았습니다. 이미 40여 년이 흘렀습니다. 생사나 소재를 알 수 없으니 원컨대 그대가 점을 쳐 주십시오."

도사가 말하였다.

"금화산에 양을 치던 아이가 하나 있습니다. 이름은 황초평이라 합니다. 그대의 아우가 맞습니까?"

형 초기는 이를 듣자 놀라 펄펄 뛰었다. 그러고는 즉시 그 도사를 따라 찾으러 나서서 과연 형제가 서로 만나게 되었다. 형제는 슬픔과 기쁨이 뒤엉켰다가 이윽고 형이 물었다.

"그때 그 양들은 모두 어디 있는가?"

초평이 말하였다.

"이 산 근처 동쪽에 있습니다."

초기가 찾아가 보았더니 양들은 보이지 않고 다만 흰 돌들이 무수히 많았다. 초기가 돌아와 아우에게 "산 동쪽에 양이 없더라"고 하자 초평이 말하였다.

황초평(黃初平, 皇初平):『仙佛奇蹤』

"양은 있습니다. 형의 눈에는 보이지 않을 뿐입니다."

초평이 형과 함께 가서 찾아보았다. 그리고는 이렇게 말하였다.

"자, 자! 양들아 일어나라!"

그러자 흰 돌들이 모두 일어나 양으로 변하였는데 수만 마리였다.

이를 본 초기가 말하였다.

"내 아우가 신선도를 터득하기가 이와 같구나. 나도 배울 수 있을까?"

초평이 말하였다.

"단지 좋아하기만 한다면 곧 배울 수 있습니다."

초기는 곧 처자를 버리고 초평에게 가서 머물며 함께 송지松脂와 복령茯苓을 복용하였다. 그로부터 5천 일째 되던 날 능히 앉은 채로 몸을 사라지게 하고 대낮에 그림자가 없이 다니며 동자의 안색으로 바뀌었다.

뒤에 그들이 함께 고향으로 왔을 때 여러 친척들은 모두 죽어 사라지고 없었다. 두 사람은 다시 금화산으로 돌아가면서 방술方術을 남백봉南伯逢에게 가르쳐 주었다. 두 사람은 성씨도 황씨에서 적赤씨로 바꾸었으며 초평이라는 자는 송자松子로, 그리고 초기도 자를 노반魯班으로 바꾸었다. 그 뒤 전하기로 이 약을 복용하고 신선이 된 자가 수십 명이라 하였다.

皇初平者, 丹溪人也. 年十五而家使牧羊, 有道士見其良謹, 使將至金華山石室中, 四十餘年翛然, 不復念家. 其兄初起, 行索初平, 歷年不能得. 後見市中, 有一道士善卜, 及問之曰:「吾有弟名初平, 因令牧羊失之, 今四十餘年, 不知死生所在, 願道君爲占之.」道士曰:「金華山中有一牧羊兒, 姓皇名初平, 是卿弟非耶?」初起聞之, 驚喜, 卽隨道士去尋求, 果得相見. 兄弟悲喜, 兄因問弟曰:「羊皆何在?」答曰:「近在山東.」初起往視. 了不見羊, 但見白石無數, 還謂初平曰:「山東無羊也.」初平曰:「羊在耳, 但兄自不見之.」初平偕往尋之, 乃言:「叱叱! 羊起!」於是白石皆起成羊, 數萬頭. 初起曰:「我弟獨得神仙道如此, 吾可學否?」初平曰:「唯好道, 便得耳.」初起便棄妻子, 留就初平, 共服松脂茯苓. 至五千日, 能坐在立亡, 行於日中無影, 而有童子之色. 後乃俱還鄉里, 諸親死亡略盡, 乃復還去, 臨行以方敎南伯逢. 易姓爲赤, 初平改字爲松子, 初起改字爲魯班. 其後傳服此藥而得仙者, 數十人焉.

적송자: 『仙佛奇蹤』

【皇初平】『仙佛奇蹤』에는 '黃初平'으로 되어 있음.

【丹溪】 지명. 지금의 浙江省 義烏縣.

【翛然(소연)】「四庫本」에는 '忽然'으로 되어 있음.

【金華山】 지금의 浙江省 金華市 북쪽에 있으며 일명 '長山', '常山'이라고도
함. 龍鬚草가 나며 도교에서 赤松子가 이 산에서 득도하였다 함. 산 아래에
동굴이 있음. 四明山, 天台山과 연결되어 있음.

【道君】 도교에서 선인을 높여 부르는 칭호.

【松脂】 도교의 외단용 약. '松膏'라고도 함. 『本草經』(1)에 "松脂, 味苦溫, 主治
疽·惡瘡·頭傷·白禿疥搔·風氣, 安五臟, 除熱. 久服輕身不老延年"이라 함.

【茯苓】 소나무 뿌리에 기생하는 담자균 茯苓菌의 菌核 덩어리. 한의학에서 利水滲濕, 健脾補中, 寧心安神의 효능이 있는 것으로 여김. 이에 따라 水腫脹滿 痰飮眩悸, 脾虛體倦, 心脾不足의 치료에 활용함(『本草學』). 『淮南子』 說山에 "千年之松, 下有茯苓"이라 하고, 注에 "茯苓, 千歲脂也"라 함.

【南伯逢】 사람 이름. 자세히 알 수 없음.

【赤松子】 원래 고대의 유명한 신선. 『列仙傳』 상권에 전이 실려 있음. 한편 『藝文類聚』(권78)에 "赤松子, 神農時雨師, 服水玉, 教神農, 能入火自燒. 至崑崙山西王母石室, 隨風雨上下. 炎帝少女追之, 亦得仙俱去, 高辛時爲雨師"라 함.

【魯班】 중국 고대의 유명한 목수이며 동시에 선인. '公輸班'이라고도 함. 『孟子』, 『博物志』, 『列子』 등에 그 일화가 널리 실려 있음.

참고 및 관련자료

1. 『太平廣記』(권7) 皇初平

皇初平者, 丹溪人也. 年十五, 家使牧羊. 有道士見其良謹, 便將至金華山石室中. 四十餘年, 不復念家. 其兄初起, 行山尋索初平, 歷年不得. 後見市中有一道士, 初起召問之曰: 「吾有弟名初平. 因令牧羊, 失之四十餘年, 莫知死生所在. 願道君爲占之.」 道士曰: 「金華山中有一牧羊兒. 姓皇, 字初平. 是卿弟非疑.」 初起聞之, 卽隨道士去, 求弟遂得. 相見悲喜, 語畢, 問初平羊何在. 曰: 「近在山東耳.」 初起往視之, 不見, 但見白石而還. 謂初平曰: 「山東無羊也.」 初平曰: 「羊在耳. 兄但自不見之.」 初平與初起俱往看之. 初平乃叱曰, 羊起, 於是白石皆變爲羊數萬頭. 初起曰: 「弟獨得仙道如此. 吾可學乎?」 初平曰: 「唯好道, 便可得之耳.」 初起便棄妻子留住, 就初平學. 共服松脂茯苓, 至五百歲. 能坐在立亡, 行於日中無影, 而有童子之色. 後乃復還鄉里. 親族死終略盡, 乃復還去. 初平改字爲赤松子, 初起改字爲魯班. 其後服此藥得仙者數十人.

2. 『列仙傳』(卷上) 赤松子

赤松子, 神農時雨師也. 服水玉以教神農, 能入火自燒. 往往至崑崙山上, 常

止西王母石室中. 隨風雨上下. 炎帝少女追之, 亦得仙, 俱去, 至高辛時爲雨師,
今之雨師本是焉. "眇眇赤松, 飄飄少女. 接手翩飛, 泠然雙擧. 縱身長風, 俄翼玄
圃. 妙達異坎, 作範司雨."

3. 『藝文類聚』(권94)

神仙傳日: 皇初平年十五, 家使牧羊, 有道士見其良謹, 便將至金華山石室中.
四十餘年, 忽然不復念家, 其兄初起, 行索初平. 歷年不得, 後見市中有道士, 乃
問之, 道士日:「金華山中有牧羊兒, 姓皇字初平.」兄乃隨道士與初平相見, 語畢,
問羊何在. 在山東, 兄往視, 但見白石. 不見羊, 平日:「羊在耳, 兄自不見.」平乃
往, 言叱叱羊起. 於是白石皆起成羊數萬頭.

4. 『仙佛奇蹤』(卷2) 黃初平

黃初平, 晉丹谿人. 年十五牧羊, 遇道士引至金華山石室中, 四十餘年. 其兄
初起尋之, 不獲. 後遇道士, 善卜. 起問之日:「金華山中,有一牧羊兒.」初卽往見,
初平問:「羊安在?」日:「在山東.」往視之, 但見白石磊磊. 初平叱之, 石皆成羊.
初亦棄妻子, 學道後, 亦成仙.

009(2-2) 여공 呂恭

여공은 자가 문경文敬이며 젊어 복식服食을 좋아하였다. 그는 남녀
노비 하나씩을 데리고 태항산太行山에 들어가 약을 채집하고 있었다.
그때 어떤 세 사람이 산속 골짜기에 나타나더니 여공에게 물었다.

"그대는 장생술을 좋아하십니까? 어찌 이 험한 산속에서 이토록
고생을 하십니까?"

여공이 대답하였다.

"사실 장생술을 좋아합니다. 그러나 좋은 비방을 만나지 못하였습니다. 그 때문에 이 약을 캐어 복용하여 약간의 이익이라도 있기를 바라는 것입니다."

그러자 그 중 한 사람이 말하였다.

"나는 성이 여씨呂氏이며 자는 문기文起입니다."

그리고 또 한 사람이 말하였다.

"나는 성은 손씨孫氏이며 자는 문양文陽입니다."

나머지 한 사람이 말하였다.

"나는 이씨李氏이며 자는 문상文上입니다."

그리고 여문기가 다시 말하였다.

"우리는 모두 태청태화부太淸太和府의 선인입니다. 때때로 이곳에 약을 캐러 옵니다. 그래서 새로 도를 배우는 자에게 성공하는 방법을 일러주지요. 그대는 나와 동성이고 자 또한 우리와 반은 같은 문文자가 들어가는군요. 이는 그대의 운명이 응당 장생을 배우게 된다는 뜻입니다. 만약 능히 우리를 따라 약을 캘 수 있다면 우리는 그대에게 죽지 않는 비방을 일러드릴 것입니다."

여공이 즉시 절을 하며 말하였다.

"이렇게 신인神人을 만나게 됨을 다행으로 생각합니다. 그러나 저는 어둡고 막힌데다가 지은 죄도 많아 가르치기에 부족하면 어쩌나 두렵습니다. 만약 가르침을 입는다면 이는 다시 살아날 수 있는 소원을 이루는 것입니다."

그리고는 선인을 따라나섰다. 이틀이 지나 그들은 여공에게 하나의 비방秘方을 전수해 준 다음 그를 집으로 돌아가도록 하면서 이렇게 말하였다.

"고향으로 돌아가 친구와 친척들을 만나시오."

여공이 선인들에게 떠나는 인사를 하자 그들은 다시 여공에게 이렇게 말하였다.

"그대가 이곳에 온 지 불과 이틀이지만 지금 인간 세상은 이미 2백 년이 흘렀다오."

여공이 집으로 돌아왔더니 단지 빈 들판만 보일 뿐 자손조차도 없었다. 이에 향리의 몇 세대를 지난 후세 사람 조광보趙光輔라는 이를 만났다. 그에게 여공이 살던 집이 어디냐고 묻자, 그는 도리어 괴이하게 여겨 되물었다.

"그대는 어디서 오셨소? 어찌 이미 이렇게 오래 전의 사람을 묻는 것이오? 제가 듣기로 몇 대 전에 여공이라는 사람이 있었는데 그는 남녀 노비 하나씩을 데리고 약을 캐러 산으로 간 다음 돌아오지 않아 모두들 호랑이나 이리에게 잡아먹혔을 것이라 여겼다오. 지금 이미 2백여 년이 흘렀는데 그대는 어찌 그 일을 묻소? 그 여공에게 후대 손으로 여습呂翯이라는 자가 있어 지금 성의 북쪽 십 리쯤에 도사로 살고 있소. 많은 사람들이 그를 받들어 섬긴다오. 미루어 찾아가면 쉽게 찾을 수 있을 것입니다."

여공이 조광보의 말에 따라 여습의 집을 찾아가서 대문을 두드리며 불렀다. 그러자 그 집 노비가 나와 물었다.

"어디서 오셨습니까?"

여공이 대답하였다.

"이곳은 내 집이다. 나는 옛날 약을 캐러 산에 갔다가 신선을 따라 떠났는데 지금 2백여 년이 지나 다시 돌아온 것이다."

여습의 집안에서는 모두가 놀라기도 하고 기쁘기도 하여 맨발로 뛰쳐나와 절을 올리며 말하였다.

"선인이 돌아오셨다."

그리고 눈물을 흘리며 참아내지 못하는 것이었다.

여공은 한동안 이렇게 지내다가 이에 신방神方을 여습에게 전수해 주고 떠났다. 여습은 나이가 이미 80이었지만 이를 복용하여 도리어 젊음으로 바뀌어 2백 살이 되었을 때 산으로 들어갔다. 그의 자손들도 세세토록 이 약을 복용하여 늘어 죽는 자가 없이 모두가 신선이 되었다.

呂恭, 字文敬, 少好服食, 將一奴一婢於太行山中採藥. 忽有三人在谷中, 因問恭曰:「子好長生乎? 而乃勤苦艱險如是耶?」恭曰:「實好長生, 而不遇良方, 故採服此物, 冀有微益也.」一人曰:「我姓呂, 字文起.」一人曰:「我姓孫, 字文陽.」一人曰:「我姓李, 字文上.」「皆太淸太和府仙人也. 時來採藥, 當以成授新學者. 公旣與吾同姓, 又字得吾半, 是公命當應長生也. 若能隨我採藥, 語公不死之方.」恭卽拜曰:「有幸得遇神人, 但恐闇塞多罪, 不足敎授. 若見採救, 是更生之願也.」卽隨仙人去. 二日, 乃授恭秘方一通, 因遣恭還曰:「可歸省鄕里.」恭卽拜辭仙人. 語恭曰:「公來雖二日, 今人間已二百年.」

恭歸到家, 但見空野, 無復子孫, 乃見鄕里數世; 後人趙光輔, 遂問呂恭家何在. 人轉怪之曰:「君自何來? 乃問此久遠之人? 吾聞先世傳有呂恭, 將一奴一婢入山採藥, 不復歸還, 以爲虎狼所傷耳, 經今已二百餘年, 君何問乎? 呂恭有後世孫呂習者, 在城東北十里作道士, 人多奉事之, 推求易得耳.」恭承輔言, 往到習家, 叩門而呼之. 奴出問曰:「公何來?」恭曰:「此是吾家也. 我昔採藥隨仙人去, 至今二百餘年, 今復歸矣.」習舉家驚喜, 徒跣而出, 拜曰:「仙人來歸.」流涕不能自勝. 居久之, 乃以神方授習而去. 時習已年八十, 服之, 轉轉還少, 至二百歲, 乃入山去. 其子孫世世服此藥, 無復老死, 皆得仙也.

【太行山】산 이름.

【字得吾半】세 사람의 자가 文起, 文陽, 文上으로 呂恭의 자 文敬의 '文'자와 같음을 뜻함.

【太淸太和府】신선 세계의 이름. 仙境.

【徒跣】맨발을 뜻함.

참고 및 관련자료

1. 『太平廣記』(권9) 呂文敬

呂恭, 字文敬. 少好服食, 將一奴一婢, 於太行山中採藥. 忽見三人在谷中, 問恭曰:「子好長生乎? 乃勤苦艱險如是耶!」恭曰:「實好長生, 而不遇良方. 故採服此藥. 冀有微益耳.」一人曰:「我姓呂字文起.」次一人曰:「我姓孫字文陽.」次一人曰:「我姓王字文上. 三人皆太淸太和府仙人也. 時來採藥, 當以成新學者. 公旣與我同姓. 又字得吾半支, 此是公命當應常生也. 若能隨我採藥, 語公不死之方.」恭卽拜曰:「有幸得遇仙人, 但恐暗塞辜, 不足敎授耳. 若見采收, 是更生之願也.」卽隨仙人去二日. 乃授恭秘方一首. 因遣恭去曰:「可視鄕里.」恭卽拜辭. 三人語恭曰:「公來二日, 人間已二百年矣.」恭歸家, 但見空宅, 子孫無復一人也. 乃見鄕里數世後人趙輔者, 問:「呂恭家人皆何所在?」輔曰:「君從何來. 乃問此久遠人也? 吾昔聞先人說云, 昔有呂恭者, 持奴婢入太行山採藥, 遂不復還. 以爲虎狼所食, 已二百餘年矣. 恭有數世子孫呂習者, 居在城東十數里, 作道士, 民多奉事之, 推求易得耳.」恭承輔言, 到習家. 扣門問訊, 奴出, 問:「公從何來?」恭曰:「此是我家. 我昔隨仙人去, 至今二百餘年.」習聞之驚喜, 跣出拜曰:「仙人來歸.」悲喜不能自勝. 公因以神方授習而去. 習已年八十, 服之卽還少壯. 至二百歲, 乃入山中. 子孫世世, 不復老死.

010(2-3) 심건 沈建

심건은 단양丹陽 사람이다. 대대로 장사 벼슬을 하였으나 심건만은 유독 도를 좋아하여 벼슬길에 나서기를 즐겨하지 아니하였다. 그는 도인복식導引服食과 환년각로還年却老의 술법을 배워 나갔다. 그리고 능히 병을 고치게 되었으며, 그 어떤 가벼운 병이나 중한 병이라도 심건을 만나면 차도가 있었다. 이에 그를 받들며 따르는 자가 수천 가구나 되었다.

어느 날 그가 마침 먼 길을 나서게 되자 자신의 남녀 노비 각 1명, 그리고 나귀 한 마리, 양 10마리에게 각각 하나의 환약을 먹인 다음 이를 남겨 어느 집에 부탁하면서 그 집 주인에게 이렇게 말하였다.

"그대 사는 집에 누를 끼쳐 미안합니다. 그러나 그대의 먹고 마시는 것을 축내지는 않을 것입니다."

그러고는 곧바로 어디론가 사라져 버렸다.

주인은 괴이하게 생각하면서 홀로 중얼거렸다.

"이 사람은 입을 13개나 남겨놓은 채, 일 원 한 푼 주지 않고 떠나

버렸으니 이 일을 어찌하면 좋을꼬?"

심건이 떠난 후 주인은 먹을 것을 노비에게 주었다. 그러나 노비는 '먹을 것'이라는 말을 듣자 모두가 구토를 하며 거절하는 것이었다. 그리고 이번에는 나귀와 양에게 먹을 풀을 주자 모두가 피하면서 입에 대지도 않는 것은 물론, 게다가 뿔을 세워 덤벼들기까지 하는 것이었다. 주인은 대단히 놀랐다.

그로부터 백여 일이 지난 후 노비의 안색과 몸은 광택이 나면서 처음 왔을 때보다 훨씬 더 나아졌으며, 나귀와 양도 모두가 살이 쪄서 먹이를 실컷 먹인 것과 같았다. 심건이 떠난 후 삼 년 뒤에 돌아왔다. 그는 다시 각각 한 알의 약을 노비와 나귀, 양에게 주었더니 먹고 마시는 일이 예전과 같아지는 것이었다.

심건은 드디어 곡식을 끊고 아무것도 먹지 않더니 능히 자신의 몸을 공중에 떠올려 날아다닐 수 있었으며 혹 멀리 떠나기도 하고 다시 되돌아오기도 하는 것이었다. 이와 같이 하기를 3백 년, 이에 그의 흔적은 사라져 버려 어디로 갔는지 알 수 없게 되었다.

沈建者, 丹陽人也. 世爲長史, 而建獨好道, 不肯仕宦, 學導引服食之術, 還年却老之法. 又能治病, 病無輕重, 遇建則差, 奉事之者數千家. 一日, 建當遠行, 留寄一奴一婢, 并驢一頭, 羊十口, 各與藥一丸, 語主人曰: 「但累舍居, 不煩飮食也.」便決去. 主人怪之曰: 「此君所寄口有十三, 不留寸資, 當若之何?」建去之後, 主人飮啖奴婢, 奴婢聞食皆吐逆; 以草與驢羊, 驢羊皆避而不食, 便欲觝人, 主人乃驚異. 後百餘日, 奴婢面體光澤, 轉勝於初時; 驢羊悉肥如飼. 建去三年乃返, 又各以一丸藥與奴婢驢羊, 乃還飲食如故. 建遂斷穀不食, 能擧身飛行, 或去或還. 如此三百餘年, 乃絕迹, 不知所之也.

【丹陽】 지금의 陝西, 河南 두 성의 丹江 이북을 통틀어 일컫는 지역. 혹 지금의 湖北省 秭歸縣, 또는 安徽省 宣城의 古地名이기도 함.

【長史】 관직 이름. 太守를 보좌하며 한 군의 병무를 담당함.

【却年】 노화를 물리침. '不老'의 다른 말.

【寸資】 약간의 노자. 돈.

참고 및 관련자료

1. 『太平廣記』(권9) 沈建

沈建, 丹陽人也. 世爲長吏, 建獨好道, 不肯仕宦. 學導引服食之術, 還年却老之法. 有能治病, 病無輕重, 治之卽愈. 奉事之者數百家. 建嘗欲遠行, 寄一婢三奴, 驢一頭, 羊十口, 各與藥一丸, 語主人曰:「但累屋, 不煩飮食也.」便去. 主人大怪之曰:「此客所寄十五口, 不留寸資, 當若之何?」建去後, 主人飮奴婢, 奴婢聞食氣, 皆逆吐不用. 以草飼驢羊, 驢羊避去不食, 或欲抵觸. 主人大驚愕. 百餘日, 奴婢體貌光澤, 勝食之時; 驢羊皆肥如飼. 建去三年乃還, 各以藥一丸與奴婢驢羊, 乃飮食如故. 建遂斷穀不食, 輕擧飛行, 或去或還. 如此三百餘年, 乃絕跡不知所之也.

011(2-4) 화자기 華子期

　화자기는 회남淮南 사람이다. 녹리선생祿里先生을 스승으로 모셔
'은선영보방隱仙靈寶方'을 전수받았는데 하나는 '이락비구질伊洛飛龜
秩'이라 하였고, 두 번째의 것은 '백우정기伯禹正機'라 하였으며, 세
번째 것은 '평형방平衡方'이라 하였다. 이를 합하여 복용하여 날로 젊
어졌으며 하루에 능히 오백 리를 갈 수 있었고 힘은 천 근 무게를
들 수 있었으며 한 해에 열두 번 그 몸 형체를 바꿀 수 있었다. 뒤에
신선이 되어 사라졌다.

　華子期者, 淮南人也. 師祿里先生, 受隱仙靈寶方: 一曰伊洛飛龜秩,
二曰伯禹正機, 三曰平衡方. 按合服之, 日以還少, 一日能行五百里, 力
擧千斤, 一歲十二易其形, 後乃仙去.

【淮南】치소는 壽春, 지금의 安徽省 修縣.

【祿里先生】『雲及七籤』에는 '角里先生'으로 되어 있으며, '角'은 '록(甪)'의 오
자로 商山四皓의 甪里先生과 이름을 같이 한 어떤 도인을 말하는 것으로 보임.

【隱仙靈寶方】도교의 仙方. 구체적으로는 알 수 없음.

【伊洛飛龜秩】역시 도교의 仙方. 구체적으로는 알 수 없음. 伊洛은 洛水와 伊
水를 일컫는 말로 河南省을 뜻하기도 함.

【伯禹正機】도교의 仙方. 역시 구체적으로는 알 수 없음.

【平衡方】역시 도교의 仙方. 구체적으로는 알 수 없음. 『雲及七籤』본에는 '方'
자가 빠져 있음.

012(2-5) 악자장 樂子長

악자장은 제齊 땅 사람으로 어려서 도를 좋아하였다. 그리하여 그는 곽림산霍林山에 들어가 선인을 만났는데 그로부터 '거승적송산방巨勝赤松散方'이라는 약을 전수받아 복용하였다. 이에 선인이 그에게 이렇게 일러주었다.

"뱀이 이 약을 복용하면 용이 되고, 사람이 이 약을 먹으면 노인이 어린아이가 된다. 나아가 구름을 타고 능히 오르내릴 수 있으며 자신의 몸과 얼굴을 바꿀 수 있다. 기氣가 더욱 세어지고 정精이 더해지며 죽음에서도 다시 살아날 수 있다. 그대가 능히 이를 행한다면 세상을 넘길 수 있으리라."

악자장이 이를 복용하고 180세가 되었지만 안색은 소녀 같았고, 처자 아홉 사람도 모두 그 약을 복용하여 늙은 자가 어린아이로 되돌아갔으며, 어린 자는 늙지 않았다. 그는 바다로 들어가 노성산勞盛山에 올라 신선이 되어 사라졌다.

樂子長者, 齊人也. 少好道, 因到霍林山, 遇仙人, 授以服巨勝赤松散方. 仙人告之曰:「蛇服此藥, 化爲龍; 人服此藥, 老成童, 又能昇雲上下, 改人形容, 崇氣益精, 起死養生. 子能行之, 可以度世.」子長服之, 年一百八十歲, 色如少女. 妻子九人, 皆服其藥, 老者返少, 小者不老. 乃入海, 登勞盛山而仙去也.

【齊】춘추전국시대 齊나라가 있던 지역으로 지금의 山東省을 말함.

【霍林山】 산 이름. 구체적으로 알 수 없음.

【巨勝赤松散方】 도교의 藥方. '巨勝'은 『列仙傳』 關令尹에 '苣勝'으로 되어 있으며 胡麻를 가리키는 식물 이름. 도교에서는 八穀(黍, 稷, 稻, 粱, 禾, 麻, 菽, 麥) 가운데 가장 좋은 것으로 여겼음.

【形容】 몸체와 얼굴.

【勞盛山】 산 이름. 구체적으로 알 수 없음.

참고 및 관련자료

1. 『太平廣記』(권27) 劉白雲에 樂子長과 관련 기록이 있음.

　劉白雲者, 揚州江都人也. 家富好義, 有財帛, 多以濟人, 亦不知有陰功修行之事. 忽在江都, 遇一道士, 自稱爲樂子長. 家寓海陵, 曰:「子有仙錄天骨, 而流浪塵土中, 何也?」因出袖中兩卷書與之. 白雲捧書, 開視篇目. 方欲致謝, 子長嘆曰:「子先得變化, 而後受道, 此前定也.」乃指摘次第敎之. 良久, 失子長所在. 依而行之, 能役致風雨, 變化萬物. 乃於襄州隔江一小山上化兵士數千人, 于其中結紫雲帳幄. 天人侍衛, 連月不散. 節度使于頔疑其妖幻, 使兵馬使李西華引兵攻之. 帳幄侍衛漸高, 弓矢不能及. 判官竇處約曰:「此幻術也. 穢之卽散.」乃取尸穢焚於其下, 果然兵衛散去. 白雲乘馬與從者四十餘人, 走於漢水之上. 靡波起塵, 與履平地. 追之不得, 謂追者曰:「我劉白雲也.」後於江西湖南, 人多見之, 彌更年少潔白. 時湖南刺史王遜好道, 白雲時來郡中, 忽一日別去, 謂遜曰:「將往洪洲.」卽於鐘陵相見, 一揖而行. 初不曉其旨, 辰發露川. 午時已在湘潭, 人多識者, 驗其所行. 頃刻七百里矣. 旬日, 王遜果除洪洲. 到任後, 白雲亦來相訪, 復於江都値樂眞人, 曰:「爾周遊人間, 固有年矣. 金液九丹之經, 太上所敕, 令受於爾. 可選名岳福地鍊而服之. 千日之外, 可以登雲天矣.」乾府中, 猶在長安市賣藥. 人有識之者, 但不可親炙, 無有師匠耳.

013(2-6) **위숙경** 衛叔卿

위숙경은 중산中山 사람으로 운모雲母를 복용하여 신선이 되었다. 한漢나라 원봉元鳳 2년 8월 임진壬辰에 한 무제武帝가 궁전에서 한가하게 있을 때 홀연히 어떤 한 사람이 뜬구름을 타고 흰사슴을 수레로 이끌고 궁전 앞에 멈추는 것이었다. 무제가 놀라 누구냐고 물었다. 그러자 그는 이렇게 대답하였다.

"나는 중산의 위숙경이라 합니다."

무제가 말하였다.

"중산이라면 나의 영토에 있는 신하 신분이 아니냐?"

이 말에 위숙경은 아무 응답을 하지 아니하더니 즉시 사라져 버리는 것이었다.

무제는 심히 후회하며 한탄하였다. 그리하여 즉시 사자 양백지梁伯之를 중산으로 보내어 그를 찾아보도록 하였다. 그가 드디어 위숙경의 아들을 찾았는데 그 이름은 위도세衛度世였다. 결국 그를 데리고 돌아올 수밖에 없었다. 무제가 그에게 묻자 도세는 이렇게 설명하였다.

"저의 부친은 젊어서 선도仙道를 좋아하였습니다. 약을 복용하여 몸을 다스리기를 80여 년이 되어 몸이 젊고 장성한 모습으로 바뀌었습니다. 그러던 어느 날 아침 저를 맡겨 두고 떠나면서 이렇게 말하셨습니다. '화산華山으로 들어간다.' 그로부터 이미 40여 년이 흘렀는데 집으로 돌아온 적이 없습니다."

무제는 즉시 양백지와 도세를 화산으로 보내어 찾아보도록 하였다. 도세와 양백지가 함께 산에 오르자 갑자기 비가 며칠을 두고 내리는 것이었다. 도세가 이렇게 말하였다.

"아버지께서 제가 다른 사람과 함께 오는 것을 원하지 않는 것일까요?"

그리고 다시 재계하고 홀로 산에 올랐다. 그러자 멀리 아버지가 몇 사람과 돌 위에서 즐겁게 놀고 있는 모습이 보였다. 도세가 그곳에 도착하였더니 아버지의 머리 위에 보랏빛 안개가 덮여 울울鬱鬱하였으며, 백옥白玉의 침상에 여러 신선 동자들이 당절幢節을 들고 그 뒤에 서 있는 모습이 보였다. 도세가 멀리 바라보며 절을 하자 숙경이 물었다.

"너는 어찌 여기까지 왔느냐?"

도세가 천자께서 아버지와 함께 말을 나누어 보지 못했음을 후회하며 한탄하여 그 때문에 다른 사자와 자신을 함께 보냈노라고 갖추어 설명하였다. 그러자 숙경이 이렇게 말하였다.

"내가 지난날 태상太上의 심부름을 받고 무제로 하여금 재액災厄의 시기를 일러 주어 그 위액危厄에서 구원을 받는 법과 나라의 복을 연장시키는 일을 경계하도록 하고자 찾아갔었다. 그런데 무제는 뻣뻣하게 굴며 자신의 존귀함을 내세우며 도의 진실함을 알지 못하고 나를 무시했다. 그래서 이를 일러줄 만하지 못하다고 여겨 그 때문에 포기하고 돌아온 것이다. 지금은 중황中黃과 태일太一께서 함께 천원구오天元九五의 기紀를 이미 결정해 버렸으므로 내가 다시 무제를 찾아갈 수는 없다."

도세가 여쭈었다.

"그렇다면 방금 아버지께서 함께 박희博戲를 즐기던 사람들은 누구입니까?"

숙경이 말하였다.

"홍애선생洪崖先生, 허유許由, 소보巢父, 왕자진王子晉, 설용薛容이

다. 세상이 지금 대란으로 향하고 있어 천하에 애오라지 기댈 데가
없어질 것이다. 이 뒤로 수백 년간 토덕土德이 소멸하고 금덕金德이
망할 것이다. 그리고 지금 천군天君이 나타난 것이 바로 임진壬辰년이
다. 나에게 선방仙方이 있어 이를 집안의 서북쪽 기둥 아래에 묻어
두었다. 네가 집으로 돌아가거든 이를 캐내어 그 비방대로 약을 복용
하도록 하라. 그 약은 사람을 장생불사하도록 하며 능히 구름을 타고
다닐 수 있다. 도가 이루어지거든 내가 있는 이곳으로 오너라. 다시
꼭 한나라 신하가 되어야 할 이유는 없다."

도세가 절을 하고 사직하여 집으로 돌아왔다. 그는 그 기둥 아래를
파서 옥함玉函 하나를 찾아내었는데 그 속에는 비선飛仙의 향이 봉해
져 있었다. 이를 꺼내어 그 방법에 맞추어 복용하였는데 그것은 오색
운모雲母였다. 아울러 양백지에게도 이를 가르쳐 주어 함께 신선이
되어 사라졌다. 그러면서 그들은 무제에게는 이를 일러주지 않았다.

衛叔卿者, 中山人也, 服雲母得仙. 漢元鳳二年八月壬辰, 武帝閒居殿
上, 忽有一人, 乘浮雲駕白鹿集於殿前. 帝驚問之爲誰, 曰:「我中山衛叔
卿也.」帝曰:「中山非我臣呼?」叔卿不應, 即失所在. 帝甚悔恨, 即使使
者梁伯之往中山推求, 遂得叔卿子, 名度世, 即將還見. 帝問焉, 度世答
曰:「臣父少好仙道, 服藥治身八十餘年. 體轉少壯. 一旦委臣去, 言:『當
入華山耳.』今四十餘年, 未嘗還也.」帝即遣梁伯之與度世往華山覓之.

度世與梁伯之俱上山, 輒雨積數日, 度世乃曰:「吾父豈不欲吾與人俱
往乎?」更齋戒獨上, 望見其父與數人於石上嬉戲. 度世即到, 見父上有
紫雲覆廕鬱鬱, 白玉爲床, 有數仙童執幢節立其後. 度世望而再拜, 叔卿

問:「汝來何爲?」度世具說天子悔恨, 不得與父共語, 故遣使者與度世共來. 叔卿曰:「吾前爲太上所遣, 欲戒帝以災厄之期, 及救危厄之法, 國祚可延. 而帝强梁自貴, 不識道眞, 反欲臣我, 不足告語, 是以棄去. 今當與中黃・太一共定天元九五之紀, 吾不得復往也.」度世因曰:「向與父博者爲誰?」叔卿曰:「洪崖先生・許由・巢父・王子晉・薛容也. 今世向大亂, 天下無聊, 後數百年間, 土滅金亡, 天君來出, 乃在壬辰耳. 我有仙方, 在家西北柱下. 歸取, 按之合藥服耳. 令人長生不死, 能乘雲而行. 道成來就吾於此, 不須復爲漢臣也.」度世拜辭而歸, 掘得玉函, 封以飛仙之香, 取而按之餌服, 乃五色雲母. 并以敎梁伯之, 遂俱仙去, 不以告武帝也.

【中山】 지금의 河北省 定縣 일대. 혹은 河北省 唐縣 일대라고도 함.

【元鳳】 漢 昭帝(B.C.94~B.C.74)의 연호로 B.C.80~B.C.75년간임. 그러나 여기에는 오류가 있는 듯함. 한 武帝가 B.C.87년에 죽고 그 뒤 소제가 즉위하였으므로 元狩나 元光 年間이어야 맞음.

【幢節】 깃발과 의장.

【太上】 太上老君, 즉 老子를 가리킴.

【國統】 나라의 법통. 여기서는 帝位를 뜻함.

【道眞】 득도한 진인.

【中黃】 고대 용사 이름. 『文選』 張衡의 「西京賦」에 "中黃之士, 育獲之儔"라 함.

【太一】 신 이름. '泰一'로도 씀. 『史記』 天官書 張守節 正義에 "泰一, 天帝之別名也"라 하였고, 劉伯莊은 "泰一, 天神之最尊貴也"라 함.

【天元】 周나라의 역법. 子를 建元으로 세워 11월을 正月로 하였음.

【九五】 『周易』의 여섯 爻 중에 陰爻는 六, 陽爻는 九로 하여 아래로부터 제5효가 양효일 때를 가리킴. 乾卦의 경우 "飛龍在天, 利見大人"이라 하여 帝王의 지위를 뜻함.

【洪崖先生】 신선 이름. 전설에 黃帝 때 樂官 伶倫이며 수도하여 득도하였다

함. 혹은 堯임금 때 이미 3천 세였으며, 漢나라 때까지도 살아 있어 선인 衛叔卿과 終南山에서 바둑을 두며 즐겼다 함.

【許由·巢父】堯임금이 천하를 물려주려 하자 箕山으로 옮겨가 귀를 씻었다는 고사를 남긴 인물.

【王子晉】王子喬. 역시 널리 알려진 신선.

【薛容】신선의 이름. 구체적으로는 알 수 없음.

【土滅金亡】五行說에 의해 土(중앙, 황색)가 金(서방, 백색, 가을)을 물리침을 뜻함.

【天君】몸의 심장을 뜻함. 『荀子』 天論에 "心居中虛, 以治五官, 夫是之謂天君"이라 함.

【飛仙之香】도가의 단약인 듯함.

참고 및 관련자료

1. 『太平廣記』(권4) 衛叔卿

衛叔卿者, 中山人也. 服雲母得仙. 漢儀鳳二年, 八月壬辰, 孝武皇帝閒居殿上, 忽有一人乘雲車, 駕白鹿, 從天而下, 來集殿前. 其人年可三十計, 色如童子, 羽衣星冠. 帝乃驚問曰:「爲誰?」答曰:「吾中山衛叔卿也.」帝曰:「子若是中山人, 乃朕臣也, 可前共語.」叔卿本意謁帝, 謂帝好道, 見之必加優禮, 而帝今云是朕臣也. 於是大失望, 默然不應, 忽焉不知所在. 帝甚悔恨, 卽遣使者梁伯至中山, 推求叔卿, 不得見. 但見其子名度世, 卽將還見. 帝問云:「汝父今在何所?」對曰:「臣父少好仙道, 嘗服藥導引, 不交世事. 委家而去, 已四十餘年. 云當入太華山也.」帝卽遣使者與度世共之華山, 求尋其父. 到山下欲上, 輒火, 不能上也. 積數十日, 度世謂使者曰:「豈不欲令吾與他人俱往乎!」乃齋戒獨上, 未到其嶺, 於絕巖之下, 望見其父. 與數人博戲於石上, 紫雲鬱鬱於其上, 白玉爲床. 又有數仙童執幢節, 立其後. 度世望而載拜. 叔卿曰:「汝來何爲?」度世曰:「帝甚恨前日倉卒, 不得與父言語. 今故遣使者梁伯與度世共來, 願更得見父也.」叔卿曰:「前爲太上所遣. 欲誡帝以大災之期, 及救危厄之法, 國祚可延. 而彊梁自貴, 不識眞道, 而反欲臣我, 不足告語, 是以去耳. 今當與中黃太乙共定天元, 吾終不復往耳.」

度世曰:「不審向與父並坐是誰也?」 叔卿曰:「洪崖先生・許由・巢父・火低公・飛黄子・王子晉・薛容耳. 今世向大亂, 天下無聊. 後數百年間, 土滅金亡. 汝歸, 當取吾齋室西北隅大桂下玉函. 函中有神素書, 取而按方合服之. 一年加能乘雲而行. 道成, 來就吾於此. 勿得爲漢臣也, 亦不復爲語帝也.」度世於是拜辭而去, 下山見梁伯, 不告所以. 梁伯意度世必有所得, 乃叩頭於度世, 求乞道術. 先是度世與之共行, 見伯情行溫實, 乃以語之. 梁伯但不見桂下之神方耳. 後掘得玉函, 封以飛仙之香, 取而餌服, 乃五色雲母. 遂合藥服之, 與梁伯俱仙去. 留其方與子, 而世人多有得之者.

014(2-7) 위백양 魏伯陽

위백양은 오吳 땅 사람이다. 본래 부귀한 집안의 아들이었는데 성품이 도를 좋아하여 벼슬길에는 관심이 없이 한가하게 살며 양생에 힘썼다. 당시 사람들은 그가 어디서 그런 것을 배워 왔는지 알지 못하였다. 그는 그저 백성을 다스린다는 것은 양신養身일 뿐이라 말하였다.

뒤에 그는 제자 세 사람과 산으로 들어가 신단神丹을 만들기에 힘썼으며 단약을 완성하고 나서 자신의 제자들이 진심으로 성의를 다하지 않음을 알고 먼저 이들을 시험하기로 하였다. 그리하여 이렇게 말하였다.

"이 단약이 지금 완성되기는 했으나 먼저 시험을 해 보아야 한다. 지금 개에게 먹여 보아 개가 날아오른다면 사람이 복용할 수 있지만 개가 이를 먹고 죽는다면 복용할 수 없다."

그리고 백양은 산으로 올라가며 특별한 흰 개 한 마리를 따르게 하였다. 그는 몸에 독약의 단약을 가지고 갔는데 이는 조제할 때 굽는 횟수가 부족하여 그 약 성능이 아직 이르지 못한 것으로 이를 먹으면 잠시 동안 죽어 있어야 하는 약이었다. 백양이 고의로 이 독단을 개에 게 먹이자 개는 즉시 죽고 말았다. 이에 백양이 제자들에게 물었다.

"단약을 만들 때 온전하게 되지 않으면 어쩌나 걱정하였다. 그 단약이 완성되기는 했으나 개에게 먹였더니 즉시 죽고 말았다. 아직 신명神明의 뜻에 맞지 않는 것이리라. 이를 복용하였다가 이 개처럼 될까 겁난다. 이를 어찌하면 좋겠는가?"

제자들이 말하였다.

"선생님께서 이를 복용하실 작정이십니까?"

백양이 말하였다.

"나는 세속의 친척을 배반하고 집을 버려 둔 채 산으로 들었다. 선도를 이루지 못하고 다시 돌아간다는 것도 역시 부끄러운 일이다. 죽거나 살거나 나는 의당 복용해 보아야 한다."

그리고 단약을 먹어 버렸다. 그 약이 입으로 들어가자 그는 즉시 죽고 말았다. 그러자 제자들이 서로 돌아보며 이렇게 말하였다.

"단약을 짓는 것은 장생하고자 함이다. 그런데 이를 먹고 죽다니 어쩌면 좋을까?"

그러자 그중 오직 하나의 제자만이 이렇게 나섰다.

"우리 선생님은 보통 사람이 아니다. 단약을 먹고 죽은 것은 어쩌 면 무슨 의도가 있어서 그런 것이 아니겠는가?"

그러고는 역시 단약을 먹고 그도 즉시 죽어 버렸다. 그러자 나머지 두 제자가 서로 이렇게 말하였다.

"단약을 만드는 것은 장생을 구하기 위함이다. 지금 이 약을 먹고

위백양: 『仙佛奇蹤』

죽었다면 어찌 이런 짓을 할 필요가 있겠는가? 만약 지금 이를 먹지 않는다면 그래도 우리는 수십 년은 이 인간 세상에 살아 있을 수 있다.”

그러고는 이를 먹지 아니하고 산을 빠져나와 백양과 죽은 제자를 위하여 시장에 가서 관을 마련하여 장례를 지낼 준비를 서둘렀다.

두 사람이 떠난 후 백양은 다시 살아나 실제 단약을 죽은 제자와 흰 개의 입에 넣어 주어 모두 다시 살아났다. 그 제자의 성이 우虞씨였으며 함께 신선이 되어 사라졌다. 그리고 산에 나무를 하던 사람을 만나 그에게 마을의 두 제자에게 이별의 편지를 전해 주도록 하였다. 두 제자는 그 글을 보고 크게 후회하였다.

백양은『참동계參同契』를 지었는데 오행五行과 서로 비슷한 것으로 모두 3권이었다. 그 설은『주역周易』을 풀이한 것과 비슷하였지만 실제로는 효상爻象을 빌린 것으로 단약을 만드는 이론을 적은 것이다. 유가儒家들은 신선의 일을 알지 못하고 도리어 이를 음양陰陽에 맞추어 주석을 하고 있는데 이는 그 대지大旨에 크게 빗나간 것이다.

　魏伯陽者, 吳人也. 本高門之子, 而性好道術, 不肯仕宦, 閒居養性, 時人莫知其所從來, 謂之治民養身而已. 後與弟子三人入山作神丹, 丹成, 知弟子心不盡誠, 乃試之曰:「此丹今雖成, 當先試之. 今試飴犬: 犬卽飛者, 人可服之; 若犬死者, 則不可服也.」伯陽入山, 特將一白犬自隨; 又

太還丹之象:『雲及七籤』

有毒丹, 轉數未足, 合和未至, 服之暫死, 故伯陽便以毒丹與白犬, 食之
卽死. 伯陽乃問弟子曰:「作丹惟恐不成, 丹卽成, 而犬食之卽死, 恐未合
神明之意. 服之恐復如犬, 爲之奈何?」弟子曰:「先生當服之否?」伯陽曰:
「吾背違世俗, 委家入山, 不得仙道, 亦耻復歸, 死之與生, 吾當服之耳.」
伯陽乃服丹, 丹入口卽死. 弟子相顧謂曰:「作丹欲長生, 而服之卽死, 當
奈何?」獨有一弟子曰:「吾師非凡人也, 服丹而死, 將無有意耶?」亦乃
服丹, 卽復死. 餘二弟子乃相謂曰:「所以作丹者, 欲求長生, 今服卽死,
焉用此爲? 若不服此, 自可數十年在世間活也.」遂不服, 乃共出山, 欲爲
伯陽及死弟子求市棺木殯具. 二人去後, 伯陽卽起, 將所服丹內死弟子及
白犬口中, 皆起. 弟子姓虞, 遂皆仙去. 因逢人入山伐木, 乃作書與鄕里,
寄謝二弟子, 弟子見書始大懊惱.

　　伯陽作『參同契』, 五行相類, 凡三卷. 其說似解『周易』, 其實假借爻象,
以論作丹之意. 而儒者不知神仙之事, 反作陰陽注之, 殊失其大旨也.

【吳】 지역 이름. 지금의 江蘇, 上海, 安徽, 浙江 일대.

【高門】 귀족 집안. 魏晉 이래 흔히 重門, 高門, 寒門 등으로 구분하였음.

【養性】 사람이 타고난 본성을 수양하여 보양함. 『淮南子』 叔眞에 "靜漠恬澹,
所以養性也"라 함.

【神丹】 원래는 신선이 되기 위해 복용하는 靈丹. 그 외에 광물질을 冶金하여
단약을 만드는 것.

【轉數】 보통 연단을 만드는 과정에 9번을 거쳐야 한다 함.

【參同契】 도교의 경전 이름. 『周易參同契』를 말함. 이 책은 東漢 魏伯陽이 찬
술한 것으로 『周易』의 坎, 離, 水, 火, 龍, 虎, 鉛, 汞(수은) 등을 상징하여 煉
丹修仙의 방법을 밝힌 것이라 함. '大易', '黃老', '爐火' 등 三家의 禮法을 하
나로 모아 妙契大道에 이르게 한 것이라 하여 道敎의 煉丹法을 최초로 저술

한 것이며 도교에서는 '丹經王'이라 함. 이를 주석한 사람은 무려 40여 명이나
되며『道藏』太玄部에 八家의 註釋本이 들어 있음. 五代 彭曉, 宋, 朱熹, 陳
顯微, 陰長生, 儲華穀과 무명씨 등 6가의 주석본은 3권으로 하였고, 그 외 무
명씨의 것은 2권으로 나누었으며, 宋 俞琰의 주석은 9권으로 되어 있음.

【五行】金, 木, 水, 火, 土. 이를 바탕으로 相剋과 相生, 相成의 원리에 따라
서로 추론하여 관계의 상징을 삼았음.

【爻象】『周易』은 爻에서 小成卦(3개의 효), 大成卦(6개의 효)로 이루어지며
효는 陰爻(六)와 陽爻(九)로 표기하여 그 위치와 서로의 관계를 상징적으로
풀이하고 있음.

참고 및 관련자료

1.『太平廣記』(권2) 魏伯陽

　　魏伯陽者, 吳人也. 本高門之子, 而性好道術. 後與弟子三人, 入山作神丹, 丹
成, 知弟子心懷未盡, 乃試之曰:「丹雖成, 然先宜與犬試之. 若犬飛, 然後人可服
耳; 若犬死, 卽不可服.」乃與犬食, 犬卽死. 伯陽謂諸弟子曰:「作丹唯恐不成.
旣今成而犬食之死, 恐是未合神明之意. 服之恐復如犬, 爲之奈何?」弟子曰:
「先生當服之否?」伯陽曰:「吾背違世路, 委家入山, 不得道亦恥復還. 死之與生,
吾當服之.」乃服丹, 入口卽死. 弟子顧視相謂曰:「作丹以求長生, 服之卽死. 當
奈此何?」獨一弟子曰:「吾師非常人也, 服此而死, 得無意也.」因乃取丹服之,
亦死. 餘二弟子相謂曰:「所以得丹者, 欲求長生耳. 今服之旣死, 焉用此爲? 不
服此藥, 自可更得數十歲在世間也.」遂不服, 乃共出山. 欲爲伯陽及死弟子求棺
木. 二子去後, 伯陽卽起. 將所服丹內死弟子及白犬口中, 皆起. 弟子姓虞, 遂皆
仙去. 道逢入山伐木人, 乃作手書與鄉里人, 寄謝二弟子, 乃始懊恨. 伯陽作參同
契五行相類, 凡三卷. 其說是周易, 其實假借爻象, 以論作丹之意. 而世之儒者,
不知神丹之事, 多作陰陽注之, 殊失其旨矣.

2. 『仙佛奇蹤』(권3) 魏伯陽

魏伯陽, 吳人. 性好道術, 不樂仕宦, 乃入山作神丹. 時三諸子知兩弟子心不盡誠, 丹成試之日:「丹今雖成, 當先試之犬. 犬無患, 方可服; 若犬死, 不可服也.」伯陽卽以丹與犬食之, 犬卽死. 伯陽曰:「作丹未成, 乃未得神明意耶. 服之恐復如犬, 奈何?」弟子曰:「先生服之否?」伯陽曰:「吾背違世路, 委家于此, 不得仙, 吾亦耻歸, 死與生同, 吾當服之.」伯陽服丹, 入口卽死. 一弟子曰:「師非凡人也, 服丹而死, 得無有意乎?」亦服之, 入口亦死. 二弟子乃相謂曰:「作丹, 求長生爾, 今服丹卽死, 不如不服.」乃共出山, 爲伯陽及死弟子求殯具. 伯陽卽起, 將煉成妙丹, 納死弟子及犬口中, 須臾皆活. 於是將服丹. 弟子姓虞者, 同犬仙去. 逢入山伐薪人, 作手書謝二弟子. 嘗作『參同契』凡二卷. 說似解『周易』, 其實假借爻象, 以寓作丹之旨.

神仙傳

제3권

015(3-1) 심희 沈羲

심희는 오군吳郡 사람이다. 촉중蜀中에서 도를 배웠지만 단지 재앙을 소멸하고 병을 치료하여 백성을 구제하는 데에만 능할 뿐 약물을 복식하는 것은 모르고 있었다. 그의 공덕이 하늘에 알려져 천신天神이 이를 알게 되었다.

심희는 아내 가씨賈氏와 함께 수레를 타고 며느리 탁공녕卓孔寧의 집으로 갈 일이 있어 함께 길을 나섰다가 도중에서 홀연히 백록거白鹿車, 청룡거靑龍車, 백호거白虎車의 수레 하나씩에 뒤에 수십 기의 기마병이 따르는 한 무리를 만나게 되었는데 모두가 붉은 옷에 창을 들고 있었으며 칼을 차고 울긋불긋 길을 가득 메우고 있었다. 그들이 심희에게 물었다.

"그대는 심도사沈道士를 보았소?"

심희가 크게 놀라 되물었다.

"누구를 말하는지 모르겠습니다."

그러자 그들이 다시 말하였다.

"심희라는 자요."

심희가 말하였다.

"그 사람이 바로 접니다. 무슨 이유로 묻는 것입니까?"

그러자 말을 타고 있던 관리가 말하였다.

"심희는 백성에게 공덕을 베풀며 마음속에는 도를 잊지 않고 있소. 어린 시절부터 어떤 허물된 일도 한 적이 없소. 그런데 수명이 길지 않아 그의 복을 계산하면 곧 끝나게 되어 있소. 황로黃老께서 이를 불쌍히 여겨 지금 선관仙官을 파견하여 그를 맞으러 온 것이라오. 시랑 벼슬의 박연이 바로 저 흰사슴의 수레에 타고 있는 분이요, 도세군度世君 사마생司馬生이 바로 청룡 수레에 타고 있는 분이며, 송영送迎의 임무를 맡은 서복徐福이 바로 백호 수레에 타고 계신 분입니다."

그러더니 잠시 후 홀연히 세 사람의 선인이 그 앞에 나타났는데 우의羽衣를 입고 부절符節을 들고 백옥판白玉版에 청옥靑玉의 둘레를 친 장부에 붉은 글씨로 쓰인 것을 심희에게 주는 것이었다. 심희는 꿇어앉아 이를 받았다. 아직 다 읽어 보기도 전에 선인은 다시 심희를 벽락시랑碧落侍郎으로 임명한다고 하면서 오월吳越 지역 사람들의 생사에 관한 호적을 주관하도록 임무를 맡겼다. 그러고는 심희를 수레에 싣고 하늘로 올라가 버렸다. 당시 길가에서 김을 매고 농사일을 하던 자들이 모두 이 모습을 보았는데 어떻게 이런 일이 일어났는지 알 수가 없었다. 그러더니 잠시 후 큰 안개가 일어났고 안개가 걷히자 그 소재를 알 수 없게 되었다. 다만 방금 심희가 타고 왔던 수레를 끌었던 소가 밭에서 싹을 뜯어먹고 있는 모습만 보였다. 어떤 자가 그 소가 심희의 소임을 알고 그 제자에게 일러주었다.

수백 명이 이는 사악한 귀신이 심희를 산골짜기로 끌고 들어간 것이라 겁을 먹고 그 주위 백 리 안을 모두 뒤져 찾아보았지만 찾아낼 수 없었다.

그로부터 4백여 년이 흐른 후 갑자기 그가 집으로 돌아와서는 그 수십 대 후손을 추적하여 찾았는데 그 후손에 심회沈懷가 있었다. 심회는 기뻐 이렇게 고하였다.

"선조의 일이 계속 전해 옴을 들었습니다. 집안의 조상에 선인이 계시다 하였는데 지금 선인이 과연 돌아오셨군요."

이렇게 수십 일을 머물러 있으면서 심희는 처음 하늘에 올라갔을
때의 이야기를 해주었다.

　"천제天帝는 뵐 수 없었고 다만 노군老君이 동쪽을 향해 앉아 있었
으며, 좌우에서 자신에게 지킬 일을 일러주는 것을 듣느라 고맙다는
말도 하지 못한 채 그저 묵묵히 앉아 있을 수밖에 없었다. 궁궐을
보았더니 울울하여 마치 구름이 피어오르는 기운 같았고 오색과 현
황玄黃의 온갖 색채의 물건들은 그 이름도 알 수 없었다. 모시는 신하
가 수백 명이었는데 여자가 많고 남자는 적었다. 뜰에는 구슬나무가
있어 무성하게 덮여 무리를 이루어 자라고 있었고, 용과 호랑이, 그리
고 벽사辟邪가 그 안에서 즐기며 놀고 있었다. 다만 동철銅鐵 소리
같은 낭랑한 음악이 들렸는데 무슨 물건인지 알 수 없었다. 네 벽은
밝은 불꽃이 일었으며 그곳에 부적의 글씨가 씌어 있었다. 노군의
모습은 키가 한 길에 머리카락이 옷까지 늘어져 있었으며 이마와
목에는 빛이 났으며 잠깐 사이마다 자주 변하였다. 옥녀玉女가 금쟁
반과 옥으로 된 잔에 약을 담아 와 이를 나에게 주면서 '이는 신단神丹
입니다. 이를 복용하는 자는 죽지 않습니다'라 하였다. 우리 부부가
각각 하나의 규圭를 받아 이를 다 마시면서 그저 꿇어앉아 절을 할
뿐 감사하다는 말도 하지 못하였다. 그 약을 복용한 이후 다시 선인이
그들에게 달걀 크기 만한 대추 두 개와 다섯 촌寸 크기의 포脯를 주어
이를 나에게 주게 하고 떠나보내면서 이렇게 말하였다. '너는 인간
세계로 돌아가 백성 중에 질병으로 고생하는 자들을 치료하여 구제
하도록 하라. 그대가 다시 하늘나라로 오고 싶거든 이 부적에 써서
대나무 장대 위에 걸어라. 그러면 내 그대를 영접해 맞을 것이다'라
하더니 이에 부적 하나와 선방仙方 하나를 나에게 주었다. 나는 마치

갑자기 잠을 자는 듯 느꼈는데 이미 이 지상에 와 있었다."

뒷사람들은 많은 이가 그의 방술方術을 터득하였다.

노군(노자):『仙佛奇蹤』

沈羲者, 吳郡人也. 學道於蜀中, 但能消灾治病, 救濟百姓, 而不知服食藥物. 功德感於天, 天神識之.

羲與妻賈氏共載, 詣子婦卓孔寧家. 道次忽逢白鹿車一乘・青龍車一乘・白虎車一乘, 從數十騎, 皆是朱衣仗矛, 帶劍, 輝赫滿道. 問羲曰:「君見沈道士乎?」羲愕然曰:「不知何人耶?」又曰:「沈羲.」答曰:「是某也. 何爲問之?」騎吏曰:「羲有功於民, 心不忘道, 從少已來, 履行無過, 壽命不長, 算祿將盡. 黃老愍之, 今遣仙官來下迎之. 侍郎薄延者, 白鹿車是也; 度世君司馬生者, 青龍車是也; 送迎使者徐福者, 白虎車是也.」須臾, 忽有三仙人在前, 羽衣持節, 以白玉版青玉介丹玉字授與羲, 羲跪受, 未能讀. 云拜羲爲碧落侍郎, 主吳越生死之籍, 遂載羲昇天. 時道間鋤耘人皆共見之, 不知何等. 須臾大霧, 霧解失去所在, 但見羲所乘車牛在田中食苗, 或有識是羲車牛者, 以語其家弟子. 數百人恐是邪魅將羲藏於山谷間, 乃分布在百里之內求之, 不得.

而後四百餘年, 忽來還鄉, 推求得其數十世孫, 名懷. 懷喜告曰:「聞先人相傳, 說家祖有仙人, 今仙人果歸也.」留數十日, 羲因話初上天時:

「不得見天帝, 但見老君東向坐, 有左右粉羲不得謝, 但默坐而已. 見宮殿鬱鬱, 有如雲氣, 五色玄黃, 不可名字, 侍者數百人, 多女子及少男. 庭中有珠之樹, 蒙茸叢生, 龍虎辟邪, 遊戲其間. 但聞琅琅有如銅鐵之聲, 不知何物. 四壁熠熠, 有符書著之. 老君形體略高一丈, 披髮垂衣, 頂頂有光, 須臾數變. 有玉女持金盤玉杯, 盛藥賜羲曰:『此是神丹, 服之者不死矣.』夫妻各得一刀圭, 告言飲畢拜而不謝. 服藥後, 賜棗二枚, 大如雞子, 脯五寸, 遣羲去曰:『汝還人間, 救治百姓之疾病者. 君欲來上天, 書此符, 懸於竿杪, 吾當迎汝.』乃以一符及仙方一首賜羲, 羲奄忽如睡, 已在地上.」

後人多得其方術者也.

【吳郡】지명. 지금의 蘇州.
【卓孔寧】인명. 『雲及七籤』에는 '卓孔'으로 되어 있음.

【黃老】한대에 유행한 黃老術. 黃帝와 老子를 중심으로 한 도가사상.

【侍郎·度世君·迎送使者】모두 仙官의 직함.

【徐福】흔히 서불(徐市)과 혼용하여 사용하나 서불은 秦始皇의 명령으로 동남 동녀 3천 명을 데리고 불로장생약을 구하러 삼신산(蓬萊山, 瀛洲山, 方丈山)으로 갔다가 돌아오지 않은 자이며, 서복은 漢 武帝 때의 인물로 보고 있음 (『史記』秦始皇本紀 및 『太平廣記』 등 참조). 『太平廣記』(권4)에 "徐福, 字君房, 不知何許人也. 秦始皇時, 大宛中多枉死者橫道, 數有鳥銜草, 覆死人面, 皆登時活. 有司奏聞始皇, 始皇使使者齎此草, 以問北郭鬼谷先生, 云是東海中祖洲上不死之草, 生瓊田中, 一名養神芝. 其葉似菰, 一株可活千人. 始皇於是謂可索得, 因遣福及童男童女各三千人, 乘樓船入海, 尋祖洲不返, 後不知所之"라 함.

【羽衣】도사들이 입는 옷. 혹은 이 옷을 입고 승천함을 뜻함. 『漢書』郊祀志에 "五利將軍亦衣羽衣, 立白茅上受印"이라 하였고, 顏師古의 주에 "羽衣, 以鳥羽爲衣, 取其神仙飛翔之意也"라 함.

【白玉版靑玉介丹玉字】흰 옥판에 청옥의 格子 칸을 치고 붉은 글씨로 쓴 戶籍이나 名簿.

【吳越】지금의 浙江省 일대. 고대 오나라와 월나라가 있던 지역.

【天帝】하늘 세계의 제왕.

【老君】도교에서 老子를 높여 '太上老君'이라 함.

【辟邪】고대 신의 神獸. 사자의 형상에 날개가 있음. 『急就篇』에 "射魃辟邪除群凶"이라 하고, 주에 "射魃, 辟邪, 皆神獸名"이라 하였으며 이를 軍旗나 허리띠 등에 늘 새겨 넣기도 하였음.

【刀圭】약을 퍼 담는 작은 숟가락.

【奄忽】매우 갑작스러움. 혹은 아주 짧은 시간, 순간.

참고 및 관련자료

1. 『太平廣記』(권5) 沈羲

沈羲者, 吳郡人. 學道於蜀中, 但能消災治病, 救濟百姓, 不知服食藥物. 功德感天, 天神識之. 羲與妻賈共載, 詣子婦卓孔寧家還. 逢白鹿車一乘, 靑龍車一乘,白虎車一乘. 從者皆數十騎, 皆朱衣, 仗矛帶劍, 輝赫滿道. 問義曰:「君是沈羲否?」羲愕然. 不知何等. 答曰:「是也, 何爲問之?」騎人曰:「羲有功於民, 心不忘道. 自少小以來, 履行無過, 壽命不長, 年壽將盡, 黃老今遣仙官來下迎之.」侍郎薄延之, 乘白鹿車是也. 度世君司馬生, 靑龍車是也. 迎使者徐福, 白虎車是也. 須臾, 有三仙人, 羽衣持節, 以白玉簡, 靑玉介丹玉字, 授羲. 羲不能識, 遂載羲昇天. 昇天之時, 道間鉏耘人皆共見. 不知何等, 斯須大霧, 霧解, 失其所在. 但見羲所乘車牛, 在田食苗, 或有識是羲車牛. 以語羲家, 弟子恐是邪鬼, 將羲藏山谷間. 乃分布於百里之內, 求之不得. 四百餘年, 忽還鄉里, 推求得數世孫, 名懷喜. 懷喜告曰:「聞先人說, 家有先人仙去, 久不歸也.」留數十日, 說初上天時, 云不得見帝, 但見老君東向而坐. 左右粃羲不得謝, 但黙坐而已. 宮殿鬱鬱如雲氣, 五色玄黃, 不可名狀. 侍者數百人, 多女少男. 庭中有珠玉之樹, 衆芝叢生. 龍虎成群, 游戲其間. 聞琅琅如銅鐵之聲, 不知何等. 四壁熠熠, 有符書着之. 老君身形略長一丈, 被髮文衣, 身體有光耀. 須臾, 數玉女持金按玉盃, 來賜羲曰:「此是神丹, 飮者不死. 夫妻各一盃, 壽萬歲.」乃告言, 飮服畢, 拜而勿謝. 服藥後, 賜棗二枚, 大如鷄子, 脯五寸, 遺羲曰:「暫還人間, 治百姓疾病. 如欲上來, 書此符, 懸之竿杪, 吾當迎汝.」乃以一符及仙方一首賜羲. 羲奄忽如寐, 已在地上. 多得其符驗也.

2. 『藝文類聚』(권83)

神仙傳曰: 沈羲爲仙人所迎, 見老君, 以金桉玉盤賜之.

3. 『藝文類聚』(권95)

沈羲嘗於道路逢白鹿車一乘, 龍車一乘. 從數十人騎, 迎羲.

016(3-2) 진안세 陳安世

진안세는 경조京兆 사람으로 관숙평灌叔平의 식객이었다. 품성이
인자하여 새나 짐승을 보아도 길에서 내려 피하여 놀라지 않도록

배려하는 자였다. 게다가 살아 있는 벌레도 밟지 아니하며 어떤 생물도 죽여 본 적이 없이 나이 30이 되었다.

그런데 관숙평이 도를 좋아하여 신선을 만나기를 생각하였는데 홀연히 두 선인이 서생書生의 모습으로 변하여 숙평을 따라 사귀면서 그를 시험해 보고자 하였다. 숙평은 당연히 그 서생이 선인인 줄 눈치 채지 못하였다. 이렇게 시간이 한참 지나자 숙평은 게을러져 이들을 잘 대해 주지 않기 시작하였다. 어느 날 숙평이 집 안에서 마침 좋은 음식을 마련하여 즐기고 있을 때 두 선인이 나타나 안세에게 물었다.

"주인 숙평 집에 있는가?"

안세가 대답하였다.

"계십니다."

그리고 들어가 주인 숙평에게 아뢰었다. 이에 숙평이 곧바로 나가려 하자 그 아내가 말렸다.

"배고픈 서생 무리들이 배불리 얻어먹고 싶어서 온 것입니다. 그들에게 줄 것이 없습니다."

이에 숙평은 안세에게 없다고 이르도록 하였다. 그러자 두 사람이 물었다.

"방금 있다고 하더니 지금 없다고 하니 어찌된 일인가?"

안세가 대답하였다.

"주인께서 나에게 그렇게 말하도록 하였습니다."

두 사람은 그가 사실대로 대답하는 것에 대하여 더욱 훌륭하다 여겨 이에 이렇게 상의하였다.

"숙평이 몇 년을 고생하였지만 오늘 우리 두 사람을 만나 도리어 게을러졌다. 그가 우리를 만나지 않았더라면 거의 성공했을 것인데,

실패하고 말았구나."

그리고 안세에게 물었다.

"너는 놀러 다니는 것을 좋아하느냐?"

안세가 대답하였다.

"좋아하지 않습니다."

그들이 다시 물었다.

"그러면 도를 좋아하여 신선이 되고 싶으냐?"

안세가 대답하였다.

"도를 좋아하지만 이를 알 인연을 만나지 못하였습니다."

이에 두 사람이 말하였다.

"너는 보아하니 도를 좋아하는구나. 내일 일찍 길 북쪽 큰 나무 아래에서 만나자."

안세가 일찍 그 약속한 곳으로 갔으나 해가 서쪽으로 기울도록 두 사람을 볼 수 없는 것이었다. 이에 일어서 떠나면서 이렇게 중얼거렸다.

"틀림없이 서생이 나를 속인 것이다."

그러나 두 사람이 이미 귓가에서 그를 부르며 말하였다.

"안세, 너는 어찌 이리 늦었느냐?"

안세가 말하였다.

"아침 일찍 왔습니다. 그런데 그대들을 볼 수 없었습니다."

두 사람이 말하였다.

"나는 너의 귓가에 단정히 앉아 있다."

이리하여 세 번 다시 만날 약속을 하였는데 그때마다 안세가 일찍 나타나자 그들은 가히 가르칠 만하다고 여겨 그에게 약 두 환을 주면서 이렇게 경계해 주었다.

"너는 집으로 돌아가거든 음식을 먹지 말고 따로 한곳을 마련하여 머물도록 하라."

안세는 그들이 일러준 대로 하였고 두 사람은 항상 그가 있는 곳을 찾아왔다. 그런데 숙평이 이를 괴이하게 여겼다.

"안세, 너는 빈 방에 있는데 어찌 사람과 말을 나누는 소리가 들리는가? 찾아와 보면 아무도 보이지 않으니 어찌된 일인가?"

안세가 대답하였다.

"저 홀로 중얼거렸을 뿐입니다."

그러나 숙평은 안세가 음식을 먹지 아니하고 물만 마시며 달리 한곳에 머물러 사는 것을 보고 그가 보통 사람이 아닐 것이라 여겼다. 그리고 스스로 이를 놓쳤음을 알고는 이렇게 탄식하였다.

"무릇 도는 높고 덕은 귀한 것이니, 나이가 많고 적음에 있지 아니하다. 부모가 나를 낳았지만 스승이 없다면 능히 나를 장생하도록 할 수 없다. 나보다 먼저 도를 들은 자라면 곧 스승이 될 수 있다."

그리고는 자신이 제자의 예를 갖추어 조석으로 절하며 안세를 모셔 물 뿌리고 청소하는 일을 도맡았다.

안세는 도가 이루어지자 대낮에 승천하였다. 그는 떠날 때 임하여 드디어 요도要道를 숙평에게 전수하여 주었고, 숙평도 뒤에 신선이 되었다.

陳安世者, 京兆人也, 爲灌叔平客, 稟性慈仁, 行見鳥獸, 下道避之, 不欲驚動. 不踐生蟲, 未嘗殺物, 年三十. 而叔平好道思神, 忽有二仙人託爲書生, 從叔平行遊以觀試之. 叔平不覺其是仙人也, 久而轉懈怠. 叔平在內方作美食, 二仙人復來詣門, 問安世曰: 「叔平在否?」 答曰: 「在.」

因入白叔平. 叔平卽欲出, 其妻止之曰:「餓書生輩, 復欲求腹飽耳, 勿與食.」於是叔平使安世出, 告言不在. 二人曰:「汝向言在, 今言不在, 何也?」答曰:「大家君勑我云耳!」二人益善之以實對, 乃相謂曰:「叔平勤苦有年, 今日値吾二人而反懈怠, 是其不遇我, 幾成而敗之.」乃問安世曰:「汝好遨戲耶?」答曰:「不好也.」又曰;「汝好道希仙耶?」答曰:「好道, 然無緣知耳.」二人曰:「汝審好道, 明日早會道北大樹下.」安世早往期處, 到日西而不見二人, 乃起將去, 曰:「書生定欺我耳.」二人已在其耳邊呼之曰:「安世, 汝來何晩耶?」答曰:「早旦來, 但不見君耳.」二人曰:「我端坐在汝邊耳.」頻三期之, 而安世輒早至, 知其可敎, 乃以藥兩丸與之, 誠曰:「汝歸家, 勿復飮食, 別止一處.」安世依誡, 二人常往其處.

　叔平怪之曰:「安世, 處空室, 何得有人語? 往輒不見, 何也?」答曰:「我獨語耳.」叔平見安世不服食, 但飮水, 止息別位, 疑非常人, 自知失賢, 乃歎曰:「夫道尊德貴, 不在年齒. 父母生我, 然非師則莫能使我長生也, 先聞道者則爲師矣.」乃自執弟子之禮, 朝夕拜事安世, 爲之洒掃. 安世道成, 白日昇天. 臨去, 遂以要道傳叔平, 叔平後亦得仙也.

【京兆】수도 長安을 가리킴. 지금의 陝西省 西安市.
【大家君勑我云耳】사고본에는 '大家勅我去耳'로 되어 있음.

참고 및 관련자료

1. 『太平廣記』(권5) 陳安世

陳安世, 京兆人也. 爲權叔本家傭賃. 稟性慈仁, 行見禽獸, 常下道避之, 不欲驚之. 不踐生蟲, 未嘗殺物. 年十三四, 叔本好道思神. 有二仙人, 託爲書生. 從叔本游, 以觀試之, 而叔本不覺其仙人也. 久而意轉怠, 叔本在內, 方作美食, 而二仙復來詣門, 問安世曰:「叔本在否?」答曰:「在耳.」入白叔本, 叔本卽欲出, 其婦引還而止曰:「餓書生輩. 復欲來飽腹耳.」於是叔本使安世出答, 言不在. 二人曰:「前者云在, 旋言不在. 何也?」答曰:「大家君敎我云耳.」二人善其誠實, 乃謂:「叔本勤苦有年, 今適値我二人, 而乃懈怠. 是其不遇, 幾成而敗.」乃問安世曰:「汝好游戲耶?」答曰:「不好也.」又曰:「汝好道乎?」答曰:「好. 而無由知之.」二人曰:「汝審好道. 明日早會道北大樹下.」安世承言, 早往期處. 到日西, 不見一人. 乃起欲去, 曰:「書生定欺我耳.」二人已在其側, 呼曰:「安世, 汝來何晚也?」答曰:「早來. 但不見君耳.」二人曰:「吾端坐在汝邊耳.」頻三期之, 而安世輒早至. 知可敎, 乃以藥二丸與安世. 誡之曰:「汝歸, 勿復飲食. 別止於一處.」安世承誡. 二人常來往其處. 叔本怪之曰:「安世處空室, 何得有人語.」往輒不見. 叔本曰:「向聞多人語聲, 今不見一人, 何也?」答曰:「我獨語耳.」叔本見安世不復食, 但飲水, 止息別位, 疑非常人. 自知失賢, 乃嘆曰:「夫道尊德貴, 不在年齒. 父母生我, 然非師則莫能使我長生. 先聞道者, 卽爲師矣.」乃執弟子之禮, 朝夕拜事之, 爲之灑掃. 安世道成, 白日昇天, 臨去, 遂以要道術授叔本, 叔本後亦仙去矣.

017(3-3) 이팔백 李八百

이팔백은 촉蜀 땅 사람이다. 그 이름은 알 수 없으나 여러 세대를 두고 사람들은 그를 보았다고 하며 당시 사람들은 이를 계산하여 이미 8백 세가 되었을 것이라 여겨 호를 이렇게 부른 것이다. 가끔 산림에 은거하기도 하고 또 때로는 시장 거리에 나타나기도 하였다.

그는 한중漢中의 당공방唐公昉이라는 자가 도를 구하고자 하였지만 훌륭한 선생님을 만나지 못하고 있다는 것을 알게 되었다.

이에 그는 공방에게 대도大道를 가르쳐 주고자 먼저 찾아가서 시험 삼아 탐문해 보고는 그의 머슴으로 들어갔다. 공방은 이팔백이 누구인지 알지 못하였다. 그저 용의주도함이 남에게 뛰어남을 보고 그를 심히 아끼며 대우해 주었다. 뒤에 팔백은 거짓으로 병이 난 체하여 곧 죽음에 이를 듯이 하였다. 공방이 곧 양의를 불러 약을 조제하였는데 무려 수십 만의 재물이 들었으나 조금도 재물의 손해라 여기지 아니하며 도리어 걱정하는 모습만이 안색에 가득하였다. 팔백은 다시 온몸에 악창이 나도록 하여 몸 둘레 어디에도 짙은 고름과 피가 흘렀으며 악취가 진동하여 가까이 다가가 볼 수가 없을 정도였고 사람이라면 누구나 차마 가까이하지 못하였다. 그런데 공방은 도리어 눈물을 흘리며 이렇게 안타까워하였다.

"그대는 우리 집을 위해 이토록 몇 년을 고생하다가 이렇게 지독한 병에 걸리고 말았소. 나는 그저 그대가 어서 완쾌되기만을 바라면서 조금도 재물에 대해서는 아까워하는 바가 없다오. 그런데도 이렇게 낫지 않고 있으니 내 그대에게 어찌 하였으면 좋겠소?"

이에 이팔백은 이렇게 말하였다.

"저의 이 악창은 낫게 될 것입니다. 그러나 사람이 직접 핥아 주어야 합니다."

그러자 공방은 즉시 비녀婢女 셋을 시켜 이팔백의 창병을 핥아 주도록 하였다. 이팔백은 다시 이렇게 말하였다.

"비녀가 핥아서는 낫게 할 수 없습니다. 만약 그대가 직접 핥아 주신다면 나을 수 있습니다."

이팔백: 『仙佛奇蹤』

　　이팔백은 즉시 스스로 나서서 핥아 주었다. 그러자 이팔백은 다시
이렇게 말하였다.

　　"그대가 핥아 주는 것만으로는 제 병이 나을 수 없습니다. 만약
그대의 부인이 핥아 준다면 차도가 있을 것입니다."

　　공방은 이에 다시 자신의 처를 시켜 이를 핥아 주도록 하였다.
이에 팔백은 이렇게 말하였다.

　　"창병이 차도가 있습니다. 그러나 좋은 술 30곡斛으로 목욕을 하고
나야 모두 낫게 될 것입니다."

공방은 이번에도 즉시 술 30곡을 준비하도록 하고 이를 큰 그릇에 부었다. 이팔백은 일어나 그 술독으로 들어가 목욕하였다. 과연 창병은 모두 나아 그 몸이 마치 응고된 굳기름처럼 희고 아름다웠으며 그 흔적도 남지 않게 되었다. 그제야 이팔백은 이렇게 일러주었다.

"나는 선인이라오. 그대의 지극한 마음에 이렇게 찾아와 시험한 것입니다. 그대는 가히 가르칠 만하오. 지금 당장 도세度世의 비결을 전수해 드리다."

그러고는 공방과 그 부인, 그리고 자신의 악창을 핥아 주었던 비녀 셋으로 하여금 남은 술독에 들어가 목욕토록 하였다. 그랬더니 즉시 모두가 젊어졌고 안색이 아름다운 모습으로 변하는 것이었다. 이에 『단경丹經』한 권을 공방에게 주었다. 공방은 운대산雲臺山으로 들어가 단약을 조제하였다. 단약이 완성되자 이를 복용하여 신선이 되어 사라졌다. 지금 한중에 그의 가족 모두가 승천한 자리가 있다.

李八百者, 蜀人也, 莫知其名. 歷世見之, 時人計之, 已年八百歲, 因以號之. 或隱山林, 或在廛市. 知漢中唐公昉求道而不遇明師, 欲教以至道, 乃先往試之, 爲作傭客, 公昉不知也. 八百驅使用意過於他人, 公昉甚愛待之. 後八百乃僞作病, 危困欲死, 公昉爲迎醫合藥, 費數十萬, 不以爲損, 憂念之意形於顔色. 八百又轉作惡瘡, 周身匝體, 膿血臭惡, 不可近視, 人皆不忍近之. 公昉爲之流涕曰:「卿爲吾家勤苦累年, 而得篤病, 吾趣欲令卿得愈, 無所悋惜, 而猶不愈, 當如卿何?」八百曰:「吾瘡可愈, 然須得人舐之.」公昉乃使三婢爲舐之. 八百曰:「婢舐之不能使愈, 若得君舐之, 乃當愈耳.」公昉卽自爲舐之. 八百又言:「君舐之復不能使吾愈,

若得君婦爲舐之, 當差也.」公昉乃復使妻舐之. 八百日:「瘡乃欲差, 然
須得三十斛美酒以浴之, 乃都愈耳.」公昉即爲具酒三十斛, 著大器中. 八
百乃起入酒中洗浴, 瘡則盡愈, 體如凝脂, 亦無餘痕, 乃告公昉曰:「吾是
仙人, 君有至心, 故來相試. 子定可敎, 今當相授度世之訣矣.」乃使公昉
夫妻及舐瘡三婢, 以浴餘酒自洗, 即皆更少, 顏色悅美. 以『丹經』一卷授
公昉, 公昉入雲臺山中合作丹, 丹成乃服之, 仙去也. 今拔宅之處, 在漢
中也.

【李八百】四庫本에는 '李八伯'으로 되어 있으나『雲及七籤』본에는 '李八百'으
로 되어 있으며『抱朴子』道意,『晉書』周禮傳,『全唐詩』八百洞,『分類東坡
詩』등 다른 모든 기록에는 '李八百'으로 되어 있음. 내용상 8백 세를 살아 그
렇게 불려진 것임. 한편 이름을 알 수 없다고 하였으나『仙佛奇蹤』에는 '李眞'
이며 호는 '紫陽眞君'이라 하였다.

【漢中】지역 이름. 지금의 陝西省 漢中의 동쪽.

【唐公昉】인명. 西漢과 東漢 교체기의 신선.『陝西通治』에 실려 있으며, 城固
사람으로 王莽 때 郡吏를 지냈으나 眞人이 준 神藥을 먹고 禽獸의 말을 알
아들었으며 날아다닐 수 있었다 함. 郡에서 불러 이를 가르쳐 줄 것을 명하였
으나 응하지 않자 그 처를 가두어 버림. 당공방이 스승에게 이를 고하자 스승
이 공방과 그 처에게 약을 주어 큰 바람과 안개를 일으켜 그 집에서 두 사람
이 모두 신선이 되어 승천했다 함.

【合藥】단약을 배합하여 조제함을 말함.

【匝體】몸 전체를 가리키는 말.

【斛】고대 들이의 단위. 10斗를 1斛이라 함.

【凝脂】굳기름이 굳었을 때의 희고 아름다운 모습. 흔히 여인의 백옥 같은 피부나
살을 표현하는 데 사용함. 白居易의「長恨歌」에 "溫泉水滑洗凝脂"라 함.

【度世】도교의 용어로 세상을 건너 신선이 됨을 뜻함.

【丹經】도교의 경전 이름.

【雲臺山】산 이름. 지금의 四川省 三臺縣 남쪽에 있음. 張道陵이 도를 전한 곳으로 유명함.

【拔宅】도가에서 온 집안 식구 모두가 승선함을 일컫는 말.

참고 및 관련자료

1. 『太平廣記』(권7) 李八百

李八百, 蜀人也, 莫知其名, 歷世見之. 時人計其年八百歲, 因以爲號. 或隱山林, 或出市廛. 知漢中唐公昉有志, 不遇明師, 欲教授之. 乃先往試之, 爲作客備賃者, 公昉不知也. 八百驅使用意, 異於他客, 公昉愛異之. 八百乃僞病困, 當欲死. 公昉卽爲迎醫合藥, 費數十萬錢, 不以爲損. 憂念之意, 形於顏色. 八百又轉作惡瘡, 周徧身體, 膿血臭惡, 不可忍近. 公昉爲之流涕曰「卿爲吾家使者, 勤苦歷年, 常得篤疾. 吾取醫欲令卿愈, 無所悋惜, 而猶不愈. 當如卿何?」八百曰「吾瘡不愈, 須人舐之當可.」公昉乃使三婢, 三婢爲舐之. 八百又曰「婢舐不愈, 若得君爲舐之, 卽當愈耳.」公昉卽舐, 復言無益. 欲公昉婦舐之最佳, 又復令婦舐之. 八百又告曰「吾瘡乃欲差, 當得三十斛美酒, 浴身當愈.」公昉卽爲具酒, 着大器中. 八百卽起, 入酒中浴, 瘡卽愈. 體如凝脂, 亦無餘痕. 乃告公昉曰「吾是仙人也. 子有志, 故此相試. 子眞可敎也. 今當授子度世之訣.」乃使公昉夫妻, 并舐瘡三婢, 以其浴酒自浴. 卽皆更少, 顏色美悅. 以丹經一卷授公昉. 公昉入雲臺山中作藥, 藥成, 服之仙去.

2. 『仙佛奇蹤』(권1) 李八百

李八百, 蜀人, 名眞. 居筠陽五龍岡, 歷夏商周年八百歲, 動行則八百里. 時人因號爲李八百. 或隱山林, 或居廛市. 又修煉於華林山石室, 丹成, 還蜀中. 周穆王時, 居金堂山. 蜀人歷代見之, 號紫陽眞君.

018(3-4) 이아 李阿

이아는 촉蜀 땅 사람이다. 촉 사람들은 여러 세대를 거쳐 그를 보았는데 여전히 늙지 않고 그대로였다 한다. 성도成都 시내에서 구걸을 할 때 그는 구걸한 것을 곧바로 가난하고 궁한 자를 구제하는 데 써 버렸으며, 밤에 떠났다가 아침이면 돌아오곤 하여 시중 사람들이 그가 어디에서 자는지 알 수 없었다.

혹 어떤 자가 옛날이야기를 물으면 그는 아무런 말을 하지 아니하므로 단지 그의 얼굴색을 보고 점을 칠 뿐이었는데, 이를테면 그의 안색이 기뻐하는 모습이면 모든 일이 길吉한 것이요, 그의 용모가 슬퍼하는 모습이면 일이 흉함을 나타낸다고 여겼다. 그리고 웃음을 머금으면 큰 경사가 있을 것이요, 희미하게 탄식을 하면 깊은 우려가 있다는 것이다. 이렇게 살핀 대로 그대로 맞지 않은 경우가 없었다.

마침 고강古强이라는 사람이 있어 이아가 비상한 사람일 것이라 여겨 늘 가까이 하며 모셨다. 그리하여 시험 삼아 그가 자고 나오는 곳을 따라가 보았더니 바로 청성산青城山 속이었다. 고강은 뒤에 다시 그를 따라가 보고 싶어 하였지만 자신은 그 길을 몰라 호랑이나 이리의 환난을 두려워하여 자신의 아버지가 쓰던 긴 칼을 가지고 나섰다. 그러자 이아가 이를 보고 노하여 이렇게 말하였다.

"그대가 나를 따라나서면서 어찌 호랑이를 무서워하는가?"

그러고는 고강의 칼을 빼앗아 돌에 내리쳐 부러뜨리고 말았다. 고강은 속으로 그 칼이 아깝다고 여겼다. 아침이 되어 다시 그를 따라나서자 이아는 이렇게 물었다.

"그대는 부러진 칼이 아까운가?"

고강이 말하였다.

"사실 아버지가 노하실 것입니다."

이아는 곧 그 칼을 가져다 오른손 왼손으로 땅을 쳤다. 그랬더니 칼이 다시 달라붙어 원래대로 되는 것이었다. 이를 고강에게 돌려주었고 고강은 다시 이아를 따라 성도로 돌아오게 되었다. 그런데 오는 길 중간에서 내달려오는 수레를 만났는데 이아의 발이 수레바퀴 밑에 깔려 그만 그 발과 정강이가 모두 부러지면서 이아는 그 자리에서 즉사하고 말았다. 고강이 이를 지켜보았더니 잠시 후 이아가 다시 일어나 손으로 부러진 것을 누르고 맞추자 다리가 그대로 온전해지는 것이었다. 당시 고강은 나이가 18세였는데 이아의 안색은 50쯤 되어 보이는 것이었다. 고강이 80여 살에 이르렀을 때도 이아는 아무런 변화가 없이 그대로였다. 뒤에 이아는 사람들에게 "곤륜산崑崙山의 부름을 받았다. 가야 한다"라 하더니 드디어 다시 되돌아오지 않았다.

李阿者, 蜀人也. 蜀人傳世見之, 不老如故. 當乞於成都市, 而所得隨復以拯貧窮者, 夜去朝還, 市人莫知其所宿也. 或問往事, 阿無所言, 但占阿顏色: 若顏色欣然, 則事皆吉; 若容貌慘戚, 則事皆凶; 若阿含笑者, 則有大慶; 微歎者, 則有深憂, 如此之候, 未曾不審也.

有古強者, 疑阿是異人, 常親事之, 試隨阿還所宿, 乃在青城山中. 強後復欲隨阿去, 然身未知道, 恐有虎狼, 故持其父長刀以自衛. 阿見之怒曰;「汝隨我行, 何畏虎耶?」取強刀擊石折敗. 強竊憂刀敗, 至旦復出隨之. 阿問曰:「汝愁刀敗耶?」強言:「實恐父怒.」阿卽取刀, 以左右手擊地, 刀復如故, 以還强. 强逐阿還成都, 未至道次, 逢奔車, 阿以脚置車下, 轢其脚脛皆折, 阿卽死. 强守視之, 須臾阿起, 以手抑按, 脚復如故. 强年十八, 見阿色如五十許人, 至强年八十餘, 而阿猶如故. 後語人云: "被崑崙山召, 當去." 遂不復還耳.

【或問往事,~未曾不審也】『雲及七籤』에는 이 구절이 누락되어 있음.

【靑城山】赤城山, 大面山이라고도 불리며 옛날 黃帝가 이곳에서 甯封子에게 도를 물었다 하며, 漢나라 때는 張道陵이 이 산에 초막을 짓고 도를 닦았다 함. 지금의 四川省 灌縣 서남쪽에 있음.

【守視】四庫本에는 '驚視'로 되어 있음.

참고 및 관련자료

1. 『太平廣記』(권7) 李阿

李阿者, 蜀人. 傳世見之不老. 常乞於成都市, 所得復散賜與貧窮者. 夜去朝還, 市人莫知所止. 或往問事, 阿無所言, 但占阿顔色. 若顔色欣然, 則事皆吉; 若容貌慘戚, 則事皆凶; 若阿含笑者, 則有大慶; 微嘆者, 則有深憂. 如此候之, 未曾不審也. 有古强者, 疑阿異人, 常親事之. 試隨阿還, 所宿乃在靑城山中. 强後復欲隨阿去, 然身未知道. 恐有虎狼, 私持其父大刀. 阿見而怒强曰: 「汝隨我行, 那畏虎也!」 取强刀以擊石, 刀折壞. 强憂刀敗, 至旦隨出, 阿問强曰: 「汝愁刀敗也?」 强言實恐父怪怒. 阿則取刀, 左手擊地, 刀復如故. 强隨阿還成都, 未至, 道逢人奔車. 阿以脚置其車下, 轢脚皆折, 阿卽死. 强怖, 守視之. 須臾阿起, 以手撫脚, 而復如常. 强年十八, 見阿年五十許. 强年八十餘, 而阿猶然不異. 後語人被崑崙山召, 當去. 遂不復還也.

019(3-5) 왕원 王遠

왕원은 자가 방평方平이며 동해東海 사람이다. 효렴孝廉으로 천거
되어 낭중郎中 벼슬을 제수받았고 뒤에 점점 승진하여 중산대부中散
大夫에까지 올랐다. 오경에 박학하였고 특히 천문天文과 도참圖讖에
밝았으며 하락河洛의 요지를 알고 있었다. 그는 천하 성쇠의 시기와
구주九州의 길흉도 미리 알고 있어 모든 것을 손바닥에 놓고 살피듯
하였다.

뒤에 그는 관직을 버리고 산에 들어가 수도하여 도를 성취하였다.
한漢나라 효환제孝桓帝가 이를 듣고 여러 차례 그를 불렀으나 나가지
않았다. 그러자 환제는 군목郡牧을 시켜 그를 강제로 싣고 서울로
오도록 하였다. 이에 왕원은 머리를 숙이고 입을 닫은 채 임금의 물음
에 어떤 대답도 하지 않으면서 대신 궁문의 선판扇板에 4백여 자의
글을 썼는데 모두가 그가 방금 오면서 있었던 일에 관한 것이었다.
환제는 심히 증오하여 이 글씨를 모두 깎아 없애도록 하였다. 그런데
겉에서부터 깎아 나가자 그 안에서 다시 글자가 나타나 글씨의 먹물
이 모두 그 판자 안으로 스며드는 것이었다.

왕원은 자손이 없어 마을 사람들이 대대로 내려오면서 대신 그를
받들어 모셨다. 같은 군의 옛날 태위공太尉公 진탐陳眈은 왕원을 위하
여 도실道室을 지어 주고 아침저녁으로 찾아가 인사를 드렸다. 그러
면서 그는 단지 복을 내려 주고 재앙을 소멸해 줄 것만 빌었지 왕원을
따라 도를 배운 것은 아니었다. 왕원이 진탐의 집에서 40여 년간 사는
동안 그 집에는 병들거나 죽는 사람이 없었으며 노비들조차 모두

이와 같았다. 그리고 육축六畜도 번성하고 농사와 양잠도 만 배가 잘 되었으며 집안의 벼슬길도 높이 올라갔다.

왕원은 뒤에 진탐에게 이렇게 말하였다.

"나의 시기와 운명이 장차 다하려 하오. 떠날 때가 되었소. 더 이상 머물 수가 없소. 내일 정오에 출발할 것이오."

그 시간이 되자 왕원은 죽었다.

진탐은 그가 화거化去하여 떠난 것임을 알고 감히 그를 땅에 묻지 못하고 단지 슬피 울면서 이렇게 탄식하였다.

"그대가 나를 버리고 떠나시면 나는 장차 어찌 해야 합니까?"

그리고 관과 장례 도구를 갖추고 향을 피워 그 침상에서 옷을 입혀 염을 해 두었다. 이렇게 사흘이 밤낮을 지나자 홀연히 그의 시신이 사라지고 없는 것이었다. 그런데 그의 옷과 허리띠는 그대로 풀지 않은 채 마치 뱀이 허물을 벗고 사라진 것과 같았다.

왕원이 사라지고 난 백여 일 뒤, 진탐 역시 죽었다. 혹자는 진탐도 왕원의 도를 얻어 화거한 것이라 말하였으며, 혹 어떤 이는 왕원이 진탐이 장차 죽을 것을 알고 그를 두고 미리 떠난 것이라고도 하였다.

그 뒤 왕원은 동쪽의 괄창산括蒼山으로 가고자 하다가 오吳나라를 지나면서 우선 서문胥門 채경蔡經의 집으로 찾아갔다.

채경은 평범한 서민으로 그의 골상骨相은 마땅히 선인이 될 상이었다. 왕원은 이를 알고 그 때문에 그의 집에 머물게 된 것이다. 이에 왕원이 채경에게 말하였다.

"그대의 운명은 마땅히 도세할 수 있소. 그래서 그대를 선관仙官에 보임하고자 하오. 그러나 그대는 아직 젊고 도에 대하여 알지 못하고 있소. 지금 기는 적고 살은 많아 상승할 수가 없소. 단지 시해尸解할 수 있을 뿐이오. 시해는 아주 한순간에 일어나는 일로 마치 개가 구멍을 통과하는 것과 같을 뿐이오."

그러고는 요체를 일러주며 이에 채경에게 모든 것을 맡기고 떠나버렸다.

뒤에 채경은 갑자기 몸에서 열이 나서 불이 붙은 듯 뜨거워져 물을 뿌려 달라고 하였다. 온 집안이 물을 길어 몸에 부어 주었는데 마치 타고 있는 돌에 물을 쏟듯 하였다. 이렇게 사흘을 계속하자 결국 채경의 몸은 뼈만 서 있는 듯하였다. 그제야 방으로 들어가 스스로 이불을 덮어쓰더니 그만 갑자기 그 소재를 알 수 없게 되었다.

그 이불을 젖혀 보았더니 머리와 발까지 그대로 있는 사람 가죽만 남아 있어 마치 매미가 껍질을 벗고 사라진 모습과 같았다.

그가 떠난 뒤 10년, 갑자기 그가 집으로 돌아왔다. 떠날 때는 이미 늙은이였는데 젊고 건장한 모습으로 변해 있었으며 머리카락도 다시 검어져 있었다. 그는 집안 식구들에게 이렇게 말하였다.

"7월 7일 왕원께서 이곳을 들르게 될 것이다. 그날이 되면 수백 곡斛의 음식을 마련하여 그 종관從官들에게 대접하라."

그러고는 떠나 버렸다. 그날이 되어 그 집안에서는 그릇과 옹기들까지 빌려 와서 수백 곡의 음식을 장만하여 뜰에 가득 차려놓았다.

그날 과연 왕원이 찾아왔다. 왕원이 아직 채경의 집에 이르기 전 금고소관金鼓簫管의 온갖 음악소리와 인마人馬의 소리가 들려왔다. 이 소리가 점점 가까워지나 사람들은 놀라 어떻게 해야 할지 몰랐다. 그 행렬이 채경의 집에 도착하자 온 집안 사람들이 모두 왕원을 보았더니 그들은 원유관遠游冠을 썼으며 붉은 옷에 호두虎頭 혁띠의 바지를 입었고, 오색수五色綬에 칼을 차고 있었으며, 수염은 적었으나 누런색이었고 크지도 작지도 않은 중간 크기의 사람 모습이었다. 그리고 우거羽車를 탔는데 다섯 마리 용이 끌고 있으며 그 용들은 각기 다른 색깔이었다. 온갖 깃발이 앞뒤에서 길을 인도하고 있었고 그 위의는 마치 대장군의 행렬처럼 빛나고 있었다. 열두 부대의 5백 명 군사는 모두가 밀랍으로 그 입을 봉하고 있었다. 그리고 북 치고 나팔 부는 자들이 모두가 기린을 타고 하늘로부터 내려오더니 하늘에 매달려 운집하되 사람의 길을 따라 걷지는 않는 것이었다.

이윽고 이들이 도착하자 이들을 따르던 관리들은 모두 사라져 그 소재를 알 수 없었고 오직 왕원만이 앉아 있는 것이 보였다. 잠시 후 차례로 채경과 그의 부모형제를 만나보는 것이었다. 그리고 사람을 보내어 마고麻姑를 불러 서로 묻고 상의하는데 그 마고가 어떤 신인지 알 수 없었다. 왕원이 마고에게 하는 말이 들렸다.

"저 왕원이 보고 드립니다. 오랫동안 인간 세계에 있지 않다가 지금 여기에 모였습니다. 마고께서 능히 잠시 오셔서 말 좀 나누어 볼 수 있겠습니까?"

잠시 후 답신이 왔는데 그 전하는 말만 들릴 뿐 그런 심부름을 하는 자는 보이지 않았다. 그 마고가 전해 온 대답은 이러하였다.

"저 마고가 재배합니다. 근래 서로 보지 못한 것이 벌써 이미 5백 년이 되었군요. 비록 존비尊卑에는 차례가 있다 하나 그대를 공경함에는 순서가 없습니다. 오래도록 뵙고 싶었습니다. 번거롭게 소식을 보내시니 이를 받잡고 오겠습니다. 심부름하는 자가 찾아왔을 때 응당 곧바로 왔어야 하나 그보다 먼저 하늘의 조칙을 받아 봉래蓬萊의 일을 처리하여야 하겠군요. 잠시 그곳에 갔다가 즉시 돌아올 것입니다. 돌아오면 곧바로 그대를 뵐 것이니 원컨대 즉시 떠나지는 말아

마고: 『仙佛奇蹤』

주십시오."

이렇게 하여 두어 시간쯤 지나자 마고가 왔다. 그가 올 때 역시 먼저 사람과 말의 소리가 들렸다. 이윽고 왔을 때 종관은 왕원의 반 정도 숫자였다.

마고가 이르자 채경과 그 집안 사람들 모두 그를 볼 수 있었다.

그 여자는 매우 아름다운 여인으로 나이는 18, 19세 정도였다. 트레머리를 하였고 나머지 머리카락은 흩어져 허리까지 늘어뜨려져 있었다. 그 옷은 무늬 장식이며 비단은 아니었으나 광채는 햇빛처럼 빛났으며 옷 이름은 알 수 없는 것으로 인간 세상에는 없는 것이었다.

들어와 왕원에게 절을 하자 왕원이 그를 일으켜 세웠다. 함께 자리를 정한 후 각기 음식을 들기 시작하였는데 모두가 금옥의 잔과 쟁반이 끝이 없었다. 그리고 음식은 주로 여러 가지 꽃과 과일이며 향기가 안팎으로 퍼져 나왔다. 포를 찢었는데 마치 송백자松柏炙와 같았으며 이는 기린포麒麟脯라 하였다. 마고가 스스로 이렇게 말하였다.

"그대를 만난 이래 이미 동해東海바다가 세 번 뽕나무밭으로 변하는 것을 보았습니다. 지난 번 봉래에 갔을 때 물이 다시 옛날처럼 얕아져서 장차 반으로 줄어들 것 같습니다. 장차 다시 뭍의 언덕으로 변하려는 것일까요?"

왕원이 웃으며 말하였다.

"성인들이 모두 말하였지요. 바다 가운데 다시 티끌이 흩날리리라고."

이번에는 마고가 채경의 어머니와 그 아내, 그리고 아우를 보고 싶어 하였다. 그 아내는 새로 아이를 낳은 지 수십 일째였다. 마고가 이를 바라보고는 얼른 알아차리고 이렇게 말하였다.

"아! 멈추시오. 앞으로 다가오지 마시오."

그리고 약간의 쌀을 가져오라 하더니 이를 가져오자 곧바로 땅에 뿌리며 그 쌀로 더러운 기운을 제거하는 것이라 하였다. 그런데 그 쌀을 보니 모두가 진주로 변하는 것이었다.

왕원이 이를 보고 웃으며 말하였다.

"마고는 어린 나이요, 나는 늙었도다. 다시 이런 무리들과 교활한 변화를 즐길 수가 없구나."

그리고 왕원은 채경의 집안 사람들에게 말하였다.

"내 그대들에게 술을 내리겠다. 이 술은 하늘의 주방에서 가져온 것으로 그 맛은 순앙醇釀하여 속세의 사람들이 마시기에는 맞지 않다. 이를 마셨다가는 혹 창자가 허물어지기도 한다. 지금 물을 섞어 마셔야 한다. 그대들은 나를 탓하지 말라."

그리고 술 한 되에 한 말의 물을 합하여 저어 이를 채경의 집안 식구들에게 내려 주었다. 사람들이 한 되쯤 마시자 모두가 취하였다. 한참 뒤 술이 다하자 왕원이 좌우에게 일렀다.

"부족하니 다시 가져오너라."

그리고 천 전錢을 여항餘杭의 노파에게 주도록 하였다. 사람들은 그가 술을 사서 구해 오는 소리만 듣게 되었다. 잠깐 사이 그 심부름 하는 자가 돌아왔는데 기름 자루에 술 다섯 말쯤을 가지고 왔다. 그리고 그 여항 노파의 말을 전하였다.

"이 인간 세상의 술은 높으신 어른이 마시기에는 맞지 않을까 걱정 됩니다."

다시 마고의 손톱은 이 세상 사람의 손톱과 달랐으며 모두가 새 발톱 같았다. 채경이 마음속으로 이렇게 말하였다.

"만약 등이 가려운 경우가 생기면 이런 손톱으로 등을 긁으면 참으로 좋겠다."

그러자 왕원이 채경이 마음속으로 한 말을 알고 즉시 사람을 시켜 채경을 끌어와 채찍질을 하도록 명하였다.

"마고는 신인이다. 너는 어찌 갑자기 그 손톱으로 등을 긁는 생각을 하였느냐?"

그리고 곧 채찍이 채경의 등을 때리는 것이 보였는데 역시 그 채찍을 든 사람은 보이지 않는 것이었다. 왕원이 채경에게 고하였다.

"내가 채찍질을 하라 한 것은 거짓으로 때린 것이 아니다."

채경의 이웃에 성이 진씨陳氏인 사람이 살고 있었는데 그 이름이나 자는 알려지지 않았다. 그는 일찍이 위관尉官의 벼슬을 하였는데 파직한 상태였다. 그는 채경의 집에 신인이 나타났다는 소식을 듣고 이에 그 집을 찾아가 머리를 조아리며 뵙게 해 달라고 빌었다. 이에 왕원이 그를 맞이하여 이야기를 나누어 보았다. 이 사람은 신선께서 자신도 채경처럼 부려 달라고 빌었다. 그러자 왕원이 말하였다.

"그대는 일어서시오. 그리고 해를 향해 서시오."

그리고 왕원은 뒤에서 그를 살펴본 후 이렇게 말하였다.

"아! 그대의 마음은 바르지 못하군요. 그림자가 똑바르지 않소. 끝내 하늘의 선도는 가르쳐 줄 수 없고 대신 그대에게 지상의 주재자 직무를 주겠소."

그리고 떠나면서 하나의 부적과 한 권의 저서를 작은 상자에 넣어 이를 진씨에게 주었다. 그리고 이렇게 일렀다.

"이는 그대를 도세度世하게 할 수는 없고 그대를 본래의 수명을 누리게 하는 정도에 그칠 것이오. 그대의 수명은 백 세를 넘기게 될 것입니다. 이로써 가히 재앙을 소멸하고 병을 치료할 수 있소. 병든 자라도 그 생명이 끊어지지는 않을 것이며 죄를 지은 자가 아니라면 이 부적을 가지고 그 집으로 가면 곧 병이 낫게 될 것입니다. 그리고 만약 사악한 귀신이 혈식血食, 제사 중에 재앙을 부린다면 그대가 이 책을 가지고 토지신의 관리에게 명령하면 그들이 당장 그 귀신을 잡아 멀리 보내 버릴 것이오. 그러니 그대의 마음속에 그 경중을 알아 그 때를 당할 때마다 그에 맞게 이를 처리하시오."

진씨는 이 부적을 가지고 사람을 치료하였더니 효험이 있었다. 이에 이를 받드는 자가 수백 가는 되었다. 진씨는 111세를 살고 죽었다. 그가 죽은 후 그 자손이 그 부적을 가지고 실행해 보았으나 다시는 그런 효험이 나타나지 않았다.

왕원이 떠난 후, 채경의 집에서 준비하여 뜰에 차려놓았던 음식 수백 곡은 모두가 없어졌는데 역시 그 음식을 먹는 사람은 볼 수 없었다. 채경의 부모가 사사롭게 채경에게 물었다.

"왕원은 어떤 신이냐? 그리고 어디에 사느냐?"

채경이 대답하였다.

"그는 항상 곤륜산을 다스리고 있으며 나부산羅浮山과 괄창산括蒼山을 다니고 계십니다. 이 세 산 위에는 궁전이 있는데 그 궁전들은 모두 왕궁과 같습니다. 왕원께서는 하늘의 일을 맡고 계시며 하루에 천상을 서로 다니시기를 몇 번씩이나 하십니다. 그리고 지상 오악五嶽의 생사에 관한 일은 모두가 그 왕원께서 관여하십니다. 왕원께서 나타나실 때는 혹 백관을 모두 거느릴 수 없을 수도 있어 오직 하나의 누런 기린을 타고 순사 수십 명을 거느리고 그들의 시중을 받습니다. 매번 행차에 항상 산림이 그 아래 펼쳐져 있으며 땅으로부터 수백 길 위에 있습니다. 그가 닿는 곳이면 산과 바다의 신들이 모두 나와 그를 받들어 영접하면서 절하고 알현하며, 혹 도를 가진 자 천 명씩이 함께 하기도 합니다."

그로부터 몇 년 뒤, 채경이 잠시 집으로 돌아와 집안을 살폈다. 그리고 왕원이 편지글을 써서 진씨에게 보냈는데 그 진서眞書, 해서의 글씨체는 아주 컸으며 잘 쓴 글씨는 아니었다.

그에 앞서 자가 방평方平이요 이름이 원遠인 이 사람을 아는 자가 없었다. 그런데 이 일이 있고부터 진씨의 그 편지로 인해 알게 된 것이다.

그 진씨의 집은 지금도 있으며 세세토록 왕원이 손으로 써 준 편지와 작은 상자에 넣어 내려 주었던 부적과 책을 기록하여 보존하고 있으며 이를 비록秘錄으로 여기고 있다.

王遠, 字方平, 東海人也. 舉孝廉, 除郎中, 稍加至中散大夫. 博學五經, 尤明天文圖讖, 識河洛之要, 逆知天下盛衰之期, 九州吉凶, 觀諸掌握. 後棄官入山修道, 道成, 漢孝桓帝聞之, 連徵不出, 使郡牧逼載, 以詣京師. 遠低頭閉口, 不肯答詔, 乃題宮門扇板四百餘字, 皆說方來之事. 帝惡之, 使人削之, 外字始去, 內字復見, 字墨皆徹入板裏.

方平無復子孫, 鄉里人累世相傳共事之. 同郡故太尉公陳耽, 爲方平架道室, 旦夕朝拜之, 但乞福消災, 不從學道. 方平在耽家四十餘年, 耽家無疾病死喪, 奴婢皆然, 六畜繁息, 田蠶萬倍, 仕宦高遷. 後語耽云:「吾期運將盡, 當去, 不得復停. 明日日中, 當發也.」至時, 方平死. 耽知其化去, 不敢下著地, 但悲涕歡息曰:「先生捨我去耶, 我將何如?」具棺器, 燒香, 就床上衣裝之. 至三日三夜, 忽失其尸, 衣帶不解, 如蛇蛻耳.

方平去後百餘日, 耽亦病死. 或謂耽得方平之道化去, 或謂方平知耽將終, 委之而去也. 其後, 方平欲東之括蒼山, 過吳, 往胥門蔡經家.

經者, 小民也, 骨相當仙, 方平知之, 故住其家, 遂語經曰:「汝生命應得度世, 故欲取汝以補仙官. 然汝少不知道, 今氣少肉多, 不得上昇, 當爲尸解耳. 尸解一劇須臾, 如從狗竇中過耳.」告以要言, 乃委經去. 後經忽身體發熱如火, 欲得水灌, 舉家汲水以灌之, 如沃燋石. 似此三日中, 消耗骨立, 乃入室以被自覆, 忽然失去所在. 視其被中有皮, 頭足俱存,如蟬蛻也.

去十餘年, 忽然還家. 去時已老, 還更少壯, 頭髮還黑, 語其家云:「七月七日, 王君當來過. 到期日, 可多作數百斛飲食, 以供從官.」乃去. 到期日, 其家假借盆甕作飲食數百斛, 羅列覆置庭中.

其日方平果來, 未至經家, 則聞金鼓簫管人馬之聲, 比近, 皆驚, 不知何等. 及至經家, 舉家皆見方平, 著遠遊冠, 朱服虎頭鞶囊, 五色綬帶劍, 少鬚, 黃色, 長短中形人也. 乘羽車, 駕五龍, 龍各異色. 麾節幡旗, 前後導從, 威儀奕奕如大將軍也. 有十二隊五百士, 皆以臘蜜封其口. 鼓吹皆乘麟, 從天上來下, 懸集, 不從人道行也. 卽至, 從官皆隱, 不知所在, 惟見方平坐耳. 須臾, 引見經父母兄弟.

因遣人召麻姑相問, 亦莫知麻姑是何神也. 言:「方平敬報. 久不在民間, 今集在此, 想姑能暫來語否?」有頃, 信還, 但聞其語, 不見所使人也. 答言:「麻姑再拜. 比不相見, 忽已五百餘年, 尊卑有序, 脩敬無階, 思念久. 煩信承來, 在彼登當躬到, 而先被詔, 當案行蓬萊. 今便暫往, 如是當還, 還便親覲, 願未卽去.」如此兩時間, 麻姑來, 來時亦先聞人馬之聲. 卽至, 從官當半於方平也.

麻姑至, 蔡經亦舉家見之. 是好女子, 年十八九許. 於頂中作髻, 餘髮散垂至腰. 其衣有文章而非錦綺, 光彩耀日, 不可名字, 皆世所無有也. 入拜方平, 方平爲之起立. 坐定, 各進行廚, 皆金玉杯盤無限也. 餚膳多是諸花菓, 而香氣達於內外. 擘脯而行之如松柏炙, 云是麟脯也. 麻姑自說:「接待以來, 已見東海三爲桑田; 向到蓬萊, 水又淺於往昔, 會將略半也, 豈將復還爲陵陸乎?」方平笑曰:「聖人皆言, 海中行復揚塵也.」

麻姑欲見蔡經母及婦弟, 時婦新産數十日, 麻姑望見, 乃知之曰:「噫! 且止, 勿前.」卽求少許米至, 得米, 便以撒地, 謂以米祛其穢也, 視米皆成眞珠. 方平笑曰:「姑故少年也. 吾老矣, 不喜復作此曹輩狡獪變化也.」

方平語經家人曰:「吾欲賜汝輩酒, 此酒乃出天廚, 其味醇釀, 非俗人所宜飲, 飲之或能爛腸. 今當以水和之, 汝輩勿怪也.」乃以一升酒, 合水一斗, 攪之, 以賜經家人. 人飲一升許, 皆醉. 良久, 酒盡, 方平語左右曰:「不足復還取也.」以千錢與餘杭姥, 相聞求其酤酒. 須臾信還, 得一油囊, 酒五斗許. 新傳餘杭姥答言:「恐地上酒不中尊者飲耳.」

又麻姑手爪不如人爪形, 皆似鳥爪, 蔡經中心私言:「若背大癢時, 得以此爪以爬背, 當佳也.」方平已知經心中所言, 卽使人牽經鞭之曰:「麻姑神人也, 汝何忽謂其爪可以爬背耶?」便見鞭著經背, 亦不見有人持鞭者. 方平告經曰:「吾鞭不可妄得也.」

經比舍有姓陳, 失其名字, 嘗罷尉. 聞經家有神人, 乃詣門扣頭求乞拜見. 於是方平引前與語, 此人便乞得驅使, 比於蔡經. 方平曰:「君且起, 可向日立.」方平從後視之曰:「噫! 君心不正, 影不端, 終不可敎以仙道也, 當授君地上主者之職.」臨去以一符幷一傳著小箱中, 以與陳尉, 告言:「此不能令君度世, 止能令君竟本壽, 壽自出百歲也. 可以消災治病, 病者命未終, 及無罪犯者, 以符到其家, 便愈矣. 若有邪鬼血食作禍祟者, 君帶此傳以勑社吏, 當收送其鬼. 君心中亦當知其輕重, 臨時以意治之.」陳尉以此符治病有效, 事之者數百家. 陳尉壽一百一十一歲而死, 死後其子孫行其符, 不復效矣.

方平去後, 經家所作飲食數百斛在庭中者悉盡, 亦不見人飲食之也. 經

父母私問經曰:「王君是何神人? 復居何處?」答曰:「常治崑崙山, 往來
羅浮山·括蒼山. 此三山上皆有宮殿, 宮殿一如王宮. 王君常任天曹事,
一日之中, 與天上相反覆者數遍. 地上五嶽生死之事, 悉關王君. 王君出
時, 或不盡將百官, 惟乘一黃麟, 將士數十人侍. 每行, 常見山林在下, 去
地常數百丈. 所到則山海之神, 皆來奉迎拜謁, 或有千道者.」

後數年, 經復暫歸省家. 方平有書與陳尉, 眞書廓落大而不工.

先是無人知方平名遠者, 起此, 乃因陳尉書知之. 其家於今, 世世存錄
王君手書及其符傳於小箱中, 秘之也.

【東海】 지명. 지금의 山東省 동부.

【孝廉】 한대의 인재 발굴과 추천의 한 제도. 孝誠과 淸廉을 근거로 지방에서
추천하여 벼슬을 주던 제도. 漢 武帝 때 시작되었다 함.

【五經】 儒家의 다섯 가지 경전. 흔히 易, 書, 詩, 禮, 春秋를 가리킴.

【天文】 하늘의 별과 날씨 등을 중심으로 연구하고 길흉을 점치던 방술.

【圖讖】 무사나 방사들의 예언이나 은어로써 길흉과 징조를 가려내던 방술의
일종. 『後漢書』 光武帝紀에 "宛人李通等, 以圖讖說光武云: '劉氏復起, 李氏爲
輔.'"라 하였고, 李賢의 주에 "圖, 河圖也; 讖, 符命之書. 讖, 驗也. 言爲王者
受命之徵驗也"라 함.

【河洛】 '河圖洛書'의 준말. 『周易』 繫辭(上)에 "河出圖, 洛出書, 聖人則之"라
함. 전설상 伏羲氏 때 龍馬가 河水에서 그림을 지고 나왔으며, 神龜가 洛水
에서 글씨를 짊어지고 나왔다 함. 이를 근거로 八卦를 그려 지금의 『주역』이
되었다 함.

【九州】 고대 禹임금이 나눈 중국의 아홉 구역. 『書經』 禹貢에 冀州, 兗州, 靑
州, 雍州, 徐州, 揚州, 荊州, 豫州, 梁州를 들고 있으나 『爾雅』 釋地에는 徐
州, 梁州 대신 幽州, 營州를 들고 있음.

【孝桓帝】 동한의 황제. 이름은 劉志. 147~167년 재위.

【郡牧】직책 이름. 군의 군사를 관장함.

【六畜】흔히 소, 말, 양, 돼지, 개, 닭을 말함.

【括蒼山】지금의 浙江省 靑田縣에 있는 산으로 道敎 36 小洞天 중의 하나.

【胥門】성문 이름. 지금의 蘇州城의 西門.

【骨相】관상법의 하나로 골격을 보고 미래의 상을 판단함.

【尸解】신선이 되는 하나의 방법. 수도자가 죽으면서 혼백이 신선이 되는 것.

【遠游冠】모자 이름. 『後漢書』 興服志(下)에 "遠游冠, 制如通天, 有展筒橫之 於前, 無山述, 諸王所服也"라 함.

【鞶】가죽으로 만든 허리띠.

【麻姑】고대 여자 신선.

【天廚】별 이름. 『星經』(上)에 "天廚六星, 在紫微宮東北維. 近傳舍北百官廚, 今光祿廚像之"라 하여 훌륭한 음식의 뜻으로도 쓰임.

【餘杭姥】餘杭의 늙은 노파. 여항은 지명. '모(姥)'는 늙은이를 가리키며 여기 서는 신선의 이름.

【血食】제사를 뜻함. 고대 희생을 잡아 그 피를 제사용으로 썼음.

【社吏】토지신을 말함. 社公과 같음.

【羅浮山】지금의 廣東省 增城, 博羅, 河源縣에 걸쳐 있는 산. 도교의 第七洞 天이 있으며 葛洪도 일찍이 이곳에서 수도하였다 함. 『藝文類聚』(권81)에 "羅 浮山記曰:「羅浮山中菖蒲, 一寸二十節.」"라 함.

【括蒼山】道敎 十大洞天 중의 第十洞天이 있음. 지금의 절강성 仙居, 臨海縣 에 걸쳐 있음.

【天曹】도교 하늘 세계의 관리들. 神官, 仙官.

【眞書】한자 서체 중의 楷書體를 말함.

참고 및 관련자료

1. 『雲及七籤』의 『神仙傳』에는 "經者, 小民也" 이하부터 끝까지를 따로 「蔡 經」으로 분리하여 한 장을 삼고 있다. 한편 내용은 '麻姑'와 관련이 깊다.

2. 『太平廣記』(권7) 王遠

王遠, 字方平, 東海人也. 舉孝廉, 除郎中, 稍加中散大夫. 學通五經, 尤明天文圖讖河洛之要. 逆知天下盛衰之期, 九州吉凶, 如觀之掌握. 後棄官, 入出修道, 道成. 漢孝桓帝聞之. 連徵不出, 使郡國逼載, 以詣京師. 遠低頭閉口, 不答詔. 乃題宮門扇板四百餘字, 皆說方來之事. 帝惡之, 使削去. 外字適去, 內字復見. 墨皆徹板裏, 削之愈分明. 遠無子孫, 鄉里人累世相傳供養之, 同郡太尉陳耽, 爲遠營道室. 旦夕朝拜之. 但乞福, 未言學道也. 遠在陳家四十餘年, 陳家曾無疾病死喪, 奴婢皆然, 六畜繁息, 田桑倍獲. 遠忽語陳耽曰:「吾期運當去, 不得久停. 明日日中當發.」至時遠死, 耽知其仙去, 不敢下着地. 但悲啼嘆息曰:「先生捨我, 我將何怙?」具棺器燒香, 就牀衣裝之. 至三日夜, 忽失其屍. 衣冠不解, 如蛇蛻耳. 遠卒後百餘日, 耽亦卒, 或謂耽得遠之道化去. 或曰:「知耽將終, 故委之而去也.」初遠欲東入括蒼山. 過吳, 住胥門蔡經家. 蔡經者, 小民耳, 而骨相當仙. 遠知之, 故住其家. 遂語經曰:「汝生命應得度世, 欲取汝以補官僚耳. 然少不知道, 今氣少肉多, 不得上去. 當爲屍解, 如從狗竇中過耳.」於是告以要言, 乃委經而去. 經後忽身體發熱如火, 欲得冷水灌之. 舉家汲水灌之, 如沃焦石, 如此三日. 銷耗骨立, 乃入室. 以被自覆, 忽然失之. 視其被內, 唯有皮, 頭足具如蟬蛻也. 去十餘年, 忽遠家. 容色少壯, 鬢髮鬒黑. 語家人曰:「七月七日, 王君當來. 其日可多作飲食, 以供從官」. 至其日, 經家乃借甕器, 作飲食百餘斛, 羅列布置庭下. 是日, 王君果來. 未至, 先聞金鼓簫管人馬之聲. 此近皆驚, 莫知所在. 及至經舍, 舉家皆見遠. 冠遠遊冠, 朱衣, 虎頭鞶囊, 五色綬, 帶劍, 黃色少髭, 長短中形人也; 乘羽車, 駕五龍, 龍各異色. 前後麾節, 幡旗導從, 威儀奕奕, 如大將軍也. 有十二伍伯, 皆以臘封其口. 鼓吹皆乘龍, 從天而下, 懸集於庭. 從官皆長丈餘, 不從道衢. 既至, 從官皆隱, 不知所在, 唯獨見遠坐耳. 須臾, 引見經父母兄弟. 因遣人召麻姑, 亦莫知麻姑是何人也. 言曰:「王方平敬報. 久不到民間, 今來在此. 想姑能暫來語否?」須臾信還, 不見其使. 但聞信語曰:「麻姑載拜, 不相見忽已五百餘年. 尊卑有序, 拜敬無階. 煩信承來在彼. 食頃即到, 先受命當按行蓬萊. 今便暫往, 如是當還. 還便親覲, 願未即去.」如此兩時, 聞麻姑來. 來時亦先聞人馬聲. 既至, 從官半於遠也. 麻姑至, 蔡經亦舉家見之. 是好女子, 年可十八九許.

於頂上作髻, 餘髮散垂至腰. 衣有文采, 又非錦綺, 光彩耀目, 不可名狀, 皆世之所無也. 入拜遠, 遠爲之起立, 坐定. 各進行廚, 皆金盤玉盃無限也. 餚饍多是諸花, 而香氣達於內外. 擘脯而食之, 云:「麟脯.」麻姑自說云:「接侍以來. 已見東海三爲桑田. 向到蓬萊, 又水淺於往日會時略半耳. 豈將復爲陵陸乎?」遠嘆曰:「聖人皆言海中行復揚塵也.」麻姑欲見蔡經母及婦等. 時經弟婦新産數日, 姑見知之, 曰:「噫! 且立, 勿前.」卽求少許米來, 得米擲之墮地, 謂:「以米袪其穢也.」視其米皆成丹砂. 遠笑曰:「姑故年少也. 吾老矣. 不喜復作如此狡獪變化也.」遠謂經家人曰:「吾欲賜汝輩美酒, 此酒方出天廚, 其味醇釅, 非俗人所宜飮. 飮之或能爛腸, 今當以水和之. 汝輩勿怪也.」乃以斗水, 合升酒攪之, 以賜經家人. 人飮一升許, 皆醉. 良久酒盡, 遠遣左右曰:「不足復還取也. 以千錢與餘杭姥, 乞酤酒.」須臾信還, 得一油囊酒, 五斗許. 使傳餘杭姥答言:「恐地上酒不中尊飮耳.」麻姑手爪似鳥. 經見之, 心中念曰:「背大癢時, 得此爪以爬背, 當佳也.」遠已知經心中所言, 卽使人牽經鞭之, 謂曰:「麻姑神人也. 汝何忽謂其爪可爬背耶?」但見鞭着經背, 亦莫見有人持鞭者. 遠告經曰:「吾鞭不可妄得也.」經比舍有姓陳者, 失其名, 嘗罷縣尉. 聞經家有神人, 乃詣門叩頭, 求乞拜見. 於是遠使引前與語. 此人便欲從驅使, 比於蔡經, 遠曰:「君且向日而立.」遠從後觀之曰:「噫! 君心邪不正, 終未可敎以仙道. 當授君地上主者之職司.」臨去, 以一符并一傳, 著以小箱中, 與陳尉. 告言:「此不能令君度世, 止能存君本壽. 自出百歲向上, 可以禳災治病者, 命未終及無罪者. 君以符到其家, 便愈矣. 若邪鬼血食作祟禍者, 便帶此符, 以傳勑吏, 遣其鬼. 君心中亦當知其輕重, 臨時以意治之.」陳以此符治病有效. 事之者數百家, 壽一百一十歲而死. 死後子弟行其符, 不復驗矣. 遠去後, 經家所作飮食, 數百斛皆盡, 亦不見有人飮食也. 經父母私問經曰:「王君是何神人? 復居何處?」經曰:「常在崑崙山, 往來羅浮・括蒼等山. 山上皆有宮室, 主天曹事. 一日之中, 與天上相反覆者十數過. 地上五嶽生死之事, 皆先來告王君. 王君出, 城盡將百官從行. 唯乘一黃麟, 將十數侍人. 每行常見山林在下, 去地常數百丈. 所到則山海之神皆來奉迎拜謁.」其後數十年, 經復暫歸家, 遠有書與陳尉, 其書廓落, 大而不工. 先是人無知方平名遠者, 因此乃知之. 陳尉家于今世世存錄王君手書, 并符傳於小箱中.

3. 『太平廣記』(권60) 麻姑

漢孝桓帝時. 神仙王遠, 字方平, 降於蔡經家. 將至一時頃, 聞金鼓簫管人馬之聲, 及擧家皆見. 王方平戴遠遊冠, 着朱衣, 虎頭鞶囊, 五色之綬, 帶劍, 少鬚, 黃色, 中形人也. 乘羽車, 駕五龍, 龍各異色. 麾節幡旗, 前後導從, 威儀奕奕, 如大將軍. 鼓吹皆乘麟, 從天而下, 懸集於庭. 從官皆長丈餘, 不從道行. 既至, 從官皆隱, 不知所在, 唯見方平. 與經父母兄弟相見, 獨坐久之, 卽令人相訪. 經家亦不知麻姑何人也. 言曰:「王方平敬報姑. 余久不在人間, 今集在此, 想姑能暫來語乎.」有頃, 使者還. 不見其使, 但聞其語云:「麻姑再拜, 不見忽已五百餘年. 尊卑有叙, 修敬無階, 煩信來. 承在彼, 登山顚倒, 而先受命, 當接行蓬萊, 今便暫往, 如是當還. 還便親覲, 願來卽去, 如此兩時間.」麻姑至矣, 來時亦先聞人馬簫鼓聲. 既至, 從官半於方平. 麻姑至, 蔡經亦擧家見之. 是好女子, 年十八九許. 於頂中作髻, 餘髮垂至腰. 其衣有文章, 而非錦綺, 光綵耀目, 不可名狀. 入拜方平, 方平爲之起立. 坐定, 及丹成. 又二十餘年, 既術用精妙. 遂入蜀, 遊諸名山. 率身行敎, 夫人棲眞江表, 道化甚行. 以漢桓帝永, 永嘉元年乙酉到蜀, 居陽平化. 煉金液還丹, 依太乙元君所授黃帝之法. 積年丹成, 變形飛化, 無所不能. 以桓帝永壽二年丙申九月九日, 與天師於閬中雲臺化, 白日昇天. 位至上眞東岳夫人. 字衡, 字靈眞. 繼志修煉, 世號嗣師. 以靈帝光和二年, 歲在己未, 正月二十三日. 於陽平化, 白日昇天. 孫魯, 字公期, 世號嗣師. 當漢祚陵夷, 中土紛亂, 爲梁益二州牧, 鎮南將軍. 理於漢中, 魏祖行靈帝之命, 就加爵秩. 旋以劉璋失蜀, 蜀先主擧兵, 公期託化歸眞, 隱影而去. 初, 夫人居化中, 遠近欽奉, 禮謁如市. 遂於山趾化一泉, 使禮奉之人, 以其水盥沐, 然後方詣道靜, 號曰解穢水. 至今在焉. 山宥三重, 以象三境. 其前有白陽池, 卽太上老君遊宴之所. 後有登眞洞, 與青城・峨眉・青衣山・西玄山洞府相通, 故爲二十四化之首也.

4. 『仙佛奇蹤』(권1) 麻姑

麻姑仙人, 王方平之妹. 漢桓帝時, 方平降蔡經之家, 曰:「汝當得度世, 故來

敎汝. 但汝氣少肉多, 未能卽上天. 當作尸解.」乃告以要言而去. 經後忽身發熱
如火三日. 肉消骨立, 入室以被, 自覆. 忽然失其所在, 視其被中, 但有形如蛇蛻.
後十餘年, 忽還家. 語家人曰:「七月七日, 王君復來. 當作酒數百斛, 以待其日.」
方平果著遠游冠, 乘五龍車, 前後麾節旌旗, 導衛如大將軍, 侍從, 旣至. 從官皆
隱經. 父兄鴐畢. 方平乃遣人迎麻姑. 少頃, 麻姑至經, 擧家見之. 年可十八許,
頂中作髻. 餘髮散垂至腰, 錦衣繡裳, 光彩耀目. 坐定, 自進行廚, 擗麟脯. 器皆
金玉. 時經婦新産, 麻姑見之, 乃曰:「噫! 且止. 勿前.」索少許米來, 擲地皆成丹
砂. 方平笑曰:「麻姑猶作少年戲也.」姑云:「接待以來, 東海三爲桑田, 蓬萊水又
淺矣.」方平亦曰:「聖人皆言海中將復揚塵也.」麻姑手似鳥爪, 蔡經私念:「背痒
時, 得此爪, 搔之佳.」方平卽知, 乃鞭經背曰:「麻姑神人也. 汝謂其爪可搔背痒
耶!」方平去, 麻姑亦辭去.

5. 『藝文類聚』(권8)

神仙傳曰: 麻姑謂王方平曰:「自接侍以來, 見東海三爲桑田, 向到蓬萊, 水乃
淺於往者略半也. 豈復爲陵乎?」

6. 『藝文類聚』(권72)

神仙傳曰: 王遠至蔡經家, 與麻姑共設肴膳, 擗脯而行, 云是麟脯.

020(3-6) 백산보 伯山甫

백산보는 옹주雍州 사람이다. 화산華山에서 사색과 복이服餌로 수
양하면서 때때로 고향으로 돌아와 부모님 안부를 여쭙기도 하였다.
이와 같이 하기를 2백여 년이었지만 조금도 늙지 않았다.

매번 어느 집에 들어갈 때면 그 집 선세先世에 이미 지은 선악과

공과功過를 알아 마치 실제 그들이 다시 나타난 듯이 하였고, 또한 미래의 길흉을 알고 있어 그의 말이 들어맞지 않는 것이 없었다.

그는 마침 자신의 외생녀外甥女가 나이가 들어 늙었는데 병이 많음을 보고 약을 지어 주었다. 그 여인은 이 약을 먹을 때 70살이었는데 점점 젊어지더니 그 안색이 마치 복숭아꽃 같았다. 한漢나라 조정에서 사자가 서하西河를 지나다가 성의 동쪽에서 어떤 여자가 한 늙은 이에게 매를 때리는 모습을 보게 되었다. 그 노인은 머리가 하얗게 센 백발이었는데 꿇어앉아 그대로 매를 맞고 있는 것이었다. 사자가 괴이히 여겨 물었더니 여자는 이렇게 대답하는 것이었다.

"이는 나의 아들입니다. 옛날 나의 외삼촌 백산보께서 신방神方을 나에게 가르쳐 주었지요. 그 약을 이 아들에게 먹이고자 하였지만 먹지 않아 지금 이렇게 늙고 쇠하여 나만도 못한 것입니다. 이에 제가 성이 나고 노하여 매질을 하고 있는 것입니다."

사자가 물었다.

"그대와 아들의 지금 나이가 각각 얼마나 되오?"

그러자 여자는 이렇게 대답하였다.

"나는 지금 230살이요, 이 아들은 지금 70살입니다."

이 여인은 뒤에 화산으로 들어가 신선이 되어 사라졌다.

伯山甫者, 雍州人也. 在華山中精思服餌, 時時歸鄕里省親, 如此二百餘年不老. 每入人家, 卽知人家先世已來善惡功過, 有如臨見; 又知未來吉凶, 言無不效. 見其外甥女年老多病, 將藥與之, 女服藥時年七十, 稍稍還少, 色如桃花. 漢遣使者經見西河城東有一女子笞一老翁, 其老翁頭髮皓白, 長跪而受杖. 使者怪而問之, 女之曰:「此是妾兒. 昔妾舅氏伯山甫, 以神方敎妾, 妾敎使服之, 不肯, 而至今日衰老, 不及於妾. 妾志怒, 故與之杖耳.」 使者問:「女及兒, 今各年幾?」 女子答云:「妾年二百三十歲矣, 兒今年七十歲.」 此女後入華山, 得仙而去.

【雍州】지금의 陝西, 甘肅, 靑海 일대의 고지명. 혹 지금의 湖北省 襄陽이라고도 함.

【精思服餌】도가에서의 '內煉'을 뜻하는 명사. 『雲及七籤』(62) 服氣十事에 "夫神仙法者, 與此法了無有異. 此法精思靜慮, 安形定息, 呼吸綿綿, 神氣自若, 百病不生, 長存不死, 所謂安身道隆, 度世法也"라 함.

【服餌】방술 용어로 복식과 같음. 초목과 광물질 등의 약성을 복용하여 無病長生, 不老不死를 도모함을 뜻함. 『備急千金要方』(82) 養性・服食法에 "服餌大體皆有次第, 不知其術者, 非止交有所損卒, 亦不得其力. 故服餌大法, 必先去三蟲, 三蟲旣去, 次服草藥, 好得藥力; 次服木藥, 好得力訖; 次服石藥, 依此次第, 乃得逐其藥性. 庶事安穩, 可以延齡矣"라 함.

참고 및 관련자료

1. 『太平廣記』(권7) 伯山甫

伯山甫者, 雍州人也. 入華山中, 精思服食, 時時歸鄕里省親. 如此二百年不老. 到人家, 卽數人先世以來善惡功過, 有如臨見. 又知方來吉凶, 言無不效. 其外甥女年老多病, 乃以藥與之. 女時年已八十, 轉還少, 色如桃花. 漢武遣使者行河東, 忽見城西有一女子, 笞一老翁, 俛首跪受杖. 使者怪問之. 女曰:「此翁乃妾子也. 昔吾舅氏伯山甫, 以神樂仙敎妾. 妾敎子服之, 不肯. 今遂衰老. 行不及妾, 故杖之.」 使者問女及子年歲. 答曰:「妾已二百三十歲, 兒八十矣.」 後入華山去.

神仙傳

제4권

021(4-1) 묵자 墨子

묵자는 이름이 적翟이며 송宋나라 사람이다. 송나라에서 대부 벼슬을 하였으며 밖으로는 경전經典을 연구하고 안으로는 도술道術을 연마하여 10편의 저술을 남겼다. 이를 『묵자墨子』라 하며 많은 사람들이 그를 연구하고 있다. 유가儒家와는 추구하는 길이 달라 검약儉約을 숭상하여 힘쓰며 자못 공자孔子를 헐뜯기도 하였으며 전쟁에서의 수비에 뛰어난 이론을 펼쳤다.

당시 공수반公輸班이 초楚나라 장군으로 운제雲梯를 만들어 장차 송나라를 공격할 준비를 하고 있었다. 묵자가 이를 듣고 맨몸으로 초나라에 갔는데 발은 부르트고 옷이 찢어져 우선 묶은 채로였다. 이레 밤낮을 걸어 초나라에 도착하여 공수반을 만나자 이렇게 설득하였다.

"그대가 운제를 만들어 장차 송나라를 공격하려 하신다는데 송나라가 무슨 죄가 있습니까? 초나라는 땅이 남아도는데도 사람은 그 땅에 비하여 적습니다. 그런데 그 많지 않은 백성을 죽이면서 그렇게 많은 땅에 더 보태려고 송나라를 치신다니 이는 지혜롭다 할 수 없습니다. 그리고 아무런 죄가 없는 송나라를 공격하시니 이는 어질다 할 수 없습니다. 또 이러한 사실을 알고 있으면서도 임금에게 다투어 간언을 하지 않으니 이는 충성되다 할 수 없습니다. 간쟁을 해도 이를 성취시키지 못하였으니 이는 강한 자라 할 수 없습니다."

그러자 공수반이 말하였다.

"나는 왕에게 말을 할 수 있는 위치가 아닙니다."

묵자가 말하였다.

"그대는 나를 왕에게 안내하시오."

공수반이 "좋습니다"라 하여 묵자는 초왕을 만나 이렇게 말하였다.

"지금 여기에 무늬로 장식한 좋은 수레가 있는데 이를 버리고 이웃의 다 낡은 가마를 몰래 훔치고자 하는 자가 있습니다. 그리고 수놓은 좋은 비단이 있는데 이를 버리고 이웃집의 짧은 헌옷을 훔치고자 하는 자가 있습니다. 또 고량진미와 좋은 고기가 있는데 이를 버리고 이웃집의 조강糟糠을 훔치고자 하는 자가 있습니다. 이들을 어떤 사람이라 여기십니까?"

초왕이 말하였다.

"만약 그런 사람이 있다면 틀림없이 미친 병에 걸린 사람이겠지요."

묵자가 말하였다.

"초나라는 운몽雲夢과 같은 큰 못에, 어디나 미록麋鹿이 들끓고 있으며 강수江水와 한수漢水에는 온갖 물고기와 자라 따위가 있어 천하에 부유한 나라입니다. 그러나 송나라는 꿩이나 토끼, 우물 안의 붕어도 제대로 없습니다. 이는 고량진미의 고기 반찬을 조강의 술지게미에 비유하는 것입니다. 그리고 초나라에서는 남柟나무, 재梓나무, 소나무, 상樣나무 등 훌륭한 재목이 생산됩니다. 그러나 송나라에서는 몇 자짜리의 나무도 생산되는 것이 없습니다. 이는 마치 수놓은 비단을 짧아진 헌옷에 비유하는 것과 같습니다. 제가 대왕의 관리가 송나라를 치고자 한다는 논의를 듣고 보니 이들이 바로 앞서 말한 그들과 같은 자들이군요."

왕이 말하였다.

"훌륭하오! 그러나 공수반은 이미 운제를 만들었으며 반드시 송나라를 치겠다고 하더군요."

이에 다시 공수반을 만났다. 그리고 그로 하여금 송나라를 공격하는 실연實演을 보여주도록 하였다. 묵자는 허리띠를 풀러 성으로 여기고 두건으로 무기인 양 만들었다. 이에 공수반은 이미 만든 운제를 설치하여 아홉 번 변화를 보이며 공격하였고 묵자는 아홉 번을 모두 막아내었다. 공수반의 공격 기계는 다하였지만 묵자의 수비는 여유가 있었다. 그러자 공수반은 굴복하면서 이렇게 말하였다.

"나는 그대를 공격하는 법을 알고 있습니다. 그러나 말해 드리지는 않겠습니다."

묵자도 이에 맞받았다.

"나는 그대가 나를 어떻게 공격할 것인지를 알고 있소. 그러나 말할 수는 없소."

초왕이 그 까닭을 묻자 묵자는 이렇게 설명하였다.

"공수반의 뜻은 나를 죽이고자 함에 불과합니다. 그러면 송나라가 막아내지 못할 것이라 여기는 것이지요. 그러나 저의 제자에 금골리禽滑釐 등 3백 명이 이미 내가 만든 방어의 무기를 다룰 줄 알고 있으며 이 무기들을 송나라 성 위에 설치하여 초나라 도둑이 다가올 것을 기다리고 있습니다. 비록 저를 죽인다 해도 이들을 없앨 수는 없습니다."

이에 초나라는 계획을 철회하고 송나라 공격을 그만두었다.

묵자는 나이 82세가 되자 이렇게 한탄하였다.

"세상일이라면 이제 나는 다 알았다. 영광스러운 자리도 길게 보장할 수 있는 것이 아니다. 속세를 버리고 신선 적송자赤松子를 따라 유람이나 하겠다."

그리하여 문인들을 돌려보내어 이별하고 산으로 들어가 정성스럽게 지도至道를 사색하며 신선의 모습을 상상하였다.

이에 밤이면 항상 그의 좌우 산에서 책을 외우는 소리가 들렸다. 그런데 그가 잠자리에 눕자 어떤 사람이 찾아와 옷으로 덮어 주는 것이었다. 묵자는 몰래 이를 엿보았다. 그러던 어느 날, 갑자기 한 사람이 찾아왔다. 묵자가 일어나 물었다.

"그대는 산악의 영기靈氣입니까? 세상을 건넌 신선입니까? 원컨대 잠시만 머물러 주시오. 그리하여 나에게 도를 가르쳐 주십시오."

신인神人이 말하였다.

"그대는 지극한 덕이 있으며 도를 좋아하십니다. 그래서 살피러 온 것입니다. 그대가 바라는 바는 무엇입니까?"

묵자가 말하였다.

"장생의 도를 얻어 천지와 같은 장구한 세월을 가고 싶습니다."

이에 신인은 묵자에게 비단에 쓴 『주영환방도령교계오행변화朱英丸方道靈敎戒五行變化』등 모두 25권을 주면서 묵자에게 이렇게 말하였다.

"그대는 이미 신선의 몫을 가지고 있습니다. 게다가 총명하기까지 하므로 이 방법을 터득하면 곧 성공할 것입니다. 따로 스승을 모셔야 하는 것도 아닙니다."

묵자는 절하며 이를 받아 모두 합하여 수련하였다. 드디어 그 효험을 보게 되자 묵자는 그 요체를 모아 『오행기五行記』5권을 편찬하였다.

그는 지선地仙이 되어 은거하여 전국戰國시대를 피할 수 있었다. 한漢나라 무제武帝 때에 이르러 드디어 무제는 양료楊遼를 시켜 비단과 구슬을 선물로 묵자를 초빙해 오도록 하였다. 그러나 묵자는 나오지 않았으며 그 안색을 보면 항상 50, 60세 정도로 보였다. 그는 오악

五嶽을 두루 돌아다니며 한곳에 머물러 있지 않았다.

墨子者, 名翟, 宋人也. 仕宋爲大夫, 外治經典, 內修道術, 著書十篇, 號爲『墨子』, 世多學之者. 與儒家分塗, 務尙儉約, 頗毀孔子, 尤善戰守之功.

公輸班爲楚將, 作雲梯之械, 將以攻宋. 墨子聞之, 徒行詣楚, 足乃壞, 裂裳以裹之. 七日七夜到楚, 見公輸班, 說之曰:「子爲雲梯, 將以攻宋, 宋何罪之有耶? 楚餘於地而不足於民, 殺所不足而爭所有餘, 不可謂智; 宋無罪而攻之, 不可謂仁; 知而不爭, 不可謂忠; 爭而不得, 不可謂强.」公輸班曰:「吾不可以言於王矣.」墨子曰:「子令見我於王.」公輸班曰: 「諾.」墨子見王曰:「今有人舍其文軒, 隣有弊轝, 而欲竊之; 舍其錦繡, 隣有短褐, 而欲竊之; 舍其粱肉, 隣有糟糠, 而欲竊之, 此爲何若人也?」楚王曰:「若然者, 必有狂疾.」翟曰:「楚有雲夢, 麋鹿滿之, 江漢魚鼈, 爲天下富, 宋無雉兎鮒鮒, 此猶粱肉之與糟糠也; 楚有枏梓松橡, 宋無數尺之木, 此猶有錦繡之與短褐也. 臣聞大王吏議攻宋, 與此同也.」王曰: 「善哉! 然公輸班已爲雲梯, 謂必取宋.」於是見公輸班, 攻宋. 墨子解帶爲城, 以幋爲械. 公輸班乃設攻城之機, 九變, 而墨子九拒之. 公輸班之攻城械盡, 而墨子之守有餘. 公輸班屈曰:「吾知所以攻子矣, 吾不言.」墨子曰:「吾知子所以攻我, 吾不言矣.」楚王問其故, 墨子曰:「公輸班之意, 不過欲殺臣, 謂宋莫能守耳. 然臣之弟子禽滑釐等三百人, 早已操臣守禦之器, 在宋城之上, 而待楚寇至矣. 雖殺臣不能絶也.」楚乃止, 不復攻宋焉.

墨子年八十有二, 乃歎曰:「世事已可知矣, 榮位非可長保, 將委流俗以從赤松遊矣.」乃謝遣門人, 入山精思至道, 想像神仙. 於是, 夜常聞左右山間有誦書聲者, 墨子臥後, 又有人來, 以衣覆之, 墨子乃伺之. 忽有一人, 乃起問之曰:「君豈山嶽之靈氣乎? 將度世之神仙乎? 願且少留, 誨以道敎.」神人曰:「子有至德好道, 故來相候, 子欲何求?」墨子曰:「願得長生, 與天地同畢耳.」於是, 神人授以素書『朱英丸方道靈敎戒五行變化』, 凡二十五卷, 告墨子曰:「子旣有仙分, 緣又聰明, 得此便成, 不必須師也.」墨子拜受, 合作, 遂得其效, 乃撰集其要, 以爲『五行記』五卷. 乃得地仙, 隱居以避戰國. 至漢武帝時, 遂遣使者楊遼, 束帛加璧, 以聘墨子, 墨子不出. 視其顏色, 常如五六十歲人, 周遊五嶽, 不止一處也.

【宋】 나라 이름. 周나라가 殷을 멸한 후 그 조상의 제사를 받들도록 봉해 준 나라. 춘추전국시대까지 존속하였으며 지금의 河南省 商丘縣을 도읍으로 하였음.

【墨子】 이름은 翟. 兼愛說로 널리 알려져 있으며 그의 책 역시 『묵자』라 함. 이 책은 모두 71편이었으나 지금은 53편이 전하며, 그 중 「墨經」에는 形學, 力學, 光學 등이 있어 초기 중국 과학사에 중요한 부분을 차지하고 있음.

【公輸班】 중국 고대 뛰어난 木匠. 온갖 기이한 물건을 만들어냈다 함. 춘추시대 노나라 사람으로 魯班이라고도 함.

【楚】 춘추전국시대 중국 長江 일대를 다스리던 제후국. 도읍지는 郢(지금의 湖北省 江陵). 莊王 때 春秋五霸의 하나였으며, 戰國시대에는 七雄의 하나였음.

【雲梯】 구름 사다리. 고대 높은 성을 공격하기 위한 무기의 일종. 『武備志』軍資乘에 "以大木爲床, 下施六輪, 上立二梯, 各長二丈餘, 中施轉軸, 車四面以生牛皮爲屛蔽, 內以人推進. 及城, 則起飛梯於雲梯之上, 以窺城中, 故曰雲梯"라 함.

【文軒】 아름답게 장식한 좋은 수레.

【粱肉】 훌륭한 음식을 지칭하는 말.

【雲夢】 초나라의 큰 호수. 雲夢澤. 혹은 楚王의 遊獵地.

【禽滑厘】 禽滑釐, 滑黎, 屈厘 등으로도 표기되며 전국시대 초기 사람으로 子夏에게 배워 다시 묵자의 제자가 된 인물. 초나라가 宋나라를 치자 묵자가 이 금골리에게 3백 명을 거느리고 수비하도록 하였다 함.

【靈氣】 精靈의 기.

【道敎】 여기서는 道術과 敎理를 뜻함.

【朱英丸方道靈敎戒五行變化·五行記】 두 가지 모두 도교의 경전이나 방술책으로 보임.

【束帛】 선물을 뜻함. 고대 다섯 필의 옷감을 1帛이라 함. 『周禮』 春官 大宗伯 "孤披皮帛"의 賈公彦 疏에 "束者十端, 每端丈八尺, 皆兩端合卷, 總爲五匹, 故云束帛也"라 함.

참고 및 관련자료

1. 『太平廣記』(권5) 墨子

墨子者, 名翟, 宋人也. 仕宋爲大夫. 外治經典, 內修道術, 著書十篇, 號爲墨子. 世多學者, 與儒家分途. 務尙儉約, 頗毀孔子. 有公輸般者, 爲楚造雲梯之械以攻宋. 墨子聞之, 往詣楚. 脚壞, 裂裳裹足, 七日七夜到. 見公輸般而說之曰:「子爲雲梯以攻宋. 宋何罪之有? 餘於地而不足於民, 殺所不足而爭所有餘, 不可謂智; 宋無罪而攻之, 不可爲仁; 知而不爭, 不可爲忠; 爭而不得, 不可謂彊.」公輸般曰:「吾不可以已. 言於王矣.」墨子見王曰:「於今有人, 捨其文軒, 隣有一弊輿而欲竊之; 舍其錦繡, 隣有短褐而欲竊之; 舍其梁肉, 隣有糟糠而欲竊之. 此爲何若人也?」王曰:「若然也. 必有狂疾.」翟曰:「楚有雲夢之犀鹿, 江漢之魚龜, 爲天下富. 宋無雉兎鮒魚, 猶梁肉與糟糠也; 楚有杞梓豫章, 宋無數丈之木, 此猶錦繡之與短褐也. 臣聞大王更議攻宋, 有與此同.」王曰:「善哉! 然公輸般已爲雲梯, 謂必取宋.」於是見公輸般, 墨子解帶爲城, 以牒爲械. 公輸般乃設攻城之機, 九變而墨子九拒之, 公輸之攻城械盡, 而墨子之守有餘也. 公輸般曰:「吾知所以攻子矣. 吾不信.」墨子曰:「吾知子所以攻我. 我亦不信.」王問其故, 墨子曰:「公輸之意, 不過殺臣, 謂宋莫能守耳. 然臣之弟子禽滑釐等三百人. 早已操臣守禦之器, 在宋城上而待楚寇矣. 雖殺臣, 不能絕也.」楚乃止, 不復攻宋. 墨子年八十有二, 乃歎曰:「世事已可知, 榮位非常保. 將委流俗, 以從赤松子游耳.」乃入周狄山, 精思道法, 想像神仙. 於是數聞左右山間, 有誦書聲者. 墨子臥後, 又有人來, 以衣覆足. 墨子乃伺之, 忽見一人, 乃起問之曰:「君豈非山岳之靈氣乎? 將度世之神仙乎? 願且少留, 誨以道要.」神人曰:「知子有志好道, 故來相候. 子欲何求?」墨子曰:「願得長生, 與天地相畢耳.」於是神人授以素書, 朱英丸方, 道靈教戒, 五行變化, 凡二十五篇. 告墨子曰:「子有仙骨, 又聰明. 得此便成, 不復須師.」墨子拜受合作, 遂得其驗. 乃撰集其要, 以爲五行記. 乃得地仙, 隱居以避戰國. 至漢武帝時, 遺使者楊違, 束帛加璧, 以聘墨子. 墨子不出, 視其顏色, 常如五十許人, 周游五獄, 不止一處.

2.『墨子』公輸篇

公輸盤爲楚造雲梯之械. 成, 將以攻宋. 子墨子聞之, 起于齊. 行十日十夜, 而至于郢. 見公輸盤, 公輸盤曰:「夫子何命焉爲?」子墨子曰:「北方有侮臣. 願藉子殺之.」公輸盤不說. 子墨子曰:「請獻十金.」公輸盤曰:「吾義固不殺人.」子墨子起,. 再拜曰:「請說之, 吾從北方. 聞子爲梯, 將以攻宋. 宋何罪之有? 荊國有餘于地, 而不足于民. 殺所不足, 而爭所有餘. 不可謂智; 宋無罪而攻之, 不可謂仁; 知而不爭, 不可謂忠; 爭而不得, 不可謂強; 義不殺少而殺衆, 不可謂知類.」公輸盤服, 子墨子曰:「然乎. 不已乎!」公輸盤曰:「不可. 吾旣已言之王矣.」子墨子曰:「胡不見我于王?」公輸盤曰:「諾.」子墨子見王, 曰:「今有人于此. 舍其文軒, 鄰有敝轝, 而欲竊之; 舍其錦繡, 鄰有短褐, 而且, 必爲竊疾矣.」子墨子曰:「荊之地, 方五千里, 宋之地, 方五百里. 此猶文軒之與敝轝也. 荊有雲夢, 犀兕麋鹿滿之, 江漢之魚繁鼃黿, 爲天下富. 宋所爲無雉口狐狸者也. 此猶梁肉之與糠糟也. 荊有長松文梓. 楩柟豫章. 宋無長木, 此猶錦繡之與短褐也. 臣以三事之攻宋也, 爲與此同類. 臣見大王之必傷義而不得.」王曰:「善哉! 雖然. 公輸盤爲我爲雲梯, 必取宋.」于是見公輸盤. 子墨子解帶爲城, 以牒爲械. 公輸盤九設攻城之機變, 子墨子九距之. 公輸盤之攻械盡, 子墨子之守圉有餘. 公輸盤詘, 而曰:

「吾知所以距子矣. 吾不言.」子墨子亦曰:「吾知子之所以距我. 吾不言.」楚王問
其故. 子墨子曰:「公輸子之意, 不過欲殺臣. 殺臣, 宋莫能守, 可攻也. 然臣之弟
子禽滑釐等三百人, 已持臣守圉之器. 在宋城上, 而待楚寇矣. 雖殺臣, 不能絕也.」
楚王曰:「善哉! 吾請無攻宋矣.」子墨子歸, 過宋, 天雨. 庇其閭中, 守閭者不內
也. 故曰:「治于神者, 衆人不知其功; 爭于明者, 衆人知之.」

022(4-2) 유정 劉政

　유정은 패沛 땅 사람이다. 재주가 높고 만물에 박식하여 섭렵하지
아니한 학문이 없었다. 그는 이 세상의 부귀영화라는 것이 지극히
짧은 한순간임을 깊이 깨닫고 도를 배워 장생을 터득하는 일만한 것이
없다고 여겨 진취進取의 길을 끊고 양생술을 구하였다.

　기이한 소문을 찾아 부지런히 나서서 천 리를 멀다 아니하고 찾아
다니며, 자신보다 나은 자라면 그가 비록 노예나 지나가는 나그네라
할지라도 반드시 스승으로 삼아 모셨다.

　뒤에 그는 묵자墨子의 『오행기五行記』를 학습하며 아울러 주영환朱
英丸을 복용하여 8백10여 세를 살았는데 그때도 얼굴이 어린아이 같
았다.

　그는 변화와 은형술隱形術을 좋아하였고, 아울러 능히 한 사람을
백 사람으로, 백 사람을 천 사람으로, 천 사람을 만 사람으로 변화시
키는 능력을 갖게 되었다.

　그리고 그는 능히 삼군三軍의 무리를 하나의 수풀로 변화시키는

능력도 있었으며 또한 그들을 새나 짐승으로 만들기도 하며, 남의 물건을 취하여 이를 여러 사람 앞에 펼쳐 보이기도 하였는데 사람들은 이를 알아채지 못할 정도였다. 그런가 하면 다섯 가지 과실나무를 심어 그 꽃과 열매를 즉시 달리게 하여 먹을 수 있도록 하며, 이를 부엌으로 옮겨 수백 사람을 먹이기도 하였다. 그리고 기氣를 불어 바람을 일으켜 모래와 돌을 날리기도 하며 손으로 집이나 산림, 호기壺器 등을 가리키면 곧 그것들이 기울기도 하고, 다시 손가락으로 가리키면 제 모습대로 되돌아오기도 하였다. 그리고 능히 미녀의 모습을 만들어내기도 하고, 나무로 사람 인형을 만들기도 하였다. 하루에 능히 수천 리를 가기도 하고 물을 뿜어 구름을 만들며, 손을 휘저어 안개를 일으키고, 흙을 모아 산을 만들고, 땅을 찔러 못을 만들어내기도 하였다. 그리고 능히 별안간 늙어졌다가 갑자기 젊어지며 큰 것이 되었다가 작은 것으로 변하기도 하며, 물에 들어가도 젖지 아니하고 물 위를 걸어다니는 등 도술을 부렸다.

강이나 바다 속의 물고기, 자라, 교룡, 큰 자라 등을 부르면 즉시 그들이 나타나 뭍으로 올라오기도 하며, 또한 입으로 오색 기운을 토해내어 사방 십 리에 그 기운이 하늘에 연결되기도 하며, 위 아래로 뛰어 날아오르는데 그 높이가 땅에서 수백 길이가 되기도 하였다.

뒤에 그는 어디로 사라졌는지 알 수가 없다.

劉政者, 沛國人也. 高才博物, 學無不覽, 深維居世榮貴須臾, 不如學道, 可得長生, 乃絶進取之路, 求養性之術. 勤尋異聞, 不遠千里, 苟有勝己, 雖奴客, 必師事之. 後治墨子『五行記』, 兼服朱英丸, 年百八十餘歲也, 如童子. 好爲變化隱形, 又能以一人作百人, 百人作千人, 千人作萬人. 又能隱三軍之衆, 使人化成一叢林木. 亦能使成鳥獸, 試取他人器物, 以置其衆處, 人不覺之. 又能種五菓之木, 便華實可食, 生致行廚, 供數百人. 又能吹氣爲風, 飛沙揚石, 以手指屋宇山林壺器. 便欲傾壞; 更指之, 則還如故. 又能化作美女之形, 及作木人. 能一日之中, 行數千里, 噓水興雲, 奮手起霧, 聚壤成山, 刺地成淵. 能忽老忽少, 乍大乍小, 入水不濕, 步行水上. 召江海中魚鼈蛟龍黿鼉, 卽皆登岸. 又口吐五色之氣, 方廣十里, 氣上連天. 又能騰躍上下, 去地數百丈. 後不知所在.

【沛國】원래 劉邦의 고향으로 그가 황제가 되자 泗水郡을 沛郡으로 고쳤음. 치소는 지금의 相縣으로 安徽性 濉溪縣 서북쪽. 東漢 때 郡國制度에 따라 國으로 승격함. 지금의 安徽性 淮水 이북, 서쪽으로 肥河의 동쪽, 河南의 夏縣, 永城縣, 江蘇省의 沛縣, 豊縣 등을 관할하였음.

【三軍】군대의 통칭. 흔히 천자는 六軍, 제후는 三軍을 거느렸음.

【噓水興雲】숨을 내뿜어 바람을 만들어냄.

【鼉】鼉龍. 큰 자라. 흔히 猪婆龍이라 하며 鰐魚의 일종이라고도 함.

참고 및 관련자료

1. 『太平廣記』(권5) 劉政

劉政者, 沛人也. 高才博物, 學無不覽, 以爲世之榮貴, 乃須臾耳, 不如學道, 可得長生. 乃絕進趨之路, 求養生之術. 勤尋異聞, 不遠千里. 苟有勝已, 雖奴客必師事之. 復治墨子五行記, 兼服朱英丸, 年百八十餘歲, 色如童子, 能變化隱形. 以一人分作百人; 百人作千人, 千人作萬人. 又能隱三軍之衆, 使成一叢林木. 亦能使成鳥獸, 試取他人器物, 易置其處, 人不知覺. 又能種五果, 立使華實可食. 坐致行廚, 飯膳俱數百人. 又能吹氣爲風, 飛砂揚石. 以手指屋宇山陵壺器, 便欲頹壞. 復指之, 卽還如故. 又能化生美女之形, 及作水火. 又能一日之中, 行數千里. 能噓水興雲, 奮手起霧. 聚土成山, 刺地成淵. 能忽老忽少, 乍大乍小. 入水不沾, 步行水上. 召江海中魚鼈蛟龍黿鼉, 卽皆登岸. 又口吐五色之氣, 方廣十里, 直上連天. 又能躍上, 下去地數百丈. 後去不知所在.

023(4-3) 손박 孫博

손박은 하동河東 사람이다. 맑은 재주가 있었고 문장에 뛰어나 저서가 백여 편이나 되었으며 외우는 경이 수십만 언言이나 되었다.

늦게 도를 배워 묵자墨子의 술을 익혀 능히 초목과 금석을 모두 불로 변하게 하여 그 불꽃이 수십 리를 비췄다. 또한 능히 자신의 몸을 태워 불꽃이 되게 하였으며 입으로는 불을 토해 내고 손가락으로 큰 나무를 가리키면 살아 있는 나무가 즉시 말라 버리기도 하였다. 그러나 다시 손가락으로 가리키면 그들이 곧바로 다시 살아나 이전과 같아지는 것이었다.

그리고 삼군三軍의 무리를 하나의 불로 변하게 하였는데, 어떤 도망한 노비 하나가 그 군대의 무리 속으로 숨어 들어가 주인이 잡아낼 수가 없게 되자 손박에게 청하여 잡아 주도록 하였다. 그러자 손박이 그 노비의 주인에게 이렇게 말하였다.

"노비가 숨어 있는 그 군영의 막사를 태우겠소. 그러면 그 노비가 틀림없이 뛰쳐나올 것이오. 그때 그대는 자세히 살펴보다가 그를 잡으시오."

그리고 손박이 붉은 환丸 하나를 군중으로 던지자 갑자기 불길이 일어나 하늘로 치솟았고 과연 노비가 뛰쳐나와 이를 잡아낼 수가 있었다. 손박이 이번에는 푸른 환 하나를 불 속으로 던지자 불길이 이내 꺼지면서 집들과 온갖 물건들 중에 방금 전 이미 타 버렸던 것들이 불이 나기 전의 조금도 손괴되지 아니한 모습으로 되돌아가는 것이었다.

이처럼 손박이 불을 일으킬 때마다 타는 것들은 다른 사람이 물을 부어도 꺼뜨릴 수 없고 반드시 손박이 손을 써서 중지시켜야만 끌 수 있었다.

그는 깊은 물속에 들어가도 몸이 젖지 아니할 뿐더러 함께 이끌고 간 종자들 수백 명도 모두 젖지 아니하는 것이었다. 또한 물 위에 자리를 깔고 사람들을 앉혀 놓고 음식을 맛보며 음악을 즐기면서 사람들로 하여금 춤을 추게 하여도 빠지거나 젖지 아니하여 종일토록 즐길 수 있었다.

질병에 걸린 사람이 있으면 손박을 찾아와 치료를 청하게 된다. 그때 손박은 아무런 말도, 어떤 치료 행동도 하지 않고 바로 손가락으로 가리키며 말로 나아라 하면 즉시 나았다.

그리고 산간의 석벽이나 땅에 있는 반석에는 손박이 그 속으로 들어갈 수 있었다. 처음 들어갈 때는 등과 두 귀가 돌 사이에 나와 있지만 한참 뒤에는 이 모두가 바위 속으로 들어가 모두가 보이지 않게 된다. 또한 칼을 수십 개 삼키고 벽을 출입하는데 마치 빈 구멍을 드나들 듯이 한다. 그런가 하면 거울을 당겨 칼로 변하게 하고 칼을 굽혀 거울을 만들기도 하는데, 그대로 두면 아무리 두어도 바뀌지 않지만 오직 손박이 손가락으로 가리켜야 칼이 이전의 모습이 된다.

뒤에 그는 임려산林慮山으로 들어가 신단神丹을 조제하여 복용하고는 신선이 되었다.

孫博者, 河東人也. 有淸才, 能屬文, 著書百許篇, 誦經數十萬言. 晚乃學道, 治墨子之術, 能使草木金石皆爲火, 光照耀數十里. 亦能使身中成炎, 口中吐火, 指大樹生草卽焦枯, 若更指之, 則復如故. 亦能使三軍之衆, 各成一叢火. 又有藏人亡奴在軍中者, 自捕之不得, 因就博請. 博語奴主曰:「吾爲卿燒其營舍, 奴必走出, 卿但諦伺捉取之.」於是博以一赤丸擲於軍中, 須臾火起漲天, 奴果走出而得之. 博乃更以一靑丸擲之火中, 火勢卽滅, 屋舍百物, 向已焦燃者, 皆悉如故不損. 博每作火, 有所燒, 他人雖以水灌之, 終不可滅, 須博自止之, 乃止耳. 行大水中, 不但己身不沾, 乃能兼使從者數百人皆不沾. 又能將人於水上, 敷席而坐, 飮食作樂, 使衆人舞於其上, 不沒不濡, 終日盡歡. 其疾病者, 就博自治, 亦無所云爲, 博直指之, 言愈卽愈. 又山間石壁, 及地上盤石, 博便入其中, 初尙見背及兩耳出石間, 良久都沒. 又能呑刀劍數十枚, 及從壁中出入, 如有孔穴也. 又能引鏡爲刀, 屈刀爲鏡, 可積時不改, 須博指之, 刀復如故. 後入林慮山中, 合神丹而仙矣.

【河東】安邑, 지금의 山西省 夏縣 서북.

【諦伺】자세히 관찰하여 살핌.

【林慮山】산 이름. 구체적으로는 알 수 없음.

1. 『太平廣記』(권5) 孫博

孫博者, 河東人也. 有淸才, 能屬文. 著書百餘篇, 誦經數十萬言. 晚乃好道, 治墨子之術. 能令草木金石皆爲火, 光照數里. 亦能便身成火, 口中吐火. 指大樹生草則焦枯, 更指還如故. 又有人亡奴, 藏匿軍中者, 捕之不得. 博語奴主曰:「吾爲卿燒其營舍. 奴必走出, 卿但諦伺捉之.」於是博以一赤丸子, 擲軍門. 須臾火超燭天. 奴果走出, 乃得之. 博乃復以一靑丸子擲之, 火卽滅. 屋舍百物, 如故不損. 博每作火有所燒, 他人以水灌之, 終不可滅. 須臾自止之, 方止. 行水火中不沾灼, 亦能使千百人從己蹈之, 俱不沾灼. 又與人往水上, 布席而坐, 飮食作樂, 使衆人舞於水上. 又山間石壁, 地上盤石, 博入其中, 漸見背及兩耳, 良久都沒. 又能吞刀劒數千枚, 及壁中出入, 如孔穴也. 能引鏡爲刀, 屈刀爲鏡. 可積時不改, 須博指之, 乃復如故. 後入林慮山, 服神丹而仙去.

024(4-4) 반맹 班孟

반맹은 어느 때 사람인지 알 수 없으며 혹 여자라고도 한다. 능히 종일 하늘을 날기도 하고 또는 허공에 앉아서 사람들과 말을 나눌 수도 있다고 한다. 그리고 능히 땅속으로 들어갈 수도 있는데 먼저 발이 들어가고 허리와 가슴이 묻히고 점점 남은 모자까지 들어가며 한참 후에는 몸이 모두 들어가 보이지 않는다고 한다. 그리고 손가락으로 땅을 그으면 즉시 우물이 생겨나 가히 물을 길어올릴 수 있다는 것이다. 그런가 하면 남의 지붕 위 기와를 숨으로 빨아들이면 기와가 곧 다른 사람의 집 지붕으로 날아가기도 한다. 어떤 집에 뽕나무와 과실나무 수십 그루가 있었는데 그 열매를 모두 모아 이것이 쌓여 산더미 같았는데 이렇게 십여 일을 지나 이를 입으로 불자 각각 그 본래 있던 곳으로 가서 매달려 아무런 일이 없었던 것처럼 되기도 한다. 그리고 먹물을 머금고 종이를 펴놓은 다음 그 앞에 이르러 이를 한 번 뿜으면 모두가 글자가 되어 종이에 가득 차는데 모두가 뜻이 통하는 글이 된다는 것이다. 뒤에 그는 주이단酒餌丹을 복용하여 4백여 세를 살았으며 뒤에 대치산大治山으로 들어가 신선이 되어 사라졌다고 한다.

　班孟者, 不知何許人, 或云女子也. 能飛行終日, 又能坐空虛之中, 與人言語. 又能入地中, 初時沒足, 至腰及胸, 漸漸但餘冠幘, 良久而盡沒不見. 又以指刻地, 卽成泉井, 而可汲引. 又吸人屋上瓦, 瓦卽飛入人家, 人家有桑菓數十株, 皆聚之成積如山, 如此十餘日, 吹之各還其本處如常. 又能含墨舒紙著前, 嚼墨一噴之, 皆成文字滿紙, 各有意義. 後服酒餌丹, 年四百餘歲, 更少容. 後入大治山中仙去也.

【幘】 두건. 헝겊으로 만들었음.
【酒餌丹】 단약의 이름.
【大治山】 산 이름.

참고 및 관련자료

1.『太平廣記』(권61) 班孟

班孟者, 不知何許人也. 或云女子也. 能飛行經日, 又能坐空虛中與人語. 又能入地中. 初去時沒足至胸, 漸入, 但餘冠幘, 良久而盡沒不見. 以指刺地, 卽成井可吸. 吹人屋上瓦, 瓦飛入人家間. 桑果數千株, 孟皆拔聚之成一, 積如山. 如此十餘日, 吹之各還其故處如常. 又能含墨一口中, 舒紙着前, 嚼墨噴之, 皆成文字. 竟紙, 各有意義. 服酒丹, 年四百歲更少. 入大治山中.

025(4-5) 옥자 玉子

옥자는 이름이 장진張震으로 남군南郡 사람이다. 젊은 시절 많은 경을 공부하여 주周 유왕幽王이 불렀지만 응하지 아니하면서 한탄하여 말하였다.

"사람이 이 인간 세계에 살면서 하루에 하루씩 사라지는 것이다. 갈수록 삶에서 멀어지는 것이며 갈수록 죽음으로 가까이 가는 셈이다. 그러니 오직 부귀에만 탐심을 부리며 양성養性을 모르다가, 명이 다하고 기가 소진하면 곧바로 죽는 것이다. 그러나 자리가 왕위의 높은 위치이며 금옥이 산처럼 쌓였다 한들 이것이 회토灰土로 변함에 무슨 보탬이 되겠는가? 오직 신선만이 이 세상을 건너 무궁한 길로 가는 것일 뿐이다."

이에 장상자長桑子를 스승으로 모셔 그가 가지고 있던 많은 술법을 전수받았다. 그리고 따로 자신만의 술법을 만들어 도서道書 백여 편을 지었는데 그 술법은 북두칠성 중의 네 개의 괴성魁星 위주로 하며 오행五行의 이치를 정밀하게 하여 그 미묘한 도를 펼쳐 양성과 치병,

그리고 재앙을 소멸시키고 화환을 흩어 버리는 것이었다.

　능히 회오리바람을 일으켜 나무를 뽑고 집을 무너뜨리며, 구름과 우레, 비와 안개를 만들었으며, 풀과 기와, 돌을 육축六畜이나 용, 호랑이로 변하게 하여 즉시 그들이 움직이게 할 수도 있었고, 다시 그 자신의 몸을 나누어 수백 명, 수천 명의 사람을 만들어내기도 하였다.

　또한 맨발로 강수江水와 한수漢水를 걸어서 건너며 물을 머금고 뿜어내면 그 자리에서 구슬로 변하게 하였으며, 그렇게 변하고는 다시 물이 되지 않았다.

　옥자는 때로 기를 멈추고 숨을 쉬지 않았는데 이때는 일으켜도 일으킬 수 없고, 밀어도 움직이지 아니하였으며, 굽혀도 굽어지지 아니하고, 펴도 펴지지 아니하며 이렇게 수십 일을 하고 나서는 다시 옛날처럼 그대로 바뀌는 것이었다.

　매번 제자들과 출행할 때면 각각 그들에게 진흙으로 환을 만들어 주면서 모두 잠깐 눈을 감도록 하여 모두가 큰 말로 변하게 하는 것이었다. 그들은 이를 타고 하루 천 리를 다녔다.

　또한 오색의 기운을 토하여 그 길이가 몇 길이나 되었으며 하늘에 나는 새가 지나가면 이를 손가락으로 가리켜 그대로 땅에 떨어지도록 하기도 하였다.

　깊은 연못에 임하여 그 못으로 부적을 던져 물고기, 자라를 부르면 그들이 즉시 못가로 올라왔다. 그런가 하면 여러 제자들로 하여금 눈을 들어 천 리 밖에 있는 물건을 볼 수 있게 하되 오랫동안 보이도록 하지는 않았다. 그가 사괴성四魁星에 대하여 힘써 공부할 때 그릇에 물을 담아 두 괴성 사이에 놓고, 입으로 바람을 일으켜 뿜어내면 즉시 그 물 위에 붉은 빛이 그릇을 둘러싸고 번쩍번쩍 일어난다. 다시 이 물로 온갖 병을 치료하되 안에 있는 사람은 이를 마시고 밖에 멀리 있는 사람은 이 물로 목욕을 하면 누구나 즉시 병이 낫게 된다.

　뒤에 그는 공동산崆峒山에 들어가 단약을 제조하면서 단약을 성취하자 대낮에 하늘로 올라가 버렸다.

　玉子者, 姓張名震, 南郡人也. 少學衆經, 周幽王徵之不起. 乃歎曰: 「人居世間, 日失一日, 去生轉遠, 去死轉近矣, 而但貪富貴, 不知養性, 命盡氣絕卽死. 位爲王侯, 金玉如山, 何益於是爲灰土乎? 獨有神仙度世可以無窮耳.」 乃師長桑子, 受其衆術. 乃別造一家之法, 著道書百有餘篇, 其術以務魁爲主, 而精於五行之意, 演其微妙以養性治病, 消灾散禍. 能起飄風發木折屋, 作雲雷雨霧, 以草芥瓦石爲六畜龍虎, 立便能行, 分形爲數百千人. 又能步涉行江漢, 含水噴之, 立成珠玉, 遂不復變也. 或時閉氣不息, 舉之不起, 推之不動, 屈之不曲, 伸之不直, 如此數十日, 乃復起如故. 每與諸弟子行, 各丸泥爲馬與之, 皆令閉目須臾, 皆乘大馬, 乘之一日千里. 又能吐五色氣, 起數丈, 見飛鳥過, 指之卽墮地. 又臨淵投符, 召魚鼈, 魚鼈卽皆走上岸. 又能使諸弟子舉眼卽見千里外物, 亦不能久也. 其務魁時, 以器盛水, 著兩魁之間, 吹而噓之, 水上立有赤光, 繞之曄曄而起. 又以此水治百病, 在內者飮之, 在外者浴之, 皆使立愈. 後入崆峒山合丹, 丹成, 白日昇天也.

【張震】옥자의 이름으로 『雲及七籤』에는 '韋震'으로, 「明刻本」 『太平廣記』에는 '章震'으로 되어 있어 표기가 각기 다르다.
【南郡】지금의 湖南省 江陵市.

【周幽王】西周 後期의 임금. B.C.781~B.C.770 재위. 周 宣王의 아들로 이름은 宮涅.

【桑子】四庫本에는 '長桑子'로 되어 있으며 신선의 이름.

【魁】별 이름. 北斗七星에서 앞쪽 4개의 별 天樞, 天璇, 天璣, 天權을 합하여 부르는 이름. 또는 이를 묶어 '斗魁'라 함.

【曄曄】화려하고 성대한 모습. 빛나는 모습.

참고 및 관련자료

1. 『太平廣記』(권5) 玉子

　玉子者, 姓韋名震, 南郡人也. 少好學衆經. 周幽王徵之不出, 乃歎曰:「人生世間, 日失一日. 去生轉還, 去死轉近. 而但貪當貴, 不知養性命, 命盡氣絕則死. 位爲王侯, 金玉如山, 何益於灰土乎? 獨有神仙度世, 可以無窮耳.」乃師長桑子, 具受衆術, 乃別造一家之法. 著道書百餘篇, 其術以務魁爲主, 而精於五行之意, 演其微妙, 以養性治病, 消災散禍, 能起飄風, 發屋折木, 作雷雲霧. 能以木瓦石爲六畜龍虎立成, 能分形爲百千人, 能涉江海. 含水噴之, 皆成珠玉, 亦不變. 或時閉氣不息, 舉之不起, 推之不動, 屈之不曲, 伸之不直, 或百日數十日乃起. 每與子弟行. 各丸泥爲馬與之, 皆令閉目, 須臾成大馬, 乘之日行千里. 又能吐氣五色, 起數丈, 見飛鳥過, 指之卽墮. 臨淵投符, 召魚鼈之屬, 悉來上岸. 能令弟子舉眼見千里外物, 亦不能久也. 其務魁時, 以器盛水, 着兩肘之間, 噓之, 水上立有赤光, 輝輝起一丈, 以此水治病. 病在內飮之, 在外者洗之, 皆立愈. 後入崆峒山合丹, 白日昇天而去.

026(4-6) 천문자 天門子

　천문자는 이름이 왕강王綱이다. 그는 보양補養의 요체에 특히 밝아 그의 경經에 이렇게 말하였다.

"양陽은 인寅에서 생겨나며 순목純木의 정精이다. 음陰은 신申에서 생겨나며 순금純金의 정이다. 무릇 목木을 금金에 던지면 상해를 입지 않는 것이 없다. 그러므로 음은 능히 양을 조화시킬 수 있다. 음인陰人은 지분脂粉을 바른 자이니 금의 깨끗함을 법으로 여겨야 한다. 이 까닭으로 진인眞人과 도사道士는 마음에 주의를 기울여 그 미묘함을 정밀히 따지고 그 성쇠盛衰를 깊이 살펴보아야 한다. 나는 청룡靑龍을 타고 다니며 저는 백호白虎를 타고 다닌다. 저는 앞에 주작朱雀이 있고, 나의 뒤에는 현무玄武가 있으니 이는 죽지 않는 도이다. 또 음인의 감정이란 양에게는 급히 군다. 그러나 능히 밖에서 자신을 거두어 억제하는 일을 당해도 양에게 도움을 받으려 청하지 않으니 이는 금이 목에 굴복하지 않음을 증명하는 것이다. 그에 비해 양은 성격과 기운이 강하고 조급하며 뜻과 절도가 성글고 홀략하다. 그러면서도 편안히 있을 때는 그 음성과 기운이 온화하고 부드러우며 언사는 겸손하며 스스로 낮춘다. 이는 목은 금을 두려워함을 증명하는 것이다."

천문자는 이 도를 이미 모두 실행하여 180세가 되었어도 안색은 어린아이와 같았다. 이에 주례珠醴를 복용, 신선술을 터득하여 현주玄洲로 들어갔다.

天門子者, 姓王名綱. 尤明補養之要, 故其經曰:「陽生立於寅, 純木之精; 陰生立於申, 純金之精. 夫以木投金, 無往不傷, 故陰能溲陽也. 陰人著脂粉者, 法金之白也, 是以眞人道士莫不留心駐意, 精其微妙, 審其盛衰. 我行靑龍, 彼行白虎; 彼前朱雀, 我後玄武, 不死之道也. 又陰人之情也, 有急於陽, 然能外自收抑, 不肯請陽者, 明金不爲木屈也. 陽性氣剛

躁, 志節疎略, 至於遊晏, 則聲氣和柔, 言辭卑下, 明木之畏金也.」天門
子旣行此道, 年二百八十歲, 色如童子. 乃服珠醴得仙, 入玄洲去也.

【王綱】『雲及七籤』에는 '王剛'으로 되어 있음.

【寅】십이지의 제3번째. 시간으로는 새벽 3시부터 5시 사이.

【申】십이지의 제9번째. 시간으로는 오후 3시부터 5시 사이.

【著脂粉者】여인을 가리킴.

【金之白】금은 오행으로 서쪽, 가을, 색깔로는 백에 해당함.

【靑龍】동방은 木, 청색(靑)이어서 청룡으로 이를 상징함. 28宿 중 동방의 일
곱별의 모양이 용과 같다 함. 巽의 방위이며 風을 상징하여 動을 주재함.

【白虎】서방은 金, 백색(白)이며 호랑이로 이를 상징함. 28수 중 서방의 일곱
별은 호랑이 같은 형상이라 함. 兌의 방위이며 澤을 상징하여 靜을 주재함.

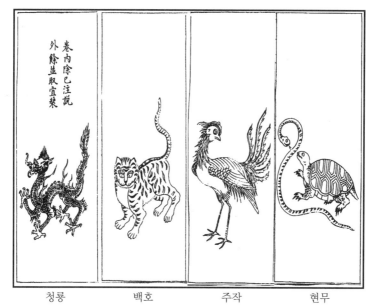

| 청룡 | 백호 | 주작 | 현무 |

사신도四神圖: 『雲及七籤』

따라서 청룡과 백호는 연단에서 처음 불을 지필 때 陽動에서 陰靜으로 하여야 함을 뜻하는 말.

【朱雀】남방은 火, 적색(赤)으로 주작을 상징함. 28수 중 남방의 일곱별은 주작의 형상이라 함.

【玄武】북방은 水, 흑색(玄)으로 현무를 상징함. 28수 중 북방의 일곱별은 현무(거북과 비슷함)의 형상이라 함.

【珠醴】신단약의 일종. 진주를 가열하여 만든 액체로 여김.

【玄洲】전설 중의 신선 세계. 『海內十洲記』에 "玄洲在北海之中, 戌亥之地, 方七千二百里, 去南岸三十萬里. 上有太玄都, 仙伯眞公所治, 多丘山"이라 함.

참고 및 관련자료

1. 『太平廣記』(권5) 天門子

天門子者, 姓王名綱. 尤明補陽之要, 故其經日:「陽生立於寅, 純木之精; 陰生立於申, 純金之精. 天以木投金, 無往不傷. 故陰能疲陽也. 陰人所以著脂粉者, 法金之白也. 是以眞人道士, 莫不留心注意, 精其微妙, 審其盛衰. 我行靑龍, 彼行白虎, 取彼朱雀, 煎我玄武, 不死之道也. 又陰人之情也, 每急於求陽. 然而外自收抑, 不肯請陽者, 明金不爲木屈也. 陽性氣剛燥, 志節疎略. 至於遊宴, 言和氣柔, 辭語卑下. 明木之畏於金也.」天門子旣行此道, 年二百八十歲, 猶有童子之色. 乃服珠醴得仙, 入玄洲山去也.

027(4-7) 구령자 九靈子

구령자는 이름이 황화皇化이며 환년각로술還年却老術과 태식胎息, 내시內視의 요체, 그리고 오행五行의 도를 터득하였다. 그의 경에 이렇게 말하였다.

"이 술법으로는 오병五兵의 화를 피할 수 있고 호랑이와 이리의 환난을 물리칠 수 있으며, 자신의 몸을 안전하게 하고 집안을 다스려 보호받을 수 있으며 자손을 보존할 수 있고, 내외를 화목하게 할 수 있다. 사람이 이 술법을 만나면 즐거워할 것이요, 보지 못하면 보고 싶어 하리라. 군에 입대하여 대오를 편성하기에 알맞고 나그네가 되어 멀리 갈 때도 이롭다. 남이 자신을 해치고자 한다 해도 그 화를 사라지게 하며, 천 가지 재앙이나 만 가지 화환이라도 엎드린 채 감히 일어나지 못하며 간사한 길을 막아 주고 요괴의 문을 채워 꼼짝 못하게 한다. 저주하는 자가 있다 해도 그 재앙이 나에게 미치지 못하며, 나를 싫어하여 무고巫蠱로 해하려는 자가 있다 해도 그 화환이 실행되지 못한다. 천하에 어진 자는 모두 나를 종주宗主로 여길 것이다. 신령스러운 마음을 기울여 백성의 뜻을 터득하게 될 것이다. 농사와 누에치기도 크게 풍년과 수확을 누릴 것이요 육축六畜도 번성하며 노비도 집안을 편안히 하고 질병도 모두 나을 것이다. 현관縣官이라면 행정을 펼 때도 미리 사안을 알아 해결할 수 있고 소송과 분쟁에도 승리를 얻게 될 것이다. 온갖 일이 모두 유리할 것이니 이는 세상에 오로지 하나뿐인 세계이다. 이 도를 행하는 자는 크게 그 오묘함을 얻게 될 것이다."

그는 인간 세상에서 5백여 년을 살았지만 안색이 갈수록 젊어졌고 뒤에 단약을 복용하여 선인이 되어 승천하여 사라졌다.

九靈子者, 姓皇名化, 得還年却老·胎息內視之要·五行之道. 其經曰 「此術可以辟五兵, 却虎狼, 安全己身, 營護家門, 保子宜孫, 內外和睦. 人見則喜, 不見則思. 旣宜從軍, 又利遠客. 他人謀己, 消滅不成; 千殃萬禍, 伏而不起. 杜姦邪之路, 塞妖怪之門. 呪咀之者, 其災不成; 厭蠱之者, 其禍不行. 天下之賢, 皆來宗己. 傾神靈之心, 得百姓之意. 田蠶大行, 六畜繁孶. 奴婢安家, 疾病得愈. 縣官逆解, 忿爭得勝. 百事皆利, 世有專世. 行此道者, 大得其妙.」在人間五百餘年, 顔容益少, 後服鍊丹而乃登仙去矣.

【還年却老術】젊은 나이로 환원하며 노화를 퇴각하는 방술.

【胎息】도가 수양법의 하나로 사람이 태어나기 전 어머니의 태에 있을 때는 실제로 공기로 숨을 쉬지 않지만 생명이 유지됨을 원리로 하여 이를 실행하고자 하는 방법. 우선 호흡을 깊이 들이마셔 이를 조용히 그친 다음 지극히 깊은 경지로 들어가는 鍊功術. 코와 입으로는 거의 감각을 느끼지 못할 정도의 미약한 숨으로 단련하며 內丹(胎)을 丹田으로 하여 호흡을 정지, 단전 내에서만 미약한 호흡의 기복을 유지하여 모체 안에서의 탯줄과 배꼽으로 숨을 쉬는 것과 같이 반복 연습한다 함.

【內視】역시 도가의 수양법. '內觀'이라고도 함. 두 눈을 감고 자신의 신체 내의 어떤 부위를 들여다보는 훈련을 거듭하며 일체 외부의 간섭을 배제하여 사념을 한곳으로 집중함. 이를 통해 그 움직임과 氣를 그곳으로 모아 기능을 배양시킨다 함.

【五兵】전쟁이나 폭력 등으로 인해 무기나 도검 따위로 신체에 상해를 입음을 뜻함.

【呪咀】咒詛와 같음. 저주하여 해를 끼침.

【厭蠱】미신의 방법으로 남을 해치거나 저주하여 생기는 병이나 고통.

【六畜】소, 말, 양, 돼지, 닭, 개 등 인간이 기르는 가축.

【專世】오직 하나의 세계. 그러나 여기서의 '世'자는 오류가 아닌가 함.

028(4-8) 북극자 北極子

북극자는 이름이 음항陰恒이다. 그의 경經에 이렇게 말하였다.

"몸을 다스리는 도는 그 정신을 아낌을 보배로 삼으며, 성명을 양생하는 기술은 죽음으로 들어갔다가도 살아서 나오는 것이다. 항상 능히 이를 행한다면 하늘과 함께 그 시간을 다하여 마칠 수 있다. 삶에 근거하여 삶을 구하는 것이 진실된 삶이다. 철로써 철을 다스리는 것을 일러 진眞이라 하고, 사람으로 사람을 다스리는 것을 일러 신神이라 한다."

뒤에 그는 신단神丹을 복용하여 선인이 되었다.

北極子者, 姓陰名恒. 其經曰:「治身之道, 愛神爲寶; 養性之術, 死入生出; 常能行之, 與天相畢. 因生求生眞生矣, 以鐵治鐵之謂眞, 以人治人之謂神.」後服神丹而仙焉.

【經】北極子 陰恒의 저술을 뜻하는 것으로 보임. 구체적으로는 알 수 없음.
【與天相畢】하늘의 무궁한 햇수와 같이한 다음 끝을 맺음. 不死를 의미하는 표현.

029(4-9) 절동자 絕洞子

절동자는 이름이 이수李修이다. 그의 경經에는 이렇게 말하였다.
"약한 것이 능히 강한 것을 제압하고 음이 능히 양을 피폐하게 한다. 항상 깊은 연못에 다다라 위험한 곳을 밟고 있는 듯이 하라. 내달리는 수레를 타고 이를 제어함이 장생長生의 도이다."

그는 나이 4백여 세에도 안색이 늙지 않았다. 저서가 40편이었는데 이를 『도원道源』이라 하였다. 단약을 복용하고 승천하였다.

絶洞子者, 姓李名修. 其經曰:「弱能制强, 陰能弊陽. 常若臨深履危, 御奔乘駕, 長生之道也.」年四百餘歲, 顔色不衰, 著書四十篇, 名曰『道源』, 服丹昇天也.

【陰能弊陽】'弊'는 '蔽'와 같음. '가리다'의 뜻. 여기서는 '피폐하게 하다'의 뜻으로 보았음.
【臨深履危】『詩經』小雅 小旻에 "戰戰兢兢, 如臨深淵, 如履薄冰"이라 함.
【道源】絶洞子 李修의 저술 이름.

030(4-10) 태양자 太陽子

태양자는 이름이 이명離明이다. 본래 옥자玉子와 같은 나이로 친구였는데 옥자가 도를 배워 이미 성공하자 태양자는 이에 옥자를 모셔 제자의 예를 다하였으며 감히 게으름을 피우지 않았다.

그러자 옥자가 특별히 그를 친히 여기고 아껴 주었으며 그 옥자 문하 30여 명이 누구도 그에 비할 바가 되지 못하였다.

태양자는 술을 좋아하여 늘 취하여 있었으며 이 때문에 자못 질책을 받았다. 그러나 오행五行의 도를 잘 닦아 비록 수염과 머리카락이 반백이었지만 피부와 살은 풍성하였고 얼굴과 눈빛은 빛이 났다. 3백여 세에 이르렀지만 그래도 술에 대한 기호를 고치지 못하자 옥자가 그에게 이렇게 말하였다.

"너는 의당 몸을 이치에 맞게 하고 성을 길러야 한다. 그리하여 여러 현인들의 법이 되어야 함에도 오히려 천박하게 미혹하여 크게 취하여 있으면서 공업을 닦지 않고 좋은 약도 조제할 줄 모르니 비록 천 살을 산다 해도 끝내 죽음을 면할 수 없을 것이다. 하물며 이제 겨우 몇 백 살 살고 있음에랴! 그리고 이 정도 평범한 것도 해내지 못하면서 하물며 달인의 경지를 해낼 수 있겠는가!"

그러자 태양자는 이렇게 대답하였다.

"늦게 공부를 시작한데다가 성격까지 강하며 속세의 구태도 벗지 못하여, 그 때문에 술로 나를 몰고 가는 것입니다."

그 교만함이 이와 같았던 것이다. 『칠보수七寶樹』라는 도술 책을 썼으며 그 요체를 깊이 체득하여 단약을 복용한 후 신선이 되었으며, 때때로 인간 세상에 나타나기도 하였다. 5백 세가 되어도 얼굴은 동안이었으며 술을 좋아하여 그 수염은 하얀 모습이었다.

太陽子者, 姓離名明. 本玉子同年之親友也, 玉子學道已成, 太陽子乃事玉子, 盡弟子之禮, 不敢懈怠. 然玉子特親愛之, 有門人三十餘人, 莫與其比也. 而好酒恒醉, 頗以此見責. 然善爲五行之道, 雖鬢髮班白, 而肌膚豐盛, 面目光華. 三百餘歲猶自不改, 玉子謂之日:「汝當理身養性, 而爲衆賢法司, 而低迷大醉, 功業不修, 大藥不合, 雖得千歲, 猶未足以免死, 況數百歲者乎! 此凡庸所不爲, 況於達者乎!」對曰:「晚學性剛, 俗態未除, 故以酒自驅.」其驕慢如此. 著『七寶樹』之術, 深得道要, 服丹得仙, 時時在世間. 五百歲中面如少童, 多酒, 其鬢鬚皓白也.

【同年】같은 나이.

【半白】斑白과 같음. 머리가 희끗희끗함. 노년에 접어들었음을 말함.

【法司】형벌과 사법을 관장하는 관서.

【大藥】外丹, 金丹을 가리킴.

【七寶樹】太陽子 離明의 저술. '七寶樹'는 도가의 수련 방법을 뜻하나 구체적으로는 알 수 없음.

031(4-11) 태양녀 太陽女

태양녀는 이름이 주익朱翼이다. 오행五行의 도를 넓히고 연역하여 다시 사색을 더하여 미묘하게 운용하는 경지에 이르게 되었으며 그 도를 실행한 효험은 심히 빠르게 나타났다. 나이 280세에도 얼굴이 복숭아꽃 같았으며 그 입은 붉은색을 머금고 있는 듯했고, 살과 피부는 윤택이 흘렀고 눈썹과 머리카락은 그림 같아 마치 17, 18세의 소녀 같았다. 절동자絶洞子를 모시고 수발하였으며 절동자가 단약이 성취되자 그에게 내려 주어 이를 먹고 역시 선인이 되어 승천하였다.

太陽女者, 姓朱名翼. 敷演五行之道, 加思增益, 致爲微妙行用, 其道甚驗甚速. 年二百八十歲, 色如桃花, 口如含丹, 肌膚充澤, 眉鬢如畫, 有如十七八者也. 奉事絶洞子, 丹成以賜之, 亦得仙昇天也.

【敷演】敷衍과 같음. 더 자세히 서술하여 그 뜻을 설명함.
【含丹】여기서의 단은 붉은색을 뜻함.

032(4-12) 태음녀 太陰女

태음녀는 이름이 노전盧全이다. 매우 총명하고 통달하였으며 지혜가 남달랐다. 그는 옥자玉子의 도를 좋아하여 자못 그 도를 터득하였지만 아직 정묘精妙하게 운용하는 경지에 도달하지는 못하였다.

당시에는 따라 배울 만한 명철한 스승이 없어 그는 길에서 술을 팔면서 몰래 어진 이를 만나게 되기를 구하였다. 몇 년을 이리 하여 시간이 오래 흘렀지만 아직 자신보다 나은 자를 보지 못하였다.

그때 마침 태양자太陽子가 지나다가 술을 마시면서 그 여자의 예절이 공경스럽고 수양이 잘 되어 있으며 말하는 품이 매우 아름답다는 것을 알게 되었다. 그러자 태양자는 위연히 탄식하며 말하였다.

"저가 백호등사白虎螣蛇의 술법을 행한다면 나는 청룡현무靑龍玄武의 법을 아는 정도이다. 천하는 아득하고 넓은데 이런 여인은 아는 자가 그 누가 있겠는가?"

태음녀는 이를 듣고 매우 기뻐하며 여동생을 시켜 그 객에게 이렇게 묻도록 하였다.

"땅은 그 나이가 얼마나 됩니까?"

태양자가 말하였다.

"알 수 없습니다. 단지 남으로 셋, 북으로 다섯이며 동으로 일곱, 서쪽으로 일곱이며 가운데가 하나입니다."

동생이 와서 언니에게 이렇게 보고하였다.

"그분은 큰 현인입니다. 지극한 덕을 가진 도인입니다. 내가 하나를 물었더니 그는 다섯을 알고 있습니다."

이리하여 드디어 그를 청하여 도실道室로 들게 하여 다시 묘한 음식을 바쳤다. 모두가 진기한 음식들이었다. 태음녀는 이를 태양자에게 즐기도록 하고 자신은 지난날의 일을 진술하였다. 이윽고 식사가 끝나자 태양자가 이렇게 말하였다.

"우리 함께 천제天帝를 받들어 모셔 신광神光의 물을 함께 마십시다. 몸으로 옥자의 대도를 단련하여 그 몸이 오행五行의 보배가 되도록 합시다. 오직 현인만이 가까이 하는 것이니 이것이 어찌 기괴한 일이겠습니까?"

그리하여 드디어 보도補道의 요체를 전수하고 증단蒸丹의 처방을 주었다. 이 약을 조제하여 복용한 후 선인이 되었는데 당시 나이가 이미 2백 세였지만 어린아이 같은 안색을 하고 있었다.

太陰女者, 姓盧名全. 爲人聰達, 知慧過人, 好玉子之道, 頗得其法, 未能精妙. 時無明師, 乃當道沽酒, 密欲求賢. 積年累久, 未得勝己者. 會太陽子過之, 飮酒, 見女禮節恭修, 言詞閒雅. 太陽子喟然歎曰:「彼行白虎滕蛇, 我行靑龍玄武, 天下悠悠, 知者爲誰?」女聞之大喜, 使妹問客:「土數爲幾?」對曰:「不知也, 但南三北五, 東七西七, 中一耳.」妹還報曰客:「大賢者, 至德道人也. 我始問一, 已知五矣.」遂請入道室, 改進妙饌,盛設嘉珍, 而享之, 以自陳. 訖, 太陽子曰:「共事天帝之朝, 俱飲神光之水, 身登玉子之魁, 體有五行之寶, 唯賢是親, 豈有所怪?」遂授補道之要, 授以蒸丹之方. 合服得仙, 時年已二百歲, 而有少童之色也.

【白虎螣蛇】丹道의 술어. 백호는 흰호랑이. 螣蛇는 '騰蛇'로도 쓰며 고대 전설 속의 뱀으로 능히 날아다니며 구름과 안개를 일으키는 神蛇.『爾雅』釋魚에 "螣, 螣蛇"라 하고, 郭璞의 주에 "龍類也, 能興雲霧而游其中也"라 함.

【靑龍玄武】청룡은 오행으로 木, 東方, 靑色을 뜻하며, 玄武는 水, 北方, 黑色을 상징함.

【土數】五行에서의 土에 대응하는 숫자. 土는 中央이며, 黃色, 그 數는 五임.

【天帝】하늘의 주재하는 신. 造物主. 造化主.

【蒸丹】단약을 만드는 방법에 대한 술어. 구체적으로는 알 수 없음.

033(4-13) 태현녀 太玄女

태현녀는 이름이 전화顓和이다. 젊어 남편을 잃었을 때 어떤 관상가가 그 모자를 보고 "모두 단명할 상이다"라 하였다.

이에 그는 도를 배워 실행하였고 옥자玉子의 술법을 닦아 드디어 물에 들어가도 젖지 아니하고 추운 겨울에 홑겹의 옷을 입고 물 위를 걸어도 안색이 변하지 않고 몸이 따뜻하여 며칠을 이와 같이 해낼 수 있었다.

그는 능히 관부官府와 궁궐, 성시城市 및 세상 사람들의 집을 다른 곳으로 옮길 수 있었고, 어떤 물건을 보면 아무런 이상함이 없으나 그가 손가락으로 가리키면 그 소재가 사라지게 할 수도 있었다. 또한 집의 문이나 상자, 궤짝에 채워져 있는 모든 자물쇠를 손가락으로 가리키면 열리게 할 수 있었다. 그리고 손가락으로 산을 가리키면 산이 무너지고, 나무를 가리키면 나무가 죽었으나 이를 다시 손가락으로 가리키면 살아나 아무렇지도 않게 된다.

제자를 거느리고 산속으로 들어갔을 때 마침 해가 저물자 지팡이로 바위를 두드려 바위가 열려 문이 생겼으며 그 안으로 들어가자 집 안에 침대며 궤짝과 휘장, 주방, 창고와 술, 음식 등이 일상처럼 펼쳐져 있었다. 만 리 먼 길을 움직여도 그가 있는 곳이면 항상 그러한 일이 벌어지는 것이었다. 그는 작은 물건을 갑자기 집채만큼 크게도 변하게 하고, 큰 물체를 갑자기 티끌이나 가시처럼 작은 물건으로 변화시키기도 하였다. 들불이 나서 하늘을 뒤덮을 때면 이를 입으로 불어 즉시 소멸시키고 또 화재가 난 불 속에 들어가 있어도 옷이 전혀 타지 않았다. 잠깐 사이에 노인으로 변했다가 다시 어린아이가 되기도 하고, 수레와 말을 만들어 앞에 세우기도 하여 만들지 못하는 것이 없었다. 그는 삼십육술三十六術을 시행하였으며 매우 효과가 있었고, 죽음에서 살아난 적이 수도 헤아릴 수 없었다. 그는 어디에서 무엇을 복용하고 먹는지 알 수 없으나 안색은 갈수록 젊어지고 빈발鬢髮은 마치 까마귀 색깔 같았다. 갑자기 대낮에 승천하여 사라졌다.

太玄女者, 姓顓名和. 少喪夫主, 有術人相其母子曰:「皆不壽也.」乃行學道, 治玉子之術. 遂能入水不濡, 盛寒之時, 單衣行水上, 而顏色不變, 身體溫暖, 可至積日. 能徙官府宮殿城市及世人屋舍於他處, 視之無異, 指之則失其所在. 又門戶櫝櫃有關籥者, 指之卽開. 指山山崩, 指樹樹死, 更指之, 皆復如故. 將弟子行所到山間, 日暮, 以杖扣山石, 石皆有門戶開, 入其中, 有屋室床几帷帳廚廩酒食如常. 雖行萬里, 所在常耳. 能令小物忽大如屋, 大物忽小於毫芒. 野火漲天, 噓之卽滅. 又能生灾火之中, 衣裳不燃. 須臾之間, 化爲老翁·小兒·車馬. 無所不爲. 行三十六術, 甚有神效, 起死無數. 不知其何所服食, 顏色益少, 鬢髮如鴉. 忽白日昇天而去.

【夫主】남편을 뜻함.
【櫝櫃】나무로 만든 상자. 궤짝.
【關籥】籥은 鑰과 같음. 자물쇠.
【三十六術】도가에서 36의 숫자를 중시하여 여러 가지 술법이 있음. 여기서는 구체적으로 알 수 없음.

참고 및 관련자료

1. 『太平廣記』(권59) 太玄女

太玄女, 姓顓, 名和. 少喪父, 或相其母子, 皆曰不壽. 惻然以爲憂, 常曰:「人之處世, 一失不可復生, 況聞壽限之促? 非修道不可以延生也.」遂行訪明師, 洗心求道. 得王(玉)子之術, 行之累年. 遂能入水不濡, 盛雪寒時, 單衣冰上, 而顏色不變. 身體溫煖, 可至積日. 又能徒官府宮殿城市屋宅於他處. 視之無異, 指之卽失其所在. 門戶櫝櫃有關鑰者, 指指卽開. 指山山摧, 指水水拆. 更指之, 卽復如故. 將弟子行山間, 日暮, 以杖叩石, 卽開門戶. 入其中, 屋宇床褥幃帳, 廩供酒食如常, 雖行萬里, 所在常爾. 能令小物忽大如屋, 大物忽小如毫芒. 或吐火張天, 噓之卽滅. 又能坐炎火之中, 衣履不燃. 須臾之間, 或化老翁, 或爲小兒, 或爲車馬, 無所不爲. 行三十六術甚效, 起死廻生. 救人無數, 不知其何所服食, 亦無得其術者, 顏色益少, 鬢髮如鴉. 忽白日昇天而去.

034(4-14) 남극자 南極子

남극자는 이름이 유융柳融이다. 능히 가루를 합하여 계란을 만들어 이를 입에서 수십 개씩 토해 낼 수 있었다. 이를 삶아 먹어 보면 전혀 이상하지 않았다. 계란 속의 노란 부분을 꺼내면 모두 밀가루가 손가락 끝 분량 정도로 약간 남아 있는데 이를 술잔에 칠하고 주문을 외우면 즉시 거북이로 변한다. 이 역시 삶아 먹을 수 있다. 그 뱃속에는 오장이 모두 갖추어져 있고 가루를 발랐던 술잔은 거북이 껍질로 변하는 것이었다. 삶아서 그 고기를 뜯어내면 껍질은 다시 가루가 되어 술잔에 묻어 있게 되는 것이다. 물을 떠다 주문을 외우면 이것이 훌륭한 술이 되며 이를 마시면 사람이 취한다.

또 능히 손을 들면 큰 나무가 생겨나는데 사람이 그 가는 가지를 꺾어 이를 집 안에 꽂아 두면 며칠이 되도록 그대로 있으며 점차 말라 누렇게 시들어 간다. 이처럼 진짜 나무와 아무런 차이가 없다.

그는 운상단雲霜丹을 복용하여 선인이 되어 사라졌다.

南極子者, 姓柳名融. 能合粉成鷄子, 吐之數十枚. 煮之而啖之, 與雞子無異. 出雞子中黃, 皆餘有少許粉如指端者, 取粉塗杯, 呪之卽成龜. 煮之可食, 腹藏皆具, 而粉杯成龜殼, 煮取肉, 則殼還成粉杯矣. 又取水呪之, 卽成美酒, 飮之醉人. 又能擧手卽成大樹, 人或折其細枝, 以刺屋間, 連日猶在, 以漸萎黃, 與眞木無異也. 服雲霜丹, 而得仙去矣.

【腹藏】 '腹臟'과 같음. 『雲及七籤』에는 腸臟으로 되어 있음.
【雲霜丹】 丹藥 이름.

035(4-15) **황로자** 黃盧子

　황로자는 이름이 갈기葛起이다. 병을 치료하는 데 심히 능력이 있어 천 리 먼 곳에 있는 사람이 병이 났다 해도 그 이름을 빌려 치료하도록 하면 모두가 완전히 나아, 직접 그 병자를 찾아갈 필요도 없었다. 기금氣禁의 도술에 뛰어났으며 호랑이나 온갖 벌레도 그의 금술禁術에 걸리면 모두가 움직일 수 없으며 날아다니는 새도 도망가지 못하며, 물도 1리를 거꾸로 흘러 역류한다.

　나이 280세에 그 힘은 천 균鈞의 무게를 들 수 있었고, 빠르기는 달리는 말을 따라갈 수 있었다. 머리에 항상 오색 기운이 떠 있었는데 그 높이는 한 길쯤 되었다.

　날씨가 크게 가물 때면 능히 연못에 이르러 용을 불러내어 빨리 하늘로 올라가도록 재촉하였으며 그러면 즉시 비가 내렸다. 자주 이와 같이 하였다.

　어느 날 아침 그는 용을 타고 사라지면서 여러 친구들과 이별을 고하고는 드디어 다시 나타나지 않았다.

　黃盧子者, 姓葛名起. 甚能理病, 若千里, 只寄姓名, 與治之, 皆得痊愈, 不必見病人身也. 善氣禁之道, 禁虎狼百蟲皆不得動, 飛鳥不得去, 水爲逆流一里. 年二百八十歲, 力擧千鈞, 行及奔馬. 頭上常有五色氣, 高丈餘. 天大旱時, 能至淵中召龍出, 催促便昇天, 卽便降雨, 數數如此. 一旦乘龍而去, 與諸親故辭別, 遂不復還矣.

【葛起】『雲及七籤』에는 '葛越'로 되어 있음.

【氣禁之道】도교 술법 중의 하나. 定身法. 사람이나 동물 따위를 그대로 정지하여 전혀 움직이지 못하게 하는 술법.

【鈞】고대 무게의 단위. 36斤이 1鈞이라 함.

【一旦乘龍而去, 與諸親故辭別】『雲及七籤』에는 "一旦與親故別, 乘龍而去"로 되어 있음.

神仙傳

제5권

036(5-1) 마명생 馬鳴生

마명생은 제齊나라 임치臨淄 사람으로 본성은 화和씨이며 자는 군실君實이다. 그가 젊을 때 현의 관리로서 도적을 잡으러 쫓아갔다가 도리어 도적에게 상처를 입게 되었다. 그때 그는 잠시 죽었었으나 도사가 신약으로 그를 구해 주어 다시 살아나게 되었다. 이에 그는 관직을 버리고 그 스승을 따라나섰다.

처음에 그는 단지 창병瘡病을 고치는 기술 정도 배웠으면 했을 뿐이었다. 그런데 장생長生의 도술이 있음을 알고 드디어 오래도록 스승을 모셨다. 그는 책 상자를 짊어지고 스승을 따라 서쪽의 여궤산女几山으로, 다시 북쪽으로 현구산玄丘山이며 남쪽으로는 노강瀘江에 이르기까지 천하를 주유하고 다녔다.

이렇게 고생과 노력 끝에 이에 『태청신단경太淸神丹經』3권을 받아 이를 가지고 돌아와 산에 들어가 약을 조제하여 이를 복용하였다.

그는 승천하기를 원하지 않았으며 단지 약 반 제半劑만을 복용하여 지선地仙이 되었다. 그가 머물러 사는 곳은 3년을 넘기지 않았으며 곧바로 다른 곳으로 옮겨 사람들은 그가 선인인 줄 알지 못하였다.

집을 짓고 노복을 길렀으며 수레와 말을 타고 다녀 보통 세상 사람과 조금도 다르게 행동하지 않았다. 이렇게 전전하며 구주九州에 노닐며 살기를 5백여 년, 그를 알게 된 사람들이 많아져 그가 늙지 않음을 괴이히 여기게 되자 뒤에는 크게 단丹을 닦아 대낮에 승천하여 사라지고 말았다.

馬鳴生者, 齊國臨淄人也, 本姓和, 字君實. 少爲縣吏, 因逐捕而爲賊所傷, 當時暫死, 得道士神藥救之, 逐活. 便棄職隨師, 初但欲求受治瘡病耳, 知其有長生之道, 逐久事之. 隨師負笈, 西之女几山, 北到玄丘山, 南湊瀘江, 周遊天下. 勤苦備嘗, 乃受『太清神丹經』三卷, 歸入山合藥, 服之. 不樂昇天, 但服半劑, 爲地仙矣. 常居所在, 不過三年, 輒便易處, 人或不知其是仙人也. 架屋舍, 畜僕從, 乘車馬, 與俗人無異. 如此展轉遊九州五百餘年, 人多識之, 怪其不老. 後乃修大丹, 白日昇天而去也.

【齊國】 춘추전국시대 제나라 관할이었던 지역. 지금의 山東省 일대.
【臨淄】 제나라 도읍이었던 곳. 지금의 山東省 淄博市 臨淄鎭.
【女几山・玄丘山】 산 이름. 구체적인 위치는 알 수 없음.
【瀘江】 瀘水. 지금의 江西省 西部에서 王江(瀟江)과 和水 등의 물과 합수하여 贛江으로 흘러드는 물.
【太淸神丹經】 도교의 경전. 지금은 남아 있지 않음.
【大丹】 內丹을 뜻함. 『金丹大成』 解注呂公泌園春에 "還丹之名不一, 或曰大丹"이라 함.

┌─────────────────┐
│ 참고 및 관련자료 │
└─────────────────┘

1. 『太平廣記』(권7) 馬鳴生

馬鳴生者, 臨淄人也. 本性和, 字君賢. 少爲縣吏, 捕賊, 爲賊所傷. 當時暫死, 忽遇神人以藥救之, 更活. 鳴生無以報之, 逐棄職隨神. 初但欲治金瘡方耳. 後知有長生之道, 乃久隨之. 爲負笈, 西之女几山, 北到玄丘, 南至瀘江. 周遊天下, 勤苦歷年. 及受太陽神丹經三卷. 歸, 入山合藥服之, 不樂昇天, 但服半劑, 爲地仙, 恒居人間. 不過三年, 輒易其處, 時人不知是仙人也. 架屋舍, 畜僕從車馬,

並與俗人皆同. 如此展轉, 經歷九州, 五百餘年, 人多識之, 悉怪其不老. 後乃白日
昇天而去.

037(5-2) 음장생 陰長生

음장생은 신야新野 사람으로 한漢나라 음황후陰皇后의 집안이다.
어려서 부귀한 가문에서 태어났지만 영예로운 지위에 대해서는 관심
이 없었고 오직 도술에만 힘썼다.

마명생馬鳴生이 도세度世하는 도를 터득하였다는 소문을 듣고 그
를 찾아가 드디어 서로 만나게 되었다. 그는 노비가 할 일을 하고
신발을 옮겨 주는 일도 자청할 정도로 모셨다. 그러나 마명생은 그에
게 도세의 도를 가르쳐 주지 않았고 다만 밤낮으로 그와 당세의 일과
가난한 농부들의 삶을 다스릴 일에 대해서만 고담高談을 늘어놓을 뿐이
었다. 이렇게 20여 년이 흘렀지만 음장생은 그를 모시기를 전혀 게을리
하지 않았다.

같은 때에 마명생을 함께 모시던 자 중에 12명은 견디다 못해 모두
귀가하고 말았지만 음장생만은 홀로 떠나지 아니하고 공경과 예의를
다 갖추어 더욱 엄숙하게 모셨다. 그러자 마명생이 이렇게 일러 주었다.

"그대는 진실로 능히 도를 얻을 자로구먼."

이에 장생을 데리고 청성산靑城山 산속으로 들어가 황토黃土를 구
워 금을 만들어 이를 보여주었다. 그리고 사방을 향해 단壇을 만들어
놓고 장생에게 『태청신단경太淸神丹經』을 전수해 주고는 이별을 고하

고 사라져 버렸다.

음장생이 돌아와 단약을 만들었다. 그러나 그 약을 반만 복용한 다음, 먹지 않고 승천을 그만두었다. 그러고는 황금 수십만 근을 만들어 이를 천하에 궁핍한 자들, 즉 아는 사람이건 알지 못하는 사람이건 가리지 않고 널리 나누어 주었다. 다시 그가 천하를 주유하자 그 아내와 자식도 그를 따라다녔는데 그의 식구들은 누구 하나 전혀 늙지 않은 모습이었다.

뒤에 그는 평도산平都山에서 대낮에 승천하였다. 그는 떠나면서 저서 9편을 남겼는데 그 책에 이렇게 말하였다.

"상고시대 신선이 된 자는 많아 그들을 모두 다 논하기는 어렵다. 다만 한漢나라가 들어선 이래로 신선이 된 자는 45명이며 나까지 포함하면 46명이 된다. 그 중 20명은 시해尸解하였고 나머지는 대낮에 승천하였다."

나 포박자抱朴子는 이렇게 말한다.

"내가 언서諺書에 있는 말을 통해 들은 바로는 '한밤중에 밤길을 다녀보지 아니하면 밤길을 다니는 자를 이해하지 못한다'라 하였다. 그러니 선도를 얻지 못한 자가 어찌 천하 산림에 도를 배워 선도를 터득한 자를 알겠는가?

음장생은 이미 신단을 복용하여 비록 승천하지는 않았지만 그러한 무리들과 같은 자요, 같은 소리는 서로 응하는 것이라 하였으니 바로 이처럼 선인과 더불어 서로 견문을 찾아 나섰던 것이며, 그 때문에 근세 선인들의 수를 알고 있었던 것이다.

그러나 세속의 민간에서는 그럴 수 없다 말한다. 자신이 들어본 바가 없으면 그러한 일도 없다고 여기니, 이 역시 안타까운 일이 아니겠는가!

무릇 초택草澤에 묻혀 은일隱逸로 뜻을 세워, 경적經籍으로 즐거움을 삼으면서도 그 문채文彩를 드날리지 않고 그 이름과 명예를 드러내지 않으며, 벼슬길을 따라나서겠다고 하지도 않으며 소문이나 영달을 바라지도 않아 사람들이 오히려 알지 못하는 경우가 있는데 하물며 선인임에랴! 어찌 역시 급급하여 조정과 대궐에 그 이름이 알려지기를 바라는 무리로서야 그 음장생이 말한 것을 알기나 하겠는가!"

음장생의 자서自序에는 이렇게 말하였다.

"한漢나라 연광延光 원년, 신야산新野山의 북쪽에서 나는 화군和君에게 『신단요결神丹要訣』을 전수받아, 도를 이루어 세상을 떠났다. 그리고 이 경서를 명산에 두었으니 능히 이를 찾아내는 자는 진인眞人이 되리라. 모든 것이 왔다가 가는 것이니 무엇이 세속이라는 것이랴? 죽지 않는 도란 그 요체가 신단에 있다. 행기도인行氣導引하고 부앙굴신俯仰屈伸하며 초목을 복용하면 가히 약간의 수명을 늘릴 수 있으나, 세상을 건너 천선天仙을 이루지는 못한다. 그대가 도를 듣고자 하면 이 말이 요체가 되리라. 많은 학문을 배워 이를 수 있는 곳도 있으나, 아무것도 하지 않으면 신선이 된다. 높은 선비가 이를 들으면 힘쓰면서 부지런함을 더 보태지만 낮은 선비가 이를 들으면 크게 비웃으며 그럴 수 없다고 여긴다. 능히 신단을 알아야 장생불사하게 된다."

이에 음장생은 누런 비단을 찢어 『단경丹經』 한 통通을 베껴 이를 문석함文石函에 넣어 봉하여 숭산嵩山에다 놓아두었다.

그리고 다시 한 통은 누런 궤짝에 간서簡書를 옻즙으로 써서 이를 청옥함青玉函에 봉하여 대화산大華山에 놓아두었다.

그리고 다시 한 통은 황금의 간서로 이를 새겨 쓴 다음 백은함白銀函에 넣어 촉경산蜀經山에 놓아두었고, 또 한 통은 흰 비단에 써서 이를 한 권으로 만들어 제자에게 주면서 세세토록 이를 가질 자에게 전해지도록 하였다. 그리고 다시 세 편의 저서를 지어 미래에 일어날 일을 계시啓示하였다.

그 세 가지는 다음과 같다.

첫째, "나는 전대에는 당우唐虞의 명령을 보좌하였고, 한漢나라 때에 미쳐서는 역대로 나라의 은총을 입었다. 그러나 지금은 나 홀로 도를 좋아하여 평민이 되기를 원하였다. 평소의 뜻을 그대로 높이 여겨 왕이나 제후라 해도 섬기지 아니하였다. 생을 탐하여 생을 얻었으니 다시 무엇을 구하겠는가?

푸른 하늘 위에나 흔적을 남기고, 텅 빈 허공을 타고 다닌다. 떠 있는 구름을 수레로 삼고, 청요青腰의 날개가 나의 친구가 되어 주었다. 불에 들어가도 타지 아니하고 물에 들어서도 젖지 않는다. 태극太極을 소요하니 무엇이 근심이며 무엇이 걱정이겠는가? 선도仙都에 들어가 소요하며 놀고, 불쌍하고 어리석은 자를 불쌍히 여기도다. 나이와 수명이 줄어들기가 저 냇물이 흐르는 것 같도다. 갑자기 흘러 얼마나 남았으랴. 죽은 다음에는 진흙이 짝이 되려니 죽음을 찾아 그곳으로 내달으며 잠시도 쉬려고 하지 않는구나."

둘째, "나의 성스러운 스승은 그 체도體道가 견정堅貞하도다. 오르고 내리며 온갖 변화를 부리는 것은 적송자赤松子나 왕자교王子喬와 이웃하고, 나와 같이 도를 배운 자는 모두가 열두 명. 춥고 고달픔을 견디며 도를 구하기를 이십 년이 흘렀다. 중간에 게으름도 많이 피우고, 뜻을 행하기에 부지런하지 못하였다. 슬프다, 제자들이여, 운명이란 하늘에 매인 것. 하늘이 아무렇게나 준 것이 아니니 도는 반드시 어짊을 이루는 것으로 귀결시켜라. 이 몸이 저 흙 속으로 던져지고 나면 어느 때 언제 다시 돌아오겠는가? 아! 다음 장래에 부지런히 하고 게다가 정밀하게 닦아라. 속세의 흐름을 따르지 말고 부귀에 이끌리지도 말아라. 신도神道를 한 번 성취시키고 나면 저 구천九天으로 날아오를 것이며, 그 목숨이 삼광三光과 함께 영원하리니 어찌 단지 억년億年일 뿐이랴?"

셋째, "나는 머리카락이 늘어지기 시작하는 아주 어릴 때부터 도덕을 좋아하였다. 집을 버리고 스승을 따라 나서서 동서남북으로 헤매고 다녔다. 오탁五濁에 몸을 맡기기도 하였고, 세상을 피하여 숨어살기도 하였다. 이십여 년을 명산의 곁에 살았고, 춥다고 황급히 옷을 찾지도 않았고, 배고프다고 밥 먹는 일에 시간을 주지 않았다. 고향이 그리워도 감히 돌아가지 않았고, 피로하다고 하여 감히 쉬는 법도 없었다. 성스러운 스승을 받들어 모시며 그의 안색을 받아주는 것을 즐거움으로 알았다. 얼굴은 때가 묻었고 발은 부르트고 나서야 비로소 스승께서 나를 불쌍히 여겼다. 드디어 요결要訣을 전수받으니 그 깊은 은혜를 헤아릴 길이 없었다. 처자도 수명이 연장되어 끝없는 행복을 누리게 되었다. 황금黃金을 이미 성취시켜 재물이 무려 10억이 넘었으니 이로써 귀신을 부리고 옥녀玉女의 모심을 누리기도 하였다. 내 이 세상을 건너게 된 것은 바로 신단神丹의 힘이었노라."

음장생은 인간 세계에 170년을 살았으나 그 얼굴이 동자와 같았으며 대낮에 승천하였다.

陰長生者, 新野人也, 漢陰皇后之屬. 少生富貴之門, 而不好榮位, 專務道術. 聞有馬鳴生得度世之道, 乃尋求, 遂與相見. 執奴僕之役, 親運履之勞. 鳴生不教其度世之道, 但日夕與之高談當世之事, 治生佃農之業, 如此二十餘年, 長生不懈怠. 同時共事鳴生者十二人, 皆悉歸去, 獨有長生不去, 敬禮彌肅. 鳴生乃告之曰:「子眞是能得道者.」乃將長生入青城山山中, 煮黃土而爲金以示之; 立壇四面, 以『太清神丹經』受之, 乃別去.

長生歸, 合丹, 但服其半, 即不昇天, 乃大作黃金數十萬斤, 布施天下窮乏, 不問識與不識者. 周行天下, 與妻子相隨, 舉門而皆不老. 後於平都山白日昇天, 臨去時, 著書九篇, 云:「上古得仙者多矣, 不可盡論. 但漢興已來, 得仙者四十五人, 連余爲六矣, 二十八尸解, 餘者白日昇天焉.」

抱朴子曰:「洪聞諺書有之曰:'子不夜行. 不知道上有夜行人.'故不得仙者, 亦安知天下山林間有學道得仙者耶? 陰君已服神丹, 雖未昇天, 然方以類聚, 同聲相應, 便自與仙人相尋索聞見, 故知此近世諸仙人之數爾. 而俗民謂爲不然, 以己所不聞, 則謂無有, 不亦悲哉! 夫草澤間士, 以隱逸得志, 以經籍自娛, 不耀文彩, 不揚聲名, 不循求進, 不營聞達, 人猶不識之, 豈況仙人! 亦何急急, 令聞達朝闕之徒, 知其所云爲哉!」

陰君自序云:「維漢延光元年, 新野山北, 予受和君神丹要訣. 道成去世, 副之名山, 如有得者, 列爲眞人. 行乎去來, 何爲俗間? 不死之道, 要在神丹. 行氣道引, 俯仰屈伸, 服食草木, 可得少延, 不能度世, 以至天仙, 子欲聞道, 此是要言. 積學所至, 無爲爲神. 上士聞之, 勉力加勤; 下士大笑, 以爲不然. 能知神丹. 久視長存.」

於是陰君裂黃素寫丹經一通, 封以文石之函, 著嵩山; 一通黃櫃簡, 漆書之, 封以靑玉之函, 置大華山; 一通黃金之簡, 刻而書之, 封以白銀之函, 著蜀經山; 一通白縑, 書之, 合爲一卷, 付弟子, 使世世當有所傳付. 又著書三篇, 以示將來.

其一曰:「唯余之先, 佐命唐虞, 爰逮漢世, 紫艾重紆. 余獨好道, 而爲匹夫, 高尚素志, 不事王侯. 貪生得生, 亦又何求? 超跡蒼霄, 乘虛駕浮, 靑腰承翼, 與我爲仇. 入火不灼, 蹈水不濡. 逍遙太極, 何慮何憂? 遨戲仙都, 顧愍羣愚: 年命之逝, 如彼川流. 奄忽未幾, 泥土爲儔. 奔馳索死, 不肯暫休.」

其二曰:「余之聖師, 體道如貞. 昇降變化, 松喬爲隣. 惟余同學, 十有二人. 寒苦求道, 歷二十春. 中多怠慢, 志行不勤. 痛呼諸子, 命也自天. 天不妄授, 道必歸賢. 身投幽壤, 何時可還? 嗟爾將來, 勤加精研. 勿爲流俗, 富貴所牽. 神道一成, 昇彼九天. 壽同三光, 何但億年?」

其三曰:「惟余垂髮, 少好道德. 棄家隨師, 東西南北. 委於五濁, 避世自匿. 二十餘年, 名山之側. 寒不遑衣, 飢不暇食. 思不敢歸, 勞不敢息. 奉事聖師, 承顔悅色. 面垢足胝, 乃見哀識. 遂授要訣, 恩深不測. 妻子延年, 咸享無極. 黃金已成, 貨財十億, 役使鬼神, 玉女侍側. 余得度世, 神丹之力.」

陰君留人間一百七十年. 色如童子, 白日昇天也.

【新野】현 이름. 지금의 河南省 新野縣.
【陰皇后】陰麗華(5~64). 동한 첫 임금 光武帝의 황후. 南陽 新野人으로 明帝

를 낳았으며 명제가 즉위하자 皇太后가 됨.

【彌肅】 더욱 공경을 다함.

【平都山】 '豐都山'이라고도 하며 지금의 四川省 豐都縣 서북쪽에 있음. 漢나라 王方平과 陰長生이 이곳에서 수도하여 昇仙하였다 함.

【抱朴子】 본 책의 저자 葛洪. 자신의 저서도 『포박자』라 함.

【延光】 東漢 安帝(劉祜)의 연호. 107~114년.

【和君】 馬鳴生(036 참조)을 가리킴. 그의 성이 和氏였음.

【眞人】 도가에서 수도하여 成仙한 사람을 가리키는 용어. 『楚辭』 九思. 哀歲의 "隨眞人兮翺翔"의 王逸 주에 "眞, 仙人也"라 함.

【行氣】 도가의 수행 용어. '服氣' 혹 '煉氣'와 같음. 呼吸吐納을 중심으로 하되 導引, 按摩를 결합하여 수련하는 방법. 도가에서는 氣를 三寶의 하나로 여김.

【久視長存】 '長生久視'와 같으며 세상에 오래 살아 많은 것을 직접 볼 수 있음을 뜻함.

【黃櫃簡】 당시 어떤 서적으로 보임.

【大華山】 華山. 중국 五嶽의 하나로 西嶽. 陝西省에 있음.

【蜀經山】 산 이름. 구체적으로는 알 수 없음.

【唐虞】 唐堯虞舜의 시대. 堯는 陶唐氏이며 이름은 放勛. 舜은 姚姓이며 有虞氏. 이름은 重華.

【紫艾重紆】 지위가 매우 높음을 뜻함. '紫艾'는 보랏빛과 녹색(艾)의 帶綬(허리띠와 도장 끈)로 왕공귀족이 차는 것. '重紆'는 그 모습이 길고 구불구불하여 겹쳐 맺음을 뜻함.

【青腰】 서리, 눈, 비를 관장하는 신.

【仇】 동반자를 가리킴.

【仙都】 신선이 거주하는 곳.

【松喬】 유명한 두 신선 赤松子와 王子喬(晉)를 가리킴.

【九天】 하늘을 가리킴. 九는 陽의 수. 혹은 하늘의 중앙을 뜻한다고 함.

【三光】 해와 달, 별을 뜻함.

【垂髮】 어린아이. 머리를 늘어뜨린 모습을 말함. 『後漢書』 呂强傳 "垂髮服戎, 功成皓首"의 주에 "首髮, 謂童子也"라 함.

【五濁】 인간 세상의 다섯 가지 탁한 것. 『妙法蓮花經』 方便品에 "諸佛出於五濁惡地. 所謂劫濁, 煩惱濁, 衆生濁, 見濁, 命濁"이라 함.

1.『藝文類聚』(권78)

陰長生贊曰:「陰君惜靈骨, 珪璧詎爲寶. 日夜名山側, 果得金丹道. 憂傷永不至, 光顔如碧草. 若渡西海時, 致意三靑鳥.」

2.『太平廣記』(권8) 陰長生

陰長生者, 新野人也. 漢皇后之親屬. 少生富貴之門, 而不好榮貴, 唯專務道術. 聞馬鳴生得度世之道, 乃尋求之. 遂得相見. 便執奴僕之役, 親運履之勞. 鳴生不敎其度世之法, 但日夕別與之高談, 論當世之事, 治農田之業. 如此十餘年, 長生不懈, 同時共事鳴生者十二人, 皆悉歸去, 唯長生執禮彌肅. 鳴生告之曰:「子眞能得道矣.」乃將入靑城山中, 煮黃土爲金以示之, 立壇西面, 乃以太淸神丹經授之. 鳴生別去, 長生乃歸. 合之丹成, 服半劑, 不盡卽昇天. 乃大作黃金十數萬斤, 以布惠天下貧乏, 不問識與不識者. 周行天下, 與妻子相隨, 一門皆壽而不老. 在民間三百餘年, 後於平都山東. 百日昇天而去. 著書九篇, 云:「上古仙者多矣, 不可盡論. 但漢興以來, 得仙子四十五人, 連余爲六矣. 二十人尸解, 餘並白日昇天.」抱朴子曰:「洪聞諺書有之曰: 子不夜行, 則安知道上有夜行人?」今不得仙者, 亦安知天下山林間不有學道得仙者? 陰君已服神藥, 未盡昇天, 然方以類聚. 同聲相應, 便自與仙人相集, 尋索聞見. 故知此近世諸仙人數耳. 而俗民謂爲不然, 以己所不聞, 則謂無有. 不亦悲哉! 夫草澤閒士, 以隱逸德志, 以經籍自娛, 不耀文采, 不揚聲名, 不修求進, 不營聞達, 人猶不能識之, 況仙人亦何急急, 令聞達朝闕之徒, 知其所云爲哉!」陰君自叙云:「漢延光元年, 新野山北子, 受仙君神丹要訣. 道成去世, 付之名山. 如有得者, 列爲眞人. 行乎去來, 何爲俗聞? 不死之要, 道在神丹, 行氣導引, 俛仰屈伸, 服食草木, 可得延年. 不能度世, 以至乎仙. 子欲聞道, 此是要言. 積學所致, 無爲合神. 上士爲之, 勉力加勤; 下愚大笑, 以爲不然. 能知神丹, 久視長安.」於是陰君裂黃素, 寫丹經一通, 封一文石之函, 置嵩高山. 一通黃櫨之簡, 漆書之, 封以靑玉之函, 置太華山. 一通黃金之簡, 刻而書之, 封以白銀之函, 置蜀綏山. 一封縑書, 合爲十篇, 付弟子. 使世世當有所傳付. 又著詩三篇, 以示將來. 其一日:「惟余之先, 佐命唐虞. 爰逮漢世, 紫艾重紆. 余獨好道, 而爲匹夫. 高尙素志, 不仕王侯. 貪生得生, 亦又何求? 超跡蒼霄, 乘龍駕浮. 靑要承翼, 與我爲讐. 入火不灼, 蹈波不濡. 逍遙太極, 何慮何憂? 傲戲仙都, 顧愍群愚. 年命之逝, 如彼川流. 奄忽未幾, 泥土爲儔. 奔馳索死, 不肯暫休.」 其二章日:「余之聖師, 體道之眞. 升降變化, 喬松爲隣. 唯余同學, 十有二人. 寒苦求道, 歷二十年. 中多怠墮, 志行不堅. 痛乎諸子, 命也自天. 天不妄授, 道必歸賢. 身沒幽壤, 何時可還? 嗟爾將來, 勤加精硏. 勿爲流俗, 富貴所牽. 神道一成, 升彼九天. 壽同三光, 何但億千?」 其三章日:「惟余束髮, 少好道德. 棄家隨師, 東西南北. 委放五濁, 避世自匿. 三十餘年, 名山之側. 寒不遑衣, 饑不暇食. 思不敢歸, 勞不敢息. 奉事聖師, 承歡悅色. 面垢民眠, 乃見褒飾. 遂受要訣, 恩深不測. 妻子延年, 咸享無極. 黃白已成, 貨財千億. 使役鬼神, 玉女侍側. 今得度世, 神丹之力.」 陰君處民間百七十年, 色如女子, 白日昇天而去.

038(5-3) 모군 茅君

모군은 이름이 영영이며 자는 숙신叔申으로 함양咸陽 사람이다. 그의 고조부 모몽茅濛은 자가 초성初成으로 화산華山에서 도를 배워 단약을 성취하자 적룡赤龍을 타고 승천하였으며 그것이 바로 진시황秦始皇 때였다. 그래서 이런 동요가 퍼졌다.

神仙得者茅初成,　　　신선술을 얻은 자 모초성은,
駕龍上天昇太淸.　　　용을 타고 하늘로 올라 태청궁으로 갔다네.

時下玄洲戲赤城,	때때로 현주로 내려와 적성에서 놀기도 하지.
繼世而往在我盈,	그 세대를 이어 지금 나 모영이 태어났네.
帝若學之臘嘉平.	임금이 만약 배운다면 납월이 가평으로 이름이 바뀌리라.

이 일은 『사기史紀, 史記』에 자세히 실려 있다.

진시황은 그때 마침 신선장생의 도를 구하고자 하던 차에 이 동요를 듣고 자신의 성과 부합되는 요참謠讖이라 마땅히 자신도 승천할 것이라 여겨 드디어 조칙을 내려 '납월臘月'을 '가평嘉平'이라 이름을 바꾸어 그 노래에 부응하도록 하였다.

그리고 멀리 봉래산蓬萊山을 바라보며 제사를 올리고 서복徐福을 시켜 동남동녀를 데리고 바다 멀리 가서 신선의 약을 구해 오도록 하였다.

모군은 나이 열여덟에 항산恒山으로 들어가 도술을 배워 20년이 흐른 후 도를 성취하자 집으로 돌아왔다. 그때 부모가 살아 계셨는데 아들을 보자 노하여 이렇게 꾸짖었다.

"너는 사람의 아들로서 효를 다하지 못하였다. 부모를 공양하지는 않고 요망한 것을 찾아 사방을 유랑하며 쏘다녔다."

그러고는 작대기를 들어 매질을 하려 하였다. 모군은 무릎을 꿇고 이렇게 사죄하였다.

"저는 하늘의 명을 받아 응당 도를 터득해야 되겠기에 두 가지 일을 원만하게 처리하지 못하여 부모님 공양을 멀리하고 말았습니다. 비록 아침저녁의 이익은 되지 못하오나 부모님을 장수하게 해 드리고 집안을 평안하게 할 수는 있습니다. 제가 이미 도를 성취하였으므로 채찍의 치욕을 주셔서는 안 됩니다. 작은 사고라도 나지 않을까 두렵습니다."

아버지는 노기를 그치지 못하고 작대기를 들고 모군을 쳤다. 그러자 그 작대기가 꺾이더니 즉시 수십 개로 부서져 모두가 마치 격발한 화살처럼 날아가 벽을 뚫고 기둥에 꽂혔는데 그 기둥들이 모두 움푹 파일 정도였다. 아버지는 놀라 즉시 멈추었다. 그러자 모군이 말하였다.

"방금 제가 말씀드린 것이 바로 이와 같은 일이 벌어질까 염려하던 것입니다. 만약 사람이 맞았더라면 상처를 입지 않았을까 합니다."

아버지가 말하였다.

"네가 도를 터득했다 하니 그렇다면 죽은 사람을 다시 살려낼 수 있느냐?"

모군은 이렇게 말하였다.

"죽은 자의 죄가 무겁고 저지른 악이 많이 쌓였거나 다시 살아날 수 없는 사람이라면 다시 살려낼 수 없습니다. 그러나 어쩌다 횡액을 만나 그 목숨이 중간에 끊어진 자라면 다시 살아나게 할 수 있습니다."

아버지는 마을의 죽은 자 몇 명에 대하여 이름을 대며 누구를 살려낼 수 있는지를 물었다. 모군은 이에 그곳의 토지신을 불러내어 물어보았다. 아버지는 마당에서 어떤 사람이 서로 응대하는 소리를 들었는데 사람은 보이지 않는 것이었다. 모군이 토지신에게 물었다.

"이 마을의 죽은 여러 사람 중에 누가 과연 살아날 수 있는 자인가?"

그곳에 모였던 여러 사람들도 모두 토지신이 대답하는 소리를 들었다.

"어떤 모인을 살려낼 수 있습니다."

모군이 말하였다.

"급히 그에 관련된 칙서勅書를 묶어 심부름하는 자를 보내어 이 일을 완결하도록 하라. 그리고 그 무덤을 팔 수 있도록 하라."

이에 그날 날이 저물자 토지신이 와서 이렇게 보고하는 것이었다.

"일은 이미 완결되었습니다. 그 무덤을 파서 열어도 됩니다."

모군은 그 죽은 자의 집안 사람들에게 알리고는 무덤을 파서 관을 열어 죽은 자를 꺼냈다. 죽었던 자가 눈을 뜨고 눈동자를 움직였는데 말은 하지 못하는 상태였다. 이를 들어 꺼낸 다음 사흘이 지나자 능히 앉을 수 있었고 말도 또록또록하였다. 이렇게 살려낸 자가 수십 명이 었으며 모두가 다시 살아났는데 이들은 십여 년을 더 살고는 다시 죽었다.

당시 모군의 아우 하나는 이름이 모고茅固, 자는 계위季偉였으며 그 다음 아우는 이름이 모충茅衷, 자는 사화思和로 한漢나라에 벼슬을 하여 이천 석의 지위에 오르게 되었다. 이들이 관직에 부임하러 떠나 게 되자 마을 친구들이 그들을 위해 환송연을 열었는데 수백 명이었 다. 친속親屬들이 모두 떠들썩하며 성대하게 잔치를 즐기고 있을 때 모군 역시 그 자리에 참석하였다. 이에 모군은 이렇게 제의하였다.

"내 비록 이천 석의 벼슬은 하지 못하지만 그래도 신령 세계의 직책은 가지고 있습니다. 3월 18일에 그 관직에 부임하러 떠나야 합 니다. 그때 능히 나에게도 환송연을 열어 주시겠습니까?"

자리에 앉았던 여러 빈객들은 모두 그럴 수 있다고 여겨 이렇게 말하였다.

"이 사람도 도를 얻어 의당 나가야 한다니 우리 모두 다시 와서 환송해 드리리다."

모군이 이렇게 말하였다.

"만약 나를 살펴 주신다면 진실로 그대들의 후의에 짐을 지우는 것이 됩니다. 그래서 모두 빈손으로 오십시오. 그 어떤 물건도 손해를 끼치지 않도록 하겠습니다. 그날 제가 모든 것을 공급해 드리도록 하겠습니다."

그날이 되자 모군의 문 앞 몇 경傾, 頃 넓이의 땅이 갑자기 저절로 평평하게 정리가 되더니 풀 한 포기 나지 않는 것이었다. 그리고 갑자기 푸른 비단 휘장이 쳐졌고 그 자리에는 여러 겹의 흰 양탄자도 깔려 수천 명은 용납할 수 있는 자리가 만들어지는 것이었다. 원근 사람들이 모두 이를 신기하게 여겨 웅성거렸다. 모여든 자들이 길을 메워 앞서 아우들을 환송할 때보다 몇 배나 많은 사람들이 들끓었다. 빈객이 모두 모이자 모군은 말을 나누며 웃음으로 대하면서 이들을 대접하였는데 한결같이 평상의 예절 그대로였다.

그런데 그가 지시하거나 시키는 사람은 하나도 보이지 않았는데 금쟁반과 옥잔이 저절로 사람들 앞으로 옮겨져 다니는 것이었다. 그 음식 또한 기이한 요리와 과실들로 이름조차 알 수 없었으며 좋은 술과 진기한 반찬은 빈객 누구도 알아낼 수 없는 것들이었다.

기녀의 음악과 온갖 악기의 소리는 천지에 울려퍼졌고 음식은 먹을수록 자꾸 불어나 사람마다 취하고 실컷 먹게 되었다.

이튿날 신령 세계에서 모군의 부임을 맞으러 왔다. 그들 행렬의 문관文官은 붉은 옷에 보랏빛 띠를 둘렀으며 그 수는 수백 명이었고, 무관武官은 갑옷과 무기, 깃발을 들었으며 그 무기와 의장은 해처럼 빛을 발하였고 그 수는 수천 명이었다. 모군은 이에 부모, 종친들과 이별의 말을 나누고는 드디어 화개거羽蓋車에 올라 떠났다. 그 펄럭이

는 많은 깃발 종류와 장식용 무기와 도끼 등의 모습은 마치 제왕帝王
의 행렬 같았다. 용, 호랑이, 기린, 백학, 사자 등을 타고 있었는데
그 기이한 짐승과 새들은 그 이름도 알 수 없었다. 나는 새 수만 마리
가 그들 위를 날면서 하늘을 덮고 있었으며 흐르는 구름과 채색의
놀이 그들 좌우를 돌면서 빛을 더하고 있었다. 그들이 집으로부터
10리쯤 이르렀을 때 홀연히 더 이상 보이지 않았다. 구경하던 자들은
탄식하지 아니하는 자가 없었다.

모군은 드디어 강남江南으로 직접 가서 구곡산句曲山을 다스리는
임무를 맡았다. 그 산에는 동굴로 된 방이 있어 신선이 사는 곳이었
다. 모군은 이곳을 관리하게 되었다. 그 산 아래 사람들은 그를 위해
사당을 짓고 이를 모셨다. 모군은 항상 장막 안에서 사람들과 말을
나누었으며 그가 출입할 때면 혹 사람과 말을 이끌고 다니기도 하고,
혹 흰 고니로 변하여 다니기도 하였다.

사람이 만약 질병이 있어 이를 기도하러 오게 되면 그들은 삶은
달걀 10개를 장막 안으로 던져 넣는다. 그러면 잠시 후 그 달걀을
다시 그 사람에게 던져 되돌려 주는데 달걀은 아무런 변화가 없는
그대로이다. 이를 집으로 가져와 갈라 보아 그 안에 노른자위가 없으
면 병은 낫는다는 것이요, 그 속에 흙이 들어 있으면 낫지 않는다는
뜻이 된다. 이렇게 하여 그 징험을 기다리면 되며, 그때 그 달걀은
본래 갈라 보았던 자리에 아무런 흔적도 남아 있지 않다는 것이다.

그 사당 안에는 항상 하늘의 음악이 들렸고 기이한 향기가 났으며
기이한 구름과 서기가 감돌았다. 혹 모군이 올 때면 음악이 그를 인도
하여 따라오되 하늘로부터 내려오며 혹 종일 그렇게 하다가 사라진
다고 한다.

원근에 사는 사람들은 모군의 덕에 힘입어 수재나 가뭄, 역질, 메
뚜기 재앙 등이 없었으며, 산에는 가시나무나 독을 지닌 나무, 심지어
호랑이의 근심도 없었다. 그래서 당시 사람들은 그 산을 '모산茅山'이
라 불렀다.

뒤에 두 아우는 늙어 각각 나이가 70, 80이 되자 관직을 버리고
집으로 돌아와서는 강을 건너 형을 찾아왔다. 모군은 그들에게 사선
산四扇散을 복용토록 하여 늙음을 물리치고 다시 어린아이로 되돌아
오게 하였다. 그리고 산 아래 동굴에서 40여 년을 수련토록 하여 역시
진인眞人이 되게 하였다.

태상노군太上老君은 오제五帝에게 명하여 부절을 가지고 백옥판白
玉版에 황금으로 글씨를 새겨 구석九錫의 사명을 더하여 모군을 '태원
진인동악상경사명진군太元眞人東嶽上卿司命眞君'에 봉하였는데 이는
오월吳越 지역의 생사生死 명부를 주관하는 것이었다. 이로써 모군은
하늘로 올라가 그 임무를 담당하게 되었으며, 또 때로는 잠산潛山을
다스리러 내려오기도 하였다.

그리고 하늘에서는 사자를 시켜 자소책문紫素策文을 써서 그 아우
모고를 정록군定錄君에 봉하였고, 모충은 보명군保命君에 임명하여 모
두가 상급 진인의 예에 맞추어 주었다. 그 때문에 이들을 '삼모군三茅
君'이라 칭하는 것이다.

그들의 구석문九錫文과 자소책문은 구체적으로 써 놓지 않아 그
뒤에 별전別傳이 각기 전하고 있다.

뒤에 매월 12월 2일, 3월 18일이 되면 세 형제는 각기 한 마리씩의
흰 학을 타고 그 산 정상 봉우리에 모여 만난다고 한다.

茅君者, 名盈字叔申, 咸陽人也. 高祖父濛, 字初成, 學道於華山, 丹成, 乘赤龍而昇天, 卽秦始皇時也. 有童謠曰:「神仙得者茅初成, 駕龍上天昇太淸, 時下玄洲戲赤城, 繼世而往在我盈, 帝若學之臘嘉平.」其事載史紀詳矣.

秦始王方求神仙長生之道, 聞謠言, 以爲己姓符合謠讖, 當得昇天, 遂詔改臘爲嘉平, 節以應之. 望祀蓬萊, 使徐福將童男童女, 入海求神仙之藥.

茅君十八歲入恒山學道, 積二十年, 道成而歸. 父母尚存, 見之怒曰:「爲子不孝, 不親供養而尋逐妖妄, 流走四方.」舉杖欲擊之. 君跪謝曰:「某受天命, 應當得道, 事不兩濟, 違遠供養. 雖無旦夕之益, 而使父母壽老, 家門平安. 某道已成, 不可鞭辱, 恐非小故.」父怒不已, 操杖擊之, 杖卽摧折而成數十段, 皆飛揚如弓激矢, 中壁穿柱, 壁柱俱陷. 父驚, 卽止. 君曰:「向所啓者, 實慮如斯, 邂逅中人, 卽有傷損.」父曰:「汝言得道, 能起死人否?」君曰:「死人罪重惡積, 不可復生者, 卽不可起也. 若橫受短折者, 卽可令起也.」父因問鄕里死者若干人, 誰當可起之, 君乃遂召社公問之. 父聞中庭有人應對, 不之見也. 問社公:「此村中諸已死者, 誰可起之?」衆人皆聞社公對曰:「某甲可起.」君乃曰:「促約勑所關, 由使發遣之事, 須了可掘.」於是日入之後, 社公來曰:「事已決了, 便可發出.」於是君語死者家人, 掘之, 發棺, 出死人. 死人開目動搖, 但未能語, 舉而出之, 三日能坐, 言語了了. 如此發數十人, 皆復生, 活十歲方復死爾.

時君之弟名固字季偉, 次弟名衷字思和, 仕漢位至二千石. 將之官, 鄕里親友會送者數百人. 親屬榮宴時, 茅君亦在座, 乃曰:「吾雖不作二千石, 亦當有神靈之職, 剋三月十八日之官, 頗能見送乎?」在座中衆賓皆相然曰:「此君得道當出, 衆皆復來送也.」君曰:「若見顧者, 誠荷君之厚意也. 但空來, 勿有損費, 吾當自有供給.」至期日, 君門前數傾之地忽自平治, 無復寸草. 忽見有靑繰帳幄, 下敷數重白氈, 容數千人. 遠近皆神異之, 翕然相語, 來者塞道, 數倍於前送弟之時也. 賓客旣集, 君言笑延接, 一如常禮. 不見指使之人, 但見金盤玉盃, 自到人前. 奇殽異菓, 不可名字. 美酒珍饌, 賓客皆不能識也. 妓樂絲竹, 聲動天地. 隨食隨益, 人人醉飽. 明日迎官來至, 文官則朱衣紫帶, 數百人; 武官則甲兵旌旗, 器仗耀日, 千餘人. 茅君乃與父母宗親辭別, 乃登羽蓋車而去, 麾幢幡蓋, 旌節旄鉞, 如帝王也. 駢駕龍·虎·麒麟·白鶴·獅子, 奇獸異禽, 不可名識. 飛鳥數萬, 翔覆其上. 流雲彩霞, 霏霏繞其左右. 去家十餘里, 忽然不見, 觀者莫不歎息.

君遂徑之江南, 治於句曲山, 山有洞室, 神仙所居, 君治之焉. 山下之人, 爲立廟而奉事之. 君嘗在帳中與人言語, 其出入或導引人馬, 或化爲白鵠. 人有疾病祈之者, 煮雞子十枚以內帳中, 須臾一一擲還, 雞子如舊, 歸家剖而視之, 內無黃者, 病人當愈, 中有土者, 不愈, 以此爲候焉, 雞子本無開處也. 廟中常有天樂異香, 奇雲瑞氣, 君或來時, 音樂導從, 自天而下, 或終日乃去. 遠近居人, 賴君之德, 無水旱疾癘, 螟蝗之災, 山無刺草毒木, 及虎狼之厲, 時人因呼此山爲茅山焉.

後二弟年衰, 各七八十歲, 棄官委家, 過江尋兄. 君使服四扇散, 却老還嬰, 於山下洞中修煉四十餘年, 亦得成眞.

太上老君命五帝使者持節, 以白玉版黃金刻書, 加九錫之命, 拜君爲 '太元眞人東嶽上卿司命眞君', 主吳越生死之籍, 方却昇天. 或治下於潛

山. 又使使者以紫素策文, 拜固爲定錄君, 夷爲保命君, 皆例上眞, 故號
三茅君焉. 其九錫文紫素策文多不具載, 自有別傳其後.

後每十二月二日, 三月十八日, 三君各乘一白鶴, 集於峯頂也.

【咸陽】秦나라의 수도. 지금의 陝西省 咸陽市 동쪽.

【太淸】신선 세계. 『文昌大洞仙經』에 "金闕上景氣, 其文乙卯成地八之木爲太
淸"이라 함.

【玄洲】북방에 있는 신선 세계. 『海內十洲記』에 "玄洲在北海之中, 戌亥之地,
方七千二百里, 去南岸三十萬里. 上有太玄都, 仙伯眞公所治, 多丘山"이라 함.

【赤城】역시 도교에서 일컫는 신선 세계의 산 이름.

【臘‧嘉平】원래 12월에 지내던 제사 이름을 납(臘)이라 하였으나, 진시황이
이를 '嘉平'으로 바꾸었음. 『史記』 秦始皇本紀에 "三十一年十二月, 更名臘日
嘉平"이라 함. 그 뒤 12월을 지칭하는 말로 굳어짐(『新唐書』 曆志 二). 혹
"漢人蜡祭日臘, 故稱十二月爲臘"이라 함. 이 제사는 원래 夏나라는 '嘉平', 殷
나라는 '淸祀', 周나라는 '사(蜡)', 秦나라는 '臘'이라 불렸으며 漢나라는 진나
라 풍습을 이어 그 후 이 제사를 臘이라 함.

【恒山】중국 五嶽 중의 北嶽. '常山'이라고도 하며 지금의 河北省 曲陽縣 서
북쪽에 있음.

【社公】토지신. 『禮記』 郊特牲 "社祭土而主陰氣"의 孔穎達 疏에 許愼의 말을
인용하여 "金人謂社神爲社公"이라 함.

【石】무게의 단위. 120근을 1석으로 함.

【榮晏】晏은 宴과 같음. 성대한 잔치.

【句曲山】도교의 성지. '句金山', 혹은 '茅山'이라고도 하며 江蘇省 句容縣과
金壇縣 사이에 있음. 도교의 十大洞天 중 제8동천.

【山有洞室】良常山에 있는 良常洞窟을 말하며 도교 36동천 중 제32동천.

【天樂】도교에서 醮壇에서 합주하는 음악.

【四扇散】약 이름. 구체적으로는 알 수 없음.

【九錫】구대 제왕이 제후에게 내리는 아홉 가지 물건. 『禮緯』에 "禮有九錫:

一輿馬, 二衣服, 三樂則, 四朱戶, 五納陛, 六虎賁, 七弓矢, 八斧鉞, 九秬鬯"이
라 함(『說苑』 등 참조).

【太元眞人東嶽上卿司命眞君】 선관의 직책 이름.

【潛山】 구체적으로 어느 산인지는 알 수 없으나 安徽省에 潛山縣이 있음.

【定錄君·保命君】 茅固와 茅衷에게 내린 선계의 직책 이름.

참고 및 관련자료

1. 『太平廣記』(권13) 茅君

　　茅君者, 幽州人. 學道於齊, 二十年道成歸家. 父母見之大怒曰:「汝不孝. 不
親供養, 尋求妖妄, 流走四方.」 欲笞之. 茅君長跪謝曰:「某受命上天, 當應得道.
事不兩遂, 違遠供養. 雖曰多無益, 今乃能使家門平安, 父母壽考. 其道已成, 不
可鞭辱. 恐非小故.」 父怒不已, 操杖向之, 適欲擧杖, 杖卽摧成數十段. 皆飛, 如
弓激矢, 中壁壁穿, 中柱柱陷, 父乃止. 茅君曰:「向所言正慮如此, 邂逅中傷人
耳.」 父曰:「汝言得道. 能起死人否?」 茅君曰:「死人罪重惡積, 不可得生; 橫傷
短折, 卽可起耳.」 父使爲之有驗. 茅君弟在宦至二千石, 當之官, 鄕里送者數百
人. 茅君亦在座, 乃曰:「余雖不作二千石, 亦當有神靈之職. 某月某日當之官.」
賓客皆曰:「願奉送.」 茅君曰:「顧肯送. 誠君甚厚意. 但當空來, 不須有所損費,
吾當有以供待之.」 至期, 賓客並至, 大作宴會. 皆靑縑帳幄, 下鋪重白氈, 奇饌異
果, 芬芳羅列, 妓女音樂, 金石俱奏. 聲震天地, 聞於數里. 隨從千餘人, 莫不醉
飽. 及迎官來, 文官則朱衣素帶數百人. 武官則甲兵旌旗, 器仗耀日, 結營數里.
茅君與父母親茅君與父母族辭別, 乃登羽蓋車而去. 麾幡翁鬱, 駿蚪駕虎, 飛禽
翔獸, 躍覆其上. 流雲彩霞, 霏霏繞其左右. 去家十餘里, 忽然不見. 遠近爲之立
廟奉事之. 茅君在帳中, 與人言語. 其出入, 或發人馬, 或化爲白鶴. 人有病者,
往請福. 常煮鷄子十枚, 以內帳中. 須臾, 一一擲出還之. 歸破之, 若其中黃子,
病人當愈; 若有土者, 卽不愈. 常以此爲候.

2. 『藝文類聚』(권69)

神仙傳曰: 茅君當受神靈之職, 衆賓皆至. 忽然自有靑縑帳, 於屋下, 數重白氈. 金案玉杯, 人皆飽醉.

039(5-4) 장도릉張道陵

천사天師 장도릉은 자는 보한輔漢이며 패국沛國 풍현豐縣 사람이다. 본래 태학太學의 서생으로 오경五經에 두루 박통했으나 만년에 이르러 이렇게 탄식하였다.

"이런 것으로는 수명을 연장하는 데 아무 도움이 되지 않는다!"

그리하여 드디어 장생의 도를 배우기 시작하여 『황제구정단경黃帝九鼎丹經』을 얻어 번양산繁陽山에서 수련을 하였다. 그는 단약의 조제를 성취하자 이를 복용하여 능히 앉은 자리에서 사라지는 도술을 부릴 수 있었고 점점 다시 젊어졌다.

뒤에 그는 만산萬山의 석실에서 숨겨진 책과 비결의 문서, 그리고 산악의 여러 귀신을 제압하고 명령할 수 있는 기술을 얻어 이를 실행하여 효험이 있게 되었다.

이렇게 되기 전 그는 중원中原이 혼란에 빠지는 시대를 만났었는데 당시 관직에 있던 사람들이 모두 위험을 느껴 많은 사람들이 물러나 여항餘杭에서 농사를 짓고 있었다. 그런데 한漢나라 정치는 날로 쇠퇴하여 부역과 세금이 도를 넘어 스스로 편안히 살 수 없게 되었다.

그는 비록 제자들을 모아 가르쳤지만 이 역시 문도文道가 이미 조락하고 상실된 시대라 이를 가지고는 위기에 빠진 세상을 구할 수도 없었고 세상을 도울 수도 없었다.

이에 장도릉은 나이 50에 비로소 물러나 도를 수련하기 시작하여 10년 동안을 거쳐 이미 도를 이루게 되었다. 그는 촉蜀 땅 사람들이 순박하여 가히 교화할 만할 뿐 아니라 그곳에는 명산도 많다는 것을 듣고 제자들을 거느리고 촉 땅으로 들어가 학명산鶴鳴山에 은거하였다.

이윽고 그곳에서 노군老君을 만나게 되자 드디어 은거하는 곳에 약물을 비치하고 비법에 따라 연단을 익혔다. 이렇게 3년 만에 단약을 성공하자 감히 이를 복용하지는 못하고 우선 제자들에게 이렇게 말하였다.

"신단神丹을 이미 성공하였다. 그러나 이를 먹으면 하늘로 올라가 진인眞人이 되고 만다. 그렇게 되면 이 세상에 아무런 공덕도 남기지 못하게 된다. 모름지기 국가를 위하여 재앙을 제거하고 이익을 누리게 해주어 백성과 서민을 구제해야 한다. 그런 다음 단약을 복용하면 가벼운 마음으로 신선이 될 수 있다. 신하로서 세 가지 경우를 섬겨 놓고 나면 거의 부끄러움이 없을 것이다."

노군이 청화옥녀淸和玉女를 보내어 그를 찾아 토납청화吐納淸和의 비법을 가르쳐 주었다. 그는 이를 천 일 동안 수련하여 능히 안으로 오장五藏을 볼 수 있게 되었고, 밖으로 귀신들을 불러모을 수 있게 되었다. 이에 삼보구적三步九迹을 행하여 하늘을 교차하여 북두칠성을 밟고 다니며 북극성이 가리키는 바를 찾아가 정령精靈과 사악한 귀신을 통제하였다. 그리고 육천마귀六天魔鬼와 싸워 이십사치二十四治를 빼앗아 이를 복정福庭으로 고쳤으며 이름을 화우化宇라 하였다.

그리고 귀신의 우두머리를 항복시켜 음관陰官으로 임명하였다.

그보다 먼저 이 촉 땅에는 마귀가 수만 종류나 되어 대낮에 시장에 사람이 들끓듯 하였으며 온갖 역질과 병을 퍼뜨려 사람들이 그들의 해를 입었다. 그러나 육천대마六天大魔를 찾아 이를 항복시킨 뒤로부터 장도릉은 그 귀신 무리를 내쫓아 이들을 서북 지역의 불모의 땅으로 흩어놓아 버렸다. 그리고 그들과 이렇게 맹세하였다.

"사람은 낮을 관장하고, 귀신은 밤에 활동하여 음양을 구분하며 각기 그 맡은 바를 달리한다. 만약 이를 위반하는 자가 있으면 한결같이 법으로 다스려 반드시 죽여 버린다."

장도릉: 『仙佛奇蹤』

이에 어둠의 귀신 세계는 따로 구역을 달리하였으며 인간과 귀신
은 그 길을 달리하였다.

지금 서촉西蜀의 청성산青城山에 귀시鬼市가 있으며 장도릉이 귀신
과 서약한 비석도 있다. 이에 하늘과 땅, 그리고 비석과 해, 달이 존속
되게 된 것이다.

天師張道陵, 字輔漢, 沛國豐縣人也. 本太學書生, 博採五經, 晚乃歎
曰:「此無益於年命!」遂學長生之道, 得『黃帝九鼎丹經』, 修鍊於繁陽山.
丹成服之, 能坐在立亡, 漸漸復少. 後於萬山石室中, 得隱書祕文, 及制
命山嶽衆神之術, 行之有驗.

初天師值中國紛亂, 在位者多危, 退耕於餘杭. 又漢政陵遲, 賦歛無度,
難以自安, 雖聚徒敎授, 而文道凋喪, 不足以拯危佐世. 陵年五十方退身
修道, 十年之間, 已成道矣. 聞蜀民朴素可敎化, 且多名山, 乃將弟子入
蜀, 於鶴鳴山隱居. 旣遇老君, 遂於隱居之所備藥物, 依法修鍊, 三年丹
成, 未敢服餌, 謂弟子曰:「神丹已成, 若服之, 當冲天爲眞人. 然未有大
功於世, 須爲國家除害興利, 以濟民庶, 然後服丹卽輕擧. 臣事三境, 庶
無愧焉.」

老君尋遣淸和玉女, 敎以吐納淸和之法, 修行千日, 能內見五藏, 外集
外神. 乃行三步九迹, 交乾履斗. 隨罡所指, 以攝精邪, 戰六天魔鬼, 奪二
十四治, 改爲福庭, 名之化宇, 降其帥爲陰官.

先時蜀中魔鬼數萬, 白晝爲市, 擅行疫癘, 生民久罹其害. 自六天大魔
推伏之後, 陵斥其鬼衆, 散處西北不毛之地, 與之爲誓曰:「人主於晝, 鬼
行於夜, 陰陽分別, 各有司存, 違者正一有法, 必加誅戮.」於是幽冥異域,

人鬼殊途. 今西蜀靑城山, 有鬼市幷天師誓鬼碑石. 天地石日月存焉.

【天師】 득도한 자를 높여 부르는 칭호.

【豐縣】 지금의 江蘇省 북단에 있는 현.

【太學】 중국 고대의 대학. 유가 경전을 위주로 국가의 인재를 길러 내었으며 특히 漢 武帝 元朔 5년에 五經博士 제도를 두고 太學生 50명씩 선발하여 가르쳤음.

【九鼎丹經】 도교의 경전. 혹 『九鼎修煉金丹法』이 아닌가 함. 이 책은 도교의 內煉功法을 설명한 것임.

【繁陽山】 산 이름. 구체적으로는 알 수 없음.

【萬山】 역시 구체적으로 알 수 없음.

【隱書】 도교의 비결을 적은 책.

【餘杭】 지금의 浙江省 杭州市 북쪽.

【鶴鳴山】 四川省 成都市 大邑縣에 있으며 '鵠鳴山'이라고도 함. 東漢 順帝 때 張道陵이 蜀으로 들어가 이 산에서 수도하였으며 유명한 '五斗米道'를 창립함. 뒤에 도교의 성지로 널리 알려짐.

【淸和玉女】 도교의 신선 이름.

【三步九迹】 도교에서 귀신과 신령을 불러 부리는 방술. 『道會法元』(160)의 『禹步斗罡天策論』에 "其禹步者, 法乎造化之象, 日月運行之度也. 日月一交, 一交三旬, 三旬者盈數也. 一時三月九旬, 是以一步一交, 三迹象一時也, 幷足象天地交也. ……又云三步九迹者, 法象三光九氣也"라 함.

【交乾履斗】 도교의 방술 용어.

【罡(강)】 북두칠성의 斗柄을 가리킴. '天罡'이라고도 함.

【六天】 도교의 술어. 欲天, 色天, 無色天, 輕塵天, 細塵天, 輕染細塵天이라 함. 『皇經集註』(권5) 『神咒品七章』 "六天道術, 雜法開化"의 주에 "六天: 欲, 色, 無色, 輕塵, 細塵, 輕染細塵"이라 함.

【二十四治】 초기 도교의 한 派인 五斗米道의 교무 활동을 뜻함. 『正一氣治圖』에 "上治八品爲陽平治, 鹿堂山治, 鶴鳴山治, 漓沅山治, 葛璝山治, 更除治, 秦中治, 眞多治. 中治八品爲昌利治, 隸上治, 誦泉治, 稠粳治, 北平治, 本竹治,

蒙秦治, 平蓋治. 下治八品爲雲臺山治, 溫口治, 後城治, 公慕治, 平剛治, 主簿治, 玉局治, 北邙治"라 하였으며 매 治에는 首領이 있어 이를 '都功'이라 하여 관리함.

【福庭】 신선이나 득도자가 사는 곳.

【陰官】 二十四治의 관직 이름. 『漢天師世家』(권2) 張道陵에 "汝立二十治, 增置四治, 以應二十八宿. 正氣下通, 以六十甲子生人, 分屬各治. 每治立仙官, 陰官乃祭酒之曹, 分統之. 其誠敬忠孝積功行者, 仙官錄其善; 其悖逆奸貪恣肆狼戾者, 陰官記其罪. 由是善惡之披, 捷如影響, 使蜀民向化"라 함.

1. 『雲及七籤』本 「張道陵傳」

張道陵, 字輔漢, 沛國豐人也. 本大儒生, 博綜五經, 晩乃計此無益於年命, 遂學長生之道. 弟子千餘人, 其九鼎大要惟付王長. 後得趙升, 七試皆遇.

第一試, 升初到, 門不通使, 罵辱之, 四十餘日露霜不去. 第二試, 遣升於草(屋)中守稻驅獸, 暮遣美女詐言遠行過寄宿, 與升接床. 明日又稱脚痛未去, 遂留數日, 頗以姿容調升, 升終不失正. 第三試, 升行路上, 忽見遺金四十餘餠, 升趨過不取不視. 第四試, 升入山伐薪, 三虎交搏之, 持其衣服, 便不傷升. (升)不恐怖, 顔色自若, 謂虎曰:「我道士也, 少不履非, 故遠千里來事師, 求長生之道, 汝何以爾? 豈非山鬼使汝來試也? 汝不須爾.」 虎乃去. 第五試, 升使於市買十餘疋物, 已估直, 而物主誣言未得直, 升卽舍去, 不與爭訟, 解其衣服賣之於他交(市), 更買而歸, 亦不說之. 第六試, 遣升守別田穀, 有一人來乞食, 衣不蔽形, 而目塵垢, 身體瘡膿, 臭惡可憎. 升爲之動容, 卽解衣衣之, 以私糧爲食, 又以私米遺之. 第七試, 陵將諸弟子登雲臺山絶巖之上, 有桃樹大如臂, 生石壁下, 臨不測之谷, 去上一二丈. 桃樹大有實, 陵告諸弟子有能得此桃者, 當付以道要. 於時伏而窺之, 三百許人皆戰栗却退汗流, 不敢久臨其上, 還謝不能得. 唯升一人曰:「神之所護, 何險之有? 聖師在此, 終不使吾死於谷中矣. 師有教者, 是此桃有可得之理.」 乃從上自擲, 正得桃樹上, 足不蹉跌, 取桃滿懷, 而石壁峭峻, 無所攀緣, 不

能得還. 於是一一擲上桃, 得二百枚. 陵乃賜諸弟子各一枚, 餘二枚陵食一留一,
以待升. 於是陵乃臨谷伸手引升, 衆人皆見陵臂不可長, 如掇一二尺物, 忽然引
手, 升已得還. 仍以向食一桃與升食畢, 陵曰:「趙升猶以正心自投桃上, 足不蹉
跌. 吾今欲試自投, 當得桃否?」衆人皆諫言不可, 唯趙升・王長不言, 陵遂自投,
不得桃上. 不知陵所在, 四方則皆連天, 下則無底, 往無道路, 莫不驚吪. 唯升長
二人, 嘿然無聲, 良久乃相謂曰:「師則父也, 師自投於不測之谷, 吾等何心自安?」
乃俱自擲谷中, 正墮陵前, 見陵坐局脚玉床斗帳中. 見升長笑曰:「吾知汝二人當
來也.」乃止谷中, 授二人道要.

2.『太平廣記』(권8) 張道陵

　張道陵者, 沛國人也. 本太學書生, 博通五經. 晚乃歎曰:「此無益於年命.」遂
學長生之道. 得黃帝九鼎丹法, 欲合之. 用藥皆糜費錢帛, 陵家素貧, 欲治生. 營
田牧畜, 非已所長, 乃不就. 聞蜀人多純厚, 易可教化, 且多名山, 乃與弟子入蜀.
住鵠鳴山, 著作道書二十四篇, 乃精思鍊志. 忽有天人下, 千乘萬騎, 金車羽蓋,
驂龍駕虎, 不可勝數. 或者稱柱下史, 或稱東海小童. 乃授陵以新出正一明成之
道. 陵受之, 能治病. 於是百姓翕然, 奉事之以爲師. 弟子戶至數萬, 卽立祭酒.
分領其戶. 有如官長, 并立條制, 使諸弟子, 隨事輸出絹器物紙筆樵薪什物等. 領
人修復道路, 不修復者, 皆使疾病, 縣有應治橋道. 於是百姓斬草除溷, 無所不爲.
皆出其意, 而愚者不知是陵所造, 將爲此文從天上下也. 陵又欲以廉恥治人, 不
喜施刑罰, 乃立條制. 使有疾病者, 皆疏記生身已來所犯之辜. 乃手書投水中, 與
神明共盟約, 不得復犯法, 當以身死爲約. 於是百姓計念, 邂逅疾病, 輒當首過.
一則得愈, 二使羞慙. 不敢重犯, 且畏天地而改. 從此之後, 所違犯者, 皆改爲善
矣. 陵乃多得財物, 以市其藥. 合丹, 丹成, 服半劑, 不願卽昇天也. 乃能分形作
數十人, 其所居門前水池, 陵常乘舟戲其中, 而諸道士賓客, 往來盈庭巷. 座上常
有一陵, 與賓客對談, 共食飮, 而眞陵故在池中也. 其治病事, 皆採取玄素. 但改
易其大較, 轉其首尾, 而大途猶同歸也. 行氣服食, 故用仙法, 亦無以易. 故陵語
諸人曰:「爾輩多俗態未除, 不能棄世. 正可得吾行氣導引房中之事. 或可得服食
草木數百歲之方耳. 其有九鼎大要, 唯付王長, 而後合有一人從東方來. 當得之,

此人必以正月七日日中到, 其說長短形狀.」 至時, 果有趙昇者, (不)從東方來. 生平未相見. 其形貌一如陵所說. 陵乃七度試昇, 皆過, 乃受昇丹經. 七試者, 第一試: 昇到門不為通. 使人罵辱, 四十餘日, 露宿不去, 乃納之. 第二試: 使昇於草中守黍驅獸, 暮遣美女非常, 託言遠行, 過寄宿, 與昇接床. 明日, 又稱脚痛不去. 遂留數日, 亦復調戲, 昇終不失正. 第三試: 昇行道, 忽見遺金三十餅, 昇乃走過不取. 第四: 令昇入山探薪, 三虎交前, 咬昇衣服, 唯不傷身. 昇不恐, 顏色不變, 謂虎曰:「我道士耳. 少年不為非, 故不遠千里, 來事神師, 求長生之道. 汝何以爾乎? 豈非山鬼使汝來試我乎?」 須臾, 虎乃起去. 第五試: 昇於市買十餘匹絹, 付直訖, 而絹主誣之, 云未得. 昇乃脫己衣, 買絹而償之, 殊無恡色. 第六試: 昇守田穀, 有一人往叩頭乞食, 衣裳破弊, 面目塵垢, 身體瘡膿, 臭穢可憎. 昇愴然, 為之動容, 解衣衣之, 以私糧設食. 又以私米遺之. 第七試: 陵將諸弟子, 登雲臺絕嚴之上. 下有一桃樹, 如人臂, 傍生石壁, 下臨不測之淵. 桃大有實, 陵謂諸弟子曰:「有人能得此桃實, 當告以道要.」 于時伏而窺之者三百餘人, 股戰流汗, 無敢久臨視之者, 莫不却退而還, 謝不能得. 昇一人乃曰:「神之所護, 何險之有? 聖師在此, 終不使吾死於谷中耳. 師有教者, 必是此桃有可得之理故耳.」 乃從上自擲, 投樹上. 足不蹉跌, 取桃實滿懷, 而石壁險峻, 無所攀緣, 不能得返. 於是乃以桃一一擲上, 正得二百二顆. 陵得而分賜諸弟子各一. 陵自食, 留一以待昇. 陵乃以手引昇, 眾視之, 見陵臂加長三二丈. 引昇, 昇忽然來還. 乃以向所留桃與之. 昇食桃畢, 陵乃臨谷上, 戲笑而言曰:「趙昇心自正, 能投樹上, 足不蹉跌. 吾今欲自試投下, 當應得大桃也.」 眾人皆諫, 唯昇與王長嘿然. 陵遂投空, 不落桃上, 失陵所在. 四方皆仰, 上則連天, 下則無底. 往無道路, 莫不驚歎悲涕. 唯昇長二人, 良久乃相謂曰:「師則父也. 自投於不測之崖, 吾何以自安?」 乃俱投身而下. 正墮陵前, 見陵坐局脚牀斗帳中. 見昇長二人笑曰:「吾知汝來.」 乃授二人道畢, 三月乃還. 歸治舊舍, 諸弟子驚悲不息. 後陵與昇長三人, 皆白日冲天而去. 眾弟子仰視之, 久而乃沒於雲霄也. 初, 陵入蜀山, 合丹半劑, 雖未冲舉, 已成地仙. 故欲化作七試, 以度趙昇, 乃知其志也.

3. 『仙佛奇蹤』(권2) 張道陵

張道陵, 字輔漢. 子房八世孫. 身長九尺二寸, 龐眉廣顙, 朱頂綠晴(睛), 隆準
方頤, 目有三角, 伏犀貫頂, 垂手過膝, 龍蹲虎步. 望之儼然. 漢光武建武十年,
生於天目山. 母初夢大人自北魁星中, 降至地. 以衡薇香授之, 旣覺滿室異香, 經
月不散. 感而有孕. 及生日, 黃雲籠室, 紫氣盈庭. 室中光氣如日月. 七歲通道德
經·河洛·圖緯之書, 皆極其奧. 擧賢良方正, 身雖士, 而志在修煉. 入蜀中溪嶺
深秀. 遂隱於鶴鳴山, 弟子有王長者, 習天文, 通黃老. 相與煉龍虎大丹三年, 丹
成. 眞人年六十餘, 餌之, 若三十許人. 與王長入北嵩山, 遇繡衣使者, 告日:「中
峯石室藏上, 三皇內文皇帝九鼎太淸丹經, 得而修之, 乃昇天也.」於是, 眞人齋
戒, 七日入石室. 砼然有聲, 掘地取之, 果得丹書. 精思修煉, 能分形散影, 海乏
舟池中. 誦經堂上, 隱几對客, 杖藜行吟. 一時並起, 人皆莫測. 西城防陵間, 有
白虎神, 好飮人血, 每歲其鄕殺人祭之, 眞人召其神, 戒之. 遂滅. 又梓州有大蛇,
時吐毒霧, 行人中毒, 輒死. 眞人以法禁之, 不復爲害. 順帝壬午, 歲正月十五夜,
眞人在鶴鳴山, 夢覺, 惟聞鑾佩珊珊, 天樂隱隱, 膛目東瞻, 見紫雲中, 素車一乘.
車中一神人, 容若氷玉, 神光照人, 不可正視. 車前一人, 勅眞人日:「子勿驚怖,
卽太上老君也.」眞人禮拜, 老君日:「近蜀中有六大鬼神, 枉暴生民, 深可痛惜.
子其爲吾治之, 以福生靈, 則子功無量, 而名錄丹臺矣.」乃授以正一盟威秘籙三
淸衆經, 九百三十卷, 符籙丹竈秘訣, 七十二卷. 雌雄劍二把, 都功印一枚. 且日:
「與子天日爲期, 後會閬苑.」眞人叩頭, 領訖. 日昧, 秘文按法遵修, 時有八鬼師,
各領鬼兵, 動億萬數, 周行人間, 暴殺萬民, 枉夭無數. 眞人奉老君誥命, 佩盟威
秘籙, 往靑城山, 置琉璃高座. 左供大道元始天尊, 右置三十六部眞經立十絕, 靈
幡周帀, 法席鳴鍾, 扣磬布龍虎, 神兵衆鬼. 卽挾兵刃矢石, 來害 眞人. 眞人擧手
一指, 化爲一大蓮花, 拒之鬼衆, 復持火千, 餘炬來. 眞人擧手一指鬼反自燒. 遙
謂眞人日:「師自住峨嵋山, 何爲侵奪我居處?」眞人日:「汝等殘害衆生, 所以來
伐汝, 擯之西方不毛之地. 奉老君命也. 自今速富遠避, 勿復行病人間, 如違卽當
誅戮. 無留.」種鬼王不服. 次日, 復會六大魔王, 率鬼兵百萬, 環攻眞人. 乃以丹
筆一畫, 衆鬼盡死. 惟六魔王什地, 不能起, 扣頭求生. 眞人不顧, 復以丹筆一裁.

此山遂分爲二, 六魔王欲度, 不能. 始大聲哀求, 願往西方娑羅國居止焉. 眞人乃許之. 倒筆再畫, 六魔群鬼悉起. 眞人命王長, 肩一大石爲橋度之. 眞人猶欲復其心, 謂之曰:「試與爾, 各盡法力.」六魔曰:「惟命.」眞人投身入火, 卽足履靑蓮而出, 鬼帥投火所燒. 眞人入水, 昇黃龍而出. 鬼帥入爲水所溺. 眞人以身入石, 透石而出, 鬼帥投石, 纔入一寸. 眞人咒神符一道, 左手指之, 鬼斃; 右手指之, 復生. 鬼帥左右指無生無死. 鬼帥化八大虎, 犇攫而來. 眞人化一獅子, 逐之. 鬼帥化八大龍, 欲來擒師. 眞人化金翅鳥, 啄龍目睛(睛), 鬼帥作五色雲, 昏暗天地. 眞人化五色日, 炎光輝灼, 雲卽流散. 鬼帥變化技窮. 眞人乃化一大石, 可重萬餘斤, 以藕絲懸之, 鬼帥營上, 令二鼠爭齧, 其絲欲墮. 鬼帥同聲, 哀告再不虐害生民. 眞人遂命六大鬼王歸於北酆, 八部鬼帥竄於西域, 鬼衆猶躊躕不去, 眞人乃口勅, 神府一道飛上層霄. 須臾, 風雨雷電, 刀兵畢至, 群鬼滅影而遁. 眞人至蒼溪縣雲臺山, 謂王長曰:「此乃吾成功飛騰之地也.」遂卜居. 修九還七返之功, 一日復聆鸞珮, 天樂之音. 眞人整衣叩伏見, 老君千乘萬騎來, 集雲際徘徊不下. 眞人再拜, 老君乃命使者告曰:「子之功業, 合得九眞上仙, 吾昔使者, 入蜀. 但區別人鬼, 以布淸淨之化, 而子殺鬼多. 又擅興風雨役使鬼神, 陰景翳晝殺穢空, 殊非大道好生之意. 上帝正責子過, 所以吾不得近子也. 子且退居, 勤行修謝. 吾待子於無何有鄕, 上淸八景宮中.」言訖聖駕昇去. 眞人遂依告文, 與王長遷鶴名山. 爲弟子趙昇曰:「彼處有妖, 當往除之.」及至, 値十二神女笑迎於山前, 因問曰:「此地有鹹泉, 何在?」神女曰:「前大湫, 是毒龍處之.」眞人遂書一符化爲金翅鳥, 向湫上盤旋. 毒龍驚, 舍湫而去, 遂得鹹泉. 後居民煮之鹽. 十神女各出一玉環來, 獻曰:「妾等願事箕箒.」眞人受其環, 以手絹之. 十二環合而爲一, 謂曰:「吾投此環于井中, 能得之者, 應吾夙命也.」神女競解夜入井, 爭取玉環. 眞人遂掩之盟曰:「令作井神, 無得復出.」彼方之民, 至今不罹神女之害, 而獲鹹幷之利. 眞人重修二十年, 乃復領趙昇. 王長往鶴鳴山, 一日午時, 忽見一人黑幘絹衣佩劍, 捧一玉函. 進曰:「奉上淸眞符召眞人遊闐苑.」須臾, 黑龍駕一紫輦, 玉女二人引眞人, 登車旋踵至闕, 群仙禮謁. 良久, 忽二靑童朱衣, 降節前導, 曰:「老君至矣.」乃相與騰空而上, 至一殿, 金墀玉砌. 或謂:「眞人將朝太上元始天尊也.」

眞人整衣, 趨殿上移. 時殿上, 勅靑童, 論眞人以正一盟威之法, 使世世宣布, 爲
人間, 天師勸度未悟, 仍密論飛昇之期. 眞人受命, 乃復還鶴名山. 桓帝永壽元年
正月七日五更, 初長昇, 見空中老君, 駕龍輿. 命眞人乘白鶴, 同往成都. 重演正
一盟威之旨, 說北斗南斗經畢, 老君復去. 眞人欲留其神跡, 乃於雲臺西北半崖,
擧身躍入石壁中, 自崖頂而出, 其山因成二洞. 九月九日在巴西, 赤城渠亭山中,
上帝遣使者, 持玉冊授眞人, 正一眞人之號. 論以行當飛昇, 眞人乃而盟威都功
等諸品, 秘錄. 斬邪二劍玉冊玉印, 以授其長子衡, 且謂長昇曰:「尙有餘丹二子可
分餌之, 今自當隨吾上昇矣.」亭午群仙, 儀從畢至, 天樂擁導於雲臺峰, 白日昇天.
時眞人年一白二十三歲也.

040(5-5) 난파 欒巴

　난파는 촉蜀 땅 사람이다. 그곳의 태수가 그를 공조功曹 벼슬을
주고 스승으로 모시며 도술을 시험삼아 보여줄 것을 청하였다. 그러
자 난파는 멀쩡히 살아 있는 몸으로 벽을 뚫고 들어갔는데 벽 밖에 있던
사람들이 호랑虎狼이라고 소리쳤다. 그가 되돌아 나오자 난파였다.

　그는 뒤에 예장豫章 태수가 되었는데 그곳의 사당에 모시고 있는
신이 있어 능히 사람과 말을 나눌 수 있다는 것이었다. 난파가 그곳에
이르러 사직社稷 신을 시켜 그 사당의 신이 어디에서 온 것인지 물었
더니 원래 늙어 제齊나라로 돌아갔던 서생이라 하였다. 이에 난파는
그에게 딸을 주어 아내로 삼아 주었는데 뒤에 그들은 사내아이까지 낳았다.

　뒤에 난파는 제나라로 가서 하나의 도부道符를 가져오도록 하였는
데 그 도부가 살쾡이로 변하는 것이었다.

다시 그는 상서尚書 벼슬에 오르게 되었다. 마침 정월 초하루 황제가 여러 신하들을 불러 잔치를 열었을 때 난파는 입에 술을 머금더니 이를 서남쪽을 향하여 뿜으면서 황제에게 이렇게 말하였다.

"저의 고향 성도成都에 화재가 났습니다. 그래서 불을 끄느라 이렇게 하는 것입니다."

황제가 역마를 달리게 하여 가서 물어보도록 하였더니 과연 이렇게 말하더라는 것이었다.

"정월 초하루 불이 났는데 마침 동북쪽으로부터 비가 내려 불을 껐습니다. 그런데 그 빗물은 모두 술 냄새가 났습니다."

(그의 이론은 이와 같았다.)

"그러므로 종일 마치 멍청한 듯이 아무런 과실을 저지르지 아니하면 이는 아무것도 얻은 것이 없을 때 멍청해지는 것과 같다. 이는 만물이 그렇게 안전하게 무게를 가지고 안정을 이루어 있는 것이 된다.

사대부들로 도를 배우는 자가 많지만 그들이 소위 말하는 팔단금八段錦이니 육자기六字氣니 하는 것은 모두가 도인토납導引吐納일 뿐이다. 기혈氣血이 몸을 의지하여 붙어 있어 이들을 흔들 수 없으니 자연스럽게 유통되도록 하는 것보다 귀한 것이 없다. 그런데 세상 사람이 어찌 이를 알겠는가!

비록 날마다 편안히 앉아 마음으로 외물에 힘쓴다면 이는 수선을 떨며 나방이 밤 촛불에 날아 달려드는 것과 같고, 파리가 새벽 창문에 부딪쳐 빠져나가고자 하는 것과 같다. 지난 일을 알면서 다시 돌아올 줄 모르며, 이익으로 다가갈 줄은 알면서 해를 피할 줄은 모른다.

바다의 물고기로서 새우가 자신을 지켜주는 눈이 되어 주는 것이 있는데 사람들은 이를 두고 비웃지만 그 까닭을 알지 못하기 때문이다. 낮에 해가 없으면 달릴 수 없고 밤에는 불이 없으면 거울로 볼 수가 없다. 그러므로 도를 배우는 자는 모름지기 물건 때문에 그 본성이 다른 곳으로 옮겨가게 해서는 안 된다.

아무리 예쁜 얼굴이라 해도 내가 보기에는 추녀인 모모娛母와 같고, 큰 건물에 고래등 같은 화려한 집일지라도 내 눈에는 띠로 엮은 초가집 같아야 한다. 마음을 맑고 깨끗하게 하여 담담히 하고 나서 생각조차 없을 때 그 기를 인도하면 온갖 내 몸이 모두 서로 통할 수 있으며 순백純白의 정신으로 태현太玄을 기른 연후에 그 속임수에 빠져들지 아니하면 비로소 신이 하는 일과 기氣가 살아남과 정精이 다시 회복됨을 알 수 있는 것이니 어찌 실행하여 이르지 못할 것이 있겠는가!"

그가 지은 백 장章의 글은 도道의 비결을 드러내 밝힌 것으로 요묘要眇하고 작고 심절深切한 것이며 길을 잃었을 때의 지남침과 같은 안내서이다.

變巴, 蜀人也. 太守請爲功曹, 以師事之, 請試術, 乃平生入壁中去, 壁外人叫虎狼, 還乃巴也. 遷豫章太守, 有廟神, 能与人言語, 巴到, 推社稷, 問其踪由, 乃老往齊爲書生, 太守以女妻之, 生一男. 巴往齊, 勑一道符, 乃化爲狸.

巴爲尙書, 正旦, 會羣臣, 飮酒. 巴乃含酒起望西南噀之, 奏云:「臣本鄕成都市失火, 故爲救之.」帝馳驛往問之, 云:「正旦失火時, 有雨自東北來, 滅火, 雨皆作酒氣也.」

故終日不違如愚, 若無所得而愚, 是乃物之塊然者也. 士大夫學道者多

矣, 然所謂八段錦·六字氣, 特導引吐納而已, 不知氣血寓於身而不可
擾, 貴於自然流通, 世豈復知此哉! 雖日宴坐, 而心騖於外, 營營然如飛
蛾之赴霄燭, 蒼蠅之觸曉牕, 知往而不知返, 知就利而不知避害. 海魚有
以蝦爲目者, 人皆笑之, 而不知其故. 晝非日不能馳, 夕非火不能鑒, 故
學道者, 須令物不能遷其性. 冶容曼色, 吾視之與嫫母同; 大夏華屋, 吾
視之與茅茨同. 澄心清淨, 湛然而無思時, 導其氣卽百骸皆通, 抱純白養
太玄, 然後不入其機, 則知神之所爲, 氣之所生, 精之所復, 何行而不至
哉! 所著百章發明道秘, 要眇深切, 迷途之指南也.

【功曹】 벼슬 이름. 한나라 때 군수의 하급 직책.

【豫章】 지명. 지금의 南昌市.

【八段錦】 기도의 여덟 가지를 적은 것이라 함. 立極, 召合, 行持, 書符, 祈晴, 祈雨, 煞伐, 造化라 함.

【六字氣】 여섯 글자로 적은 비결. 行氣祛病養生의 여섯 자를 가지고 이를 구결로 외울 때 각기 입 모양을 달리한다 함. 噓, 呵, 呼, 呬, 吹, 嘻 등 여섯 글자의 발음을 달리하며, 이를 肝, 心, 脾와 三焦에 상응하도록 함. 특히 내쉬는 숨을 濁氣, 들이쉬는 숨을 淸氣라 여겼음.

【冶容】 아름다운 용모.

【嫫母】 전설상의 가장 추하게 생긴 여자. 黃帝의 아내라 함. 『荀子』賦篇에 "嫫母力父, 是之喜也"라 하였고, 주에 "嫫母, 醜女, 黃帝時人"이라 함.

【茅茨】 갈대로 지붕을 덮은 草廬.

【澄心】 마음을 깨끗이 함.

【不入其機】 그 속임수에 걸려들지 않음. 기는 함정이나 덫. 기계, 틀.

【太玄】 세상 만물의 상징적인 음기.

【發明】 도사들이 경을 외우는 방법. 이미 있는 경문을 해석하는 것.

1. 『太平廣記』(권11) 欒巴

欒巴者, 蜀郡成都人也. 少而好道, 不修俗事. 時太守躬詣巴, 請屈爲功曹, 待以師友之禮. 巴到, 太守曰:「聞功曹有道. 寧可試見一奇乎?」巴曰:「唯.」卽平坐, 却入壁中去, 冉冉如雲氣之狀. 須臾, 失巴所在. 壁外人見化成一虎, 人並驚. 虎徑還功曹舍. 人往視虎, 虎乃巴成也. 後擧孝廉, 除郎中. 遷豫章太守. 廬山廟有神, 能於帳中共外人語. 飮酒, 空中投杯. 人往乞福, 能使江湖之中, 分風擧帆, 行各相逢. 巴至郡, 往廟中, 便失神所在. 巴曰:「廟鬼詐爲天官, 損百姓日久. 罪當治之. 以事付功曹, 巴自行捕逐, 若不時討, 恐其後遊行天下. 所在血食, 枉病良民, 責以重禱.」乃下所在, 推問山川社稷, 求鬼踪跡. 此鬼於是走至齊郡, 化爲書生, 善談五經. 太守卽以女妻之. 巴知其所在, 上表請解郡守往捕. 其鬼不出, 巴謂太守:「賢壻非人也. 是老鬼詐爲廟神. 今走至此, 故來取之.」太守召之不出. 巴曰:「出之甚易. 請太守筆硯設案.」巴乃作符, 符成長嘯. 空中忽有人將符去, 亦不見人形. 一坐皆驚. 符至, 書生向婦涕泣曰:「去必死矣.」須臾, 書生自齎符來至庭, 見巴不敢前. 巴叱曰:「老鬼何不復爾形?」應聲卽便爲一狸, 叩頭乞活. 巴勑殺之, 皆見空中刀下, 狸頭墮地. 太守女已生一兒, 復化爲狸, 亦殺之. 巴去還豫章. 郡多鬼, 又多獨足鬼, 爲百姓病. 巴到後, 更無此患, 妖邪一時消滅. 後徵爲尙書郎, 正旦大會. 巴後到, 有酒容. 賜百官酒, 又不飮而西南向噀之. 有司奏巴不敬. 詔問巴, 巴曰:「臣鄕里以臣能治鬼護病, 生爲臣立廟. 今旦有耆老, 皆來臣廟中享. 臣不能早飮之, 是以有酒容. 臣適見成都市上火, 臣故漱酒爲爾救之, 非敢不敬. 當請詔問, 虛詔抵罪.」乃發驛書問成都, 已奏言, 正旦食後失火. 須臾, 有大雨三陣, 從東北來, 火乃止. 雨著人皆作酒氣. 後一旦, 忽大風雨, 天地晦冥, 對坐不相見. 因失巴所在, 尋聞巴還成都. 與親故別, 稱不更還. 老幼皆於廟中送之, 云:「去時亦風雨晦冥, 莫知去處也.」

2. 『藝文類聚』(권2)

神仙傳曰: 欒巴爲尙書, 忽一旦天大霧, 對坐不相見, 失巴所在. 尋問之, 云其日還成都. 親故別, 時亦風雨晦冥.

3. 『藝文類聚』(권78)

欒巴者, 蜀郡人也. 正朝大會, 巴獨後到, 又不飮而南噀, 有司奏巴大不敬, 有詔問巴. 巴頓首謝曰:「臣鄕里以臣能治鬼護病, 爲臣生立廟. 今旦耆老皆入臣廟, 不可委之. 是以頗有酒色, 臣適來, 本縣成都市上失火. 臣故噀酒爲雨以滅火, 非敢不敬. 罪當可坐, 詔原復坐. 卽驛書問成都.」成都答言:「正旦失火. 食時有大雨從東北來. 火乃息. 雨皆作酒臭.」

4. 『藝文類聚』(권80)

神仙傳曰: 欒巴爲尙書. 正旦會, 得酒, 西南漱, 云成都市失火, 漱酒作雨. 驛至, 果如其言.

神仙傳

제6권

041(6-1) 회남왕 淮南王

　　회남왕 유안劉安은 신선의 도를 좋아하여 해내海內의 방사方士로서 그를 따르던 자들이 많았다. 어느 날 아침 팔공八公이 찾아왔다. 그들은 얼굴이 모두 노쇠한 모습으로 마르고 구부정한 노인들이었다. 문지기가 그들 모습만 보고 이렇게 말하였다.

　　"왕께서 좋아하시는 바는 신선도세神仙度世와 장생구시長生久視의 도입니다. 반드시 보통 사람과 다른 이들만 왕께서 예로써 영접하십니다. 지금 공들은 이렇게 늙으셨으니 왕께서 만나 뵙기에 맞지 않습니다."

　　이렇게 거절하기를 네 번, 그런데도 이들은 만나게 해 달라는 요구를 그치지 않았다. 문지기가 처음과 똑같은 이유를 대자 팔공이 이렇게 말하였다.

　　"왕께서 우리를 늙고 노쇠했다는 이유로 만나기를 거부한다면 우리가 젊은이로 바뀌면 되리라. 그 정도가 어찌 어려운 일이겠는가?"

　　이에 옷을 떨치고 용모를 바로잡더니 그 자리에서 어린 동자의 모습으로 바뀌는 것이었다. 문지기가 놀라 이들을 안내하여 들여보냈다.

　　왕은 신발을 거꾸로 하고 이들을 맞아 예를 마련하며 자신을 제자로 여겨 줄 것을 청하였다.

　　"높으신 신선께서 먼 길을 내려오셨는데 저에게 어떤 것을 가르쳐 주시렵니까?"

　　그러면서 팔공의 성씨를 묻자 이들이 대답하였다.

　　"우리의 이름은 문오상文五常, 무칠덕武七德, 지백영枝百英, 수천령

壽千齡, 엽만춘葉萬春, 명구고鳴九皐, 수삼전修三田, 잠일봉쏙一峰입니다. 각기 숨을 내불어 비바람을 만드는 일, 우레와 번개를 일으키는일, 하늘을 기울게 하고 땅을 놀라게 하는 일, 해를 되돌리고 흐르는물을 멈추게 하는 일, 귀신을 부리는 일, 마귀에게 매질을 하는 일,물불에 드나들 수 있는 능력, 산천을 다른 곳으로 옮기는 일 등 변화의 일에 능하여 해내지 못하는 것이 없습니다."

당시 회남왕의 신하로 오피伍被라는 자가 있어 일찍이 과실을 저질러 왕에게 주살을 당할까 걱정을 하고 있었다. 그는 마음이 불안하여 결국 궁궐로 가서 회남왕이 틀림없이 변고를 일으킬 것이라 증언을 하였다.

무제武帝가 회남왕을 의심하여 태종정大宗正에게 조서를 내려 부절符節을 가지고 회남淮南에 가서 그 일을 처리하도록 하였다.

종정이 미처 이르기 전에 팔공이 먼저 왕에게 말하였다.

"오피라는 자가 왕을 무제에게 무고하였습니다. 하늘이 반드시그를 죽일 것입니다. 왕께서는 떠나십시오. 이 역시 하늘이 왕을 멀리보내는 것입니다. 왕에게 이러한 일이 없었다면 하루가 다시 하루처럼 이 인간 세상에서 보낼 텐데 그러다가 언제 이 속세를 버리겠습니까!"

그리고 팔공들은 단정을 꺼내어 약을 달인 다음 이를 왕이 복용하도록 하였다. 그러자 왕의 골육骨肉 3백여 명이 같은 날 함께 승천하고 말았다. 게다가 약 그릇을 핥아 먹은 닭과 개들도 역시 함께 날아가 버렸다. 다만 팔공과 왕이 말을 탄 채 돌산에 머물렀는데 그곳에는 사람과 말의 발자국 흔적만 남아 있을 뿐, 모두 어디로 사라졌는지소재를 알 수 없었다. 종정이 이 사실을 무제에게 알리자 무제는 크게 한스럽게 생각하며 오피를 죽이도록 명하였다.

이로부터 무제는 널리 방사들을 불러모았으며 역시 도세度世의 약을 구하였지만 이 약을 구할 수는 없었다. 그 뒤 서왕모西王母가 내려왔을 때 서왕모가 선경仙經을 주었고, 몰래 영방靈方도 하사하자 무제는 시해尸解의 도를 얻게 되었다.

이로써 무릉茂陵의 옥玉상자와 황금지팡이의 신단神丹이 인간 세상에 출현하였으며,『포독도경抱犢道經』이 산속의 동굴에서 발견되었는데 역시 무제가 죽지 않았음을 보여주는 흔적이다.

淮南王安, 好神仙之道, 海內方士從其游者多矣. 一旦, 有八公詣之, 容狀衰老, 枯槁傴僂. 閽者謂之曰:「王之所好, 神仙度世長生久視之道, 必須有異於人, 王乃禮接. 今公衰老如此, 非王所宜見也.」拒之數四. 公求見不已, 閽者對如初, 八公曰:「王以我衰老不欲相見, 却致年少, 又何難哉?」於是振衣整容, 立成童幼之狀. 閽者驚而引進, 王倒屣而迎之, 設禮稱弟子, 曰:「高仙遠降, 何以教寡人?」問其姓氏, 答曰:「我等之名, 所謂文五常・武七德・枝百英・壽千齡・葉萬椿・鳴九皐・修三田・岑一峰也, 各能吹噓風雨, 震動雷電, 傾天駭地, 回日駐流, 役使鬼神, 鞭撻魔魅, 出入水火, 移易山川, 變化之事, 無所不能也.」

時王之小臣伍被, 曾有過, 恐王誅之, 心不自安, 詣闕告變, 證安必反. 武帝疑之, 詔大宗正持節淮南, 以案其事. 宗正未至, 八公謂王曰:「伍被人臣, 而誣其主, 天必誅之, 王可去矣. 此亦天遣王耳! 君無此事, 日復一日, 人間豈可捨哉!」乃取鼎煮藥, 使王服之, 骨肉近三百餘人, 同日昇天. 雞犬舐藥器者, 亦同飛去. 八公與王駐馬於山石上, 但留人馬踪跡, 不知所在. 宗正以此事奏帝, 帝大懊恨, 命誅伍被. 自此廣招方士, 亦求度世之藥, 竟不得. 其後, 王母降時, 授仙經, 密賜靈方, 得尸解之道. 由是茂陵玉箱金杖丹出人間, 『抱犢道經』見於山洞, 亦視武帝不死之跡耳.

【淮南王】劉安. 漢 高祖 劉邦의 손자. 文帝 때 淮南王에 봉해졌다. 方術士 수천 명을 모아 『淮南子』를 편집하였으며, 이는 漢代 道家 사상의 걸작품으로 널리 알려졌다. 『史記』淮南衡山傳 참조.

【方士】신선과 방술을 수행하는 사람.

【八公】회남왕을 찾아왔던 여덟 사람의 신선. 도사.

【閽】문지기.

【吹噓】서로 곁에서 도와줌을 뜻함. 『方言』(12)에 "吹, 扇, 助也"라 하였고 郭璞의 주에 "吹噓, 扇拂, 相佐助也"라 함.

【宗正】관직 이름. 구경의 하나로 황족이 담당하였음.

【茂陵玉箱金杖丹】단약의 이름. 구체적으로는 알 수 없음.

【抱犢道經】도교의 경전. 자세히 알 수 없음.

참고 및 관련자료

1. 『雲及七籤』本 『神仙傳』「淮南王・八公傳」

淮南王劉安, 高皇帝之孫, 好儒學・方技, 作『內書』二十一篇, 又著『鴻寶萬畢』三卷, 論變化之道. 有八公往詣之, 門吏自以意難問之曰:「王上欲得延年却期・長生不老之道, 中欲得博物治聞・精義入微之大儒, 下欲得勇敢武力・扛鼎暴虎橫行之壯士. 今先生皆著矣, 自無駐衰之術・賁育之氣也, 豈能究『三墳』・『五典』・『八索』・『九丘』, 鉤深致遠, 窮理盡性乎? 三者并乏, 不敢相通.」公笑曰:「聞王欽賢好士, 吐握不倦, 荀有一介, 莫不畢至. 古人貴九九之學, 養鳴吠之士. 誠欲市馬者, 以致騏驥; 師郭生, 以招群彦. 吾等雖鄙, 不合所求, 故遠致身,欲一見王, 就令無益, 亦不作損, 云何限之逆見嫌擇? 若王必見少年, 則謂之有道; 見垂白, 則謂之庸人, 恐非發石取玉, 探淵索珠之謂也. 薄吾等老, 謹以少矣.」言畢八公化爲十五童子, 露髫靑鬢, 色如桃花. 於是門吏驚揀, 馳以白王. 王聞之不及履, 卽徒跣出迎, 以登思仙之臺, 張錦綺之帷, 設象牙之床, 燔百和之香, 進金玉之机, 穿弟子之履, 北面拱手而言曰:「安以凡材, 少好道德, 羈鎖世業, 沉淪流俗, 不能遺類, 貞藏山林. 然夙夜饑渴, 思願神明, 沐浴垢穢, 精誠浮薄, 抱情不暢, 邈若雲泥. 不圖厚幸, 道君降屈, 是安祿命, 當蒙拔擢, 喜懼屛營, 不知所措. 唯乞道君哀而敎之, 則螟蛉假翼, 去地飛矣.」八公便以成老人矣, 告王曰:「雖復淺識, 具備先學, 知王好道, 故來相從, 不知意何所欲? 吾一人能坐致風雨, 立起雲霧, 畫地爲江河, 撮土爲山嶽; 一人能崩高塞淵, 牧虎豹, 致龍蛇, 役神鬼; 一人能分形易貌, 坐在立亡, 隱蔽六軍, 白日盡瞑; 一人能乘虛步空, 起海陵煙, 出入無間, 呼吸千里; 一人能入火不焦, 入水不濕, 刃之不傷, 射之不中, 冬凍不寒, 夏暑不汗; 一人能千變萬化, 恣意所爲, 禽獸草木立成, 轉徒萬物陵嶽, 移行宮室; 一人能防災度厄, 辟却衆害, 延年益壽, 長生久視; 一人能煎泥成金, 鍛鉛爲銀, 水煉八石, 飛騰琉珠, 乘龍駕雲, 浮游太淸. 在王所欲.」安於是旦夕朝拜, 身進酒菓, 先乞試之. 變化風雨雲霧, 無不有效, 遂受『丹經』及『三十六水銀』等方.

2. 『太平廣記』(권8) 劉安

漢淮南王劉安者, 漢高帝之孫也. 其父厲王長, 得罪徙蜀, 道死. 文帝哀之, 而裂其地, 盡以封長子. 故安得封淮南王. 時諸王子貴侈, 莫不以聲色游獵犬馬爲事. 唯安獨折節下士, 篤好儒學, 兼占候方術. 養士數千人, 皆天下俊士, 作內書二十二篇. 又中篇八章, 言神仙黃白之事, 名爲鴻寶. 萬畢三章, 論變化之道, 凡十萬言. 武帝以安辯博有才, 屬爲諸父, 甚重尊之. 特詔及報書, 常使司馬相如等共定草, 乃遣使. 召安入朝, 嘗詔使爲離騷經, 旦受詔, 食時便成, 奏之. 安每宴見, 談說得失, 及獻諸賦頌. 晨入夜出, 乃天下道書及方術之士. 不遠千里, 卑辭重幣請致之. 於是乃有八公詣門, 皆鬚眉皓白, 門吏先密以白王, 王使閽人, 自以意難問之曰:「我王上欲求延年長生不老之道, 中欲得博物精義入妙之大儒, 下欲得勇敢武力扛鼎暴虎橫行之壯士. 今先生年已耆矣, 似無駐衰之術. 又無賁育之氣, 豈能究於三墳五典, 八索九丘, 鉤深致遠, 窮理盡性乎? 三者旣乏, 餘不敢通.」八公笑曰:「我聞王尊禮賢士, 吐握不倦, 苟有一介之善, 莫不畢至. 古人貴九九之好, 養鳴吠之技, 誠欲市馬骨以致騏驥. 師郭生以招羣英. 吾年雖鄙陋, 不合所求. 故遠致其身, 且欲一見王, 雖使無益, 亦豈有損? 何以年老而逆見嫌耶? 王必若見年少則謂之有道, 皓首則謂之庸叟, 恐非發石探玉, 探淵索珠之謂也. 薄吾老, 今則少矣.」言未竟, 八公皆變爲童子, 年可十四五, 角髻青絲, 色如桃花. 門吏大驚, 走以白王, 王聞之, 足不履, 跣而迎登思仙之臺. 張錦帳象牀, 燒百和之香, 進金玉之几, 執弟子之禮, 北面叩首而言曰:「安以凡才, 少好道德, 羈縶世務, 沈淪流俗, 不能遣累. 負笈山林, 然夙夜饑渴, 思願神明, 沐浴滓濁, 精誠淺薄, 懷情不暢, 邈若雲漢. 不期厚幸, 道君降屈. 是安祿命當蒙拔擢, 喜懼屛營, 不知所措, 唯願道君哀而教之, 則螟蛉假翼於鴻鵠, 可沖天矣.」八童子乃復爲老人, 告王曰:「餘雖復淺識, 備爲先學. 聞王好士, 古來相從. 未審王意有何所欲. 吾一人能座致風雨, 立起雲霧. 畫地爲江河, 撮土爲山嶽. 一人能崩高山, 塞深泉. 收束虎豹, 召致蛟龍, 使役鬼神. 一人能分形易貌, 坐存立亡, 隱蔽六軍, 白日爲暝. 一人能乘雲步虛, 越海凌波, 出入無間, 呼吸千里. 一人能入火不灼, 入水不濡, 刃射不中. 冬凍不寒, 夏曝不汗. 一人能千變萬化, 恣意所爲, 禽獸草木, 萬物立成, 移山駐流, 行宮易室. 一人能煎泥成金, 擬鉛爲銀, 水鍊八石, 飛騰流珠. 乘雲駕龍, 浮於太淸之上. 在王所欲.」安乃日夕朝拜, 供進酒脯. 各試其向所言, 千變萬化. 種種異術, 無有不效. 遂授玉丹經三十六卷. 藥成, 未及服, 而太子遷好劍, 自以人莫及也. 于時郎中雷波, 召與之戲, 而被誤中遷. 遷大怒, 被怖, 恐爲遷所殺. 乃求擊匈奴以贖罪. 安聞不聽, 被大懼. 乃上書於天子云:「漢法, 諸候壅闕不與擊匈奴, 其罪入死. 安合當誅.」武帝素重王, 不咎. 但削安二縣耳. 安怒被, 被恐死. 與伍被素爲交親. 伍被曾以奸私得罪於安, 安怒之未發, 二人恐爲安所誅. 乃共誣告, 稱安謀反. 天子使宗正持節治之, 八公謂安曰:「可以去矣. 此乃是天之發遣王. 王若無此事, 日復一日. 未能去世也.」八公使安登山大祭, 埋金地中, 卽白日昇天. 八公與安所踏山上石, 皆陷成跡. 至今人馬跡猶存. 八公告安曰: 「夫有藉之人. 被人誣告者, 其誣人當卽死滅. 伍被等今當復誅矣.」於是宗正以失安所在, 推問, 云: 「王仙去矣.」天子悵然, 乃諷使廷尉張湯, 奏伍被. 云爲畫計, 乃誅二被九族. 一如八公之言也. 漢史秘之, 不言安得神仙之道. 恐後世人主, 當廢萬機, 而競求於安道. 乃言安得罪後自殺, 非得仙也. 按左吳記云: 「安臨去, 欲誅二被. 八公諫曰: '不可. 仙去不欲害行虫, 況於人乎?' 安乃止. 又問八公曰: '可得將素所交親俱至彼. 便遣還否?' 公曰: '何不得爾? 但不得過五人.' 安卽以左吳·王眷·傅生等五人. 至玄洲, 便遣還.」吳記具說云: 「安未得上天, 遇諸仙伯. 安少習尊貴, 稀爲卑下之禮. 坐起不恭, 語聲高亮, 或誤稱寡人. 於是仙伯主者奏安云: '不敬. 應斥遣去.' 八公爲之謝過, 乃見赦, 謫守都厠三年. 後爲散仙人. 不得處職, 但得不死而已.」武帝聞左吳等隨王仙去更還, 乃詔之, 親問其由. 吳具以對, 帝大懊恨. 乃嘆曰: 「使朕得爲淮南王者, 視天下與脫屣屣耳.」遂便招募賢士, 亦冀遇八公, 不能得, 而爲公孫卿·欒大等所欺. 意猶不已, 庶獲其眞者. 以安仙去分明, 方知天下實有神仙也. 時人傳八公安臨去時, 餘藥器置在中庭. 鷄犬舐啄之, 盡得昇天. 故鷄鳴天上, 犬吠雲中也.

3. 『搜神記』(1)

淮南王安好道術, 設廚宰以候賓客. 正月上辛, 有八老公詣門求見. 門吏白王, 王使吏自以意難之. 曰: 「吾王好長生, 先生無駐衰之術, 未敢以聞.」公知不見, 乃更形爲八童子, 色如桃花. 王便見之. 盛禮設樂, 以享八公. 援琴而弦歌曰: 「明明上天, 照四海兮. 知我好道, 公來下兮. 公將與余, 生羽毛兮. 升騰靑雲, 蹈梁甫兮. 觀見三光, 遇北斗兮. 驅乘風雲, 使玉女兮.」今所謂「淮南操」是也.

4. 『博物志』(5)

漢淮南王謀反被誅, 亦云得道輕擧.

5. 『博物志』(5)

又云: 王仲統云: 「甘始·左元放·東郭延年行容成御婦人法, 并爲丞相所錄.

間行其術, 亦得其驗. 降龍道士劉景受雲母九子丸方, 年三百歲, 莫知所在. 武帝恒御此藥, 亦云有驗. 劉德治淮南王獄, 得枕中『鴻寶』·『苑秘書』, 及其子向咸共奇之, 信黃白之術可成; 謂神仙之道可致. 卒亦無驗, 乃以罹罪也.」

6. 『西京雜記』(권3)

『又說: 淮南王好方士, 方士皆以術見, 遂有畫地成江河, 撮土爲山巖, 噓吸爲寒暑, 噴嗽爲雨霧. 王亦卒與諸方士俱去..』

7. 『漢書』(권44) 淮南衡山濟北王傳

『淮南王安爲人好書, 鼓琴, 不喜弋獵狗馬馳騁, 亦欲以行陰德拊循百姓. 流名譽. 招致賓客方術之士數千人, 作爲『內書』二十一篇, 『外書』甚衆, 又有『中篇』八卷, 言神仙黃白之術, 亦二十餘萬言.』

8. 『論衡』 道虛篇

『淮南王學道, 招會天下有道之人, 傾一國之尊, 下道術之士, 是以道術之士, 並會淮南, 奇方異術, 莫不爭出. 王遂得道, 擧家升天, 畜産皆仙, 犬吠於天上, 雞鳴於雲中.』

9. 『藝文類聚』(권18)

神仙傳曰: 淮南王安好道術. 八公詣門, 門者見垂白, 不進. 八公皆化成童子, 色如桃花. 門吏白王, 王迎之登思仙之臺. 八公還成老人, 授之要道.

10. 『藝文類聚』(권45)

淮南王安, 爲人好書鼓瑟, 不喜弋獵狗馬馳騁, 亦欲以行陰德, 拊循百姓. 招致賓客方術之士數千人, 作爲內書三十一篇, 外書甚衆. 又有中篇八卷, 言神仙黃白之術.

11. 『藝文類聚』(권78)

漢淮南王劉安. 言神仙黃白之事, 名爲鴻寶萬畢三卷, 論變化之道. 於是八公乃詣王, 授丹經及三十六水方. 俗傳安之臨仙去, 餘藥器在庭中, 雞犬舐之, 皆得飛升.

12. 『藝文類聚』(권85)

神仙傳曰: 淮南王爲八公, 張錦綺之帳, 燔百和之香.

042(6-2) 이소군 李少君

이소군은 자가 운익雲翼이며 제齊나라 임치臨淄 사람이다. 어려서 도를 좋아하여 태산泰山에 들어가 약을 캐면서 절곡絕穀, 둔세遁世, 전신全身의 술법을 수련하였으나 도를 이루기 전에 병에 걸려 그만 산속에서 곤액을 당하였다. 그때 안기선생安期先生이 그곳을 지나다가 소군을 발견하였다. 소군은 머리를 조아리며 살려 달라고 애원하였다. 안기는 그의 지극한 마음에 병까지 들어 죽음에 이르게 된 것을 불쌍히 여겨 신루산神樓散 한 수저를 입에 넣어 주어 즉시 살려내었다.

이소군은 이에 안기를 따라다니겠다고 청하여 그를 받들어 노예와 같은 일도 마다하지 아니하고 시키는 대로 하며 스승으로 모셨다. 안기는 이소군을 데리고 동쪽으로는 적성赤城까지, 남쪽으로는 나부羅浮까지, 그리고 북쪽으로는 대원大垣, 서쪽으로는 옥문玉門까지 가 보았으며, 오악五嶽을 두루 돌아다니며 강산을 모두 구경시켜 주기를 십 년이나 하였다.

그러던 어느 날 아침 안기는 이소군에게 이렇게 말하였다.

"나는 지금 현주玄洲에서의 부름을 받아 오늘 곧 떠나야 한다. 너는 아직 나를 따라 그곳에 갈 만큼 되지 못하여 지금 여기서 서로 헤어져

야겠구나. 다시 6백 년이 지나 내 너를 맞이하러 이곳에 오리라.”

그러고는 신단 노화鑪火와 비설飛雪의 비방秘方, 서약하는 구결口訣
을 전수해 주고는 이를 마치자 잠시 뒤, 용과 호랑이를 탄 수백 명의
인도자들이 안기를 맞이하러 나타났으며 안기는 우거羽車를 타고 승
천하였다.

이소군은 이에 집으로 돌아와 재계한 후 시장에서 장사를 하는
일을 벌여 여섯 나라를 떠돌기도 하고 혹은 때에 따라 관리가 되기도
하였으며 또는 의사가 되어 병을 치료하는 일도 하였고 또 땡볕 아래
남의 일을 해주기도 하였다. 그는 성씨와 이름을 바꾸고 처소를 옮겨

안기생安期生: 『仙佛奇蹤』

다녀 사람들은 그가 도술을 가지고 있음을 알지 못하였다.

한漢 무제武帝 때가 되었다. 그는 무제가 방사方士를 초빙하며 도술 있는 자를 특별히 우대하여 공경한다는 말을 들었으나 자신은 이전에 가난 때문에 대약大藥을 짓는 법을 충분히 배워 놓지 못하였음을 안타깝게 여겨 길게 탄식하며 그 제자에게 이렇게 말하였다.

"늙음이 다가오고 있다! 죽음이 가까이 오고 있다! 그런데 재물이 부족하다. 힘써 농사짓고 노력하였고 장사꾼이 되어 돈을 벌었지만 이 정도로는 약을 조제하는 데 미치지 못한다. 게다가 지금 나는 지쳐 있고, 이러한 일에 재능도 없다. 천자가 도를 좋아하여 도사를 만나 보고 단약을 만들어 주기를 요구하고 있다니 천자 정도라면 무엇이든지 자신의 마음대로 할 수 있고 구하여 얻지 못할 것이 없을 것이다. 천자 중에 성공할 만한 이라면 성공시키면 될 것이요, 가르치기에 부족하다면 떠나면 그만일 텐데. 지금 나는 이미 세상에 5백여 년을 살았으면서도 한 가지 특권을 누릴 일도 해 보지 못하였으니 틀림없이 나의 운명이란 그저 벌레나 개미의 밥이 됨을 면하지 못하게 되어 있나 보다."

그러고는 무제에게 비방秘方을 바쳤다.

"저는 수은을 응고시켜 백은白銀을 만들 수 있고, 단사丹砂를 날려 황금을 만들 수 있습니다. 이것을 완성하여 복용하면 대낮에 승천하게 됩니다. 신선의 능력이란 무궁하여 몸에 붉고 빛나는 깃이 생겨나며, 또 둥그런 원광圓光의 날개가 갖추어지기도 합니다. 몸을 솟구치면 하늘을 늠지를 수 있고 엎드려 들어가면 무간無間의 세상을 드나들 수 있습니다. 비룡飛龍을 제어하여 팔하八遐까지 두루 다닐 수 있고, 흰 고니를 타고 구해九陔까지 빙빙 돌아 즉시 한 바퀴를 돌 수도 있습니다. 명해冥海의 대추는 크기가 참외만 하며 종산鍾山의 오얏은 병만큼이나 큽니다. 저는 이미 이런 것들을 먹어 보았습니다. 저의 스승이신 안기선생은 저에게 구결을 주셨는데 저는 이로써 황금 같은 물건도 가히 만들어낼 수 있게 된 것입니다."

이리하여 그는 무제와 만남을 이룰 수 있었다. 무제는 그를 매우 존경하여 그에게 무수한 선물을 하사하였고 그를 위해 집도 지어주었다. 그리고 무제는 이렇게 말하였다.

"틀림없이 능히 나를 도세度世시킬 수 있는 자이다."

이소군이 한번은 무안후武安侯와 술을 마실 기회가 있었다. 그 좌중에 한 노인이 있어 나이가 90여 세였는데 소군이 그의 할아버지와 활을 쏘며 함께 놀던 곳을 말해 주었다. 노인은 자신이 어릴 때 할아버지를 따라다녔으므로 그 사람을 기억하고 있었다. 그러자 앉아 있던 사람들이 모두 놀랐다. 그리고 이소군은 무제가 오래된 옛 동기銅器를 가지고 있는 것을 보고 이를 멀리서 보고는 알아내는 것이었다.

"이는 옛날 제齊 환공桓公이 백침대栢寢臺에 진열해 두었던 동기군요."

무제가 그에 새겨진 글씨를 보았더니 과연 제 환공의 그릇이었다. 이로써 무제는 소군이 수백 살이 된 사람임을 알게 되었다. 그러나 그를 보면 항상 그저 50세쯤의 모습으로 얼굴색은 더욱 좋았고 피부는 즐거워하는 윤택함이 있었고 더구나 화려한 빛도 나는 것이었다. 그리고 눈과 이빨은 15살 동자 같았다.

그러자 제후 왕들과 귀인들이 그가 능히 사람을 죽지 않게 하고 노인을 바꾸어 어리고 젊게 할 수 있다는 소문을 듣고 그에게 선물이나 금전을 준 것이 끝이 없었다. 이에 그는 몰래 신단을 만들었다.

그 단약이 완성되었으나 아직 복용하지는 않고 있었다. 그러면서 무제에게 『오제육갑좌우령비지서五帝六甲左右靈飛之書』 등 무릇 열두 가지 일을 갖추어 달라고 요구하였다.

무제는 원봉元封 4년 7월에 부탁한 책을 이소군에게 구해 주었다. 원봉 6년 9월이 되자 이소군은 병을 칭하며 무제에게 이러한 표表를 올렸다.

"폐하께서는 마음쓰심과 생각하심이 현묘하여 장생에 깊은 뜻을 두고 계십니다. 이에 도술이 있는 방사를 초빙하시니 멀다고 오지 않은 자가 없습니다. 그 정성이 신을 감동시켜 천신이 이에 하강하실 것이니 이는 스스로 그러한 숙명에 맞지 않았다면 그 누가 능히 함께 해낼 수 있었겠습니까? 그러나 단방丹方이란 그 실행 중에 금지하는 규율이 엄중하고 냄새나 비린내도 끊도록 되어 있습니다. 도법을 수양하고 만물에 대하여 인을 베풀어야 하며, 선을 배우고 난 몸의 준동蠢動을 이겨낼 수 있어야 합니다. 그런데 폐하께서는 사치를 끊어버리고 성색을 멀리 해야 함에도 이렇게 하지 못하고 살벌한 일을 그치지 못하고 있습니다. 희노의 감정을 없애지 못하므로 만 리에 불귀不歸의 혼이 떠돌고 있으며, 시장의 거리에는 유혈의 형벌이 남아 있습니다. 신단神丹의 대도는 이루지 못할 것입니다. 더구나 저의 병은 나이와 같이 가고 있습니다. 지금 이렇게 허약하고 병이 들었으며 또한 직접 연단을 성취할 수도 없습니다. 그리하여 재계하고 '팽조단彭祖丹'의 변화를 살피는 일에 참여하는 것도 또한 여기서는 아득한 일일 뿐입니다! 저의 스승 안기선생이 지난날 저에게 내려 주신 금단金丹의 비방은 믿으면 징험이 있습니다. 그 절도에 맞추고 그 법계法戒를 받들면 그대는 응용함에 예비로 삼을 수 있습니다.

이를테면 끓어오르는 주사는 나는 무지개 같으니 물과 불을 아홉 번 바꿔 주어야 하며, 육이六二의 괘상을 분석하여 나타나는 유정流精은 햇빛을 빼앗을 정도가 되며, 상설霜雪을 탐색하여 보면 달빛이 바람을 말아오는 것처럼 되도록 하며, 붉은 놀이 배회하도록 하며, 용호龍虎가 끓어오르도록 하여야 합니다. 그때 납과 주석을 던져 넣어 황금을 만들어낼 수 있어야 하며, 도규刀圭를 목구멍에 집어넣어 숨이 잦아들 때 즉시 꺼낼 수 있어야 그대는 신규神虯를 타고 상승하게 되며, 운거雲車를 몰아 먼 곳까지 걸을 수 있게 됩니다. 이때 의당 이 비방의 신기함을 증험하셔서 장차 이 소신小臣이 허망한 것이 아님을 밝힐 수 있게 될 것입니다.”

이에 ‘소단방小丹方’을 무제에게 주었는데 이는 병을 핑계로 진실로 ‘대단방大丹方’을 전한 것은 아니었다.

그날 밤, 무제는 꿈에 이소군과 함께 숭고산嵩高山에 올랐는데 그 도중에 비단 수를 놓은 사자가 나타나 용을 타고 부절을 들고 구름 속에서 내려오면서 이렇게 말하는 것이었다.

“태일太一께서 이소군을 부르십니다.”

무제가 깨어 즉시 사자를 보내어 이소군의 소식을 물어보도록 하면서 아울러 근신에게 이렇게 말하였다.

“짐의 꿈은 이소군이 장차 짐을 버리고 떠나려는가 보다!”

이튿날 이소군은 병세가 심하여 고통스러워하고 있었다. 무제가 몸소 가서 살펴보며 아울러 좌우에게 그로부터 방서方書를 받도록 하였다. 그러나 이를 다 받기 전에 이소군은 죽고 말았다. 무제는 눈물을 흘리며 이렇게 말하였다.

“소군은 죽지 않았다. 고의로 이렇게 하여 떠난 것일 것이다.”

이윽고 염을 하려 하자 홀연히 그의 몸이 사라지고 마는 것이었다. 그 안팎의 띠는 풀지 않은 채로 마치 매미가 허물을 벗은 것과 같았다. 이에 그 옷가지만으로 장례를 치렀다.

백여 일이 지난 후 어떤 길 가던 사람이 하동河東의 포판시蒲坂市에서 이소군을 보았는데 그는 푸른 노새를 타고 있었다는 것이다. 무제는 이를 듣고 그 관을 열어 보도록 하였다. 관 속에는 더 이상 아무것도 없었으며 못도 뽑히지 않았으며 오직 신발만 그 안에 남아 있을 뿐이었다. 무제는 더욱 자신이 이소군에게 부지런히 해주지 않았음을 후회하고 한탄하였다. 이듬해 백량대가 화재로 소실되어 그 안에 소장하였던 비서秘書와 묘문妙文이 모두 타고 말았다.

처음, 이소군은 의랑議郞 동중董仲과 친하였다. 이소군은 동중이 오래된 고질을 앓고 있으며 몸이 마르고 기가 약한 것을 보고 그에게 약 두 제劑를 지어 주었으며 아울러 비방 한 편을 주었는데 그 내용은 다음과 같았다.

"무기초戊己草와 후토지后土脂, 그리고 정간수침방精艮獸沉肪, 선유근先莠根, 백훼화체百卉華體, 용함초龍銜草를 해월亥月 상순上旬에 구리 솥에 넣고 함께 달이되 동남동녀를 시킨다. 이를 한 제씩 복용하기를 마치면 몸이 곧 가벼워질 것이며, 세 제를 복용하면 빠졌던 이가 다시 날 것이다. 그리고 다섯 제를 복용하며 죽지 않게 된다."

그러나 동중은 사람됨이 강직하고 오경을 널리 배운 자이지만 도술에는 전혀 통한 것이 없어 항상 약을 복용하며 도를 배우는 자를 비웃곤 하였다. 게다가 여러 차례 무제에게 글을 올려 사람의 수명이란 끝없는 것이 아니며 사람이 노쇠해 간다는 것은 일상의 법칙으로, 도술을 배운다고 이를 연장할 수 있는 것도 아니며, 비록 이상한 경우가 있다 해도 그것은 천성일 뿐, 도술로 이룰 수 있는 것이 아니라고 간언을 하였다.

그리하여 이소군이 지어 준 그 약을 끝내 복용하지 아니하였으며 비방을 묻는 것도 이해하지 못하여 그것을 소장하고 있었을 뿐이었다.

이소군이 떠난 뒤 몇 달이 흘러 동중은 병이 심해졌다. 그리고 무제가 자주 자신이 이소군을 꿈에서 본 이야기를 들려주면서 한스러워 하였다. 동중은 그제야 이소군이 주었던 약을 떠올리고 시험삼아 그 약을 복용해 보았다. 그 반도 먹기 전에 능히 걸을 수 있었고, 몸이 가벼워지고 건장해졌으며 고통도 깨끗이 낫는 것이었다. 그 약을 다 먹고 나자 기력이 마치 서른 살 젊은 시절 같았다.

그제야 그는 세간에 말하는 불사지도라는 것이 있다고 믿게 되었다. 그리하여 즉시 관직을 버리고 도사를 찾아 나섰으며 비방의 본의를 물었으나 모두 다 이해할 수는 없었다. 그러나 백발이 다시 검은색으로 바뀌고 몸과 모습도 풍성하여 뒤에 80여 세를 살고 죽었다. 그는 죽음에 임박하여 아들 도생道生에게 이렇게 일렀다.

"내 이소군의 신기한 비방을 얻었을 때 나는 이런 일을 믿지 않아 황천으로 감을 후회하고 있다. 너는 뒤에 술법을 남에게 묻고 다녀라. 이를 해석하는 자가 있으리라. 만약 길이 이 약을 복용한다면 틀림없이 도세度世할 것이다."

도생은 아버지의 유언에 감복하여 드디어 벼슬에 뜻을 버리고 천하를 주유하며 이 비방을 아는 자를 찾아다녔다. 그리하여 강하江夏에 이르러 박택선생博澤先生을 만났다. 그는 이렇게 말하였다.

"이는 신단, 금옥이 아니다. 그저 사람을 수백 년 살 수 있게 할 수 있을 뿐이다."

그러고는 그 구체적으로 비방의 본뜻과 쓰이는 약물들의 진짜 이름을 해설해 주었다. 도생이 이를 합하여 조제하여 복용하여 370세를 살았다. 그는 계두산鷄頭山으로 들어갔는데 그가 도를 성취하였는지는 알 수 없다.

한편 같은 시대의 탁원성卓元成, 장자인張子仁, 오사이吳士耳, 태자성蔡子盛, 위중명魏仲明, 장원달張元達 등도 이 약을 복용하여 혹 3백 세를 살고, 혹은 5백 세를 살았으며 모두 죽을 때까지 병을 앓지 않았다. 그들은 모두 허리가 구부정해지지도 않았으며 얼굴에 주름도 없었고 이도 빠지지 않았으며 머리도 희어지지 않았고 그들이 살던 집도 허물어지지 않았다. 이는 대체로 이소군의 비방 중에 평범하고 하찮은 것만을 실행해도 오히려 사람을 이와 같이 하거늘 하물며 그의 상방上方이라면 어느 정도이겠는가!

이소군이 떠날 때 몰래 '육갑좌우령비술六甲左右靈飛術' 12가지를 동곽연東郭延에게 전수해 주었으며, '신단비현지방神丹飛玄之方'은 이소군의 같은 고향 사람 괴자순蒯子順에게 전수해 주었다. 이 두 사람은 뒤에 도술을 배워 모두가 신선이 되었다. 소군은 그 외에 괴자순에게 '곤륜신주정형崑崙神州貞形'을 전수해 주기도 하였었다.

李少君, 字雲翼, 齊國臨淄人也. 少好道, 入泰山採藥, 修絶□遁世全身之術. 道未成而疾, 困於山林中, 遇安期先生經過, 見少君, 少君叩頭求乞活. 安期愍其有至心, 而被病當死, 乃以神樓散一匕與服之, 即起. 少君於是求隨安期, 奉給奴役使任, 師事之. 安期將少君東至赤城, 南至羅浮, 北至大垣, 西游玉門, 周流五嶽, 觀看江山, 如此數十年.

安期一旦語之:「我被玄洲召, 卽日當去, 汝未應隨我至彼, 今當相捨去也, 復六百年, 當迎汝於此.」因授神丹鑪火‧飛雪之方, 誓約口訣, 畢, 須臾, 有乘龍虎導引數百人, 迎安期, 安期乘羽車而昇天也.

少君於是還, 齋戒賣於市, 商估六國. 或時爲吏, 或作師醫治病, 或時煦賃, 易姓改名, 遊行處所, 莫知其有道.

逮漢武帝之時, 聞帝招募方士, 特敬道術, 而先貧不辦合大藥, 喟然長歎語弟子曰:「老將至矣! 死將近矣! 而財不足用. 躬耕力作, 商估求錢, 必不致辦合藥, 又吾亦羸拙於斯事也. 聞天子好道, 請欲見之, 求爲合丹, 可得恣意, 無求不得. 天子中成者成之, 不中敎者便捨去. 吾在世上已五百餘年, 而不爲一權者, 必不免於蟲蟻之粮矣.」乃以方上武帝, 言:「臣能凝汞成白銀, 飛丹砂成黃金, 金成服之, 白日昇天. 神仙無窮, 身生朱陽之羽, 體備圓光之翼; 倏則凌天, 伏入無間; 控飛龍而八遐已遍, 駕白鴻而九陔立周. 冥海之棗大如瓜, 鍾山之李大如瓶, 臣已食之. 逮先師安期先生授臣口訣, 是以保黃物之可成也.」於是引見, 甚尊敬之, 賜遺無數, 爲立屋地. 武帝自謂:「必能使我度世者.」

少君嘗從武安侯飲酒. 坐中有老人, 年九十餘, 少君言與其祖父遊射處. 老人爲小兒時, 從其祖父, 識有此人. 一座盡驚. 少君見武帝有故銅器. 少君望而識之曰:「昔帝桓公嘗陳此器於栢寢.」帝按其刻, 果齊桓公器, 乃知少君數百歲人也. 然視之常時年五十許人, 面色甚好, 肌膚悅澤, 尤有光華, 眉目口齒, 似十五童子.

諸侯王貴人聞能令其人不死, 老更少壯, 饋遺之金錢無限. 乃密作神丹, 丹成未服. 又就帝求『五帝六甲左右靈飛之書』, 凡十二事. 帝以元封四年七月, 以書授少君. 到元封六年九月, 少君稱疾, 上表云:「陛下思心玄妙, 志甄長生. 於是招訪道術, 無遠不至. 精誠感神, 天神斯降, 自非宿命所適, 孰能偕合? 然丹方禁重, 宜絕臭腥, 法養物仁, 克仙蠢動. 而陛下不能絕奢侈, 遠聲色, 殺伐不止. 喜怒不除, 萬里有不歸之魂, 市朝有流血之刑. 神丹大道, 未可得成. 而臣疾與年偕, 今者虛瘵, 又不獲躬親, 齋戒預觀彭祖丹砂之變, 於此邈矣! 先師安期先生, 昔所賜金丹之方, 信而有徵, 若按節度奉法戒, 爾乃可備用之焉. 若鬱砂虹飛, 玄朱九轉; 剖六二而流精奪日, 探霜雪而月光風卷; 徘徊丹霞, 騰沸龍虎; 投鉛錫而黃金克成, 刀圭入喉而凋氣立反, 爾乃駕神虬以上昇, 驂雲車以涉遠, 當驗此方之神, 將明小臣之不妄矣.」乃以小丹方與帝, 而稱疾, 固非大丹方也.

其夜, 武帝夢與少君俱上嵩高上, 半道有繡衣使者, 乘龍持節從雲中下, 言:「太一請少君.」武帝覺, 即遣使者問少君消息, 且告近臣曰:「如朕夢少君將捨朕去矣!」明日少君臨病困, 武帝自往視, 并使左右人受其方書, 未竟而少君絕. 武帝流涕曰:「少君不死也, 故作此而去.」既斂之, 忽失其所在, 中表衣帶不解, 如蟬蛻也, 於是為殯其衣物.

百餘日, 行人有見少君在河東蒲坂市者, 乘青騾. 帝聞之, 使發其棺, 棺中無所復有, 釘亦不脫, 唯餘履在耳. 武帝殊益懊恨求少君之不勤也. 明年栢梁臺火燒, 失諸秘書妙文也.

初, 少君與議郎董仲相親, 見仲宿有固疾, 體枯氣少, 乃與其成藥二劑, 并其方一篇:

「用戊己之草・后土脂・精艮獸沉肪・先蒡之根・百卉華體・龍衙之草. 亥月上旬, 合煎銅鼎, 童男童女. 服盡一劑, 身體便輕; 服盡三劑, 齒落更生; 服盡五劑, 命不復傾.」

仲爲人剛直, 博學五經, 然不達道術, 常笑人服藥學道. 數上書諫武帝, 以爲人生有命, 衰老有常, 非道術所能延益, 雖見其有異, 以爲天性, 非術所致. 得其藥竟不服, 又不解從問其方, 爲藏去之而已.

少君去後數月, 仲病甚矣, 又武帝數道其夢, 恨惜之, 仲乃憶所得少君藥, 試取服之. 未半, 能行, 身體輕壯, 所苦乃愈. 藥盡, 氣力如三十時. 乃更信世間有不死之道. 卽以去官, 行求道士, 問以方意, 悉不能曉. 然白髮皆還黑, 形容甚盛, 後八十餘乃死, 臨死謂子道生曰:「我得少君神方, 我不信事, 懷恨黃泉. 汝後可行求術人問, 解之者, 若長服此藥, 必度世也.」

道生感父遺言, 遂不肯仕, 周旋天下, 求解此方. 到江夏遇博澤先生, 先生曰:「此乃非神丹金玉也, 可使人得數百年而已耳.」乃具爲說解其方意, 所用物眞名. 道生合藥, 服之, 得壽三百七十歲, 入雞頭山中, 不知竟得道不.

同時卓元成・張子仁・吳士耳・蔡子盛・魏仲明・張元達服之, 或得三百歲, 或得五百歲, 皆至死不病, 不傴, 面不皺理, 齒不落, 髮不白, 房屋不廢. 此蓋少君凡弊方耳, 猶使人如此, 況其上方邪!

少君當去時, 密以六甲左右靈飛術十二事, 傳東郭延; 以神丹飛玄之方, 授少君鄕里人蒯子順者, 此二人後學道, 並得仙. 少君又授子訓崑崙神州眞形也.

【絕穀】방술 중에 內煉 攻法의 하나. 곡류를 먹지 않음. '絕粒'이라고도 함.

【安期先生】신선 이름. 『列仙傳』에 전이 실려 있음. 한편 『藝文類聚』(권78)에 "安期生, 琅耶阜鄕人. 賣藥海邊, 時人皆言千歲公. 秦始皇請見, 與語三日三夜. 賜金璧數萬. 出於阜鄕亭皆置去, 留書. 以赤玉舃一量爲報. 曰:「復千歲, 來求我於蓬萊山下.」始皇遣使者數人入海, 未至蓬萊山, 輒風波而還. 立祠阜鄕亭, 海邊十處"라 함.

【神樓散】단약 이름.

【大垣】지명. 구체적으로는 알 수 없음.

【玉門】지금의 甘肅省 敦煌 서북쪽에 있는 관문.

【神丹爐火飛雪之方】도교 단경의 술어. 구체적으로 알 수 없음.

【汞(홍)】水銀.

【齋戒】제사 전에 목욕하고 단정히 앉아 묵상하는 것. 경건함을 나타냄.

【煦賃】햇볕 아래 힘들게 노동함을 뜻함. 남의 고용을 이르는 말.

【羸拙】파리하고 졸렬함.

【朱陽】매우 화려하고 빛이 남을 말함.

【圓光】보름달 빛. 둥글게 원을 형성한 광채.

【八遐】팔방의 밖. 지극히 먼 곳을 뜻함. 『皇經集註』(5)의 『神咒品五章』에 "八遐, 盡三千大千之遠, 不止言目前八方之遠"이라 함.

【九垓】'九閡'로도 표기함. 九重天上을 뜻함.

【冥海】북쪽의 바다. '溟海'와 같음.

【鍾山】北海의 子方에 있는 신선들의 산. 『藝文類聚』(권78)에 "鍾山在北海之子地, 仙家數十萬, 耕田種芝草, 課計頃畝"라 함.

【黃物】黃金.

【武安侯】구체적으로 누구를 가리키는지 알 수 없음.

【栢寢】'柏寢'으로도 표기하며 춘추시대 齊나라 누대 이름. 『晏子春秋』(雜下)에 "景公新成柏寢之臺"라 함.

【五帝六甲左右靈飛之書】도교의 경전 이름. 『靈飛經』을 가리키며 『道藏』에 지금 『上淸瓊宮靈飛六甲左右上符』와 『上淸瓊宮靈飛六甲錄』 등 두 종류가 들어 있음. 『漢武內傳』에는 『六甲左右靈飛之符』라 함.

【五帝】도교에서 천상의 다섯 방위를 관장하는 신. 東方靑帝는 성이 염(閻)이

며 이름은 開, 자는 靈威仰, 南方赤帝는 성은 洞浮, 이름은 炎, 자는 赤熛怒, 西方白帝는 성은 上金이며 이름은 昌開, 자는 耀魄寶, 北方黑帝는 성은 節, 이름은 靈會, 자는 隱候局, 中央黃帝는 성은 通班이며 이름은 元氏, 자는 含樞紐라 함.

【六甲】 신 이름. 六十甲子 중 甲이 들어가는 干支를 담당하는 신. 즉 甲子, 甲寅, 甲辰, 甲午, 甲申, 甲戌을 주재함.

【元封】 한나라 武帝(劉徹)의 연호. B.C.110~B.C.105년. 4년은 B.C.107년에 해당함.

【蠢動】 소동을 벌임. 떠들썩함.

【虛瘵】 허약하고 병이 많음. 瘵는 '채'로 읽음.

【鬱砂虹飛】 단약을 조제할 때 그 단사가 마치 떠 있는 무지개와 같음.

【玄朱九轉】 검은색과 붉은색이 아홉 번 과정을 거침. 玄은 玄武를 뜻하며 검은색으로 북방을 관장하며 水를 상징함. 朱는 朱雀을 뜻하며 붉은색으로 남방을 관장하며 火를 상징함. 모두 연단을 제조하는 과정을 말함.

【六二】『周易』에서 陰爻는 숫자 '六'으로 표시하며 그중 아래로부터 두번째 효가 음효일 경우 이를 '六二'라 함. 여기서는 水火旣濟의 卦象에서 六二爻를 뜻함.

【霜雪】 도교의 용어.

【小丹】 역시 도교의 연단 용어. 구체적으로는 알 수 없음.

【嵩高】 嵩山. 중국 五嶽 중의 中嶽으로 河南省에 있음.

【蒲坂】 지명. 지금의 山西省 永濟縣. 舜임금이 도읍으로 정하였던 곳이라 함.

【柏梁臺】 누대 이름.『三輔黃圖』臺榭에 "柏梁臺, 武帝元鼎二年, 起此臺, 在長安城中北門內. 三輔舊事云: 以相柏爲梁也. 帝嘗置酒其上, 詔群臣和詩, 能七言詩者, 乃得上"이라 함.

【議郎】 한나라 때의 관직 이름.

【江夏】 군 이름. 지금의 湖北省 雲夢.

【博澤先生】 도인의 이름. 구체적으로 알 수 없음.

【雞頭山】 산 이름. 일명 笄頭山, 혹 崆峒山이라고도 하며 지금의 甘肅省 平凉縣 서쪽에 있음.

【崑崙神州貞形】 內丹의 용어. 구체적으로는 알 수 없음.

1. 『太平廣記』(권9) 李少君

李少君者, 齊人也. 漢武帝招募方士, 少君於安期先生得神丹爐火之方. 家貧, 不能辦藥, 謂弟子曰:「老將至矣, 而財不足. 雖躬耕力作, 不足以致辦. 今天子好道, 欲往見之, 求爲合藥. 可得恣意, 乃以方上帝.」云:「丹砂可成黃金, 金成服之昇仙. 臣常游海上, 見安期先生, 食棗大如瓜.」天子仙甚尊敬之, 賜遺無數. 少君嘗與武安侯飮食, 座中有一老人, 年九十餘, 少君問其名, 乃言:「曾與老人祖父遊夜, 見小兒從其祖父, 吾故識之.」時一座盡驚. 又少君見武帝有故銅器, 因識之曰:「齊桓公常陳此器於寢座.」帝按言觀其刻字, 果齊之故器也. 因知少君是數百歲人矣. 視之如五十許人, 面色肌膚, 甚有光澤, 口齒如童子. 王公貴人, 聞其能令人不死, 莫不仰慕, 所遺金錢山積. 少君乃密作神丹, 丹成. 謂帝曰:「陛下不能絶驕奢, 遣聲色, 殺伐不止, 喜怒不勝. 萬里有不歸之魂, 市曹有流血之刑. 神丹大道, 未可得成.」乃以少藥方與帝. 少君便稱疾, 是夜, 帝夢與少君俱上嵩高山. 半道, 有使者乘龍持節雲中來, 言太乙請少君. 帝遂覺, 卽使人問少君消息. 且告近臣曰:「朕昨夢少君捨朕去.」少君乃病困, 帝往視之, 並使人受其方, 事未竟而卒. 帝曰:「少君不死, 故化去耳.」及歛, 忽失屍所在, 中表衣悉不解, 如蟬蛻也. 帝猶增歎, 恨求少君不勤也. 初少君與朝議郎董仲躬相親愛. 仲躬宿有疾, 體枯氣少, 少君乃與其成藥二劑, 並其方. 用戊已之草, 後土脂, 黃精根, 獸沈肪, 先蒡之根, 百卉花釀. 亥月上旬, 合煎銅器中. 使童子沐浴潔淨, 調其湯火, 使合成鷄子. 三枚爲程, 服盡一劑, 身體便輕. 服三劑, 齒落更生. 五劑, 年壽長而不復傾. 仲躬爲人剛直, 博學五經. 然不達道術, 笑世人服藥學道, 頻上書諫武帝, 以爲人生則命, 衰老有常, 非道術所能延. 意雖見其有異, 將爲天性, 非術所致. 得藥竟不服, 又不問其方. 少君去後數月, 仲躬病甚, 常聞武帝說前夢, 恨惜少君. 仲躬憶少君所留藥, 試服之. 未半, 乃身體輕壯, 其病頓愈. 服盡, 氣力如年少時. 乃信有長生不死之道. 解官, 行求道士, 問其方. 竟不能悉曉, 仲躬唯得髮不白, 形容盛甚, 年八十餘乃死. 囑其子道生曰:「我少得少君方藥, 初不信. 事後得力,無能解之, 懷恨于黃泉矣. 汝可行求人間方術之事, 解其方意. 長服此藥, 必度世也.」時有文成將軍, 亦得少軍術, 事武帝. 帝後遣使誅之. 文成謂使者曰:「爲吾謝帝. 不能忍少日以敗大事乎! 帝好自愛. 後三十年, 求我於成山, 方共事. 不相怨也.」使者還, 具言之. 帝令發其棺視之, 無所見, 唯有竹筒一枚. 帝疑其帝子竊其屍而藏之, 乃收捕, 撿問其跡. 帝乃大悔誅文成, 後復徵諸方士, 更於甘泉祀太乙. 又別說一座祀文成, 帝親執禮焉.

2. 『仙佛奇蹤』(권1) 安期生

安期生, 瑯琊阜鄉人. 賣藥海邊, 時人皆呼千歲公. 秦始皇請見, 與語三夜, 賜金帛數萬. 出於阜鄉亭皆置去, 留書并赤玉潟一量. 爲報曰:「後千歲, 求我於蓬萊山下.」始皇遣使者數輩, 入海求之, 未至蓬萊山, 輒遇風波而還. 乃立祠阜鄉亭, 并海邊十處.

3. 『藝文類聚』(권78)

漢武內傳曰. 李少君, 字雲翼, 齊國臨淄人. 好道, 入泰山採藥, 修絕穀全身之術. 遇安期生, 少君疾困, 叩頭乞活. 安期以神樓散一匕與服之, 卽愈. 乃以方干上, 言:「臣能凝澒成白銀, 飛丹沙成黃金. 金成服之, 白日升天. 身生朱陽之翼, 黶備員光之異, 倏則凌天. 伏入無間, 控飛龍而八遐遍, 乘白鴻而九陔周. 冥海之棗大如瓜, 鍾山之李大如瓶. 臣以食之, 遂生奇光, 師安期授臣口訣, 是以保萬物之可成也.」於是上甚尊敬, 爲立屋第.

4. 『史記』孝武本紀

是時而李少君亦以祠竈穀却老方見上, 上尊之. 少君者, 故深澤侯入以主方. 匿其年及所生長, 常自謂七十, 能使物, 却老. 其游以方徧諸侯. 無妻子. 人聞其能使物及不死, 更饋遺之, 常餘金錢帛衣食. 人皆以爲不治產業而饒給, 又不知其何所人, 愈信, 爭事之. 少君資好方, 善爲巧發奇中. 嘗從武安侯飲, 坐中有年九十餘老人, 少君乃言與其大父游射處, 老人爲兒時從其大父行, 識其處, 一坐盡驚. 少君見上, 上有故銅器, 問少君. 少君曰:「此器齊桓公十年陳於柏寢.」已而案其刻, 果齊桓公器. 一宮盡駭, 以少君爲神, 數百歲人也.

少君言於上曰:「祠竈則致物, 致物而丹沙可化爲黃金, 黃金成以爲飮食器則
益壽, 益壽而海中蓬萊仙者可見, 見之以封禪則不死, 黃帝是也. 臣嘗游海上, 見
安期生, 食臣棗, 大如瓜. 安期生仙者, 通蓬萊中, 合則見人, 不合則隱.」於是天
子始親祠竈, 而遣方士入海求蓬萊安期生之屬, 而事化丹沙諸藥齊爲黃金矣.

居久之, 李少君病死. 天子以爲化去不死也, 而使黃錘史寬舒受其方. 求蓬萊
安期生莫能得, 而海上燕齊怪迂之方士多相效, 更言神事矣.

043(6-3) 왕진 王眞

왕진은 자가 숙견叔堅이며 상당上黨 사람이다. 젊어서 군리群吏라
는 관직을 지냈으나 나이 70에 이르러서야 도를 좋아하게 되었다.
그가 평소『선경잡언仙經雜言』을 보다가 교간인郊間人이라는 사람을
읽게 되었다. 이는 주周 선왕宣王 때 교외에서 나무를 하던 사람으로
그는 나무를 하면서 이렇게 노래를 불렀다는 것이다.

"황금의 두건을 쓰고 천문天門으로 들어간다. 길게 정기를 내뱉고
현천玄泉을 마신다. 하늘의 북을 두드리며 이환泥丸을 보양하도다."

당시 사람들은 이 노래의 뜻을 알 수 없었다. 오직 주하사柱下史만
이 이를 알고 이렇게 풀이하였다.

"이는 이 나라에 살아남을 사람이다. 그의 말은 비결이다. 그 사람
은 고대 고기 잡던 어부였다. 어찌 이를 알 수 있는가 하면 그는 8백
살이면 눈동자가 네모난다고 하였고, 천 살을 살면 눈의 무늬가 세로
로 된다 하였다. 나무하는 그 사람은 천 살을 산 사람이다."

왕진은 그 책을 읽어 보았지만 뜻을 알 수 없었다. 이리하여 모든 도사를 수소문하여 쫓아다니며 물어보았다. 일 년이 지나 그 뜻을 풀이할 수 있는 자를 만났는데 그는 왕진에게 이렇게 설명해 주었다.

"이는 아주 비근하고 천한 도술일 뿐입니다. 그저 나이를 멈추게 하고 백발을 되돌릴 수 있을 뿐입니다."

그러면서 그 비결을 풀이하였다.

'금으로 만든 두건을 쓴다'는 것은 항상 폐의 기운을 머리泥丸 속으로 넣어 서서히 몸 전체를 돌게 하여 몸에 늘 광택이 나도록 하는 것입니다. 그리고 '현천을 마신다'는 것은 혀 아래의 침을 삼키는 것으로 이는 사람을 늙지 않게 합니다. 7일만 이를 실행해 보면 효과가 나타납니다. 또한 '하늘의 북을 두드린다'는 것은 아침에 일어나자마자 항상 이를 서로 36번 두드려 몸과 정신이 편안하도록 하는 것입니다. 또 밤에는 항상 적기赤氣가 존속되도록 하여 천문(입)으로부터 몸 전체 안팎으로 두루 돌게 하며 뇌 속에서 불로 변하게 하는 것이며 이로써 몸을 태우는 것입니다. 몸과 불이 함께 빛을 내는 것으로 이렇게 하여 존속시키는 것인데 이를 일러 '연형煉形'이라 합니다. '이환泥丸'이란 뇌를 말하는 것이며, '천문天門'이란 입을 뜻합니다.

공기를 닫아 이를 삼키는 것이 습관이 되도록 함을 일러 '태식胎息'이라 하며, 혀 아래의 침을 삼켜 습관을 되도록 함을 일러 '태식胎食'이라 합니다. 그대는 이를 실행하여 쉬지 않도록 하십시오."

왕진은 이 비결을 받아 태식과 태식을 실행하였다. 연형의 비방도 매우 효험이 있었다. 근 곡식을 먹지 아니하고 2백여 년이 지나도 살색이 빛이 나고 아름다웠으며 천천히 걸어도 달리는 말을 따라갈 수 있었고, 힘은 여러 사람을 합한 것과 같았다. 그러나 그는 이렇게 탄식하였다.

"내가 이 술법을 실행한다고 해도 그저 죽지 않는 단계일 뿐이다. 어찌하면 신단神丹과 금옥金玉의 방술에 미칠 수 있을까?"

그리고 괴자훈蒯子訓을 스승으로 모셨다. 그러자 괴자훈이 그에게 '주후방肘後方'을 전수해 주었다.

위魏 무제武帝 조조曹操가 이를 듣고 불러 서로 만나보게 되었다. 그런데 그가 30살쯤 되어 보이자 자신을 거짓으로 속이는 것이 아닌가 의심을 품고 그가 살던 고향으로 가서 그 나이를 정확하게 알아보도록 하였다. 그런데 그 마을에서는 이구동성으로 어려서부터 많은 사람들이 그를 보아 왔다는 것이다. 이에 비로소 무제는 그가 특별한 도술이 있는 자라고 믿고 심히 존중하여 공경을 다하였다.

극맹절郄孟節이 그를 스승으로 하여 십수 년을 모시자 왕진은 그에게 '증단소이법蒸丹小餌法'을 전수해 주어 그도 도세度世할 수 있게 되었다.

왕진의 고을에서는 왕진이 이미 4백 살은 되었을 것으로 계산하였다. 그러던 어느 날 그는 어린 첩 셋을 데리고 여궤산女几山으로 올라가 제자들에게 가서 연단을 만들라고 말하고는 떠나 드디어 다시 돌아오지 않았다.

왕진은 하루에 3백 리를 걸을 수 있었으며, 극맹절은 능히 대추씨 크기로 몸을 작게 하여 먹지 아니하고 10년을 버틸 수 있었으며 또한 능히 공기를 닫아 숨을 쉬지 않은 채 몸을 전혀 움직이지 않아 마치 죽은 사람처럼 하여 가히 1백 일이고 반년이고 견뎌낼 수 있었다. 그리고 역시 집안도 꾸리고 있었다. 이 방법이 바로 왕진이 습득했던 바의 교간인의 비법이었던 것이다.

한편 극맹절은 사람됨이 진실하고 조심성이 많아 말을 마구 하지 않았다. 위 무제가 그를 위해 초막집을 지어 주고 여러 방사들을 부릴 수 있게 해주었다. 그리하여 진晉나라 혜제惠帝와 회제懷帝 때의 사람들도 어떤 이는 장안長安의 시중에서 극맹절을 본 사람이 있다는 것이다.

위 무제도 역시 방술을 하는 자들을 찾아 초대하였으며 도사들 누구에게나 마음을 비우고 이들을 대접하였지만 단지 도를 얻은 여러 도사들이 무제에게 요언要言을 일러주기를 즐겨하지 않았을 뿐이다.

王眞, 字叔堅, 上黨人也. 少爲輩吏, 年七十, 乃好道. 尋見『仙經雜言』說郊間人者, 周宣王時, 郊間採薪之人也. 採薪而行歌曰: 「巾金巾, 入天門; 呼長精, 歃玄泉; 鳴天鼓, 養泥丸.」 時人莫能知, 唯柱下史曰: 「此是活國中人, 其語祕矣. 其人乃古之漁父也. 何以知之? 八百歲人, 目瞳正方; 千歲人, 目理縱. 採薪者, 乃千歲之人也.」 眞讀此書而不解其旨, 逐搜問諸所在道士, 經年, 而遇有解其旨者語貞曰: 「此近淺之術也, 爲可駐年反白而已耳.」 乃語訣云: 「巾金巾者, 恒存肺氣入泥丸中, 徐徐以繞身, 身常光澤. 歃玄泉者, 漱其口液而服之, 使人不老, 行之七日有效. 鳴天鼓者, 朝起常叩齒三十六下, 使身神安. 又夜恒存赤氣, 從天門入周身內外, 在腦中變爲火, 以燔身. 身與火同光, 如此存之, 亦名曰煉形. 泥丸, 腦也. 天門, 口也. 習閉氣而呑之, 名曰'胎息'. 習漱舌下泉而嚥之. 名曰'胎食'. 行之勿休.」 眞受訣, 施行胎息胎食. 煉形之方, 甚有驗, 斷穀二百餘年, 肉色光美, 徐行及馬, 力兼數人. 自歎曰: 「我行此術唯可不死, 豈及神丹金玉之方邪?」 乃師事劉子訓, 子訓授其肘後方也.

魏武帝聞之, 呼與相見, 見似年可三十許. 意嫌其虛詐, 定校其鄉里, 皆異口同辭, 多有少小見眞者, 乃信其有道, 甚敬重之.

郤孟節師事眞十數年, 眞以蒸丹小餌法授孟節, 得度世. 鄉里計眞已四百歲, 後一日, 將三少妾登女几山, 語弟子言, 合丹去, 去遂不復還. 眞日行三百里. 孟節能合棗核以不食, 至十年, 又能閉氣不息, 身不動搖, 若死人, 可至百日半歲, 亦有家室, 此法是眞所習郤間人之法也. 孟節爲人質謹, 不妄言. 魏武帝爲立茅舍, 使令諸方士. 晉惠懷之際人, 故有見孟節在長安市中者. 魏武帝時亦善招求方術, 道士皆虛心待之, 但諸得道者, 莫肯告之以要言耳.

【上黨】 지명. 지금의 山西省 長子縣 서쪽 지역 일대.

【郡吏】 군의 관직 이름.

【仙經雜言】 도교의 경전. 구체적으로는 알 수 없음.

【周宣王】 西周의 임금. 이름은 姬靜. B.C.828~B.C.782년 재위.

【金巾】 肺氣를 뜻함. 肺는 五行으로 金에 속함.

【天門】 입을 뜻함. 『紫皇煉度玄科』에 "口爲天門"이라 함.

【精】 입안의 침. 金津, 玉液이라고도 하며 神水로 여김. 腎에서 나온다고 여겼음.

【玄泉】 입안의 진액. 『黃庭內景玉經注』에 "玄泉者, 口中之液也. 一名玉漿, 一名玉液, 一名玉泉"이라 함.

【天鼓】 위아래 이빨을 뜻함. 이를 서로 마주치게 부딪치는 것. 『上淸修身要事經』에 "叩齒, 上下相叩, 名曰天鼓"라 함.

【泥丸】 뇌를 가리킴. 『雜著捷徑』에 "天腦者, 一身之宗, 百神之會, 道合太玄, 故曰泥丸"이라 함.

【柱下史】 周나라 때의 관직 이름. 문서를 담당하였다 하며 老子가 일찍이 이 벼슬을 한 적이 있음.

【反白】 희어진 머리카락을 되돌려 검은머리가 되도록 함. "返白髮爲靑髮"의

줄인 말.

【胎息】모체 안에 있을 때 실제 숨을 쉬지 않으나 살아 있음을 상징하여 이와 같이 호흡을 하는 훈련. 內丹 훈련의 한 가지 방법.

【胎食】역시 모체 안에 있을 때 직접 입으로 음식을 섭취하지 아니함을 상징 하여 훈련하는 것. 입안의 침을 되삼키는 훈련이라고도 함.

【煉形】심체를 수련하는 방술.

【肘後方】몸에 지니고 다니는 단약 처방전. 양이 많지 않아 팔꿈치에 매달고 다닐 수 있다는 뜻에서 유래됨.

【魏武帝】삼국 위나라 조조. 曹丕(文帝)가 漢을 이어 魏나라를 세운 뒤 아버 지 조조를 武帝로 추존함.

【蒸丹小餌法】도교 丹道의 용어.

【晉惠帝】西晉의 황제. 290∼306년 재위.

【懷帝】서진의 황제. 307∼313년 재위.

044(6-4) 진장陳長

진장은 저서산苧嶼山에서 6백 년을 살았으며, 매 네 계절마다 제사 를 마련하면서도 자신은 아무것도 먹거나 마시지도 않았으며, 역시 수양하는 것도 없었다. 사람이 병이 나면 제사로 쓰는 그 물을 마시게 하면 모두가 나았다고 한다.

陳長者, 在苧嶼山六百年, 每四時設祭, 亦不飮食, 亦無所修. 人有病 者, 與祭水飮之, 皆愈也.

【芧嶼山】산 이름. 구체적으로는 알 수 없음.

【設祭】기도하고 제사하는 상을 차림.

045(6-5) 유강 劉綱

유강은 상우현上虞縣의 현령이었다. 그의 처 번부인樊夫人과 함께 도술을 터득하였다. 두 사람이 함께 숲속에 앉아 유강이 그 집에 불을 나게 하되 동쪽으로부터 타오르게 하면 그 부인이 비를 만들어 서쪽으로부터 불어오게 하여 그 불을 끈다고 한다.

　劉綱者, 上虞縣令也. 與妻樊夫人俱得道術. 二人俱坐林上, 綱作火燒屋, 從東邊起; 夫人作雨, 從西邊上, 火滅.

【劉綱】자는 伯鸞. 『藝文類聚』에는 ‘劉剛’으로 되어 있음. 그 아내 樊夫人과 함께 도술을 부렸음(다음 장 참조).

【上虞縣】현 이름. 지금의 浙江省 曹娥江의 동쪽 지역.

【樊夫人】유강의 아내.

046(6-6) 번부인 樊夫人

번부인은 유강劉綱의 아내이다. 유강은 자가 백란伯鸞이며 상우현上虞縣의 현령으로 역시 도술을 익혀 능히 귀신을 불러 혼내 줄 정도였으며, 금하고 제압하는 변화變化의 도술을 부릴 수 있었다. 그도 역시 남모르게 몰래 숨어 비법을 수행하여 사람들이 그가 무엇을 하는지 알지 못하였다. 그는 청정淸靜과 간이簡易의 방법을 높이 사서 그러한 방법으로 도를 닦았기 때문이었다.

그는 행정과 법령을 펴서 실행할 때도 이와 같아 백성들이 그의 은혜를 많이 입어 그 고을에는 가뭄이나 홍수의 재해가 없었고, 전염병이나 짐승의 상해도 없어 해마다 풍년이 들어 원근의 이웃이 모두 우러러 보았다.

한가한 날이면 그는 부인과 함께 자신들의 술법을 비교하곤 하였다. 두 사람이 함께 마루에 앉아 유강이 화재를 일으켜 연자방아가 있는 곁채를 태우면서 동쪽으로부터 타들어 오게 하자 부인이 이를 막아 불을 즉시 끄는 것이었다. 그리고 뜰에 복숭아나무 두 그루가 있었는데 부부가 각각 하나씩의 나무에 주술을 걸어 두 나무가 서로 싸우게 하였다. 한참 후 유강의 나무가 이기지 못하고 자주 울타리 밖으로 도망하기도 하였다.

유강이 쟁반에 침을 뱉으면 즉시 붕어로 변하였고, 부인이 뱉은 침은 수달로 변하여 그 고기를 먹을 수 있었다.

유강과 그 부인이 사명산四明山으로 들어가는 길에 그만 호랑이를 만나고 말았다. 그런데 그 호랑이는 얼굴을 땅으로 하고 감히 쳐다보지 못하는 것이었다. 이에 그 부인이 끈으로 호랑이를 묶어 이를 침대 다리에 묶어 놓았다.

유강이 매번 술법을 시험할 때마다 어떤 경우에도 이기지 못하였다. 장차 승천할 때가 되었을 때 현의 청사 곁에 어떤 큰 조협수(皂莢樹)가 있어 유강은 그 나무 몇 길 높이에 올라가야 힘으로 능히 날 수 있었지만 그 부인은 그대로 앉은자리에서 하늘하늘 구름 기운을 타고 오르는 듯이 함께 승천하여 사라져 갔다.

樊夫人者, 劉綱之妻也. 綱字伯鸞, 仕爲上虞令, 亦有道術, 能檄召鬼神, 禁制變化之道. 亦潛修密證, 人莫能知, 爲理尙淸淨簡易. 而政令宣行, 民受其惠, 無旱暵漂墊之害, 無疾毒鷙暴之傷, 歲歲大豐, 遠近所仰. 暇日與夫人較其術用, 俱坐堂上, 綱作火燒客碓舍, 從東而起; 夫人禁之, 火卽便滅. 庭中兩株桃, 夫妻各呪一株, 使之相鬪擊. 良久, 綱所呪者不勝, 數走出於籬外. 綱唾盤中, 卽成鯽魚; 夫人唾盤中成獺, 食其魚. 綱與夫人入四明山, 路値虎; 以面向地, 不敢仰視, 夫人以繩縛虎牽歸, 繫於床脚下. 綱每共試術, 事事不勝. 將昇天, 縣廳側先有大皂莢樹, 綱昇樹數丈, 力能飛擧; 夫人卽平坐床上, 冉冉如雲氣之擧, 同昇天而去矣.

【檄】고대 성토나 소집을 위해 널리 알리는 문서.
【禁制變化】짐승이나 귀신을 제압하기도 하고 변환을 일으켜 나타나거나 사라지게 하는 비술.
【密證】비법.
【碓舍】방아를 찧기 위해 디딜방아나 연자 맷돌 등을 설치한 집.
【呪】呪文. 도사가 귀신을 쫓거나 항복을 받아내는 구결. 주술문.

【四明山】天台山의 지맥으로 浙江省 寧波市 서남쪽에 있음.

【皂莢】나무 이름. 皂角樹라고도 하며 落葉 喬木으로 黃河 이남에만 있음.

참고 및 관련자료

1. 『太平廣記』(권60) 樊夫人

　　樊夫人者, 劉綱妻也. 綱仕爲上虞令, 有道術, 能檄召鬼神, 禁制變化之事, 亦潛修密證. 人莫能知, 爲理尙淸靜簡易, 而政令宣行. 民受其惠, 無水旱疫毒鷙暴之傷, 歲歲大豊. 暇日, 常如夫人較其術用, 具座堂上, 綱作火燒客碓屋, 從東起. 夫人禁之卽滅. 庭中兩株桃, 夫妻各呪一株, 使相鬪擊. 良久, 綱所呪者不如, 數走出籬外. 綱唾盤中, 卽成鯉魚. 夫人唾盤中成獺, 食魚. 綱與夫人入四明山, 路阻虎, 綱禁之, 虎伏不敢動. 適欲往, 虎卽滅之. 夫人徑前, 虎卽面向地, 不敢仰視. 夫人以繩繫虎於床脚下. 綱每共試術, 事事不勝, 將昇天. 縣廳側先有大皂莢樹, 綱昇樹數丈, 方能飛擧. 夫人平坐, 冉冉如雲氣之昇, 同昇天而去. 後至唐貞元中, 湘潭有一嫗, 不云姓字, 但稱湘媼. 常居止人舍, 十有餘載矣. 常以丹篆文字救疾於閭里, 莫不嚮應. 鄕人敬之, 爲結搆華屋數間而奉嫗. 嫗日:「不然. 但土木其宇, 是所願也.」嫗鬢翠如雲, 肥潔如雲. 策杖曳履, 日可數百里. 忽遇里人女, 名日逍遙, 年二八, 艶美. 携筐探菊, 遇嫗瞪視, 足不能移. 嫗目之日:「汝乃愛我. 可同之所止否?」逍遙欣然擲筐, 飮衻稱弟子, 從嫗歸室. 父母奔追及, 以杖擊之, 叱而返舍. 逍遙操益堅, 竊索自縊. 親黨敦喩其父母, 請縱之. 度不可制, 遂捨之. 復詣嫗, 但箒塵易水, 焚香讀道經而已. 後月餘, 嫗白鄕人日:「某暫之羅浮, 扃其戶, 愼勿開也.」鄕人問逍遙何之. 日:「前往.」如是三稔, 人但於戶外窺見. 小松迸笋而叢生堦砌. 及嫗歸, 召鄕人同開鎖. 見逍遙懵坐於室, 貌若平日. 唯蒲履爲竹稍串於棟宇間. 嫗遂以杖叩地日:「吾至. 汝可覺.」逍遙如寐醒. 方起, 將欲拜. 忽遺左足, 如刖於地. 嫗遽令無動, 拾足勘膝. 噀之以水, 乃如故. 鄕人大駭, 敬之如神, 相率數百里皆歸之. 嫗貌甚閑暇, 不喜人之多相識. 忽告鄕人日:「吾欲往洞庭救百餘人性命. 誰有心爲我設般一隻, 一兩日可同觀之?」有里人張拱家富, 請具舟檝, 自駕而送之. 欲至洞庭前一日, 有大風濤. 蠡一巨舟, 沒於君山島上而碎. 載數十家, 近百餘人. 然不至損, 未有舟檝來救. 名星居於島上, 忽有一白鼇, 長丈餘, 遊於沙上. 數十人攔之摘殺, 分食其肉. 明日, 有城如雪, 圍繞島上, 人家莫能辨. 其城漸窄狹束, 島上人忙怖號叫. 囊橐皆爲齏粉. 束其人爲簇, 其廣不三數丈. 又不可攀援. 勢已緊急, 岳陽之人. 亦遙觀雪城, 莫能曉也. 時媼舟已至岸, 媼遂登島, 攘劍步罡, 噀水飛劍而刺之. 白城一聲如霹靂, 城遂崩. 乃一大白鼇, 長十餘丈, 蜿蜒而斃. 劍立其胸, 遂救百餘人之性命. 不然, 頃刻卽拘束爲血肉矣. 島上之人, 咸號泣禮謝. 命拱之舟返湘潭, 拱不忍便去. 忽有道士與媼相遇曰:「樊姑爾許時何處來?」甚相慰悅. 拱詰之, 道士曰:「劉綱眞君之妻, 樊夫人也.」後人方知媼卽樊夫人也. 拱遂歸湘潭, 後媼與逍遙一時返眞.

2. 『藝文類聚』(권86)

神仙傳曰: 樊夫人與劉剛, 俱有道術. 各自言勝, 中庭有大桃樹. 夫妻各呪其一, 桃便鬭相擊, 良久, 所呪桃走出籬外.

047(6-7) 동릉성모 東陵聖母

동릉성모는 광릉廣陵의 해릉海陵 사람이다. 두씨杜氏에게 시집을 갔는데 이 여인은 유강劉綱을 스승으로 모셔 도술을 배워 능히 몸을 변화시킬 수 있으며 자신의 모습을 숨겼다가 다시 나타나게 하는 방법을 익혔다. 이를 두고 남편 두씨는 믿지도 않았을 뿐 아니라 항상 화를 내며 못마땅하게 여겼다.

성모가 때로 질병에 걸린 자를 고쳐 구해 주기도 하고 혹은 어떤 곳을 몰래 다녀오기도 하자 참다못한 두씨는 더욱 화가 치밀어 그만

관에 그를 고소하기에 이르렀다.

"제 아내 성모는 사악하고 요악妖惡한 인물입니다. 집안일은 전혀 돌보지 아니합니다."

관에서는 성모를 잡아들여 감옥으로 보내 버렸다. 그러자 잠시 후 옥중에서 그 성모가 하늘로 날아 사라지고 말았다. 그 모습을 많은 사람들이 보았는데 빙글빙글 돌면서 구름 속으로 사라지는 것이었다. 그런데 그가 남긴 신발 한 쌍이 그 창문 아래에 있었는데 이것도 하늘로 날아가 버리는 것이었다.

그 뒤 원근의 사람들이 그의 사당을 세워 제사를 지내기 시작하였고, 백성으로서 받들어 모시면서 기도하는 일이 있으면 즉시 효험이 나타났다. 항상 파랑새가 그 제사지내는 곳을 지키고 있으며 어떤 물건을 잃어버리는 경우가 생겨 그 소재를 물으면 파랑새가 그 도둑 맞은 물건 위에 모여들었다. 이리하여 길에 물건이 떨어져 있어도 주워 가는 자가 없게 되었으며, 세월이 조금 흐른 다음에는 그러한 일이 일어나지 않게 되었다. 이에 지금에 이르도록 그 해릉의 바다에는 간악한 도적이 없다. 그곳에서 만약 큰 도둑질을 하게 되면 풍파가 그를 익사시키거나 호랑이와 이리가 물어 죽이며, 작은 도둑질을 하면 병에 걸리거나 상처를 입는다.

東陵聖母者, 廣陵海陵人也. 適杜氏, 師事劉綱學道, 能易形變化, 隱顯無方. 杜不信道, 常恚怒之. 聖母或行理疾救人, 或有所之詣, 杜恚之愈甚, 告官訟之, 云:「聖母姦妖, 不理家務.」 官收聖母付獄. 頃之, 已從獄中飛去. 衆望見之, 轉高入雲中, 留所著履一緉在窓下, 自此昇天. 遠

近立廟祠之, 民所奉事, 禱祈立效. 常有一靑鳥在祭所, 人有失物者, 乞
問所在, 靑鳥卽集盜物人之上. 路不拾遺, 歲月稍久, 亦不復爾. 至今海
陵海中, 不得爲姦盜之事. 大者卽風波沒溺, 虎狼殺之; 小者卽病傷也.

【廣陵】 군 이름. 지금의 江蘇省 揚州市.
【海陵】 현 이름. 지금의 강소성 泰州市.
【緉】 고대 신발을 세는 단위. 한 쌍씩을 말함. 『설문(說文)』에 "緉, 履兩枚也"라 함.

참고 및 관련자료

1. 『太平廣記』(권60) 東陵聖母

　東陵聖母, 廣陵海陵人也. 適杜氏, 師劉鋼學道. 能易形變化, 隱見無方. 杜不
信道, 常怒之. 聖母理疾救人, 或有所詣. 杜恚之愈甚, 訟之官, 云:「聖母姦妖,
不理家務.」官收聖母付獄. 頃之, 已從獄窓中飛去. 衆望見之, 轉高入雲中, 留所
着履一雙在窓下. 於是遠近立廟祠之, 民所奉事. 禱之立效. 常有一靑鳥在祭所,
人有失物者, 乞問所在, 靑鳥卽飛集盜物人之上. 路不拾遺, 歲月稍久, 亦不復爾.
至合海陵縣中不得爲姦盜之事, 大者卽風波沒溺, 虎狼殺之. 小者卽復病也.

2. 『藝文類聚』(권91)

　神仙傳曰: 東陵聖母, 廣陵海陵人杜氏妻也. 學劉綱道, 坐在立亡, 杜公不信,
誣言聖母作姦, 收付獄, 聖母從窓中飛去. 於是遠近爲立廟, 甚有神驗. 常有一靑
鳥在祭所, 人有失物者, 靑鳥便飛集物上, 路無拾遺.

048(6-8) 공원 孔元

공원은 항상 송지松脂와 복령茯苓, 그리고 송실松實을 복용하였는데 나이가 들수록 도리어 젊어졌다고 한다. 이미 170세가 되었다. 어떤 사람이 혹 술을 마시면서 공원에게 주령酒令이 되어 주기를 청하자 공원은 땅에 지팡이를 꽂아 놓고 거꾸로 서서 머리를 아래로 향하고 술을 잡고 거꾸로 마셨는데 남들은 그렇게 할 수가 없었다. 이에 물가에 언덕을 파고 하나의 작은 굴을 마련하였는데 그 사방이 한 길 남짓하였으며 그 좁은 공간에 머물러 곡식을 끊고 견디기를 한 달, 혹 두 달씩 하고는 나왔다. 뒤에 서쪽으로 가서 화악산華嶽山에 들어가 도를 터득하였다.

孔元者, 常服松脂·茯苓·松實, 年更少壯. 已一百七十餘歲. 人或飮酒, 請元作酒令, 元乃以杖拄地倒立, 頭向下, 持酒倒飮, 人不能爲之也. 乃於水邊鑿岸作一穴, 方丈餘, 止其間, 斷穀或一月兩月, 而出. 後入西華嶽得道也.

【孔元】『太平廣記』(9)에는 '孔元方'으로 되어 있다.
【松脂】소나무의 진액. 송진.
【茯苓】소나무 뿌리에 기생하는 담자균 茯苓菌의 菌核 덩어리. 한의학에서 利水滲濕, 健脾補中, 寧心安神의 효능이 있는 것으로 여김. 이에 따라 水腫脹滿, 痰飮眩悸, 脾虛體倦, 心脾不足의 치료에 활용함(『本草學』). 『淮南子』說出에 "千年之松, 下有茯苓"이라 하고, 注에 "茯苓, 千歲脂也"라 함.
【松實】잣.

【酒令】술을 관장하는 관직.

【華嶽山】華山을 가리킴. 중국 五嶽 중의 西嶽. 陝西省에 있음.

참고 및 관련자료

1. 『太平廣記』(권9) 孔元方

孔元方, 許昌人也. 常服松脂茯令松實等藥. 老而益少, 容如四十許人. 郄元
節·左元方, 皆爲親友. 俱棄五經當世之人事, 專修道術. 元方仁慈, 惡衣蔬食,
飮酒不過一升. 年有七十餘歲, 道家或請元方會同飮酒, 次至元方. 元方作一令,
以杖柱地, 乃手把杖倒竪. 頭在下, 足向上. 以一手持盃倒飮, 人莫能爲也. 元方
有妻子, 不畜餘財, 頗種五穀. 時失火, 諸人並來救之, 出屋下衣糧牀几. 元方都
不救, 唯箕踞籬下視火. 其妻促使元方助收物, 元方笑曰:「何用惜此?」又鑿水
邊岸, 作一窟室, 方廣丈餘. 元方入其中斷穀. 或一月兩月, 乃復還. 家人亦不得
往來. 窟前有一栢樹, 生道後棘草間, 委曲隱蔽. 弟子有急, 欲詣元方窟室者, 皆
莫能知. 後東方有一少年, 姓馮名遇, 好道, 伺候元方. 便尋窟室得見, 曰:「人皆
來, 不能見我. 汝得見, 似可敎也?」乃以素書二卷授之曰:「此道之要言也. 四十
年得傳一人, 世無其人, 不得以年限足故妄授. 若四十年無所授者, 卽八十年而
有二人可授者. 卽頓接二人, 可授不授爲閉天道. 不可授而授爲泄天道, 皆殃及
子孫. 我已得所傳, 吾其去矣.」乃委妻子入西嶽. 後五十餘年, 暫還鄕里, 時人尙
有識之者.

049(6-9) 왕렬 王烈

왕렬은 자가 장휴長休이며 한단邯鄲 사람이다. 항상 황정黃精과 연
연鍊鉛을 아울러 복용하여 나이가 238세에 이르렀으나 젊은이 용모

에 산에 오를 때면 마치 나는 듯하였다.

젊은 시절 서생書生으로 혜숙야嵇叔夜, 嵇康와 함께 교유하기도 하였다.

왕렬이 일찍이 태항산太行山에 들어가 산이 찢어지는 소리를 듣고 다가가 살펴보았다. 그런데 산이 수백 길 갈라져 푸른 진흙이 마치 수액髓液처럼 솟아나는 것이었다. 이를 취하여 다져 보았더니 곧바로 돌로 변하였으며 마치 뜨거운 밀랍과 같은 상태였다. 이를 맛보았더니 마치 멥쌀 맛이었다.

『선경仙經』에는 이렇게 적혀 있다.

"신선의 산이 오백 살이 되면 곧바로 이것이 열려 수액이 나올 것이다. 이를 복용하는 자는 누구나 천지와 똑같이 그 수를 누리리라."

王烈, 字長休, 邯鄲人. 常服黃精幷鍊鉛, 年二百三十八歲, 有少容, 登山如飛. 少爲書生, 嵇叔夜與之游. 烈嘗入太行山, 聞山裂聲, 往視之, 山斷數百丈, 有靑泥出如髓, 取搏之, 須臾成石, 如熱臘之狀, 食之味如粳米. 『仙經』云:「神仙五百歲, 輒一開, 其中有髓, 得服之者, 擧天地齊畢.」

【邯鄲】 지명. 전국시대 趙나라의 도읍이었음. 지금의 河北省 邯鄲市.
【黃精】 식물 이름. 黃芝, 菟竹, 鹿竹, 救窮草, 野生薑이라고도 함. 층층갈고리
　둥글레. 잎은 대나무 비슷하며 뿌리는 생강과 같음. 한의학에서 肺虛燥咳, 勞
　嗽咳血, 精血虧虛, 內熱消渴, 脾虛倦怠, 口乾食少의 체질에 효능이 있다고
　여겨 약재로 활용함(『本草學』). 한편 도가에서 坤土의 精髓로 여김.
【鍊鉛】 內丹의 명사. '龍虎交媾'라고도 함. 『抱一函三秘訣』 天數物理體用論에
　"氣感鉛而爲砂, 名曰龍虎交媾"라 함.
【嵇叔夜】 嵇康(223~262). 三國 魏나라 譙郡 사람으로 자는 叔夜, 中散大夫를
　지냈으며 老莊을 숭상하였고, 文學과 玄學에 뛰어났으며 阮籍, 山濤, 向秀,

阮咸, 王戎, 劉伶과 더불어 竹林七賢의 하나. 『晉書』 권49에 전이 있으며
「琴賦」, 「養生論」, 「聲無哀樂論」, 「與山巨源絶交書」 등이 있음. 『世說新語』任
誕篇 등에 그의 일화가 널리 실려 있음.

【神仙】 '神山'의 오기가 아닌가 함.

참고 및 관련자료

1. 『太平廣記』(권9) 王烈

王烈者, 字長休, 邯鄲人也. 常服黃精及鉛, 年三百三十八歲, 猶有少容, 登山
歷險, 行步如飛. 少時本太學書生, 學無不覽. 常以人談論五經百家之言, 無不該
博. 中散大夫譙國嵇叔夜, 甚敬愛之, 數數就學, 共入山遊戲採藥. 後烈獨之太行
山中, 忽聞山東崩坏, 殷殷如雷聲. 烈不知何等, 往視之, 乃見山破石裂數百丈.
兩畔皆是靑石, 石中有一穴口. 經闊尺許, 中有靑泥流出如髓. 烈取泥試丸之, 須
臾成石. 如投熱蠟之狀, 隨手堅凝. 氣如粳米飯, 嚼之亦然. 烈合數丸如桃大, 用
携少許歸. 乃與叔夜曰:「吾得異物.」叔夜甚喜, 取而視之, 已成靑石. 擊之璆璆
如銅聲. 叔夜卽與烈往視之, 斷山以復如故. 烈入河東抱犢山中, 見一石室. 室中
白石架, 架上有素書兩卷, 烈取讀, 莫識其文字. 不敢取去, 却着架上, 暗書得數
十字形體, 以示康. 康盡識其字, 烈喜. 乃與康共往讀之, 至其道徑, 了了分明.
比及, 又失其石室所在. 烈私語弟子曰:「叔夜未合得道故也.」又按神仙經云:
「神山五百年輒開, 其中石髓出, 得而服之, 壽與天相畢. 烈前得者必是也.」河東
聞喜人多累世奉事烈者. 晉永寧年中, 出洛下, 遊諸處. 與人共戲鬪射. 烈挽二石
弓, 射百步, 十發矢, 九破的. 一年復去. 又張子道者, 年九十餘, 拜烈. 烈平坐受
之, 座人怪之. 子道曰:「我年八九歲時見, 顏色與今無異. 吾今老矣, 烈猶有少
容.」後莫知所之.

2. 『藝文類聚』(권7)

神仙傳曰: 王烈入太行山, 忽聞山東北雷聲. 往視, 見山上破數百丈, 石中有
一孔, 徑尺. 中有靑泥流出, 烈取摶之. 隨手堅凝, 氣味如粳米飮.

3. 『藝文類聚』(권78)

王烈, 字長休, 邯鄲人也. 烈入河東抱犢山中, 得一石室. 室中有兩卷素書, 烈讀不知其字, 不敢取. 頗誥十數字形體, 歸書作以示嵇叔夜, 叔夜盡知其字. 烈喜, 乃將叔夜往識其經, 分明了了. 往至失石室所在, 烈竊語弟子曰:「叔夜不應得道故也..」

050(6-10) 섭정 涉正

섭정은 자가 현정玄貞이며 파동巴東 사람이다. 그는 진秦나라 때 왕들의 이야기를 하면 마치 눈앞에 펼쳐지듯 사실과 같이 또렷하였다. 항상 눈을 감고 다녔으며 길을 걸을 때도 눈을 뜨지 않았다. 제자들이 그를 수십 년 따라다녔지만 그가 눈을 뜨는 것을 본 자가 없었다.

어떤 제자 하나가 눈을 떠 보여 달라고 애써 청하자 섭정은 마침내 눈을 떴다. 그가 눈을 뜰 때 마치 벽력과 같은 소리가 났으며 번개와 같은 빛이 나서 그 방안을 환하게 비추었다. 제자들은 모두 자신도 모르게 땅에 엎어지고 말았으며, 한참 후에야 일어설 수 있었다. 섭정은 그때 이미 다시 눈을 감고 있었다.

도를 이룬 섭정이 어떤 약을 먹는지 어떤 수행을 하는지 사람들은 볼 수가 없었다. 그는 여러 제자들에게 모두 행기술行氣術, 방실술房室術 및 석뇌소단운石腦小丹雲을 복용하는 방법을 전수해 주었다. 이팔백李八百은 그를 '4백 살 된 어린아이'라 불렀다.

涉正, 字玄貞, 巴東人. 說秦王時事了了似及見也. 常閉目, 行亦不開,
弟子隨之數十年莫見其開目者. 有一弟子固請開之, 正乃爲開目, 目開時
有聲如霹靂, 而光如電, 照於室宇, 弟子皆不覺匐地. 良久乃能起, 正已
復還閉目. 正道成, 莫見其所服食施行, 而授諸弟子皆以行氣・房室及服
石腦小丹雲. 李八百呼爲四百歲小兒也.

【巴東】지금의 四川省 奉節縣 동쪽 지역.
【了了似及見也】四庫本에는 '如目前'으로 되어 있음. '了了'는 아주 명료한 정
도를 뜻함.
【良久乃能起~小丹雲】사고본에는 이 구절이 없음.

051(6-11) 초선 焦先

초선은 자가 효연孝然이며 하동河東 사람이다. 한말漢末 관중關中에
대란이 일어났을 때 초선은 집안 가족을 모두 잃고 홀로 하저河渚
사이 지역에서 숨어 살았다. 그는 풀을 먹고 맹물을 마셨으며 옷도
신발도 없이 살았다. 당시 태양장太陽長 주남朱南이 멀리서 이를 보고
그를 망사亡士라 부르면서, 배를 보내어 그를 체포해 오고자 하였다.
그러자 초선과 같은 고향 사람 후무양侯武陽이 현에 "이 사람은 미친
자일 뿐입니다"라 말하여 드디어 그의 호적에 주를 달아 따로 관리하
면서 매일 쌀 다섯 되를 공급하게 되었다.

사람들은 누구나 그를 가볍고 쉽게 대하였지만 그는 길을 걸어도 사악한 지름길은 걷지 않고 반드시 넓은 사거리를 다녔으며, 남의 것을 빼앗아 부자가 된 집의 밭에서 떨어진 이삭을 주워도 큰 이삭은 취하지 아니하였고, 배고파도 구차스러운 음식은 얻어먹지 아니하고, 아무리 추워도 구차스러운 옷은 얻어 입지 아니하였다. 그리고 매번 외출할 때마다 부인을 보면 자신을 숨겨 나타내 보이지 아니하다가 그들이 이르러 지나간 후에야 나왔다.

스스로 하나의 작은 과우려瓜牛廬, 즉 달팽이 같은 집을 지어 그 안을 깨끗이 청소하고는 나무로 침대를 만들고, 풀로 자리를 깔았다. 추운 겨울이 오면 나무를 모아 불을 피워 몸을 녹이며 중얼거리며 홀로 자신과 말을 하였다.

태화太和, 청룡青龍 연간에 일찍이 홀로 지팡이 하나를 짚고 남쪽으로 강을 건너게 되었는데 마침 하수河水가 범람하자 홀로 "아직 건널 수 없구나"라고 말하는 것을 보고 사람들은 그가 미친 것이 아닐 것이라 하였다. 그의 말은 거의 다 효험이 있고 맞았다. 그래서 사람들은 그를 '은자'라 불렀다.

나이 89세에 생을 마쳤다.

焦先, 字孝然, 河東人也. 漢末關中亂, 先失家屬, 獨竄於河渚間. 食草飲水, 無衣履. 時太陽長朱南望見之, 謂之亡士, 欲遣船捕取. 同郡侯武陽語縣:「此狂癡人耳.」遂註其籍, 給廩日五升, 人皆輕易之. 然其行不踐邪逕, 必循阡陌; 及其搶拾, 不取大穗; 飢不苟食, 寒不苟衣. 每出, 見婦人則隱翳, 須至乃出. 自作一瓜牛廬, 淨掃其中, 營木爲床, 而草褥其上. 至天寒時, 搆火以自炙, 呻吟獨語. 太和·靑龍中, 嘗持一杖南渡, 河水泛漲, 輒獨云未可也, 由是人頗疑不狂. 所言多驗灸, 謂之隱者也. 年八十九終.

【關中】 지역 명칭. 지금의 陝西省 일대. 동쪽의 函谷關과 서쪽의 隴關 사이의 매우 중요한 지역으로 역대 제왕의 도읍이 있었던 지역.

【渚】 물 가운데의 작은 삼각주 섬. 『爾雅』 釋水에 "水中可居者曰洲, 小洲曰渚"라 함.

【太陽長朱南】 태양장의 벼슬을 지낸 주남이라는 사람으로 여겨지나 확실하지 않음. 『太平廣記』에는 "太守董經因往視之"라 함.

【亡士】 망명한 선비.

【瓜牛廬】 蝸廬. 달팽이처럼 작게 지은 집.

【太和】 삼국시대 魏나라 明帝의 연호. 227~233.

【靑龍】 역시 명제의 연호. 233~237.

1. 『太平廣記』(권9) 焦先

焦先者, 字孝然. 河東人也. 年一百七八歲, 常食白石, 以分與人. 熟煮如芋食之, 日日入山伐薪以施人. 先自村頭一家起, 周而復始, 負薪以置人門外. 人見之, 舖席與坐. 爲設食, 先便坐, 亦不與人語. 負薪來, 如不見人. 便私置於門間, 便去. 連年如此. 及魏受禪, 居河之湄. 結草爲庵, 獨止其中, 不設牀席, 以草褥襯坐. 其身垢汚, 濁如泥潦. 或數日一食, 行不由徑, 不與女人交游. 衣弊, 則賣薪以買故衣着之. 冬夏單衣, 太守董經, 因往視之, 又不肯語. 經益以爲賢. 彼遭野火燒其庵, 人往視之, 見先危坐庵下不動. 火過庵爐, 先方徐徐而起, 衣物悉不焦灼. 又更作庵, 天忽大雪, 人屋多壞, 先庵倒, 人往不見所在. 恐已凍死, 乃共拆庵

求之. 見先熟臥於雪下, 顔色赫然, 氣息休休, 如盛暑醉臥之狀. 人知其異, 多欲
從學道. 先曰:「我無道也.」或忽老忽少, 如此二百餘歲, 後與人別去, 不知所適.
所請者竟不得一言也.

2. 『三國志』 魏書 管寧傳 注

或問皇甫謐曰:「焦先何人?」曰:「吾不足以知之也. 考之於表, 可略而言矣.
夫世之所常趣者榮味也, 形之所不可釋者衣裳也, 身之所不可離者室宅也. 口之
所不能已者言語也, 心之不可絶者親戚也. 今焦先棄榮味, 釋衣服, 離室宅, 絶親
戚, 閉口不言, 曠然以天地爲棟宇, 闇然合至道之前, 出羣形之表, 入玄寂之幽,
一世之人不足以挂其意, 四海之廣不能以回其顧, 妙乎與夫三皇之先者同矣. 結
繩已來, 未及其至也, 豈羣言之所能勞贅, 常心之所得測量哉! 彼行人所不能行,
堪人所不能堪, 犯寒暑不以傷其性, 居曠野不以恐其形, 遭驚急不以迫其慮, 離
榮愛不以累其心, 損視廳不以汙其耳目, 舍足於不損之地, 居身於獨立之處, 延
年歷百, 壽越期頤, 雖上識不能尙也. 自羲皇已來, 一人而已矣!」

3. 『藝文類聚』(권80)

神仙傳曰: 焦先日入山伐薪以布施, 先從村頭一家起, 周而復始.

052(6-12) 손등 孫登

손등은 자는 공화公和이며 급군汲郡 사람이다. 집의 가족이 없어
군의 북산北山에 흙으로 구덩이를 파고 살았다. 『주역周易』 읽기와
일현금一絃琴 타기를 즐겨하였다.

성격이 화를 내거나 노할 줄을 몰라 사람들이 혹 그를 물에 던지고

그가 화를 내는가를 보고자 하였지만 손등은 다시 나와서 도리어 크게 웃는 것이었다.

일찍이 의양산宜陽山에 살 때 마침 그곳의 숯 굽는 자가 그를 보고 보통 사람이 아님을 알고, 그에게 말을 걸어 보았으나 손등은 아무런 대꾸가 없었다.

위魏 문제文帝가 이를 듣고 완적阮籍으로 하여금 찾아가 만나 보도록 하였다. 완적이 찾아가 말을 걸어 보았으나 역시 대꾸가 없었다. 다시 혜강嵇康이 그를 따라다니기를 삼 년, 그에게 꿈꾸는 것이 무엇인가를 물어보았지만 끝내 그는 대답을 하지 아니하였다.

이에 혜강이 그와 이별하면서 그에게 물었다.

"선생은 끝내 말을 하지 아니할 작정이오?"

손등은 그제야 이렇게 말하였다.

"그대는 불을 아십니까? 살아 있으면 빛을 내지만 그 빛이 자신을 사용하는 것은 아니지요. 결과로 보면 물건을 사용하여 빛을 내는 것입니다. 사람도 마찬가지랍니다. 살아 있을 때 재능을 발휘하지요. 그러나 그 재능이 자신을 사용하는 것은 아니지만 결과로 보면 재능을 이용하면서 살고 있는 것입니다. 그러므로 빛을 내는 것은 땔감이 있기 때문이요, 그래서 그 빛을 보존하는 것입니다. 마찬가지로 재능이란 정貞을 인식하고 있기 때문이요, 그래서 그 삶을 온전히 하는 것입니다. 지금 그대는 재능은 많고 인식함은 적으니 지금 같은 힘든 세상을 면하기 어렵겠군요. 그대는 더 요구하는 것이 없겠군요."

혜강은 손등의 말을 수긍하지 않았다. 그리고 뒤에 「유분시幽憤詩」를 지어 이렇게 읊었다.

"지난날에는 유하혜柳下惠에게 부끄럽다고 여겼는데,

지금은 손등에게 부끄럽게 여기네."

손등은 그 뒤 어떻게 생을 마쳤는지 알지 못한다.

孫登, 字公和, 汲郡人. 無家屬, 於郡北山爲土穴居之. 好讀『易』, 撫一絃琴. 性無恚怒, 人或投諸水中, 欲觀其怒, 登卽出, 便大笑. 嘗住宜陽山, 有作炭人見之, 知非常人, 與語, 登不應. 文帝聞之, 使阮籍往觀, 卽見與語, 亦不應. 嵇康從之遊三年, 問其所圖, 終不答. 康將別, 謂曰:「先生竟無言乎?」登乃曰:「子識火乎? 生而有光, 而不用其光, 果在於用光; 人

손등: 『仙佛奇蹤』

生而有才, 而不用其才, 果在於用才. 故用光在乎得薪, 所以保其體; 用
才在乎識眞, 所以全其生. 今子才多識寡, 難乎免於今之世矣. 子無求乎.」
康不能用, 後作「幽憤詩」曰: 「昔慚柳下, 今愧孫登.」 竟莫知其所終.

【汲郡】 지금의 河南省 汲縣.

【一絃琴】 '一弦琴'으로도 표기하며 고대 악기의 일종. 『宋史』 樂志 四絲部에
고대 一弦琴, 三弦琴, 五弦琴, 七弦琴, 九弦琴 등이 나와 있음.

【宜陽山】 지금의 河南省 宜陽市에 있는 산 이름.

【文帝】 삼국시대 魏나라 曹丕(187~226). 曹操의 아들로 方術에 관심이 많았
음. 220~226년간 재위함.

【阮籍】 210~263. 삼국시대 尉氏 땅 출신으로 竹林七賢의 하나. 阮瑀의 아들
이며 자는 嗣宗. 步兵校尉를 역임하여 흔히 阮步兵으로 칭함. 玄談과 老莊을
좋아하였으며「豪傑詩」,「詠懷詩」,「達莊論」,「大人先生傳」 등이 있음. 『三國
志』 21과 『晉書』 49에 전이 있으며 『世說新語』 任誕篇 등에 그의 일화가 널
리 실려 있음. 한편 그는 손등을 만난 고사로도 유명함. 晉나라 隱士 孫登이
선도를 터득했다는 소문을 듣고 阮籍이 찾아가 세상일을 나누고자 하였지만
손등이 응하지 않음. 완적이 산을 반쯤 내려왔을 때 鸞鳳이 우는 것과 같은
소리가 바위를 휘돌아 들렸는데 바로 손등의 휘파람 소리였다 함. 그 뒤 3년
을 따라다녀도 결국 말이 없어 헤어질 때야 비로소 "재주만 많고 아는 것이
적으니 이 세상을 면하기 어렵도다(才多識寡, 難乎免於今世矣)"라 하였음. 과
연 완적은 사형을 당할 때 자신의 재능을 매우 후회했다 함(『晉書』阮籍傳).

【嵇康】 자는 叔夜(223~262). 어릴 때 고아였으며 奇才가 있었음. 老莊에 심
취하였으며 시문에 능하였고 '竹林七賢'의 하나임. 뒤에 鍾會의 모함을 입어
司馬昭에게 죽임을 당함. 本姓은 奚氏였으나 뒤에 銍縣 嵇山 곁에 옮겨 살아
성을 嵇氏로 바꾸었다 함.「廣陵散曲」,「琴賦」,「養生論」,「聲無哀樂論」,「與
山巨源絶交書」 등이 유명함. 『晉書』(49)에 전이 있음. 거문고를 잘 탔으며 傲
游하게 살았음.

【柳下惠】 춘추시대 魯나라 대부 展禽. 그 식읍이 柳下였으며 시호는 惠. 청렴
결백한 자로 널리 알려져 孔子와 孟子도 매우 칭찬한 인물임. 『論語』 衛靈公

篇에 "子曰: '臧文仲其竊位者與! 知柳下惠之賢而不與立也.'"라 하였고, 微子篇에는 "柳下惠爲士師, 三黜. 人曰: '子未可以去乎?' 曰: '直道而事人, 焉往而不三黜? 枉道而事人, 何必去父母之邦?'"이라 함.

1. 『太平廣記』(권9) 孫登

孫登者, 不知何許人也. 恒止山間, 穴地而坐, 彈琴讀易. 冬夏單衣, 天大寒, 人視之. 輒被髮子覆身, 髮長丈餘. 又雅容非常, 歷世見之, 顏色如故. 市中乞得錢物, 轉乞貧下, 更無餘資, 亦不見食. 時楊駿爲太傅, 使傳迎之. 問訊不答, 駿遺以一布袍, 亦受之. 出門, 就人借刀斷袍, 上下異處, 置於駿門下, 又復斫碎之. 時人謂爲狂. 後乃知駿當誅斬, 故爲其象也. 駿錄之, 不放去. 登乃卒死. 駿給棺, 埋之於振橋. 後數日, 有人見登在董馬坡, 因寄書與洛下故人. 嵇叔夜有邁世之志, 曾詣登. 登不與語, 叔夜乃扣難之, 而登彈琴自若. 久之, 叔夜退, 登曰: 「少年才優而識寡, 劣於保身. 其能免乎?」 俄而叔夜竟陷大辟. 叔夜善彈琴, 於是登彈一絃之琴, 以成音曲. 叔夜乃歎息絶思也.

2. 『仙佛奇蹤』(권2) 孫登

孫登, 字公和. 於汲郡北山上窟中住. 夏則編草爲裳, 冬則披髮自覆. 善長嘯好讀易, 鼓一絃琴. 性無喜怒, 嵇康從之遊三年, 問其所圖, 終不答. 將別謂曰: 「先生竟無言乎?」 登曰: 「子識火乎? 火生而有光而不用其光. 果然, 在於用光人生而有才, 而不用其才; 果然, 在於用才, 故用光在乎得薪. 所以保其耀; 用才在乎識眞, 所以全其年.」 康又請學琴, 登不敎之曰: 「子才多識寡, 難免于今之世矣.」 後康果遭呂安事, 在獄. 爲詩自責云: 「昔慚下惠, 今愧孫登.」 登竟白日昇天.

3. 『搜神記』(20)

晉魏郡亢陽, 農夫禱於龍洞, 得雨, 將祭謝之. 孫登見曰: 「此病龍雨, 安能蘇禾稼乎? 如弗信, 請嗅之.」 水果腥穢. 龍時背生大疽, 聞登言, 變爲一翁, 求治,

曰:「疾痊, 當有報.」不數日, 果大雨, 見大石中裂開一井, 其水湛然. 龍蓋穿此
井以報也.

4. 『搜神記校注』

本條未見各書引作『搜神記』, 淸『淵鑑類函·龍門』引作『山川紀異』, 除首數
句外, 餘幾全同. 按: 孫登: 『晉書』列於「隱逸傳」, 各書亦無云登善醫術者, 疑此
從孫思邈救龍故事(參考『太平廣記』420「釋玄昭」條)發展而來, 非本書原文.

5. 『淵鑑類函』437 龍(二)

『山川紀異』曰湯陰西有眞人社, 舊傳: 孫登寓此值旱, 衆禱於龍, 得雨, 將祭
謝之 登曰:「此病龍, 安能蘇禾稼? 弗信, 請覷之.」水果腥穢, 龍時背生疽, 聞登
言, 化老翁, 求治, 曰:「病痊當有報.」不數日, 過大雨, 石上忽裂一井, 其水湛然,
蓋龍穿此以報也.

6. 『幼學瓊林』釋道鬼神篇

"孫居士大嘯一聲, 山鳴谷應; 陳先生長眠數覺, 物換星移."

神仙傳

제7권

053(7-1) 동곽연 東郭延

　　동곽연은 자가 공유公游이며 산양山陽 사람이다. 젊어서 도를 좋아하여 이소군李少君이 도가 있다는 것을 듣고 그를 찾아가 뵙기를 청하였다. 그는 머리를 조아리며 건즐巾櫛을 받들고 청소나 하는 일을 시켜줄 것을 애걸하여 드디어 소군의 허락을 얻어내었다.

　　이소군은 그가 조심스러우며 매우 근신하는 모습을 보고 도를 성취할 수 있다고 여겨 떠나보낼 때가 되자 그에게 '오제륙갑좌우령비五帝六甲左右靈飛'의 술법과 '유허초진십이사遊虛招眞十二事'의 비법을 전수해 주면서 이렇게 말하였다.

　　"이 역시 중요한 도이다. 잘 살펴 이대로 행하면 그대도 승천할 수 있게 되리라."

　　구결口訣을 다 마치자 그를 떠나보내었다.

　　동곽연이 드디어 집으로 돌아와서는 영비산靈飛散을 조제하여 이를 복용하면서 밤에는 책을 읽었다. 그가 침실에 있을 때면 몸에 광채의 점이 생겨났다.

　　그는 좌우로 육갑좌우술六甲左右術을 시행하여 능히 길흉을 점칠 수 있게 되었는데 천하에 곧 죽게 될 사람이라면 그를 아는 사람이건, 알지 못하는 사람이건 그는 모두 미리 그 운명을 알아내었다.

　　그리고 귀신을 부릴 수 있어 그들에게 호랑이나 표범을 거두어 와서 복종시키는 등 해내지 못하는 일이 없었다.

　　그는 고향에 살면서 4백 살이 되도록 늙지 않았다. 그러던 중 건안建安 21년 어느 날 몇 십 명의 사람이 호랑이와 표범을 타고 나타나 그를 맞아 갔으며 이웃 사람들은 모두 그 모습을 볼 수 있었다.

그는 친척, 친구들과 고별 인사를 하면서 이렇게 말하였다.

"나는 곤륜대崑崙臺로 간다."

그리고 떠나면서 먼저『신단방神丹房』과『오제령비비요五帝靈飛祕要』를 윤선생尹先生에게 주었다.

東郭延, 字公游, 山陽人也. 少好道, 聞李少君有道, 求與相見, 叩頭乞得執侍巾櫛灑掃之役, 少君許之. 見延小心良謹, 可成, 臨當去, 密以五帝六甲左右靈飛之術, 遊虛招眞十二事授延, 告之曰:「此亦要道也, 審而行之, 亦昇天矣.」口訣畢而遣去. 延遂還家, 合服靈飛散, 能夜書; 在寢室中, 身生光點. 左右行六甲左右術, 能占吉凶, 天下當殳者, 識與不識, 皆逆知之. 又役使鬼神, 收攝虎豹, 無所不爲. 在鄕里四百歲不老. 漢建安二十一年, 一旦, 有數十人乘虎豹之來迎之, 鄰盡見之. 乃與親故別而辭去, 云:「詣崑崙臺.」臨去先以『神丹方』,『五帝靈飛祕要』傳尹先生.

【山陽】지명. 당시 河內郡에 속하였으며 지금의 河南省 修武縣 서북쪽.

【巾櫛】수건과 빗. 목욕을 하고 난 후를 위해 봉사함을 뜻하며 흔히 아내의 업무를 하는 것. 여기서는 하찮은 일을 함을 뜻함.

【五帝六甲左右靈飛】도교의 符籙 이름.

【遊虛招眞十二事】역시 도교의 符籙 이름. 구체적으로는 알 수 없음.

【靈飛散】단약의 일종. '散'은 약 중에 돌가루처럼 하얗게 빻아 만든 가루약을 뜻함.

【六甲左右術】역시 도교의 방술. 구체적으로는 알 수 없음.

【殳】음은 '찬'. '죽다'의 뜻.

【建安】동한 말 獻帝(劉協)의 연호. 196~219년. 21년은 216년.

【崑崙臺】곤륜산의 어느 곳.

【神丹房】역시 도교의 符籙 이름. 구체적으로는 알 수 없음.

【五帝靈飛祕要】역시 도교의 符籙 이름. 구체적으로는 알 수 없음.

【尹先生】구체적으로 어떤 인물인지 알 수 없음.

054(7-2) 영수광 靈壽光

영수광은 부풍扶風 사람이다. 나이 70에 '주영환방朱英丸方'을 터득하여 이를 합하여 복용함으로써 도로 젊은이로 변하여 마치 20여 세의 나이와 같이 되었다. 건안建安 원년에 이르렀을 때 이미 나이가 220세였다.

靈壽光者, 扶風人也. 年七十歲時, 得朱英丸方, 合服之, 轉更少壯, 如年二十. 時至建安元年, 已二百二十歲矣.

【扶風】지명. 지금의 陝西省 興平縣.

【朱英丸方】도교의 方藥 이름.

【建安】東漢 말의 獻帝의 연호. 원년은 196년.

055(7-3) 유경 劉京

유경은 자가 태현太玄이며 남양南陽 사람이다. 한漢나라 효문황제
孝文黃帝 때 낭郎이었다.

뒤에 그는 세상을 버리고 한단邯鄲의 장군張君을 따라 도를 배워
'주영환방朱英丸方'을 전수받아 이를 조제하여 복용하였다. 그는 나이
130에 마치 30쯤 되는 사람의 모습이었다.

뒤에 다시 계자훈薊子訓을 스승으로 모셨다. 이에 계자훈은 그에게
'오제령비륙갑십이사五帝靈飛六甲十二事'와 '신선십주진형神仙十洲眞形'
등의 비요를 전수해 주었다. 유경이 그 비결을 근거로 시행해 보았더
니 매우 효험이 있었다. 그리하여 능히 귀신을 부려 그 자리에서 바람
과 구름을 일으킬 수 있었고 이들을 불러 여행 중에는 요리를 시키기
도 하였으며 그가 자리에 앉으면 즉시 그들은 사라져 보이지 않았다.

그는 길흉이 일어날 날을 미리 알았으며 사람을 위해 하늘에 제사
를 지내어 그들의 수명을 연장시켜 주기도 하였는데 혹 10년을 더해
주되 그 날짜가 되면 모두가 죽었다. 그러한 것을 믿지 못하는 자도
그가 일러준 날이 되면 역시 죽었다.

그는 명산과 오악五嶽을 두루 돌아다니되 왕진王眞과 동행하여 가
보지 아니한 곳이 없었다.

위魏 무제武帝 때 옛 제자들의 집을 두루 찾아다녔는데 황보륭皇甫
隆이 그가 도가 있다는 소식을 듣고 이에 그를 따라다니며 모셔 '운모
구자환雲母九子丸'과 '교접지도交接之道' 등 두 가지 비방을 그에게 전
수하였다. 황보륭이 그가 일러준 대로 약을 제조하여 복용하자 얼굴

색이 날로 젊어졌으며 머리카락이 희어지지 아니하였고, 이빨이 빠지지 않았다. 이렇게 3백 살이 넘었지만 그는 능히 어떻게 해야 세상을 떠날 수 있는지의 방법을 알지 못하였다. 그러다가 위나라 황초黃初 3년, 유경은 형산衡山으로 들어가 다시는 나타나지 않았다.

유경이 황보륭에게 전한 말이 있다.

"몸을 다스리는 요체는 아침마다 옥천玉泉을 복용하여 사람의 모습이 장정의 안색이 되도록 해야 한다. 그리고 삼충三蟲을 제거해야 치가 빠지지 아니한다. '옥천'이란 입안의 액체이다. 아침에 일찍 일어나 이 침의 액이 입안 가득하도록 하여 이를 삼키고 이빨로 14번 딱딱 쪼되 이와 같이 하기를 다시 세 번하고 그친다. 이를 '연정鍊精'이라 하며 사람을 장수하게 한다. 무릇 교접의 도는 지극히 어렵다. 상사上士가 아니면 시행해 낼 수 없다. 미친 소나 놀란 말을 타는 것으로 비유를 해도 설명해 낼 수가 없다. 그대의 성품은 음淫을 좋아하니 이로써 경계를 삼아 그런 일에 해당하지 않도록 조심하라!"

그런데 유경이 염려했던 말대로 황보륭은 결국 세상을 벗어나는 도를 성취하지 못하였다.

劉京, 字太玄, 南陽人也. 漢孝文皇帝郎也. 後棄世從邯鄲張君學道, 受餌朱英丸方, 合服之, 百三十歲, 視之如三十許人. 後師事薊子訓, 子訓授京五帝靈飛六甲十二事·神仙十洲眞形諸祕要. 京按訣行之, 甚効. 能役使鬼神, 立起風雨, 召致行廚, 坐在立亡. 而知吉凶期日, 又能爲人祭天益命, 或得十年, 到期皆奴; 其不信者, 至期亦奴. 周流名山五嶽, 與王眞俱行, 悉遍也. 魏武帝時, 故遊行諸弟子家. 皇甫隆聞其有道, 乃隨

事之, 以雲母九子丸及交接之道二方敎隆. 隆按合行服之, 色理日少, 髮
不白, 齒不落, 年三百餘歲, 不知能得度世不耳. 魏黃初三年, 京入衡山
中去, 遂不復見. 京語皇甫隆曰:「治身之要, 當朝朝服玉泉, 使人丁壯有
顔色, 去三蟲而堅齒也. 玉泉者, 口中液也. 朝來起早, 漱液滿口, 乃呑之,
琢齒二七過, 如此者三乃止, 名曰鍊精, 使人長生也. 夫交接之道至難,
非上士不能行之, 乘奔牛驚馬未足喻其嶮墜矣. 卿性多淫, 得無當用此自
戒乎!」如京言廬, 隆不得度世也.

【南陽】지금의 河南省 南陽市.
【孝文皇帝】前漢의 孝文帝(B.C.202~B.C.157). 이름은 劉恒. B.C.197~B.C.157 재위.
【魏武帝】삼국 魏나라의 曹操.
【王眞】당시의 도인.
【皇甫隆】漢末魏初의 도사.
【神仙十洲眞形】도교의 符籙 이름. 구체적으로 알 수 없음.
【雲母九子丸】단약의 이름.
【薊子訓】薊達. 065 참조.
【黃初】삼국 魏나라 文帝의 연호. 220~226년
【玉泉】입안의 津液.
【三蟲】'三尸'와 같음. 003 참조.
【琢齒】위아래 이빨을 서로 두드리는 단법.
【鍊精】목구멍의 액체. 咽液. '煉精'으로도 씀.
【五嶽】중국의 사방과 중앙을 상징하는 5개의 산. 『幼學瓊林』에 "東嶽泰山,
西嶽華山, 南嶽衡山, 北嶽恒山, 中嶽嵩山, 此爲天下之五嶽"이라 함.

056(7-4) 엄청 嚴靑

엄청은 회계會稽 사람이다. 집이 가난하여 산속에서 숯을 굽는 일로 살고 있었다. 그런데 어느 날 갑자기 선인이 나타나 이렇게 말하는 것이었다.

"너는 골상骨相이 신선이 되기에 합당하다."

그러면서 소서素書 한 권을 그에게 주며 깨끗한 그릇에 이를 담아 높은 곳에 두게 하고 아울러 그에게 석뇌石腦를 복용하는 법을 가르쳐 주었다. 엄청은 드디어 깨끗한 그릇에 그 책을 담아 높은 곳에 두었더니 문득 좌우에 항상 수십 명이 모시고 있음을 듣게 되었다. 그리고 매번 숯을 싣고 나설 때면 이 신이 숯을 실은 그 배를 끌어 주었다. 그러나 다른 사람의 눈에는 배가 저절로 가는 것만 보일 뿐이었다. 뒤에 그는 곡식을 끊고 소곽산小霍山으로 들어갔다.

嚴靑者, 會稽人也. 家貧, 常在山中燒炭, 忽遇仙人云:「汝骨相合仙.」乃以一卷素書與之, 令以淨器盛之, 置高處, 兼敎靑服石腦法. 靑遂以淨器盛書, 置高處, 便聞左右常有十數人侍之. 每載炭出, 此神便爲引船, 他人但見船自行. 後斷穀入小霍山去.

【會稽】지금의 江蘇省 蘇州.

【石腦】外丹用의 약. '禹餘糧'이라는 풀. 일설에는 '石鐘乳'라고도 함. 『博物志』(3)에 "扶海洲上有草焉, 名蒒. 其實食之如大麥, 七月稔熟, 民斂獲至冬乃訖. 名曰自然穀, 或曰禹餘糧"이라 하였으며, 『圖經演義本草』에 "餌服之不饑"라 함.

【小霍山】산 이름. 위치는 알 수 없음.

057(7-5) 백화 帛和

백화는 자는 중리仲理이며 동선생董先生을 사사하여 '행기단곡술行
氣斷穀術'을 익혔다. 그리고 다시 서성산西城山으로 가서 왕군王君을
스승으로 모셨다.

이에 왕군이 이렇게 말하였다.

"대도의 비결은 급하게 터득할 수 있는 것이 아니다. 내 잠시 영주
瀛洲를 다녀와야 한다. 너는 이 석실에 남아 석벽을 뚫어지게 보고
있어라. 오래되면 석벽에서 글자가 나타나 보일 것이다. 나타나거든
읽어 보아라. 그러면 도를 터득하게 될 것이다."

백화는 과연 석벽을 열심히 들여다보았다. 일 년이 지났지만 보이
는 것이 없었다. 그러나 이 년째 되자 마치 문자 같은 것이 보였고,
삼 년이 되자 과연 『태청중경太淸中經』과 『신단방神丹方』, 그리고 『삼
황장오악도三皇丈五嶽圖』가 뚜렷이 보이는 것이었다.

백화는 이를 읽어낼 수 있었으며 입이 닳도록 외웠다.

왕군이 돌아와 이렇게 말하였다.

"그대는 터득했소이다."

이에 신단神丹을 만들어 반 제半劑씩만 복용토록 하여 그 나이를
연장하여 끝이 없게 되었다. 그리고 나머지 반 제로는 황금 오십 근을
조제하여 가난하고 병든 자를 구제하는 데 사용하였다.

帛和, 字仲理. 師董先生行氣斷穀術, 又詣西城山師王君. 君謂曰:
「大道之訣, 非可卒得. 吾暫往瀛洲, 汝於此石室中, 可熟視石壁, 久久當

見文字, 見則讀之, 得道矣.」和乃視之, 一年了無所見, 二年似有文字,
三年了然見『太淸中經』,『神丹方』,『三皇丈五嶽圖』. 和通之, 上口, 王
君回曰:「子得之矣.」乃作神丹, 服半劑, 延年無極. 以半劑作黃金五十
斤, 救惠貧病也.

【董先生】 구체적으로 어떤 사람인지 알 수 없음.
【行氣斷穀術】 도교 연단술의 하나. '斷穀'은 곡기(穀類)를 끊고 사는 법.
【王君】 인명. 구체적으로 알 수 없음.
【瀛洲】 전설 속의 仙山. 三神山의 하나.
【太淸中經】 도교의 경전.
【三皇丈五嶽圖】 역시 도교의 경전.

058(7-6) 조구 趙瞿

조구는 상당上黨 사람이다. 몇 년 동안 나병을 앓아 여러 사람이
나서서 치료하였지만 낫지 않아 결국 죽음에 이르게 되었다. 그러자
어떤 자가 이렇게 제의하였다.

"고수沽水의 흐르는 물에 갖다 버리느니만 못합니다."

뒤에 자손들이 서로 상의하여 약간의 식량을 준비하여 그를 산속
의 굴로 보내었다. 조구는 동굴에서 스스로 자신이 불행함을 원망하
고 애달파하면서 밤낮으로 울고 탄식하기를 한 달, 그때 어떤 신선이
지나가다가 그 동굴에 들러 그가 그토록 슬퍼하는 것을 보고 자세히

그 사정을 물었다.

조구는 그가 보통 사람이 아니라는 것을 알고 머리를 조아리며 자신의 슬픈 사정을 토로하며 애걸하였다. 신선은 이에 주머니 하나의 약을 주면서 그에게 복용하는 방법을 가르쳐 주었다.

조구가 이를 복용하여 백 일쯤 되었을 때 아픈 부위가 모두 나았고 안색은 살이 돋고 기쁨에 찼으며 살과 피부도 옥처럼 윤기가 돌았다. 그 신선이 다시 그를 살펴보고자 찾아오자 조구는 살아난 은혜에 감사함을 표하며 그 방법을 일러주기를 간청하였다. 그러자 신선은 이렇게 가르쳐 주었다.

"이는 송지松脂일 뿐입니다. 이 산중에 이러한 물건은 얼마든지 있습니다. 그대는 이를 단련하여 복용하십시오. 그러면 장생불사할 수 있습니다."

조구가 집으로 돌아오자 식구들은 처음에는 그를 귀신이라 여겨 매우 놀라는 모습이었다. 그러나 조구는 송지를 오래도록 복용하여 몸은 가벼워졌고 기력은 백 배나 되었으며 높고 험한 곳도 오르고 넘으며 종일토록 피곤한 줄 모르게 되었다. 이리하여 나이 170이 되도록 그는 이도 빠지지 아니하였고, 머리카락도 희어지지 아니하였다.

어느 날 그가 밤에 누웠을 때 갑자기 그 집 사이에 어떤 거울만한 광채가 비치는 것이었다. 옆 사람에게 물어보았더니 모두가 보이지 않는다는 것이었다. 그 광채는 점점 커져 한 방 안이 모두 환해져 마치 대낮과 같았다.

또 한번은 밤에 얼굴에 비단을 두른 모습의 두 여자가 나타났는데 길이는 2, 3촌寸 정도의 작은 크기에 얼굴과 몸은 모두 갖추고 있었으나 단지 작을 뿐이었다. 이들을 입과 코 사이의 인중에 놓고 놀기를 다시 1년이 지나자 그 여자들이 점점 커져 그 사이에서 나와 그의 곁에 있을 수 있게 되었다. 그리고 항상 거문고 타는 음악소리가 들렸으며 그때 조구는 즐거운 표정에 홀로 웃는 것이었다.

그가 인간 세상에 3백여 년을 살고 났으나 역시 얼굴은 어린아이 같았다. 그는 포독산抱犢山으로 들어갔는데 틀림없이 지선地仙이 되었을 것이다.

趙瞿者, 上黨人也. 病癩歷年, 衆治之, 不愈, 垂死. 或云:「不及沽流棄之.」後子孫轉相注易, 其家乃賷粮將之送置山穴中. 瞿在穴中自怨不幸, 晝夜悲歎哭泣. 經月, 有仙人行經過穴, 見而哀之, 具問訊之. 瞿知其異人, 乃叩頭自陳乞哀, 於是仙人以一囊藥物賜之, 敎其服法. 瞿服之, 百許日, 瘡都愈, 顔色豐悅, 肌膚玉澤. 仙人又過視之, 瞿謝受更生活之恩, 乞丐其方. 仙人告:「此是松脂耳, 此山中更多此物. 汝煉服之, 可以長生不死.」瞿乃歸家, 家人初謂之鬼也, 甚驚愕. 瞿遂長服松脂, 身體轉輕, 氣力百倍, 登危越險, 終日不極, 年百七十歲, 齒不墮, 髮不白. 夜臥, 忽見臺間有光大如鏡者, 以問左右, 皆云不見. 久而漸大, 一室盡明, 如晝日. 又夜見面上有綵女二人, 長二三寸, 面體皆具, 但爲小耳. 遊戲其口鼻之間. 如是且一年, 此女漸長大, 出在其側. 又常聞琴瑟之音, 欣然獨笑. 在人間三百許年, 色如小童. 乃入抱犢山去, 必地仙也.

【癩】 나병, 문둥병.
【沽水】 물 이름. 상류는 지금의 河北省의 白河.
【抱犢山】 지금의 河北省 獲鹿縣 서쪽에 있으며 '萆山'이라고도 함. 北魏 때 백성들이 전란을 피해 이 산에 들어가 송아지를 껴안은 채 죽었다 함.

1. 『太平廣記』(권10) 趙瞿

趙瞿者, 子字榮, 上黨人也. 得癩病, 重, 垂死. 或告其家云:「當及生棄之. 若死於家, 則世世子孫相蛀耳.」家人爲作一年糧, 送置山中, 恐虎狼害之, 從外以木砦之. 瞿悲傷自恨, 晝夜啼泣. 如此百餘日, 夜中, 忽見石室前有三人, 問瞿何人. 瞿度深山窮林之中, 非人所行之處, 必是神靈. 乃自陳乞, 叩頭求哀. 其人行諸砦中, 有如雲氣, 了無所礙. 問:「瞿必欲愈病, 嘗服藥, 能否?」瞿曰:「無狀多罪, 嬰此惡疾, 已見疎棄, 死在旦夕, 若刖足割鼻而可活, 猶所甚願, 況服藥豈不能也?」神人乃以松子松柏脂各五升賜之, 告瞿曰:「此不但愈病, 當長生耳. 服半可愈, 愈卽勿廢.」瞿服之未盡, 病愈, 身體强健. 乃歸家, 家人謂是鬼. 具說其由, 乃喜. 遂更服之二年, 顔色轉少, 肌膚光澤, 走如飛鳥. 年七十餘, 食雉兎, 皆嚼其骨. 能負重, 更不疲極. 年百七十, 夜臥, 忽見屋間光有如鏡者, 以問左右, 云不見. 後一日, 一室內盡明, 能夜書文, 再見面上有二人. 長三尺, 乃美女也. 甚端正, 但小耳, 戲其鼻上. 如此二女稍長大, 至如人. 不復在面上, 出在前側. 常聞琵琶之聲, 欣然懽樂. 在人間三百餘年, 常如童子顔色, 入山不知所之.

059(7-7) 궁숭 宮嵩

궁숭은 크게 문재가 있어 도서道書 2백여 권을 지었으며, 운모雲母를 복용하여 지선地仙의 도를 터득하였다. 뒤에 저서산苧嶼山으로 들어가 신선이 되어 사라졌다.

宮嵩者, 大有文才, 著道書二百餘卷. 服雲母, 得地仙之道, 後入苧嶼山中仙去.

【道書】도교의 서적. 도교 경전.
【苧嶼山】산 이름.

060(7-8) 용성공 容成公

:

용성공은 현소玄素의 도를 실행하여 나이를 끝이 없이 연장하였다.

容成公, 行玄素之道, 延壽無極.

【玄素】도술의 용어. 房中術을 뜻함. 玄女와 素女를 가리킴. 황제가 이 두 여자에게 방중술을 배웠다 함. 『抱朴子』微旨에 "又患好事之徒, 各仗其所長, 知玄素之術者, 則日唯房中之術, 可以度世矣"라 함.

참고 및 관련자료

1. 『列仙傳』(卷上) 容成公

容成公者, 自稱皇帝師. 見於周穆王, 能善補導之事, 取精於玄牝. 其要谷神不死, 守生養氣者也. 髮白更生, 齒落更生. 事與老子同, 亦云老子師也. 疊疊容成, 專氣致柔. 得一在昔, 含光獨游. 道貫黃庭, 伯陽仰壽. 玄牝之門, 庶幾可求.

용성공: 『仙佛奇蹤』

061(7-9) 동중군 董仲君

동중군은 임회臨淮 사람이다. 복기服氣와 연형鍊形을 거쳐 2백 세가 되어도 늙지 않았다. 일찍이 무고한 일에 걸려 옥에 갇혔을 때 거짓으로 죽은 체하여 잠깐 후에 몸에서 벌레들이 기어나오자 옥리獄吏가 이를 마주 들고 끌어내었더니 갑자기 어디로 사라졌는지 찾을 수 없었다.

董仲君者, 臨淮人也. 服氣鍊形, 二百餘歲不老. 曾被誣繫獄, 乃佯死, 須臾蟲出, 獄吏乃舁出之; 忽失所在.

【臨淮】군 이름. 지금의 江蘇省 徐州.

【服氣】도교의 연단술.

【鍊形】몸을 단련하는 방법. 도가에서는 신체를 '形'으로 표현함.

【舁(여)】'마주 들다'의 뜻.

참고 및 관련자료

1. 『太平廣記』(권71) 董仲君

　漢武帝嬖李夫人. 及夫人死後, 帝欲見之. 乃詔董仲君與之語曰:「朕思李氏, 其可得見乎?」仲君曰:「可遠見而不可同於帷席.」帝曰:「一見足矣. 可致之.」仲君曰:「黑河之北, 有對野之都也. 出潛英之石, 其色靑, 質輕如毛羽. 寒盛則石溫, 夏盛則石冷. 刻之爲人像, 神語不異眞人. 使此石像往, 則夫人至矣. 此石人能傳譯人語, 有聲無氣, 故知神異也.」帝曰:「此石可得乎?」仲君曰:「願得樓船百艘, 巨力千人. 能浮水登木者, 皆使明於道術. 賫不死之藥, 乃至闇海, 經十年而還. 昔之去人, 或升雲不歸, 或托形假死, 獲反者四五人.」得此石, 卽令工人, 依先圖刻作李夫人形. 俄而成. 置於輕紗幕中, 婉若生時, 帝大悅. 問仲君曰:「可得近乎?」仲君曰:「譬如中宵忽夢, 而晝可得親近乎. 此石毒, 特宜近望, 不可迫也. 勿輕萬乘之尊, 惑此精魅也.」帝乃從其諫. 見夫人畢, 仲君使人舂此石人爲九段, 不復思夢, 乃築夢靈臺, 時祀之.

2. 『博物志』(5)

　桓譚『新論』說:「方士有董仲君, 有罪繫獄, 佯死, 臭爛, 數日目陷蟲出, 旣而復生.」

3. 『太平御覽』(737)

　桓譚新論曰: 方士董仲君, 犯事繫獄, 佯死, 目陷蟲爛, 故知幻術靡所不有. 又能鼻吹口歌聳眉動目, 荊州有鼻飮之蠻, 南城有頭飛之夷, 非爲幻也.

062(7-10) 천평길 偨平吉

천평길은 패沛 땅 사람이다. 한漢나라 초기에 산에 들어가 득도하여 광무제光武帝 때에 이르도록 늙지 않았다. 뒤에 그 몸을 시신에 가탁하여 백여 년 만에 다시 고향으로 돌아왔다.

偨平吉者, 沛人也. 漢初入山得道, 至光武時不老. 後託形尸假, 百餘年却還鄉里也.

【沛】땅 이름. 022 참조.
【光武帝】동한의 개국 군주. 劉秀(B.C.6~A.D.57.) 洛邑에 수도를 정함. 26~57년 재위.
【託形尸假】방금 죽은 이의 시신을 빌려 혼이 되돌아오는 방술.

063(7-11) 왕중도 王仲都

왕중도는 한중漢中 사람이다. 한漢 원제元帝가 한창 더운 여름에 그를 땡볕에 내놓고 십여 개의 화로로 그를 둘러쌌으나 조금도 뜨거워하지 않았으며 땀도 흘리지 않는 것이었다. 다시 추운 겨울에 그에게 홑겹의 옷을 입혀도 추워하는 기색이 없었으며 몸에는 밥 짓는 것처럼 김이 솟아올랐다. 뒤에 그는 어디로 갔는지 소재를 알 수 없었다.

王仲都者, 漢中人也. 漢元帝常以盛暑時暴之, 繞以十餘鑪火而不熱, 亦無汗. 凝冬之月, 令仲都單衣, 無寒色, 身上氣蒸如炊. 後不知所在.

【漢元帝】한나라 元帝 劉奭(B.C.76~B.C.33). B.C.48~B.C.33년 재위.

064(7-12) 정위 처 程偉妻

한漢나라 황문시랑黃門侍郎 정위程偉는 황백술黃白術을 좋아하였는데, 아내를 얻었더니 그가 마침 방술方術을 하는 집안의 딸이었다.

정위는 항상 수레를 타고 외출을 하면서 그 계절에 맞는 옷이 없어 이를 심히 걱정하였다. 그러자 그 아내가 이렇게 말하였다.

"청컨대 비단 두 단을 준비해 드리겠습니다."

그러자 과연 비단 두 단이 아무 이유 없이 그 앞에 나타나는 것이었다.

그리고 정위가 『침중홍보枕中鴻寶』의 책을 근거로 금을 만들었지만 계속 실패하는 것이었다. 그러자 처가 남편이 하는 것을 가서 보았더니 정위가 바야흐로 부채질을 하면서 통 속의 숯을 태우고 있었는데 그 통 안에는 수은水銀이 들어 있었다. 이를 본 그의 처가 말하였다.

"제가 옛날 보았던 방법대로 한번 시험해 보겠습니다."

그리고는 주머니에서 약을 조금 꺼내더니 이를 그 속에 던져 넣었다. 그러자 한 식경食頃쯤 시간이 지나 열어 보았더니 이미 은이 만들어져 있었다.

정위가 크게 놀라 물었다.

"그대는 도를 알고 있었으면서 나에게 일러주지 아니하였소. 무슨 이유였소?"

그의 처가 대답하였다.

"도를 얻는다는 것은 반드시 그런 명을 받은 자여야 하는 것입니다."

정위는 밤낮으로 가르쳐 달라고 아내를 달래고 유혹하였고 심지어 농토와 집을 팔아 좋은 음식과 옷까지 마련하여 바쳤지만 아내는 일러줄 기색을 보이지 않는 것이었다. 참다못한 정위는 그 친구와 모의하여 아내를 몽둥이로 때릴 준비를 하였다. 그러자 아내가 먼저 이를 알고 정위에게 이렇게 말하였다.

"도란 반드시 그 전할 사람에게 전해야 하는 것입니다. 그런 사람이라면 길가다 만난다 해도 즉시 가르쳐 줄 수 있습니다. 그러나 그에 해당하는 사람이 아니라면 입으로는 그렇다고 인정하면서 마음으로는 이를 믿지 않고 의심을 하는 자로서 이에게 신체를 한 촌 한 촌씩 끊고 사지를 다 해체하여 보여주어도 도는 내보여줄 수 없답니다."

그런데도 정위가 이를 핍박하여 그치지 아니하자 그 아내는 그만 미쳐서 알몸으로 뛰쳐나가 진흙을 몸에 바르더니 마침내 죽고 말았다.

漢黃門郎程偉, 好黃白術, 娶妻得知方家女. 偉常從駕出而無時衣, 甚憂, 妻曰:「請致兩段縑.」縑卽無故而至前. 偉按『枕中鴻寶』作金不成, 妻乃往視偉, 偉方扇炭燒筒, 筒中有水銀. 妻曰:「吾欲試相視一事.」乃出其囊中藥少許投之, 食頃發之, 已成銀. 偉大驚曰:「道在汝處, 而不早告我, 何也?」妻曰:「得之須由命者.」於是偉日夜說誘之, 賣田宅以供美

食衣服, 猶不肯告偉. 偉乃與伴謀撾笞杖之, 妻輒知之, 告偉言:「道必當
傳其人, 得其人得路相遇, 輒敎之. 如非其人, 口是而心非, 雖寸斷而支
解, 而道猶不出也.」偉逼之不止, 妻乃發狂, 裸而走, 以泥自塗, 遂卒.

【黃門郎】黃門侍郎. 한나라 때의 관직 이름. 임금을 가까이 모시는 직책임.
【黃白術】황은 황금. 백은 수은을 가리킴. 도가에서 황금과 수은을 제련해내는 법.
【方家】方術之家를 가리킴.
【枕中鴻寶】도교의 秘書. 劉向이 지은 것으로 알려짐. 『漢書』 楚元王傳(劉向)
에 "上(宣帝)復興神仙方術之事, 南淮南有枕中鴻寶, 苑秘書書, 言神仙使鬼物
爲金之術"이라 하고 注에 "鴻寶, 苑秘書, 并道術篇名. 藏在枕中, 言常存錄而
不漏泄也"라 함.
【食頃】밥을 먹고 난 후 다음 식사 때까지의 시간. 매우 짧은 시간을 뜻함. 혹
은 밥을 먹기 시작하여 먹기를 마칠 때까지의 시간이라고도 함.
【支解】'肢解'와 같음. 고대 형벌의 일종으로 사지를 찢어 분리하는 것.

참고 및 관련자료

1. 『太平廣記』(권59) 程偉妻

漢期門郎程偉妻, 得道者也. 能通神變化, 偉不甚異之. 偉當從駕出行, 而服
飾不備, 甚以爲憂. 妻曰:「止關衣耳. 何愁之甚耶?」卽致兩匹縑, 忽然自至. 偉
亦好黃白之術, 煉時卽不成. 妻乃出囊中藥少許, 以器盛水銀, 投藥而煎之, 須臾
成銀矣. 偉欲從之受方, 終不能得. 云:「偉骨相不應得.」逼之不已, 妻遂蹶然而
死, 尸解而去.

2. 『藝文類聚』(권78)

漢期門郎程偉妻者, 能通神變化. 偉嘗從出, 而無時衣, 甚愁. 妻卽爲致兩縑,
無故至前, 偉好黃白. 連時不成, 妻乃出囊中藥, 以少投其已煎水銀, 須臾成銀.
偉欲從授方, 終不可得. 云偉骨相不應得之, 逼之不已, 妻死, 尸解去.

065(7-13) 계자훈薊子訓

계달薊達은 자가 자훈子訓이며 제齊나라 임치臨淄 사람이다. 그는 이소군李少君과 같은 읍 사람이다. 어려서 주군州郡에 벼슬을 하였다. 그리고 효렴孝廉으로 천거되어 낭중郎中에 올랐으며, 다시 종군從軍하여 부마도위駙馬都尉에 오르기도 하였다.

그는 만년에 세속을 다스리고 여러 관리를 지낸다 해도 이것이 나이와 생명에 아무런 도움이 되지 않음을 깨닫고 이에 이소군을 따라 병을 치료하고 의술을 짓는 법을 배웠다. 점차 시간이 흐르자 이소군이 장생불사의 도술을 가지고 있음을 알고는 드디어 제자의 예를 갖추어 이소군을 모시며 스승으로 삼았다. 이소군도 역시 계자훈이 마음을 오로지 쏟아 결국 성취할 것임을 알고 점차 그에게 도가道家의 일을 가르쳐 주기 시작하였다.

그리하여 그에게 태식법胎息法, 태식법胎食法, 주년법住年法, 지백법止白法 등을 가르쳐 주었다. 이를 실행하기를 2백 년이 되자 그의 안색은 늙지 않게 되었다.

그는 향리에 살면서 사람들과 믿음과 양보로써 일에 따랐고 성품이 청정淸淨함을 좋아하였으며, 항상 한가하게 『주역周易』을 읽으며 때때로 자질구레한 문장이나 주석을 달았는데 모두가 뜻이 있었다. 이소군이 만년에 다시 계자훈에게 무상자無常子의 '대환화大幻化' 술법을 전수해 주었다. 계자훈이 이를 일러준 방법에 따라 실행하였더니 모두가 효험이 있었다.

그가 일찍이 이웃집이 아이를 안고 있는 것을 보고 한번 안아 보자고 했다가 그만 아이를 땅에 떨어뜨려 그 아이가 죽고 말았다. 그 집에서는 평소 계자훈을 존경하고 있던 터라 감히 슬픈 표정도 짓지 못하고 아이를 묻어 버렸다. 그러고는 '이 아이의 운명은 성인으로 클 수 없었겠지'라고 말하였다. 그리고 아이가 죽고 이미 며칠이 지나 그 부모는 아이가 다시는 돌아올 수 없음을 매우 안타깝게 여겨 그리워하였다.

그런데 계자훈이 밖에서 아이를 안고 집으로 돌아오자 식구들은 그가 귀신이라고 두려워하며 아이는 필요없다고 애걸하였다. 이에 계자훈이 말하였다.

"받아들이시오. 다시 고통스럽게 여기지 마시오. 이는 며칠 전 그대의 아이입니다."

그 아이는 어머니를 알아보고 즐거워하며 웃고 어머니에게 달려드는 것이었다. 이에 그 아이를 받기는 했지만 머뭇거리지 않을 수 없었다.

계자훈이 떠나고 부부는 함께 그 아이를 묻었던 곳을 가서 땅을 파 보았다. 그랬더니 아이 시신을 담았던 그릇 속에 키가 6촌쯤 되는 진흙으로 빚은 아이 인형만이 들어 있었다. 계자훈이 안고 왔던 아이는 아무 탈 없이 자랐다.

또 여러 노인들 중에 머리가 하얗게 센 자가 계자훈과 서로 마주 대하여 말을 나누기만 해도 잠깐 사이에 이튿날 아침에 보면 모두가 검은머리로 변해 버리는 것이었다. 그리고 아무것도 해주지 않았음에도 그 검은머리는 일 년하고도 2백 일을 가는 것이었다. 그런가 하면 검은머리가 변하지 않게도 하였으니 이것이 대체로 신기한 환술幻術의 대변大變이었던 것이다.

경사京師의 귀인들이 이 소문을 듣고 모든 마음을 비우고 계자훈을 만나 보고 싶어하지 않는 자가 없었다. 그러나 만날 인연을 맺을 수가 없었다. 그런데 마침 계자훈의 이웃 출신으로 서울에 가서 태학太學을 다니는 학생이 있었다. 이에 여러 귀인들은 모두 그를 불러내어 물어보았다.

"그대는 열심을 다해 공부하는 자요. 시험을 통과해 부귀한 자가 되고 싶소? 그렇다면 우리를 위해 계자훈을 한 번만 불러내 주시오. 그러면 그대로 하여금 큰 힘을 들이지 아니하고 현달하게 해 드리리다."

그 서생이 허락하고는 집으로 돌아가 직접 계자훈을 모시면서 조석으로 물 뿌리고 청소하며 그 좌우에 서서 그를 모셨다. 이렇게 하기를 2백 일, 그러자 계자훈이 그 서생에게 물었다.

"그대는 도를 배우는 자가 아니오? 그런데 어찌 나에게 이와 같이 하는 거요?"

그 서생이 말하였다.

"저는 향리에 폐만 끼치는 말류末流로서 장유지도長幼之道는 응당 이렇게 지켜야 하는 것이라 여깁니다."

계자훈이 말하였다.

"어찌 그대가 배우는 도를 충실히 하지 아니하고 도리어 거짓을 꾸미고 있소? 내 그대의 의도를 모두 알고 있소. 여러 귀인들이 나를 보고자 하는 것이니 낸들 어찌 잠시 노고를 들여 그들을 만나 주는 것을 아깝다고 여겨 그대로 하여금 영광스러운 지위에 오르는 길을 막겠소? 그대는 곧 돌아가 그들에게 말하시오. 내 모월 모일에 그곳으로 갈 것이라고 말이오."

그 서생은 신이 나서 서울로 돌아가 여러 귀인들에게 이 사실을 알렸다. 그 날짜가 되자 계자훈은 가지 않았다. 그러자 그 서생의 부모가 걱정이 되어 계자훈을 찾아갔다. 계자훈은 이렇게 말하였다.

"내가 가지 않을까 걱정을 하고 계시는군요. 그대 아들이 실언을 한 것이 아님을 보여드리겠소. 당장 잠시 밥 먹을 시간 정도면 그곳에 갈 수 있소."

서생의 부모가 서로 이렇게 말하였다.

"계 선생이 비록 시간에 맞추어 가지는 못한다 해도 가기는 갈 모양이야. 그러니 모레쯤이나 되어야겠군."

서생도 서울로 돌아와 계자훈이 올 날짜를 계산하여 보고 자훈이 그 약속한 날 정오쯤이나 되어야 겨우 도착할 것이라 보았다. 이는 반나절에 천 리 넘는 길을 올 수 없다고 여겼기 때문이다.

이윽고 계자훈이 서울에 도착하자 서생이 찾아가 그를 만났다. 먼저 계자훈이 서생에게 물었다.

"나를 보고자 하는 자가 누구냐?"

서생이 말하였다.

"선생을 뵙고자 하는 자는 심히 많습니다. 그들은 감히 선생님을 수고롭게 할 수 없다고 여겨 선생님이 머무는 곳을 알려주면 스스로 찾아오겠다고 청하였습니다."

계자훈이 말하였다.

"그들을 오게 할 필요가 없다. 내 천 리 먼 영寧 땅에서 왔는데 다시 그들과 만나는 거리를 계산이나 할 일이겠는가? 그대는 오늘 사람들에게 빠짐없이 말을 전하도록 하라. 그리고 각기 빈객을 사절 하도록 일러라. 내 정오에 찾아갈 것이다. 다만 떠날 때 누구의 집을 먼저 갈 것인지를 내 스스로 선택하겠다."

서생이 귀인들에게 그의 말을 전하자 귀인들은 각각 자신의 집을 깨끗이 청소하고 기다렸다. 정오가 되어 계자훈이 찾아갔는데 모두 23곳에 각각 23명의 계자훈이 한곳마다 하나씩 나타난 것이다. 여러 귀인들은 각각 즐거워하며 스스로 계자훈이 자신의 집을 먼저 찾아왔다고 좋아하였다. 그리고 이튿날 다시 귀인들이 만나 서로 있었던 일을 묻고 의견을 나누기로 약속을 하였는데, 이렇게 같은 시간에 각각 하나씩의 계자훈이 나타났었으며 그 의복과 얼굴 모양이 같았고, 그 주인들과 이야기를 나누면서 일러준 말도 그 질문에 따른 대답이 각기 그에 맞게 달랐다는 것이다. 게다가 주인이 주식을 마련하여 계자훈을 대접하였으며 모두가 집집마다 그 예를 다하여 먹고 마시고 하였다는 것이었다.

이에 원근 모든 사람들이 크게 놀랐고 여러 귀인들이 그에게 몰려들었다. 그러자 계자훈이 서생에게 이렇게 말하였다.

"많은 사람들이 나를 중동팔채重瞳八采라 여겨 이렇게 만나고자 하는 것이다. 나 역시 별다른 도술을 가지고 있는 것이 아니다. 내 다시 그들에게 찾아갈 수 없다. 나는 떠나겠다."

그리하여 그가 막 문을 나서자 여러 귀인들이 오느라 그 모자와 수레 덮개가 길을 메우고 문에 몰려들었다. 서생이 말하였다.

"마침 동쪽 큰길에 푸른 노새를 타고 가는 자가 바로 계자훈입니다."

이에 각각 말을 몰아 그를 쫓았다. 멀리 보면 그 노새는 천천히 가는 것 같았지만 각기 쫓아가는 말은 이를 따라잡지 못하는 것이었다. 이렇게 한나절을 가면서도 항상 1리쯤의 거리를 유지하였는데 결국 미치지 못하고 말았다. 귀인들은 그제야 포기하고 되돌아왔다.

계자훈은 이소군의 같은 고향 제자로서 하는 일이 미묘하고 근신하였으며 도를 고증함도 아주 심오하였다. 수시로 명확하게 새로운 것을 만들어내었으니 족히 여러 가지 도술을 종합하고 선택한 것이라 할 수 있다.

薊達, 字子訓, 齊國臨淄人, 李少君之邑人也. 少仕州郡, 擧孝廉, 除郎中, 又從軍拜駙馬都尉. 晩悟治世俗綜理官無益於年命也, 乃從少君學治病作醫法. 漸久, 見少君有不死之道, 遂以弟子之禮, 事少君而師焉. 少君亦以子訓用心專, 知可成就, 漸漸告之以道家事, 因敎令胎息・胎食・住年・止白之法. 行之二百餘年, 顔色不老. 在鄕里與人信讓從事, 性好淸淨, 常閒居讀『易』, 時作小小文疏, 皆有意義. 少君晩又授子訓無常子大幻化之術, 按事施行, 皆効.

曾見比舍家抱一兒, 從求抱之, 失手而墮地, 卽死. 其家素尊敬之, 不敢有悲哀之色而埋之, 謂此兒命應不成人. 行已積日, 轉不能復, 思之. 子訓因還外抱兒還家, 家人恐是鬼, 乞不復用. 子訓曰:「但取, 無苦, 故是汝兒也.」兒識其母, 喜笑欲往母, 乃取之, 意猶不了. 子訓卽去, 夫婦共往掘視, 所埋死兒笒器中, 有泥兒長六寸許耳. 此兒遂長大.

又諸老人髮必白者, 子訓但與之對坐共語, 宿昔之間, 則明旦皆髮黑矣, 亦無所施爲, 爲黑可期一年二百日也. 亦復有不使人髮黑者, 蓋神幻之大變者也.

京師貴人聞之, 莫不虛心欲見子訓, 而無緣致之. 子訓比居有年少爲太學生, 於是諸貴人共呼語之:「卿所以勤苦讀書者, 欲以課試規富貴耳? 但爲吾一致薊子訓來, 能使卿不勞而達.」書生許諾, 乃歸, 親事子訓, 朝夕灑掃, 立侍左右, 如此且二百日. 子訓語書生曰:「卿非學道者, 何能如此?」書生曰:「乔鄉里末流, 長幼之道自當爾.」子訓曰:「何以不道實而作虛飾邪? 吾以具知卿意. 諸貴人欲得見我, 我亦何惜一行之勞, 而不使卿得榮位乎! 便可還語諸人, 吾某月某日當往.」書生甚喜, 到京師, 具向諸貴人說此意. 到期日, 子訓未行. 書生父母憂之, 往視子訓, 子訓曰:「恐我不行也, 不使卿兒失信, 當發以食時去所居.」書生父母相謂曰:「蓟先生雖不如期至, 要是往也, 定後日.」書生歸, 推計之, 子訓以其日中時到京師, 是不能半日行千餘里. 既至, 書生往, 見之子訓, 子訓問書生曰:「誰欲見我者?」書生曰:「欲見先生者甚多, 不敢枉屈, 但乞知先生所止, 自當來也.」子訓曰:「不須使來, 吾尚千餘里來寧, 復與諸人計此邪? 卿今日使人人盡語之, 使各絕賓客, 吾日中當往, 臨時自當擇所先詣.」書生如其言語貴人, 貴人各灑掃, 到日中子訓往. 凡二十三處, 便有二十三子訓, 各在一處. 諸貴人各各喜, 自謂子訓先詣之, 定明日相參問. 同時各有一子訓, 其衣服顏色皆如一, 而論說隨主人諮問, 各各答對不同耳. 主人並爲設酒食之具, 以餉子訓, 皆各家家盡禮飲食之. 於是遠近大驚, 諸貴人並欲詣之. 子訓謂書生曰:「諸人謂我當有重瞳八采, 故欲見我. 我亦無所道, 我不復往便爾, 去矣.」適出門, 諸貴人冠蓋塞道, 到門. 書生言:「適去東陌上乘青騾者是也.」於是各各走馬逐之, 望見其騾徐徐而行, 各走馬逐之不及. 如此行半日, 而常相去一里許, 不可及也, 乃各罷還.

子訓既少君鄉里弟子, 微密謹愼, 思證道奧, 隨時明匠, 將足甄綜衆妙矣.

【駙馬都尉】 관직 이름. 漢 武帝 때 설치하였으며 종신과 외척, 공자들의 일을 처리함.

【宗理官】 감옥과 송사를 담당하던 법관.

【住年】 駐年, 却年, 還年과 같으며 늙지 않도록 '나이를 멈추다'의 뜻.

【止白】 흰머리가 되지 않도록 함. 늙지 않음.

【無常子大幻化之術】 도가의 符籙 술어. 자세히는 알 수 없음.

【比舍】 '比隣'과 같음. 이웃.

【窆器】 장례에 쓰이는 기구. 관목을 말함.

【宿昔】 조만간. 雙聲連綿語.

【寗】 고지명. 지금의 河南省 修縣.

【重瞳八采】 눈동자가 겹쳐 있으며 여덟 가지 색깔을 냄. 보통 사람과 다른 모습으로 도인이나 異人임을 뜻함.

【冠蓋】 '冠'은 벼슬하는 사람의 모자. '蓋'는 벼슬하는 사람의 수레 뚜껑. 흔히 사람이 많이 몰려듦을 표현하는 말.

참고 및 관련자료

1. 『太平廣記』(권12) 薊子訓

薊子訓者, 齊人也. 少嘗仕州郡. 舉孝廉, 除郎中, 又從軍, 除駙馬都尉. 人莫知其有道. 在鄕里時, 唯行信讓. 與人從事, 如此三百餘年, 顏色不老. 人怪之, 好事者追隨之, 不見其所常服藥物也. 性好淸澹, 常閒居讀易. 小小作文, 皆有意義. 見比屋抱嬰兒, 訓求抱之, 失手墮地. 兒卽死, 隣家素尊敬子訓, 不敢有悲哀之色. 乃埋瘞之. 後二十餘日, 子訓往問之曰:「復思兒否?」隣曰:「小兒相命, 應不合成人. 死已積日, 不能復思也.」子訓因出外, 抱兒還其家. 其家謂是死, 不敢受. 子訓曰:「但取之無苦, 故是汝本兒也.」兒識其母, 見而欣笑, 欲母取之, 抱, 猶疑不信, 子訓旣去. 夫婦共往視所埋兒, 棺中唯有一泥兒, 長六七寸. 此兒遂得長成, 諸老人鬚髮畢白者. 子訓但與之對坐共語, 宿昔之間, 明旦皆黑矣. 京師貴人聞之, 莫不虛心謁見, 無緣致之. 有年少與子訓隣居, 爲太學生. 諸貴人作計,共呼太學生謂之曰:「子勤苦讀書, 欲規富貴. 但召得子訓來, 使汝可不勞而得矣.」
生許諾. 便歸事子訓, 灑掃供侍左右數百日. 子訓知意, 謂生曰:「卿非學道, 馮能
如此?」生尙諱之, 子訓曰:「汝何不以實對, 妄爲虛飾? 吾已具知卿意. 諸貴人欲
見我. 我豈一行之勞, 而使卿不獲榮位乎? 汝可還京, 吾某日當往.」生甚喜, 辭
至京, 與貴人具說, 某日子訓當到. 至期未發, 生父母來詣子訓. 子訓曰:「汝恐吾
忘, 使汝兒失信不仕邪? 吾今食後卽發. 半日乃行二千里.」旣至, 生急往拜迎. 子
訓問曰:「誰欲見我?」生曰:「欲見先生者甚多, 不敢枉屈. 但知先生所至, 當自
來也.」子訓曰:「吾千里不倦, 豈惜寸步乎? 欲見者, 語之令各絕賓客. 吾明日當
各詣宅.」生如言告諸貴人, 各自絕客灑掃, 至時子訓果來. 凡二十三家, 各有一
子訓, 諸朝士各謂子訓先到其家. 明日至朝, 各問子訓何時到宅, 二十三人所見
皆同時, 所服飾顏貌無異. 唯所言話, 隨主人意答, 乃不同也. 京師大驚異, 其神
變如此. 諸貴人並欲詣子訓, 子訓謂生曰:「諸貴人謂我重瞳八釆, 故欲見我. 今
見我矣, 我亦無所能論道. 吾去矣.」適出門, 諸貴人冠蓋塞路而來. 生具言適去
矣, 東陌上乘驟者是也. 各走馬逐之不及, 如此半日, 相去常一里許, 終不能及.
遂各罷還. 子訓至陳公家, 言曰:「吾明日中時當去.」陳公問:「遠近行乎?」曰:
「不復更還也.」陳公以葛布單衣一送之. 至時, 子訓乃死. 屍僵, 手足交胸上, 不
可得伸, 狀如屈鐵. 屍作五香之芳氣, 達於巷陌, 其氣甚異. 乃殯之棺中, 未得出.
棺中嗡然作雷霆之音, 光照宅宇. 坐人頓伏良久, 視其棺蓋, 乃分裂飛於空中, 棺
中無人. 但遺一隻履而已. 須臾, 聞陌上有人馬簫鼓之聲, 徑東而去, 乃不復見.
子訓去後, 陌上數十里, 芳香百餘日不歇也.

2. 『博物志』(5)

魏王所集方士名: 上黨王眞. 隴西封君達. 甘陵甘始. 魯女生. 譙國華佗字元
化. 東郭延年. 唐霅. 冷壽光. 河南卜式. 張貂. 薊子訓. 汝南費長房. 鮮奴辜. 魏
國軍吏河南麴聖卿. 陽城郄儉字孟節. 廬江左慈字元放. 右十六人, 魏文帝・東
阿王・仲長統所說, 皆能斷穀不食, 分形隱沒, 出入不由門戶. 左慈能變形, 幻人
視聽, 壓刻鬼魅, 皆此類也. 『周禮』所謂怪民, 『王制』稱挾左道者也.

3. 『搜神記』(1)

薊子訓, 不知所從來. 東漢時, 到洛陽, 見公卿數十處. 皆持斗酒片脯候之. 曰:「遠來無所有, 示致微意.」坐上數百人, 飲啖終日不盡. 去後皆見白雲起, 從旦至暮. 時有百歲公說:「小兒時, 見訓賣藥會稽市, 顏色如此.」訓不樂住洛, 逐遁去. 正始中, 有人於長安東霸城, 見與一老公共摩娑銅人, 相謂曰:「適見鑄此, 已近五百歲矣!」見者呼之曰:「薊先生小住.」並行應之. 視若遲徐, 而走馬不及.

4. 『後漢書』卷82(下) 方術列傳 · 蘇子訓傳

薊子訓者, 不知所由來也. 建安中, 客在濟陰宛句. 有神異之道. 嘗拘鄰家嬰兒, 故失手墜地而死, 其父母驚號怨痛, 不可忍聞, 而子訓唯謝以過誤, 終無它說. 遂埋藏之. 後月餘, 子訓乃拘兒歸焉. 父母大恐, 曰:「死生異路, 雖思我兒, 乞不用復見也.」兒識父母, 軒渠笑悅, 欲往就之, 母不覺攬取, 乃實兒也. 雖大喜慶, 心猶有疑, 乃竊發視死兒, 但見衣被, 方乃信焉. 於是子訓流名京師, 士大夫皆承風向慕之. 後乃駕驢車, 與諸生俱詣許下. 道過滎陽, 止主人舍, 而所駕之驢忽然卒僵, 蛆蟲流出, 主遽白之. 子訓曰:「乃爾乎?」方安坐飯, 食畢, 徐出以杖扣之, 驢應聲奮起, 行步如初, 即復進道. 其追逐觀者常有千數. 既到京師, 公卿以下候之者, 坐上恆數百人, 皆為設酒脯, 終日不匱. 後因遁去, 遂不知所止. 初去之日, 唯見白雲騰起, 從旦至暮, 如是數十處. 時有百歲翁, 自說童兒時見子訓賣藥於會稽市, 顏色不異於今. 後人復於長安東霸城見之, 與一老公共摩挲銅人, 相謂曰:「適見鑄此, 已近五百歲矣!」顧視見人而去, 猶駕昔所乘驢車也. 見者呼之曰:「薊先生小住.」並行應之, 視若遲徐, 而走馬不及, 於是而絕.

5. 『藝文類聚』(78)

薊子訓, 不知所來. 到洛, 見公卿數十處, 皆持斗酒片脯候之. 曰:「遠來無所有, 示致微意.」坐上數百人, 飲啖終日不盡. 去後, 數十處皆白雲起, 從旦至暮. 時有百歲公, 說小兒時, 見訓賣藥會稽市, 顏色如此. 訓不樂住洛, 遂遁去. 正始中, 長安東霸城中, 有見之者, 與一老公. 摩娑銅人曰:「適見鑄此, 已近五百歲.」

6. 『藝文類聚』1 天部 雲

薊子訓到洛, 見公卿數十處, 後數十處皆有雲起.

神仙傳

제8권

066(8-1) 갈현 葛玄

갈현은 자가 효선孝先이며 단양丹陽 사람이다. 태어나면서 뛰어나고 똑똑하였으며, 성품이 영명하여 경전자사經傳子史 등 고전에 두루 밝아 보지 않은 것이 없을 정도였다.

십여 년이 지나 부모가 모두 세상을 뜨자 홀연히 이렇게 탄식하였다.

"천하에 항상 죽지 않는 도가 있었다. 그런데 어찌 이를 배우지 않고 있었던가?"

그러고는 명산을 두루 돌아다니며 발자국을 남겼고 기이한 사람이라면 모두 찾아다녔으며 영지와 삽주朮를 복용하면서 나중에는 선인 좌자左慈를 따라가 『구단금액선경九丹金液仙經』을 전수받았다. 갈현이 부지런히 재과齋科를 받들어 모시자 노군老君과 태극진인太極眞人이 감동하여 천태산天台山으로 내려와 그에게 『현령보玄靈寶』 등 경서 36권을 전수해 주었다.

오랜 시간이 흐르고 태상노군太上老君이 다시 세 진인眞人과 함께 나타났는데 목 뒤에 둥그런 광채가 났으며 팔경옥여八景玉輿라는 수레를 타고 있었는데 그 수레에는 보개寶蓋, 번번幡, 당당幢, 정절旌節을 갖추어 공중에 휘황한 빛이 번쩍거렸다. 그리고 그를 따르는 관리가 천 명 만 명이나 되었다. 그리고 시경선랑侍經仙郎 왕사진王思眞에게 명하여 아홉 가지 광채가 나는 옥온玉韞이라는 자루를 펼쳐 『동원경洞元經』, 『대동경大洞經』 등 경서 36권과 '상청재上淸齋' 두 가지 비법을 꺼내는 것이었다.

그 상청재의 두 가지 비법에 첫째는 무리에서 떨어져 혼자 있을 것, 마음을 안정되게 하고 기운을 조용히 하여 자신의 몸을 잊는 것인데 이는 마음을 명상에 잠기게 하는 재계법齋戒法이다.

두번째로는 제단을 정결하게 하고 도반道伴을 엄숙하게 시켜 태진太眞의 의식에 따라 행하며, 먼저 구대 선조를 모시고 그 다음으로 가문에 따라 순서를 정하며 끝으로 자신의 잘못을 살펴 반성하는 것이다.

그리고 영보재靈寶齋의 여섯 가지가 있었다.

첫째 금록재金錄齋이다. 이는 음양을 조화시켜 나라의 복을 지켜내도록 하는 것이다.

둘째 옥록재玉錄齋이다. 이는 나라의 후비后妃와 공후公侯, 귀족을 보살피는 것이다.

셋째 황록재黃錄齋이다. 이는 경상卿相과 지방의 목백牧伯, 그리고 구대 조상의 원죄原罪를 구제하여 벗어나게 하는 것이다.

넷째 명진재明鎭齋이다. 이는 선조를 아주 멀리 구제하며 여러 원한에 얽힌 상대를 풀어주는 것이다.

다섯째 삼원재三元齋이다. 이는 스스로 계율을 범한 죄에 대하여 사죄하는 것이다.

여섯째 팔절재八節齋이다. 이는 칠대 조상과 자신의 몸에 대하여 복을 빌면서 동시에 사죄하는 것이다.

그 외에도 동신재洞神齋, 태일재太一齋, 도탄재塗炭齋 등과 여러 가지 계법戒法이 있었는데 이들은 서로 같은 문건文件이었다.

갈현은 모두 태상의 명령을 준수하며 부지런히 수련하면서 태만하지 않았다. 특히 그는 병을 치료하는 일과 귀신을 불러 이를 탄핵하는 술법에 뛰어난 능력을 가지게 되었으며, 아울러 몸을 분해하여 모습을 변화시키는 일에도 능하였다.

오吳나라 대제大帝, 孫權가 그를 만나자고 하면서 그에게 영예로운 직책을 주고자 하였지만 갈현은 나가지 않았다. 그러자 손권은 그를 집에서 떠나지 못하게 하면서 객을 대하는 예로써 그를 대접해 주었다.

그러던 어느 날 갈현은 제자 장공張恭에게 이렇게 말하였다.

"내가 인간 세상의 임금에게 강제로 붙들려 머물고 있느라 큰 약을 지을 겨를도 없구나. 지금 8월 13일 정오에 떠나겠다."

그날이 되자 갈현은 의관을 갖추고 방으로 들어가 누워서 숨을 끊었는데 그 얼굴이 전혀 변하지 않았다. 제자들이 향을 피우며 이를 지켰다. 그런데 사흘 밤낮이 지나 한밤중에 갑자가 큰바람이 일더니 지붕이 날아가고 나무가 꺾이며 그 소리가 우레 같았다. 촛불이 꺼지고 한참이 흘렀다. 바람이 멎어 촛불을 다시 켰더니 갈현이 보이지 않고 단지 그 옷과 침상만 보이며 허리띠는 풀지도 않은 그대로였다. 이튿날 아침 이웃 사람에게 물었더니 그 이웃은 이렇게 말하는 것이었다.

"아무런 바람도 불지 않았었는데요."

바람은 단지 그 집 안에만 불어 그 집의 울타리와 나무들만이 모두가 날아가고 부러져 있었다.

葛玄, 字孝先, 丹陽人也. 生而秀穎, 性識英明, 經傳子史, 無不該覽. 年十餘, 俱失怙恃, 忽歎曰:「天下有常不死之道, 何不學焉?」因遁跡名山, 參訪異人, 服餌芝朮, 從仙人左慈, 受『九丹金液仙經』. 玄勤奉齋科, 感老君與太極眞人, 降於天台山, 授『玄靈寶』等經三十六卷. 久之, 太上又與三眞人, 項負圓光, 乘八景玉輿, 寶蓋・幡・幢・旌節, 煥耀空中,從官千萬. 命侍經仙郎王思眞, 披九光玉韞, 出『洞元大洞』等經三十六卷, 及上清齋二法: 一, 絕羣獨宴, 靜恬遺形, 冥心之齋也; 二, 淸壇肅侶, 依太眞之儀, 先拔九祖, 次及家門, 後謝己身也. 靈寶齋六法: 一金籙, 調和陰陽, 寶鎭國祚; 二玉籙, 保祐后妃公侯貴族; 三黃籙, 卿相牧伯拔度九祖罪原; 四明鎭, 超度祖先, 解諸寃對; 五三元, 自謝犯戒之罪; 六八節, 謝七祖及己身, 請福謝罪也. 及洞神・太一・塗炭等齋幷戒法等件.

悉遵太上之命, 修煉勤苦不怠. 尤長於治病收劾鬼魅之術, 能分形變化. 吳大帝要與相見, 欲加榮位. 玄不枉, 求去不得, 待以客禮. 一日, 語弟子張恭言:「吾爲世主所逼留, 不遑作大藥. 今當以八月十三日中時, 去矣.」至期, 玄衣冠入室, 臥而氣絶, 顔色不變, 弟子燒香守之. 三日三夜, 夜半忽大風起, 發屋折木, 聲響如雷, 燭滅良久. 風止燃燭, 失玄所在, 但見委衣床上, 帶無解者. 明旦問隣人, 隣人言:「了無大風.」風止在一宅內, 籬落樹木並敗折也.

【葛玄】三國時代 吳나라 丹陽人으로『抱朴子』와『신선전』의 작자인 葛洪의 從祖.『葛仙翁』, 혹은『太極仙翁』이라 불렸음.

【經傳】고대 儒家의 經을 풀이한 것을 '傳'이라 하며 이를 합하여 '경전'이라 함. 유가의 서적을 뜻함.

【怙恃】'기대고 의지하다'의 뜻. 인신하여 '부모'를 지칭함.

【九丹金液仙經】도가의 경전. 구단은 外丹의 용어. 광물이나 약초를 燒煉하여 만드는 아홉 가지 단약.『上淸道寶經』(4) "九丹"의 주에 "九丹如九方也, 服之壽萬歲. 第一丹名九華, 第二神符, 第三龍丹, 第四還丹, 五餌丹, 六煉丹, 七深丹, 八優丹, 九寒丹"이라 하였고,『抱朴子』에도 "華丹, 神符, 神丹, 還丹, 餌丹, 煉丹, 柔丹, 優丹, 寒丹"을 들고 있음.

【齋科】齋醮科儀의 줄인 말. '齋醮'는 도교에서 제단을 설치하여 제사를 지내

는 의식. '科儀'는 일정한 법칙과 기준에 따라 科題의 일을 수행함을 뜻함.

【太極眞人】 신선 이름.

【天台山】 浙江省 동부에 있는 산으로 甬江과 曹娥江, 그리고 靈江의 분수령이 됨. 주봉은 華頂山이라 함. 도교의 성지.

【玄靈寶】『玄經』과『靈寶經』을 가리킴.『玄經』은 가장 심오하며 가장 현묘한 것으로 九皇이 전한 것이라 함.『道藏闕經目錄』의 道藏尊經歷代綱目에 "其諸眞人所受修行得道之經, 行於世者, 計二萬九千八百卷. 上三皇, 中三皇, 下三皇所受, 謂之玄經"이라 함. 한편『靈寶經』은 張萬福의『傳授三洞經戒法錄略說』(권上)에 "元始五老赤書玉篇出於空洞自然之文, 於未有之中, 生天立地, 開化神明, 上謂之靈; 施鎭五嶽, 安國長存, 下謂之寶. ……天地分判, 天號之靈, 地號之寶, 故日靈寶"라 함.

【圓光】 신선의 등 뒤에 나타나는 光輪.

【八景】 여덟 방위에 대응된 八寶妙景, 八卦神景, 八色光景을 뜻함.『皇經集註』(4)에 "與諸天眷屬馭八景鸞輿"라 하였고, 주에 "大抵天上神輿, 周八方之經, 備八景之和, 故云八景"이라 함.

【侍經仙郎】 仙官의 이름. 仙界에서 經을 관장하는 임무를 맡은 관직.

【九光】 도가에서 여러 가지 장식 등에 쓰이는 화려한 각종 빛깔을 뜻함.

【洞元大洞】『洞元經』과『大洞經』.『洞元經』은『洞元部』, 혹은『洞玄部』라고도 하며 明 白雲霽의『道藏目錄詳註』凡例에 "洞元部, 則三界醫王太上道君所出, 號洞元經. 而爲中乘中法, 乃九眞之道. 其部分亦有十二類, 與前洞眞部并同. 凡系太上道君流演者, 各系於其類. 其輔則有太平部"라 함. 한편『大洞經』은 역시 도교의 경전으로 그 안의『文昌大洞仙經』에 "大者, 雖天地之大不更加也. 洞者通也. 萬物通有此理, 卽太極之謂, 太極旣判, 天地人三才各極其位, 所謂物物皆一太極, 故總言之, 是日大洞. 至高無上之道, 卽大道之祖"라 함.

【上淸齋】 上淸을 위하여 재계함을 뜻함. 도교에서는 이 세상의 三界 위에 다시 신선들이 거주하는 仙經인 三淸이 있으며 이를 玉淸, 上淸, 太淸이라 함.

【太眞】 선녀의 이름. 도교의 전설에 太眞夫人이라는 선녀가 있으며 王母의 막내딸이라 함.

【靈寶齋】 靈寶十二齋를 가리킴.『無上秘要』(47)『齋戒昌』에 "夫道家所先, 莫近於齋, 齋法甚多, 大同小異. 其功道重者, 唯太上靈寶齋, 但世希能學之矣. 學之者, 皆大乘之士. 前世積慶所鍾, 去仙近也"라 함.

【金籙】金籙齋. 천재를 소멸하여 帝王을 救度하고 保護하는 것. 이는 제왕이 행하는 재계법이라 함.

【玉籙】玉籙齋. 이는 사람의 몸을 보호하여 건강하게 비는 재계.

【黃籙】黃籙齋. 조상의 亡靈을 안위하고 제도하는 것.

【明眞】明眞齋. '盟眞齋'라고도 함. 『雲及七籤』(37)에 "明眞齋懺悔九幽"라 함.

【三元】三元齋. 역시 『운급칠첨』에 "三元齋, 首謝違反科戒"라 함.

【八節】八節齋. 여덟 節日에 행하는 재계. 즉 立春, 春分, 立夏, 夏至, 立秋, 秋分, 立冬, 冬至를 가리킴.

【洞神】洞神齋. 구체적으로 알 수 없음. 『洞神經』이라는 경전이 있음.

【太一】太一齋. 왕만이 수행할 수 있는 재계. 『道門定制』(6)에 "太一齋, 帝王修奉, 展禮配天"이라 함.

【塗炭】塗炭齋. 구체적으로 알 수 없음.

【吳大帝】삼국시대 오나라 임금 孫權을 가리킴. 죽은 후 시호가 '大皇帝'였음.

참고 및 관련자료

1. 『太平廣記』(권71) 葛玄

葛玄, 字孝先, 從左元放受九丹金液仙經. 未及合作, 常服餌朮. 尤長於治病, 鬼魅皆見形, 或遣或殺. 能絶穀, 連年不饑. 能積薪烈火而坐其上, 薪盡而衣冠不灼. 飮酒一斛, 便入深泉澗中臥. 酒解乃出, 身不濡濕. 玄備覽五經, 又好談論. 好事少年數十人, 從玄遊學. 嘗船行, 見器中藏書札符數十枚. 因問:「此符之驗, 能爲何事? 可得見否?」玄曰:「符亦何所爲乎?」卽取一符投江中, 流而下. 玄曰: 「何如?」客曰:「吾投之亦能爾.」玄又取一符投江中, 逆流而上. 曰:「何如?」客曰:「異矣.」又取一符投江中, 停立不動. 須臾下符上, 上符下, 三符合一處, 玄乃取之. 又江邊有一洗衣女, 玄爲諸少年曰:「吾爲卿等走此女, 何如?」客曰:「善.」乃投一符於水中, 女便驚走, 數里許不止. 玄曰:「可以使止矣.」復以一符投水中, 女卽止還. 人問:「女何怖而走?」答曰:「吾自不知何故也.」玄常過主人, 主人病, 祭祀道精. 精人使玄飮酒, 精人言語不遜, 玄大怒曰:「奸鬼敢爾.」救吾伯曳精人.

縛柱鞭脊, 卽見如有人牽精人出者, 至庭抱柱, 解衣投地. 但聞鞭聲, 血出流漓.
精人故作鬼語乞命. 玄曰:「赦汝死罪. 汝能令生人病愈否?」精人曰:「能.」玄曰:
「與汝三月期, 病者不愈, 當治汝.」精人乃見放. 玄嘗行過廟, 此神常使往來之人,
未至百步, 乃下騎乘. 中有大樹數十株, 上有衆鳥, 莫敢犯之. 玄乘車過, 不下. 須
臾, 有大風廻逐玄車. 塵埃漫天, 從者皆辟易. 玄乃大怒曰:「小邪敢爾.」卽擧手
止風, 風便止. 玄還, 以符投廟中. 樹上鳥皆墮而死. 後數日, 廟樹盛夏皆枯. 尋
廟屋火起, 焚燒悉盡. 玄見買魚者在水邊, 玄謂魚主曰:「欲煩此魚至河伯處, 可
乎?」魚人曰:「魚已死矣, 何能爲?」玄曰:「無苦也.」乃以魚與玄. 玄以丹書帋納
魚腹, 擲魚水中, 俄頃魚還躍上岸, 吐墨書靑色, 如大葉而飛去. 玄常有賓後來者,
出迎之. 坐上又有一玄, 與客語, 迎送亦然. 時天寒, 玄爲客曰:「貧居, 不能人人
得爐火. 請作火, 共使得煖.」玄因張口吐氣, 赫然火出, 須臾滿屋. 客盡得如在日
中, 亦不甚熱. 諸書生請玄作可以戲者. 玄時患熱, 方仰臥, 使人以粉粉身, 未及
結衣. 答曰:「熱甚. 不能起作戲.」玄因徐徐以腹搭屋棟數十過, 還復牀上. 及下,
冉冉如雲氣, 腹粉着屋棟, 連日猶在. 玄方與客對食. 食畢漱口, 口中飯盡盛大蜂
數百頭, 飛行作聲. 良久張口, 群蜂還飛入口中, 玄嚼之, 故是飯也. 玄手拍牀.
蝦蟆及諸蟲・飛鳥・燕雀・魚鼈之屬. 使之舞, 皆應鉉節如人, 玄止之卽止. 玄
冬中能爲客設生瓜, 夏致冰雪. 又能取數十錢, 使人散投井中, 玄徐徐以器於上
呼錢出. 於是一一飛從井中出, 悉入器中. 玄爲客致酒, 無人傳杯, 杯自至人前.
或飮不盡, 杯亦不去. 盡流水, 卽爲逆流十丈許. 于時有一道士, 頗能治病. 從中
國來, 欺人, 言我數百歲. 玄知其詃. 後會衆坐, 玄謂所親曰:「欲之此公年否?」
所親曰:「善.」忽有人從天上下, 擧座矚目, 良久集也. 着朱衣進賢冠, 入至此道
士前曰:「天帝詔問公之定年幾許, 而欺詃百姓?」道士大怖, 不牀長跪. 答曰:
「無狀, 實年七十三.」玄因撫手大笑, 忽然失朱衣所在. 道士大慙, 遂不知所之.
吳大帝請玄相見, 欲加榮位. 玄不聽, 求去不得, 以客待之, 常共遊宴. 坐上見道
間人民請雨, 帝曰:「百姓請雨, 安可得乎?」玄曰:「易得耳.」卽便書符著社中.
一時之間, 天地晦冥, 大雨流注, 中庭平地水尺餘. 帝曰:「水寧可使有魚乎?」
玄曰:「可.」復書符水中. 須臾, 有大魚百許頭, 亦各長一二尺, 走水中. 帝

日:「可食乎?」玄曰:「可.」遂使取治之, 乃眞魚也. 常從帝行舟, 遇大風, 百官船無大小多濡沒, 玄船亦淪失所在. 帝嘆曰:「葛公有道, 亦不能免此乎?」乃登四望山, 使人船鈎. 船沒已經宿, 忽見玄從水上來. 旣至, 尙有酒色. 謝帝曰:「昨因侍從, 而伍子胥見彊牽過, 卒不得捨去. 煩勞至尊, 暴露水次.」玄海行, 卒逢所親. 要於道間樹下, 折草刺樹, 以杯器盛之, 汁流如泉, 杯滿卽止. 飲之, 皆如好酒. 又取土石草木以下酒, 入口皆是鹿脯. 其所刺樹, 以杯承之. 杯至卽汁出, 杯滿卽止. 他人取之, 終不爲出也. 或有請玄, 玄意下欲往. 主人彊之. 不得已隨去, 行數百步, 玄腹痛, 止以臥地, 須臾死. 舉頭頭斷, 舉四肢四肢斷, 更臭爛蟲生, 不可復近. 請之者遽走告玄家, 更見玄故在堂上, 此人亦不敢言之. 走還向玄死處, 已失玄尸所在. 與人俱行, 能令去地三四尺, 仍並而步. 又玄遊會稽, 有賈人從中國過神廟, 廟神使主簿敎語賈人曰:「欲附一封書與葛公, 可爲致之.」主簿因以函書擲賈人船頭, 如釘着, 不可取. 及達會稽, 卽以報玄. 玄自取之, 卽得, 語弟子長大言曰:「五爲天子所逼留, 不遑作大藥. 今當尸解. 八月十三日日中時當發.」至期, 玄衣冠入室, 臥而氣絕. 其色不變, 弟子燒香守之三日. 夜半忽大風起, 發屋折木, 聲如雷, 炬滅. 良久風止, 忽失玄所在, 但見委衣床上, 帶無解者. 旦問隣家, 隣家人言了無大風. 風止止一宅, 籬落樹木, 皆敗拆也.

2. 『搜神記』(1)

葛玄字孝先, 從左元放受「九丹金液仙經」. 與客對食, 言及變化之事, 客曰:「事畢, 先生作一事特戲者.」玄曰:「君得無卽欲有所見乎?」乃嗽口中飯, 盡變大蜂數百, 皆集客身, 亦不螫人. 久之, 玄乃張口, 蜂皆飛入. 玄嚼食之, 是故飯也. 又指蝦蟆及諸行蟲燕雀之屬, 使舞, 應節如人. 冬爲客設生瓜棗, 夏致冰雪. 又以數十錢, 使人散投井中, 玄以一器于井上呼之, 錢一一飛從井出. 爲客設酒, 無人傳杯, 杯自至前; 如或不盡, 杯不去也. 嘗與吳主坐樓上, 見作請雨土人. 帝曰:「百姓思雨, 寧可得乎?」玄曰:「雨易得耳.」乃書符著社中, 頃刻間, 天地晦冥, 大雨流淹. 帝曰:「水中有魚乎?」玄復書符擲水中, 須臾, 有大魚數百頭, 使人治之.

3. 『三洞群仙錄』

葛玄, 字孝先, 三國吳丹陽人. 慕神仙術, 學煉氣保形之道, 人稱葛仙翁. 後於閤皀山靈寶法壇上, 白日飛昇, 證位太極左宮, 天機內相. 宋封常道沖應孚佑眞君, 流傳天台派.

4. 『藝文類聚』78 靈異部

葛玄, 字孝先, 從左元放受『九丹液仙經』. 與客對食, 並言及變化之事, 客曰:「食畢, 先生作一事特戲者.」玄曰:「君得無促促欲有所見乎?」乃嗽口飯, 盡成大蜂數百, 皆集客身, 亦不螫人. 食久, 玄乃張口, 蜂皆飛入口都畢. 玄嚼食之, 是故飯也. 玄指牀使行. 指蝦蟆及諸行蟲飛鳶雀龜之屬使舞. 絃節如人也. 玄以冬爲客設生瓜棗, 夏致冰雪. 又以數十錢, 使人散投井中, 玄以一器, 於井上呼錢出, 於是錢一一飛從井出. 皆向所投也. 又曰:「爲客設酒.」無人傳之, 杯不去也. 帝問曰:「百姓思雨, 寧可得乎?」玄曰:「雨易得耳.」乃書符著社中, 一時之間, 天地晦冥, 大雨流潦.

5. 『太平廣記』466

葛玄見遺大魚者. 玄云:「暫煩此魚到河伯處.」乃以丹書紙內魚口. 擲水中. 有頃. 魚還躍上岸. 吐墨書. 靑黑色. 如木葉而飛. 又玄與吳主坐樓上. 見作請雨土人. 玄曰:「雨易得耳.」卽書符著社中. 一時之間. 大雨流淹. 帝曰:「水中有魚乎?」玄復書符擲水中. 須臾. 有大魚數百頭. 使人取食之.

6. 『抱朴子』內篇 金丹

昔左元放於天柱山中精思積久, 而神人授之『金丹仙經』. 會漢末大亂, 不遑合作, 而避地來渡江東, 志欲投名山以修斯道. 余從祖仙公又從元放受之, 凡受『太淸丹經』三卷及『九鼎丹經』一卷, 『金液丹經』一卷. 余師鄭君者, 則余從祖仙公之弟子也, 又於從祖受之, 而家貧無用買藥. 余親事之, 灑掃積久, 乃於馬迹山中立壇盟受之, 並具諸口訣之不書者. 江東先無此書, 書出於左元放, 元放以授余從祖, 從祖以授鄭君, 鄭君以授余, 故他道士了無知者也.

7. 『藝文類聚』(권1)

神仙傳曰: 葛玄行, 遇神廟, 乘車不下. 須臾, 有大風逐玄, 埃塵漲天. 玄大怒曰:「小邪敢爾.」卽擧手指風, 風便止.

8. 『藝文類聚』(권87)

神仙傳曰: 葛玄冬爲客設生棗及生瓜.

067(8-2) 좌자 左慈

좌자는 자가 원방元放이며 여강廬江 사람이다. 어려서 오경에 밝았고 아울러 천문과 참위설에도 통달하여 한나라의 국운이 이미 다하여 천하에 대란이 일어날 것임을 알고는 이렇게 탄식하였다.

"이처럼 쇠락하는 국운을 만났으니 벼슬이 높은 자는 위험할 것이요, 재물이 많은 자는 죽임을 당하리라. 당세의 영화는 탐낼 만한 것이 아니로다."

그리고 도술을 배웠으며 특히 육갑六甲에 밝아 능히 귀신을 부리고 앉은자리에 음식을 차려내는 등 능력을 갖게 되었다. 그는 천주산天柱山에서 깊이 기도하여 석실石室 안에서 『구단금액경九丹金液經』을 얻어 온갖 변화를 부렸는데 일일이 모두 기록할 수 없을 정도였다.

조공曹公, 曹操이 이를 듣고 그를 불러 하나의 방에 가두어 놓고 사람을 시켜 지켜보게 하였다. 그리고 그에게 곡식을 끊고 하루 물만 두 되 주었다. 만 일 년이 지나 그가 나왔을 때 그의 얼굴은 조금도 변함이 없이 여전한 것이었다. 이에 조공이 이렇게 말하였다.

"내 알기로는 천하에 먹지 아니하고 살 수 있는 사람은 없다고 여겼는데."

그러고는 자신도 그를 따라 도술을 배우고 싶어 하였다. 그러자 좌자가 말렸다.

"도를 배우려면 마땅히 청정무위淸淨無爲하여야 합니다. 존귀한 분으로서는 배울 바가 못 됩니다."

조조는 화를 내며 좌자를 죽여 없애려 모의하였다. 그런데 좌자가 이를 알아차리고 떠나겠다고 청하였다. 조조가 말하였다.

"어찌 급히 떠나려 하오?"

좌자가 말하였다.

"공께서 저를 죽이려 하시니 그 때문에 떠나려는 것입니다."

조조가 말하였다.

"그럴 생각이 없소. 그대는 그 뜻을 고상하게 갖고자 하는 자이니 역시 오래 머물러 있을 수가 없겠지요."

이에 술자리를 마련하였다. 좌자가 말하였다.

"지금 이제 멀리 떠나야 하니 원컨대 잔을 나누어 마셨으면 합니다."

조조가 "좋소"라 하였다.

그날은 날씨가 추웠다. 그런데 술을 데웠지만 아직 충분히 더워지지 않았다. 좌자는 차고 있던 칼을 풀어 술을 저었더니 순식간에 칼이 다 녹아 없어지는데 마치 사람이 먹을 가는 것과 같았다.

처음에 조조는 좌자가 술잔을 나누어 마시자고 한 말을 듣고 좌자가 자신에게 먼저 술을 권하고 나머지를 자신이 마시겠다고 말할 줄로 여겼다. 그런데 좌자는 비녀를 뽑아 술잔을 금을 긋듯이 긋자

좌자: 『仙佛奇蹤』

술잔이 중간에 끊어지면서 두 방향으로 나뉘는 것이었다. 좌자가 그 반을 마시고 나머지 반을 조조에게 주었다. 조조는 불쾌히 여기며 아직 마시지 않고 있었다. 좌자는 그 반도 자신이 마시겠다고 하더니 이를 다 마시고는 그 잔을 대들보를 향해 던져 버렸다. 그런데 그 잔이 대들보에 매달려 흔들거리는 것이 마치 날던 새가 쳐다보았다 올려다보았다 하는 모습이었다. 그리고 곧 떨어질 것 같으면서도 떨어지지 않았다. 그 자리에 앉았던 이들 누구 하나 그 술잔을 쳐다보지 않는 자가 없었다. 그런데 그 사이에 좌자는 사라지고 없었다. 이를 찾아 물어보았더니 좌자는 이미 본래 머물고 있던 자리로 되돌아가 있었다.

조조는 더욱 좌자를 죽일 생각이 깊어졌다. 이에 내외에 명령을 내려 좌자를 잡아들이도록 하였다. 좌자는 얼른 양의 무리 속으로 뛰어들어갔다. 추격하던 자가 좌자가 양의 무리 속으로 들어간 것을 보았는데 그만 갑자기 놓쳐 버리자 그가 양으로 변한 것이라 여겼다. 그러나 어떻게 분별해낼 수가 없었다. 그리하여 잡으러 온 관리는 양에게 말을 걸어 보았다.

"우리 임금께서 좌 선생을 보고자 하니 잠시 원래 모습으로 돌아와 주어도 힘들지는 않으리라."

이에 양떼 가운데서 하나의 큰 양이 무릎을 꿇더니 말을 하는 것이었다. 그 관리들이 서로 이렇게 말하였다.

"무릎을 꿇고 있는 저 양이 바로 좌자이리라."

그리하여 다시 잡으려 하자 양들은 모두가 길게 무릎을 꿇는 것이었다. 추격하는 자가 역시 좌자의 소재를 알 수 없게 되어 결국 포기하고 말았다.

뒤에 어떤 이가 좌자가 있는 곳을 알고 있다고 조조에게 고하였다. 조조가 관리를 보내어 그를 잡아오도록 하여 마침내 좌자를 잡을 수 있었다. 그때 좌자는 숨을 수 없는 것이 아니었지만 고의로 사람들로 하여금 자신의 신기한 변호를 알도록 하기 위한 것이었을 뿐이었다.

이에 그를 잡아 옥에 가두었다. 옥의 관리가 그를 심문하고자 하였더니 건물 안에 하나의 좌자가 있는데 그 문밖에 또 하나의 좌자가 있는 것이었다. 누가 진짜인지 알 수가 없었다. 조조가 이를 듣고 더욱 증오를 느꼈다. 이에 그를 끌어내어 시중에서 죽일 참이었다. 그런데 순식간에 좌자를 닮은 일곱 사람으로 변하는 것이었다. 관리가 그중 여섯은 잡고 하나는 놓치고 말았다. 그런데 잠시 후 다시 그 여섯마저 놓치고 말았다. 그를 찾았더니 다시 시장으로 들어가는 것을 보았다는 것이었다. 이에 시장의 사방 관문을 모두 채우고 그를 수색하였다. 어떤 이가 좌자를 알지 못하여 어떤 모습인가를 물었다. 좌자는 외눈에 푸른 갈건葛巾을 썼고 홑겹의 짧은 옷을 입었다고 전해 주자 이와 같은 자를 보고 곧 잡으려 하자 온 시중 사람이 모두가 외눈에 갈건을 쓰고 짧은 옷으로 변하여 구분해낼 수가 없었다.

조조는 그 있을 만한 곳을 두루 쫓아다니며 찾도록 하되 보면 즉시 죽여 버리도록 명하였다. 뒤에 어떤 사람이 그를 보자 곧 그의 머리를 잘라 이를 조조에게 바쳤다. 조조는 아주 기뻐하였다. 그런데 그가 가지고 온 머리를 보았더니 하나의 묶은 풀 한 묶음일 뿐이었다.

형주荊州에서 온 어떤 자가 좌자를 형주에서 보았노라 하였다.

형주 목사牧使 유표劉表는 좌자가 민중을 현혹시키는 자라 여겨 다시 그를 죽이려 하였을 때 좌자는 이미 이를 알고 있었다. 유표는 많은 군사를 가지고 자랑하면서 좌자의 도술을 보고 싶어 하였다. 이에 좌자는 서서히 유표에게 다가가 이렇게 말하였다.

"하찮은 예이지만 그대 군사들에게 음식을 대접하고 싶습니다."

유표가 말하였다.

"도인께서는 이곳에 옮겨와 홀로 사는 사람이오. 우리는 군사가 많아 도인이 능히 그 많은 사람을 다 먹일 수 없을 것이오."

좌자가 거듭 자신의 제의를 말하자 유표는 사람을 시켜 좌자가 준비하였다는 음식을 가져오도록 하였다. 그것은 술 한 그릇에 포脯 한 묶음이었는데 십여 명이 함께 들어도 이를 들어올릴 수 없었다. 이에 좌자가 이를 직접 들고 와서는 칼로 포를 베어 땅에 던지며

백 명으로 하여금 술과 포를 날라 군사들에게 나누어 줄 것을 청하였다. 이리하여 사람마다 석 잔의 술과 포 한 조각씩 먹었는데 그 맛은 보통의 술이나 포와 똑같았다. 이렇게 무릇 만여 명이 두루 족하게 돌아갔는데도 그 그릇의 술은 여전하였고 포 역시 줄어들지 않았다. 한편 그 좌중에 빈객 또한 수십 명이 있었는데 모두가 크게 취할 정도로 실컷 마시고 먹었다.

유표는 크게 놀라 더 이상 좌자를 해칠 뜻을 갖지 않게 되었다. 이렇게 좌자는 유표에게 며칠 의탁했다가 동쪽 오吳나라로 들어갔다.

오나라에는 서수徐隨라는 자가 있었는데 역시 도술을 가지고 있었으며 丹徒에 살고 있었다. 좌자가 그의 집을 찾아갔더니 그 집 앞에 손님들이 타고 온 수레 6, 7승이 있었다. 그런데 손님이 좌자를 속여 "서수는 집에 없습니다"라 하였다. 좌자는 즉시 떠났다. 그 집에 머물던 손님들이 보았더니 자신들의 소가 모두 버드나무 꼭대기 가지 위를 걷고 있는 것이었다. 이에 나무에 올라가 보면 아무것도 없는데 다시 내려와 쳐다보면 소가 그 위를 걷고 있는 것이었다.

또 자신들의 수레바퀴에 모두 가시가 나서 한 자씩 자라는 것이었다. 이를 베어 없애도 끊임이 없었고 이를 흔들어 보아도 요지부동이었다. 객들은 크게 놀라 서수에게 들어가 보고하였다.

"어떤 외눈박이 늙은 노인이 찾아왔기에 제가 속여 공께서 계시지 않는다고 말했습니다. 그런데 잠시 후 수레와 소를 모두 이렇게 만들어 버렸으니 무슨 뜻인지 모르겠습니다."

서수가 말하였다.

"쯧쯧! 이는 좌공께서 나를 만나러 온 것인데 너희들은 어찌 그렇게 속였단 말이냐?"

그리고 급히 그를 뒤쫓도록 하였다. 여러 객들이 각각 나뉘어 그를 쫓았다. 그리고 그에게 다가가자 둘러서서 머리를 조아리며 죄를 빌었다. 좌자도 마음이 풀려 그들을 돌려보내 주었다. 그들이 돌아와 보니 수레와 소가 종전처럼 그대로 제자리에 묶여 있었으며 수레바퀴의 가시나무도 사라지고 없었다.

좌자가 오나라 군주 손권孫權을 만났다. 손권은 평소 좌자가 도술을 가지고 있다는 것을 알고 있던 터라 그를 풍성한 예로 존중하였다. 그런데 손권의 신하로 사송謝送이라는 자가 있어 그는 조조와 유표가 좌자가 민중을 미혹하게 한다고 미워했음을 알고 다시 손권에게 참언을 올려 좌자를 죽이도록 하였다. 그리하여 좌자와 함께 나들이를 나서기로 청하고 그를 말 앞에 걷도록 하여 뒤에서 찔러 죽일 참이었다.

좌자는 나막신을 신고 청죽장青竹杖을 짚고 천천히 앞서 걸었는데 항상 뒤따르는 말과 1백의 거리를 유지하였다. 이에 말에 채찍을 가하여 무기를 들고 그를 쫓았지만 끝내 그를 따라잡을 수 없었다. 사송은 그가 도술을 가지고 있음을 알고 이에 중지하고 말았다.

좌자는 갈선공葛仙公, 葛玄에게 이렇게 말하였다.

"곽산霍山으로 들어가 구전단九轉丹을 만들어야겠소."

그리고 그 단약을 완성하자 드디어 신선이 되어 사라지고 말았다.

左慈者, 字元放, 廬江人也. 少明五經, 兼通星緯, 見漢祚將盡, 天下亂起, 乃嘆曰:「值此衰運, 官高者危; 財多者死. 當世榮華不足貪也.」乃學道術, 尤明六甲, 能役使鬼神, 坐致行廚. 精思於天柱山中, 得石室內『九丹金液經』, 能變化萬端, 不可勝紀.

曹公聞而召之, 閉一室中, 使人守視, 斷其穀食, 日與二升水. 朞年乃出之, 顏色如故. 曹公曰:「吾自謂天下無不食之人.」 曹公乃欲從學道, 慈曰:「學道當得清淨無爲, 非尊貴所宜.」 曹公怒, 乃謀殺之. 慈已知之, 求乞骸骨. 曹公曰:「何忽去耳?」慈曰:「公欲殺慈, 慈故求去耳.」曹公曰:「無有此意. 君欲高尙其志者, 亦不久留也.」乃爲設酒. 慈曰:「今當遠適, 願乞分杯飲酒.」公曰:「善.」 是時天寒, 溫酒尙未熱, 慈解劍以攪酒, 須臾劍都盡, 如人磨墨狀.

初, 曹公聞慈求分杯飲酒, 謂慈當使公先飲, 以餘與慈耳. 而慈拔簪以畫杯酒, 酒卽中斷, 分爲兩向. 慈卽飲其半, 送半與公, 公不喜之, 未卽爲飲. 慈乞自飲之, 飲畢, 以杯擲屋棟, 杯懸着棟動搖, 似飛鳥之俯仰, 若欲落而不落. 一座莫不矚目視杯, 旣而已失慈矣, 尋問之, 慈已還所住處.

曹公遂益欲殺慈, 乃勅內外收捕慈. 慈走羣羊中, 追者視慈入羣羊中, 而奄忽失之, 疑其化爲羊也. 然不能分別之. 捕吏乃語羊曰:「人主意欲得見先生, 暫還無苦.」於是羣羊中有一大者, 跪而言. 吏乃相謂曰:「此跪羊是慈也.」復欲擒之. 羊無大小悉長跪, 追者亦不知慈所在, 乃止.

後有知慈處者, 以告曹公, 公遣吏收之, 得慈. 慈非不得隱, 故欲令人知其神化耳. 於是受執入獄. 獄吏欲考訊之, 戶中有一慈, 戶外亦有一慈, 不知孰是. 曹公聞而愈惡之, 使引出市殺之. 須臾, 有七慈相似, 官收得六慈, 失一慈. 有頃, 六慈皆失. 尋又見慈走入市, 乃閉市四門而索之. 或不識者問慈形貌何似? 傳言慈眇一目, 靑葛巾單衣, 見有似此人者, 便收之. 及而一市中人, 皆眇一目, 葛巾單衣, 竟不能分. 曹公令所在普逐之, 如見便殺. 後有人見慈, 便斷其頭以獻曹公. 公大喜, 及至視之, 乃一束茅耳.

　有從荊州來者, 見慈在荊州. 荊州牧劉表以爲惑衆, 復欲殺慈, 慈意已
知. 表出耀兵, 乃欲見其道術. 乃徐去詣表, 說:「有薄禮願以餉軍.」表
曰:「道人單儒, 吾軍人衆, 非道人所能餉也.」慈重道之, 表使人取之, 有
酒一器, 脯一束, 而十餘人共舁之不起. 慈乃自取之, 以一刀削脯投地,
請百人運酒及脯, 以賜兵士. 人各酒三杯, 脯一片, 食之如常酒脯味, 凡
萬餘人皆周足, 而器中酒如故, 脯亦不減. 座中又有賓客數十人, 皆得大
醉. 表乃大驚, 無復害慈之意. 慈數日委表東去入吳.

　吳有徐隨者, 亦有道術, 居丹徒. 慈過隨門, 門下有客車六七乘, 客詐
慈云:「徐公不在.」慈便卽去. 宿客見其牛皆在楊柳樹杪行, 適上樹卽不
見, 下卽復見牛行樹上. 又車轂中皆生荊棘, 長一尺, 斫之不斷, 搖之不
動. 宿客大懼, 入報徐公, 說:「有一眇目老公至門, 吾欺之, 言公不在, 此
人去後, 須臾使車牛皆如此, 不知何意.」徐公曰:「咄咄! 此是左公遇我,
汝曹那得欺之?」急追之, 諸客分布逐之. 及慈, 羅列叩頭謝之, 慈意解,
卽遣還去. 及至, 見車牛如故繫在, 車轂中無復荊木也.

　慈見吳先主孫權, 權素知慈有道, 頗禮重之. 權侍臣謝送知曹公・劉表
皆忌慈惑衆, 復譖於權, 欲使殺之. 後出遊, 請慈俱行, 令慈行於馬前, 欲
自後刺殺之. 慈著木履, 持靑竹杖, 徐徐緩步行, 常在馬前百步. 著鞭策
馬, 操兵器逐之, 終不能及. 送知其有道, 乃止. 慈告葛仙公言:「當入霍
山中合九轉丹.」丹成, 遂仙去矣.

【左慈】東漢 末의 人物. 『後漢書』에 그 傳이 실려 있다. 『神仙傳』에도 그 기사가 실려 있다.

【盧江】강 이름. 구체적으로는 알 수 없음.

【星緯】별을 사람의 길흉화복과 연결하여 풀이한 緯書.

【天柱山】'皖山', '潛山'이라고도 하며 安徽省 潛山縣 서북쪽에 있음.

【九丹金液經】도교의 경전.

【曹公】曹操(155~220). 字는 孟德. 東漢 獻帝 때의 丞相. 뒤에 魏 武帝로 追尊되었다.

【乞骸骨】관직에서 물러나기를 임금에게 요구함을 뜻함.

【眇】애꾸눈을 말함.

【荊州】지금의 湖南省 常德市.

【單僑】혼자 외지로 옮겨와 사는 사람. 僑는 외지에 나와 사는 사람을 말함.

【徐隨】인명. 구체적으로는 알 수 없음.

【丹徒】지명. 지금의 江蘇省 鎭江市. 秦始皇 때 이곳에 王氣가 있다 하여 徒刑을 받은 죄수 3천 명을 시켜 파도록 하였으며 그들이 모두 붉은 囚衣를 입어 '丹徒'라는 지명이 되었다 함.

【謝送】인명. 구체적으로는 알 수 없음.

【葛仙公】葛玄. 본 『神仙傳』의 저자인 葛洪의 조부이며 혹 '太極仙翁'이라고도 불림. 066 참조.

【霍山】安徽省 서부에 있는 산으로 북쪽으로 大別山과 접해 있음.

참고 및 관련자료

1. 『太平廣記』(권11) 左慈

左慈字元放, 盧江人也. 明五經, 兼通星氣. 見漢祚將衰, 天下亂起, 乃嘆曰: 「値此衰亂. 官高者危, 財多者死. 當世榮華, 不足貪也.」乃學道. 尤明六甲, 能役使鬼神, 坐致行廚. 精思於天柱山中, 得石室中九丹金液經. 能變化萬端, 不可勝記. 魏曹公聞而召之, 閉一石室中, 使人守視. 斷穀期年, 乃出之, 顔色如故.

曹公自謂:「生民無不食道, 而慈乃如是, 必左道也.」欲殺之. 慈已知, 求乞骸骨.
曹公曰:「何以忽爾?」對曰:「欲見殺, 故求去耳.」公曰:「無有此意. 公却高其
志, 不苟相留也.」乃爲設酒, 曰:「今當遠曠, 乞分盃飮酒.」公曰:「善.」是時天
寒, 溫酒尙熱. 慈拔道簪以撓酒. 須臾, 道簪到盡, 如人磨黑. 初, 公聞慈求分杯
飮酒, 謂當使公先飮, 以與慈耳. 而拔道簪以盡. 盃酒中斷, 其間相去數寸, 卽飮
半, 半與公. 公不善之, 未卽爲飮. 慈乞盡自飮之. 飮畢, 以杯擲室棟, 杯懸搖動,
似飛鳥俯仰之狀. 若欲落而不落, 擧坐莫不視杯, 良久乃墮. 旣而已失慈矣. 尋問
之, 遠其所居. 曹遂益欲殺慈, 試其能免死否. 乃粼收慈, 慈走入群羊中, 而追者
不分. 乃數本羊, 果餘一口, 乃知是慈化爲羊也. 追者語主人意, 欲得見先生, 暫
遠無怯也. 俄而有大羊前跪而曰:「爲審爾否?」吏相謂曰:「此跪羊, 慈也.」欲收
之. 於是群羊咸向吏言曰:「爲審爾否?」由是吏亦不復知慈所在, 乃止. 後有知
慈處者, 告公. 公又遣吏收之, 得慈. 慈非不能隱, 故示其神化耳. 於是受執入獄,
獄吏欲拷掠之. 戶中有一慈, 不知孰是. 公聞而愈惡之, 使引出市殺之. 須臾, 忽
失慈所在, 乃閉市門而索. 或不識慈慈者, 問其狀. 言眇一目, 著靑葛巾靑單衣.
見此人便收之, 及爾. 一市中人皆眇目, 著葛巾靑衣, 卒不能分. 公令普逐之, 如
見便殺. 後有人見知, 便斬以獻公. 公大喜, 及至視之, 乃一束茅. 驗其尸, 亦亡處
所. 後有人從荊州來, 見慈. 刺史劉表, 亦以慈爲惑衆, 擬收害之. 表出耀兵, 慈
意知欲見其術. 乃徐徐去, 因又詣表云:「有薄禮, 願以餉軍.」表曰:「道人單僑,
吾軍人衆, 安能爲濟乎?」慈重道之. 表使視之, 有酒一斗. 器盛, 脯一束, 而十人
共擧不勝. 慈乃自出取之, 以刀削脯投地. 請百人奉酒及脯, 以賜兵士. 酒三盃,
脯一片, 食之如常脯味. 凡萬餘人, 皆周足, 而器中酒如故, 脯亦不盡. 坐上又有
賓客千人, 皆得大醉. 表乃大驚, 無復害慈之意. 數日, 乃委表去. 入東吳, 有徐墮
者, 有道術, 居丹徒. 慈過之, 墮門下有賓客, 車牛六七乘. 欺慈云:「徐公不在.」
慈知客欺之, 便去. 客卽見牛在楊樹杪行, 適上樹卽不見, 下卽復見行樹上. 又車
轂皆生荊棘, 長一尺. 斫之不斷, 推之不動. 客大懼, 卽報徐公:「有一老翁眇目,
吾見其不急之人, 因欺之云, 公不在. 去後須臾, 牛皆如此. 不知何等意?」公曰:
「咄咄. 此是在公過我, 汝曹那得欺之. 急追可及.」諸客分布逐之, 及慈. 羅布叩

頭謝之, 慈意解, 卽遣還去. 及至, 車牛等各復如故. 慈見吳主孫討逆, 復欲殺之. 後出遊, 請慈俱行, 使慈行於馬前, 欲自後刺殺之. 慈在馬前, 着木履, 掛一竹杖. 徐徐而行. 討逆着鞭策馬, 操兵逐之, 終不能及. 討逆知其有術, 乃止. 後慈以意告葛仙公, 言當入霍山, 合九轉丹. 遂乃仙去.

2. 『博物志』(5)

魏武帝好養性法, 亦解方藥, 招引四方之術士, 如左元放・華佗之徒, 無不畢至.

3. 『博物志』(5)

魏時方士, 甘陵甘始, 廬江有左慈, 陽城有郄儉. 始能行氣導引, 慈曉房中之術, 儉善辟穀不食, 悉號三百歲人. 凡如此之徒, 武帝皆集之於魏, 不使游散. 甘始老而少容, 曹子建密問其所行, 始言:「本師姓韓字世雄, 嘗與師於南海作金, 投數萬斤於海. 又取鯉魚一雙, 令其一著藥, 俱投沸膏中, 有藥者奮尾鼓鰓, 游行沈浮, 有若處淵, 其一無藥者已熟而可食.」言:「此藥去此逾萬里, 已不自行, 不能得也.」

4. 『博物志』(5)

文帝『典論』曰:「陳思王曹植「辯道論」云: 世有方士, 吾王悉招致之, 甘陵有甘始, 廬江有左慈, 陽城有郄儉. 始能行氣導引, 慈曉房中之術, 儉善辟穀, 悉號三百歲人. 自王與太子及余之兄弟咸以爲調笑, 不全信之. 然嘗試郄儉辟穀百日, 躬與寢處, 行步起居自若也. 夫人不食七日則死, 而儉乃能如是. 左慈修房中之術, 差可以終命, 然非有至情, 莫能行也. 甘始老而少容. 自諸術士咸共歸之, 王使郄孟節主領諸人.」

5. 『搜神記』(1)

左慈字元放, 廬江人也. 少有神通, 嘗在曹公座, 公笑顧衆賓曰:「今日高會, 珍羞略備, 所少者, 吳松江鱸魚爲膾.」放云:「此易得耳.」因求銅盤, 貯水, 以竹竿餌釣于盤中. 須臾, 引一鱸魚出. 公大拊掌, 會者皆驚. 公曰:「一魚不周坐客,

得兩爲佳.」放乃復餌釣之. 須臾, 引出, 皆三尺餘, 生鮮可愛, 公便自前膾之, 周
賜座席. 公曰:「今旣得鱸, 恨無蜀中生薑耳.」放曰:「亦可得也.」公恐其近道買,
因曰:「吾昔使人至蜀買錦, 可敕人告吾使, 使增市二端.」人去, 須臾還, 得生薑.
又云:「於錦肆下見公使, 已敕增市二端.」後經歲餘, 公使還, 果增二端. 問之,
云:「昔某月某日, 見人於肆下, 以公敕敕之.」

後公出近郊, 士人從者百數. 放乃齎酒一罌, 脯一片, 手自傾罌, 行酒百官, 百
官莫不醉飽. 公怪, 使尋其故. 行視沽酒家, 昨悉亡其酒脯矣. 公怒, 陰欲殺放.
放在公座, 將收之, 卻入壁中, 霍然不見. 乃募取之. 或見于市, 欲捕之, 而市人
皆放同形, 莫知誰是. 後人遇放于陽城山頭, 因復逐之, 遂走入羊群. 公知不可得,
乃令就羊中告之曰:「曹公不復相殺, 本試君術耳. 今旣驗, 但欲與相見.」忽見一
老羝, 屈前兩膝, 人立而言曰:「遽如許.」人卽云:「此羊是.」競往赴之. 而群羊
數百, 皆變爲羝, 並屈前膝, 人立云:「遽如許.」於是遂莫知所取焉.

老子曰:「吾之所以爲大患者, 以吾有身也. 及吾無身, 吾有何患哉!」若老子
之儔, 可謂能無身矣. 豈不遠哉也!

6.『後漢書』卷82(下) 方術列傳

左慈字元放, 廬江人也, 少有神道. 嘗在司空曹操坐, 操從容顧衆賓曰:「今日
高會, 珍羞略備, 所少吳松江鱸魚耳.」放於下坐應曰:「此可得也.」因求銅盤貯
水, 以竹杆餌釣於盤中. 須臾引一鱸魚出. 操大拊掌笑, 會者皆驚. 操曰:「一魚不
周坐席, 可更得乎?」放乃更餌鉤沈之. 須臾復引出, 皆長三尺餘, 生鮮可愛, 操使
目前鱠之, 周浹會者. 操又謂曰:「旣已得魚, 恨無蜀中生薑耳.」放曰:「亦可得也.」
操恐其近卽所取, 因曰:「吾前遣人到蜀買錦, 可過勑使者, 增市耳端.」語頃, 卽
得薑還, 并獲操使報命. 後操使蜀反, 驗問增錦之狀及時日早晚, 若符契焉.

後操出近郊, 士大夫從者百許人, 慈乃爲齎酒一升, 脯一斤, 手自斟酌, 百官
莫不醉飽, 操怪之, 使尋其故. 行視諸鑪, 悉亡其酒脯矣, 操懷不喜, 因坐上收欲
殺之, 慈乃卻入壁中, 霍然不知所在, 或見於市者, 又捕之, 而市人變形與慈同,
莫知誰是 後人逢慈於陽城山頭, 因復逐之, 遂入走羊羣, 操知不可得, 乃令就羊
中告之曰:「不復相殺, 本試君術耳.」忽有一老羝屈前兩膝, 人立而言曰:「遽如

許.」卽競往赴之, 而羣羊數百皆變爲羝, 並屈前膝人立, 云:「遽如許.」遂莫知所
取焉.

7. 『北堂書鈔』 145

曹操高會, 珍羞所少者松江鱸魚耳. 左慈求銅盤貯水釣之, 皆浹會者.

8. 『法苑珠林』 43

左慈字元放, 盧江人也. 有神通, 嘗在曹公座, 公曰:「今日高會, 恨不得吳松
江鱸魚爲膾.」放云:「可得也.」求銅盤, 貯水, 放以竹竿餌釣盤中, 須臾, 引一鱸
出, 公大撫掌, 會者皆驚, 公曰:「一魚不周座席, 得兩爲佳.」放乃得餌釣之, 須
臾, 引出, 皆三尺餘, 生鮮可愛, 公便目前膾之, 周賜座席, 公曰:「今旣得鱸, 恨
不得蜀生薑耳.」放曰:「可得也.」公恐其近道買, 因曰:「吾昔使人至蜀買錦, 可
勑人告吾使, 使增市二端.」人去, 須臾還, 得生薑, 又云:「於錦肆下見公使, 已
勑增市二端.」後經歲餘, 公使還, 果增市二端錦. 問之, 云:「昔某月某日, 見人
於肆下, 以公勑勑之, 增市二端錦.」後公出近郊, 士人從者百數. 放乃齎酒一罌,
脯一片, 手自傾罌, 行酒百官, 百官皆醉飽, 公還驗之, 酤賣家昨悉亡其酒脯矣.
公惡之, 陰欲殺元放. 元放在公座, 將收之, 放却入壁中, 霍然不見, 乃募取之.
或見於市, 欲捕之, 而市人皆放同形, 後或見於於陽城山頭, 行人逐之, 放入於羊
羣. 行人知放在羊中, 告之曰:「曹公不復相殺, 本成君術, 旣驗, 但欲與相見.」
羊中忽有一大老羝. 屈前兩膝, 人立而言曰:「遽如許.」人卽云:「此羊是.」競往
欲取, 而羣羊數百, 皆爲羝羊, 並屈前膝, 人立云:「遽如許.」於是莫知所取焉.
老子曰:「吾之所以爲大患者, 以吾有身也. 及吾無身, 吾有何患哉!」若老者之
儔, 可謂能無身矣. 豈不遠哉也?

9. 『藝文類聚』(권17)

神仙傳曰: 曹公捕左慈, 數日得之, 便斷頭, 以白曹公. 公大喜曰:「果慈頭, 定
視, 是一束茅爾.」

10. 『藝文類聚』(권72)

神仙傳曰:「左慈詣劉表, 云有薄禮, 願以犒軍. 表使取之, 有酒一器, 有脯一盤, 千餘人共擧, 不能勝. 慈自取之, 引入. 求書刀, 削脯投地. 百人接酒及脯, 賜兵人人酒三杯, 酒如故, 脯亦不減.

11. 『藝文類聚』(권89)

神仙傳曰: 吳有徐隨, 居丹徒, 左慈過隨. 門下有宿客車六七乘, 欺慈, 云:「徐公不在.」慈去, 客皆見牛在楊樹杪, 車轂中皆生荊木, 長一二丈. 客懼. 入報隨, 隨曰:「此左公, 遣追之.」客逐慈, 叩頭謝, 客還, 見牛故在地, 無復荊木也.

12. 『藝文類聚』(권94)

曹公收左慈, 慈走入群羊中, 失慈之所在. 追者疑化爲羊, 乃令人數羊, 羊本千口. 揀之, 長一口, 知果化爲羊. 乃謂曰:「若是左公者, 但出無苦也.」有一羊跪云:「詎如許.」追者欲執之. 於是群羊皆跪曰:「詎如許.」追者乃去.

13. 『仙佛奇蹤』(권2) 左慈

左慈, 字元放, 廬江人. 於天柱山中, 精思學道, 得石室中丹經. 尤明六甲, 能使鬼神. 坐致行廚, 變化萬象. 曹操召見, 閉一室, 斷穀朞年, 出之, 顏色如故. 操嘗宴賓曰:「今日高會, 所少松江鱸耳.」慈因求銅盆貯水, 以竿釣之, 卽得鱸. 操曰:「恨無蜀薑.」慈曰:「易得.」操恐近取, 卽曰:「前使買錦, 可報增二十段.」慈曰:「諾.」乃擲盃空中化鶴而去. 須臾, 袖中出薑, 後買錦者, 回果云:「是日得報, 增錦.」操出郊從者百許. 慈爲齎酒一升脯一斤, 手自斟酌. 百官莫不醉飽, 操怪之. 行視諸壚悉亡其酒脯矣. 操惡其怪, 因收慈, 欲殺之. 慈乃邰入壁中, 霍然不知所在. 或見於市, 捕之, 而市人皆變形與慈同. 莫辨誰是. 或逢慈於陽城山頭, 因復逐之, 遂奔入羊群. 操知不可得, 乃令使告之曰:「不復相殺, 本試君術耳.」忽有一老羝屈前, 兩膝人立而言曰:「遽如許.」使欲取之, 而群羊數百皆變爲羝, 竝人立云:「遽如許.」亦莫知取焉.

14. 한편 『三國志』 卷63 吳書 趙達傳 注에 葛洪의 『神仙傳』을 인용한 介象 (字, 元則)의 고사가 이와 유사하며, 『神仙傳』 卷9 介象에도 실려 있다.

068(8-3) 왕요 王遙

왕요는 자가 백료伯遼이며 파양鄱陽 사람이다. 아내를 맞았으나 아이가 없었으며 병을 고치는 데 자못 능력이 있어 그 어떤 병도 치유하지 못하는 것이 없었다.

그는 치료하면서 제사를 지내는 일도 없었고, 부적을 물에 던지는 일도, 침이나 약을 사용하는 것도 없었다. 그가 병을 치료할 때는 단지 8척의 헝겊으로 이를 땅에 펴고 앉아 마시지도 먹지도 아니하면 곧바로 병이 나아 일어서 걸을 수 있게 한다.

그중 사악한 귀신이 재앙을 부려 병에 걸린 자의 경우, 왕요가 땅에 감옥을 그려 그 요괴를 불러내면 모두가 물건의 모습을 드러내어 그 감옥에 갇혀 있게 된다. 그중에는 혹 여우나 이리, 큰 자라, 뱀 같은 것들이 있었다. 이에 그들을 베어 불로 태워 버리면 병든 자가 즉시 나았다.

왕요는 대나무 상자를 가지고 있었는데 그 길이가 몇 촌寸 정도의 작은 것이었다.

그의 제자로 성이 전씨錢氏인 자가 있어 그를 수십 년 따라다녔으나 왕요가 그 상자를 열어 보는 것을 전혀 볼 수가 없었다. 밤이면 항상 큰비가 내리고 천지가 어두울 때 왕요는 전씨에게 구절장九節杖이라는 지팡이로 이 상자를 메도록 하여 길을 나섰다. 비를 무릅쓰고 걸었지만 왕요와 제자들의 옷은 전혀 젖지 아니하는 것이었다. 그리고 항상 그때는 두 개의 횃불을 들고 앞에서 인도하도록 하였다. 이렇게 약 30리쯤 가서 작은 산에 올라 석실로 들어갔다. 석실에는 먼저 두 사람이 와서 기다리고 있었다. 왕요는 먼저 제자가 메고 왔던 상자를 받아 이를 열었다. 그 안에는 '오설죽황五舌竹簧'이라는 피리 세 개가 들어 있었다. 왕요는 그중 하나를 꺼내어 자신이 이를 연주하고 두 개는 미리 와 있던 두 사람에게 주어 함께 앉아 불기 시작하였다.

한참 후 왕요가 떠나기를 고하고 나서면서 그 세 개의 피리를 모두 다시 상자에 넣고는 전씨에게 다시 메도록 하였다. 석실 안의 두 사람이 배웅해 주면서 왕요에게 이렇게 말하였다.

"그대는 좀 더 일찍 왔어야 했소. 어찌 인간 세계에 그리 오래 머물러 있는 것이오?"

그러자 왕요는 이렇게 대답하였다.

"내 지금 이렇게 오지 않았소?"

왕요가 집으로 돌아온 지 백 일이 되자 다시 비가 오기 시작하였다. 왕요는 밤에 갑자기 크게 짐을 꾸리는 것이었다. 그런데 먼저 칡으로 만든 홑겹의 옷과 역시 갈포葛布로 만든 두건을 썼다. 이는 50여 년 동안 착용하지 않았던 것이다. 그런데 밤에 이를 모두 꺼내도록 하고는 착용하는 것이었다. 그러자 그 아내가 갑자기 물었다.

"나를 두고 떠나시는 것입니까?"

왕요는 이렇게 말하였다.

"잠시 다녀오리다."

아내가 다시 물었다.

"제자 전씨를 데리고 가십니까?"

왕요가 말하였다.

"나 홀로 간다오."

그 아내는 눈물을 흘리며 흐느꼈다. 왕요는 이에 그 대나무 상자를 메고 떠나 버렸고 다시는 돌아오지 않았다.

그 뒤 30여 년이 지난 후 제자들이 마제산馬蹄山 속에서 왕요를
만났는데 안색이 더욱 젊어졌더라는 것이다. 그는 아마 지선地仙이
되었을 것이다.

王遙者, 字伯遼, 鄱陽人也. 有妻無子, 頗能治病, 病無不愈者. 亦不祭
祀, 不用符水針藥, 其行治病, 但以八尺布帊, 敷坐於地, 不飮不食, 須臾
病愈, 便起去. 其有邪魅作禍者, 遙畫地作獄, 因召呼之, 皆見其形物入
在獄中, 或狐狸鼉蛇之類, 乃斬而燔燒之, 病者卽愈. 遙有竹篋, 長數寸.
有一弟子姓錢, 隨遙數十年, 未嘗見遙開之. 常一夜, 大雨晦暝, 遙使錢
以九節杖擔此篋, 將錢出, 冒雨而行, 遙及弟子衣皆不濕, 又常有兩炬火
導前. 約行三十里許, 登小山, 入石室. 室中先有二人, 遙旣至, 取弟子所
擔篋, 發之, 中有五舌竹簧三枚, 遙自鼓一枚, 以二枚與室中二人, 並坐
鼓之. 良久, 遙辭去, 三簧皆內篋中, 使錢擔之. 室中二人出送, 語遙曰:
「卿當早來, 何爲久在俗間?」遙答曰:「我如是當來也.」遙還家百日, 天
復雨, 遙夜忽大治裝. 遙先有葛單衣及葛布巾, 已五十餘年未嘗著此, 夜
皆取著之. 其妻卽問曰:「欲捨我去乎?」遙曰:「蹔行耳.」妻曰:「當將錢
去否?」遙曰:「獨去耳.」妻卽泣涕. 因自擔篋而去, 遂不復還. 後三十餘
年, 弟子見遙在馬蹄山中, 顔色更少, 蓋地仙也.

【鄱陽】군 이름. 지금의 江西省 鄱陽市.

【帊】수건. 손수건.

【五舌竹簧】피리 종류의 대나무로 만든 악기.

【馬蹄山】산 이름. 자세히 알 수 없음.

1. 『太平廣記』(권10) 王遙

王遙者, 字伯遼, 鄱陽人也. 有妻無子, 頗能治病, 病無不愈者. 亦不祭祀, 不用符水針藥. 其行治病, 但以八尺布杷, 敷坐於地, 不飮不食. 須臾病愈, 便起去. 其有邪魅作禍者, 遙畫地爲獄, 因召呼之, 皆見其形. 入在獄中, 或狐狸鼉蛇之類, 乃斬而燔燒之, 病者卽愈. 遙有竹篋, 長數寸. 有一弟子姓錢, 隨遙數十年, 未嘗見遙開之. 一夜, 大雨晦暝, 遙使錢以九節杖擔此篋, 將錢出. 冒雨而行, 遙及弟子衣皆不濕, 所行道非所曾經. 又常有兩炬火導前, 約行三十里許, 登小山, 入石室. 室中有二人, 遙旣至, 取弟子所擔篋發之. 中有五舌竹簧三枚, 遙自鼓一枚, 以二枚與室中二人, 並坐鼓之. 良久, 遙辭去. 收三簧, 皆納篋中, 使錢擔之. 室中二人出送, 語遙曰:「卿當早來. 何爲久在俗間?」遙答曰:「我如是當來也.」遙還家百日, 天復雨. 遙夜忽大治裝, 遙先有葛單衣及葛布巾, 已五十餘年未嘗着, 此夜皆取着之. 其妻卽問曰:「欲捨我去乎?」遙曰:「暫行耳.」妻曰:「當將錢去不?」遙曰:「獨去耳.」妻卽泣涕曰:「爲且復少留.」遙曰:「如是還耳.」因自擔篋而去之, 遂不復還. 後三十餘年, 弟子見遙在馬蹄山中. 顔色更少, 蓋地仙也.

069(8-4) 진영백 陳永伯

진영백은 남양南陽 사람이다. 회남왕淮南王의 '칠리산방七里散方'을 터득하여 이를 시험삼아 조제하여 복용하여 보았다. 그런데 21일째 되던 날 갑자기 어디로 사라졌는지 소재를 알 수 없었다. 영백의 형의 아들로 증족增族이라는 조카가 있었는데 나이 열일곱이었다. 그 역시 이를 복용하였다. 그 아버지가 그의 발을 묶어 밀폐된 당에 가두어 사람을 시켜 밤낮으로 이를 지켜 감시토록 하였다. 그런데 18일째 되던 날 그 아들 역시 보이지 않았고 어디로 갔는지 알 수가 없었다.

『본방本方』에는 이렇게 되어 있었다.

"이를 복용한 지 30일이 되면 신선이 된다."

진씨의 두 아들은 복용한 지 20일이 미처 되지 않아 그 소재를 알 수 없게 되었으므로 뒷사람들은 감히 그 약을 복용하지 못하였다.

신선으로 가게 되면 반드시 선관仙官이 마중을 나오게 되어 있는데 사람들에게 그 모습이 보이지 아니할 뿐이다.

陳永伯者, 南陽人也. 得淮南王七里散方, 試按合服之, 二十一日, 忽然不知所在. 永伯有兄子名增族, 年十七, 亦服之. 其父繫其足, 閉於密戶中, 晝夜使人守視之. 二十八日, 亦不復見, 不知所之.『本方』云:「服之三十日得仙.」而陳氏二子服之未二十日, 而失所在, 後人不敢服. 仙去必有仙官來迎, 但人不見之耳.

【淮南王】劉安.『淮南子』의 저자. 041 참조.
【七里散方】七里散을 조제하는 비방. 七里散은 단약의 이름.
【本方】도서의 하나.
【仙官】신선(도교)에서의 관직. 흔히 사후 세계의 여러 업무는 물론 지상의 수명이나 길흉화복, 혹 새로 선계로 들어오는 자(죽음)를 맞이하러 오는 일 등을 맡음.

070(8-5) 태산노부 太山老父

　태산노부는 그 성명을 알 수 없다. 한漢 무제武帝가 동쪽을 순수巡狩하다가 노부가 길가에서 밭일을 하고 있는데 그 머리 위에 흰 광채가 몇 자 높이로 솟는 것을 보고 괴이하게 여겨 불러 물어보았다. 그가 다가왔을 때 모습은 마치 50여 세쯤 되어 보였는데 얼굴은 어린아이의 낯빛이었고 피부와 몸에서는 광채가 나고 화려하여 보통 속세의 사람 같지 아니하였다.

　무제가 물었다.

　"어떤 도술이 있습니까?"

　노부는 이렇게 대답하였다.

　"제가 나이 여든다섯이었을 때 몸은 늙고 곧 죽음에 이르게 되었습니다. 머리는 희었고 이빨은 다 빠졌었지요. 그때 어떤 도사가 저에게 곡식을 끊고 출朮을 복용하며 물을 마시는 법을 일러주었습니다. 아울러 신침神枕이라는 베개를 만들어 주었는데 그 속에는 32가지의 물건을 넣었답니다. 그중 24가지는 24기氣를 상징하고 나머지 8개의 물건은 팔풍八風을 상징합니다. 제가 그 방법대로 실행하였더니 늙음이 변하여 어린아이로 되어 머리카락이 검어져 다시 나기 시작하였고 빠졌던 이빨도 다시 돋아나더이다. 하루 3백 리를 걸을 수 있습니다. 그로부터 저는 이미 80년이 되었습니다."

　무제는 그 방법을 매우 아껴 그 노인에게 황금과 비단을 하사하였다.

　노부는 뒤에 대산岱山으로 들어가 10년, 5년마다 한 번씩 고향으로 돌아왔는데 그리고 다시 3백 년이 지난 뒤에는 다시 돌아오지 아니하였다.

太山老父者, 莫知其姓名. 漢武帝東巡狩, 見老父鋤於道間, 頭上白光高數尺, 怪而呼問之. 老父狀如年五十許人, 而面有童子之色, 肌體光華, 不與俗人同. 帝問:「有何道術耶?」老父答曰:「臣年八十五時, 衰老垂死, 頭白齒落. 有道士敎臣絕穀服朮飮水, 并作神枕, 枕中有三十二物, 其二十四物以象二十四氣, 其八物以應八風. 臣行之, 轉老爲少, 黑髮更生, 齒墮復出, 日行三百里. 臣今年八十矣.」武帝愛其方, 賜之金帛. 老父後入岱山中去, 十年五年時還鄉里, 三百餘年乃不復還也.

【太山老父】 '泰山老父'로도 표기함.

【朮】 삽주. 薊(山薊)와 같음. 이 뿌리를 약재로 하여 靑朮과 白朮을 만듦. 『藝文類聚』(권81)에 "神仙傳曰: 陳子皇得餌朮要方, 服之得仙. 入霍山去, 其妻姜疲病, 念其婿採朮之法, 服之, 病自愈, 至三百七歲. 登山取朮, 擔而歸, 不息不極, 顔色氣力, 如二十時"라 하였으며, 『異術』을 인용하여 "朮草者, 山之精也. 結陰陽之精氣, 服之令人長生絕穀, 致神仙"이라 함.

【神枕】 신령한 베개.

【二十四氣】 24절기에 응한 여러 가지 氣. 고대 역법에 일 년을 24로 나누어 보름마다 그 명칭을 정하였음. 24절기는 立春, 雨水, 驚蟄, 春分, 淸明, 穀雨, 立夏, 小滿, 芒種, 夏至, 小暑, 大暑, 立秋, 處暑, 白露, 秋分, 寒露, 霜降, 立冬, 小雪, 大雪, 冬至, 小寒, 大寒임.

【八風】 흔히 여덟 방위에서 불어오는 바람을 뜻함. 『呂氏春秋』有始에 "何謂八風? 東北曰炎風, 東方曰滔風, 東南曰熏風, 南方曰巨風, 西南曰淒風, 西方曰飂風, 西北曰厲風, 北方曰寒風"이라 함.

【岱山】 岱嶽이라고도 하며 泰山(東嶽)의 다른 이름.

1. 『太平廣記』(권11) 泰山老父

泰山老父者, 莫知姓字. 漢武帝東巡狩, 見老翁鉏於道傍, 頭上白光高數尺. 怪而問之, 老人狀如五十許人, 面有童子之色, 肌膚光華, 不與俗同. 帝問:「有何道術?」對曰:「臣年八十五時, 衰老垂死, 頭白齒落. 遇有道者, 敎臣絕穀. 但服朮飲水, 並作神枕. 枕中有三十二物, 其三十二物中, 有二十四物以當二十四氣, 八毒以應八風. 臣行之, 轉老爲少, 黑髮更生, 齒落復出, 日行三百里. 臣今一百八十歲矣.」帝受其方, 賜玉帛. 老父後入岱山中, 每十年五年, 時還鄉里. 三百餘年, 乃不復還.

2. 『藝文類聚』(권70)

神仙傳曰: 泰山父者, 時漢武帝東巡. 見父鋤於道, 頭上白光高數尺, 呼問之. 對曰:「有道士敎臣作神枕. 枕有三十二竅, 二十四竅應二十四氣, 八竅應八風. 臣行之轉少, 齒生.」

071(8-6) 무염 巫炎

무염은 자가 자도子都이며 북해北海 사람이다. 한漢 무제武帝가 밖으로 나섰다가 위수渭水의 다리에서 그를 만났는데 그의 머리 위에 울울鬱鬱한 보랏빛 기운이 솟았으며 그 높이가 한 길 남짓이었다. 무제가 그를 불러 물어보았다.

"그대는 나이가 얼마나 되었소? 무슨 술법을 터득하였기에 이상한 기운이 감도는 것이오?"

동방삭:『仙佛奇蹤』

자도는 이렇게 대답하였다.

"저는 지금 이미 138세입니다. 그러나 무슨 술법을 배운 것은 없습니다."

그러면서 떠나려 함에 무제는 동방삭東方朔을 불러 그의 관상을 보고 무슨 도술이 있는지 살펴보도록 하였다. 동방삭은 이렇게 대답하였다.

"이 사람은 음술陰術을 가지고 있습니다."

무제는 좌우 신하를 물러가게 하고 자도에게 물어보았다. 그러자 자도는 다시 이렇게 대답하였다.

"제가 옛날 65세였을 때 허리와 등뼈가 아파 고생을 했으며 다리가 시려 제힘으로는 따뜻하게 할 수 없었고, 입안이 말라 견딜 수 없었으며, 혀는 건조한데 콧물은 흘러나왔습니다. 그런가 하면 온갖 관절마디와 사지가 각각 쑤시고 아팠고 다리는 마비되어 오래 서 있을수가 없었습니다. 그런데 이 음도陰道를 익힌 이래 이미 73년이 흘렀고 그 사이에 난 아들은 36명이나 됩니다. 신체는 건강해졌고 그어떤 병도 없으며, 기력은 장년 시절 같아 그 어떤 근심이나 질환도 없습니다."

무제가 말하였다.

"그대는 어질지 못하군요. 도술이 있으면서 짐에게 들려주지 않았소. 이는 충성된 신하가 아니오."

그러자 자도는 머리를 조아리며 이렇게 말하였다.

"저는 이 도를 진실로 참된 것이라 믿습니다. 그러나 음양의 일이란 공공연한 가운데 사사로운 것입니다. 신하된 자로서 말씀드리기곤란했던 것입니다. 또한 이를 실행한다는 것은 모두가 인정에 역행하는 것으로 능히 실천하는 자는 적습니다. 그 때문에 감히 들려드리지 못한 것입니다."

무제가 말하였다.

"사양하지 마시오. 내가 그대를 너무 낮추었군요."

그리하여 드디어 그 술법을 전수해 주었다.

자도는 나이가 2백 살이 되도록 수은을 복용하였으며 대낮에 승천하였다.

무제는 그 뒤 자못 그 방법을 실행하였지만 그것을 다 써 보지는못하였다. 그러나 다른 제왕보다는 그 수명을 훨씬 더 길게 누릴 수있었다.

巫炎者, 字子都, 北海人也. 漢武帝出見子都於渭橋, 其頭上鬱鬱有紫氣, 高丈餘. 帝召而問之:「君年幾何? 所得何術而有異氣乎?」子都答曰:「臣年今已百三十八歲, 亦無所得.」將行, 帝召東方朔使相此君有何道術, 朔對曰:「此君有陰術.」武帝屏左右而問之, 子都對曰:「臣昔年六十五歲時, 苦腰脊疼痛, 脚冷不能自溫, 口中乾苦, 舌燥涕出, 百節四肢各各疼痛, 又足痺不能久立. 得此道已來, 已七十三年, 有子三十六人, 身體強健, 無所病患, 氣力乃如壯時, 無所憂患.」帝曰:「卿不仁, 有道而不聞於朕, 非忠臣也.」子都頓首曰:「臣誠知此道爲眞, 然陰陽之事, 公中之私, 臣子之所難言也. 又行之皆逆人情, 能爲之者少, 故不敢以聞.」帝曰:「勿謝, 虧君耳.」遂受其法. 子都年二百餘歲, 服餌水銀, 白日昇天. 武帝後頗行其法, 不能盡用之, 然得壽最勝於他帝遠矣.

【渭橋】漢나라 長安 渭水의 다리.
【陰術】房中術을 뜻함.

1. 『太平廣記』(권11) 巫炎

巫炎, 字子都, 北海人也. 漢駙馬都尉. 武帝出, 見子都於渭橋. 其頭上鬱鬱紫氣高丈餘. 帝召問之:「君年幾何? 所得何術, 而有異氣乎?」對曰:「臣年已百三十八歲, 亦無所得.」將行, 詔東方朔. 使相此君有何道術. 朔對曰:「此君有陰道之術.」武帝屏左右而問之. 子都對曰:「臣年六十五時, 苦腰痛脚冷. 不能自溫, 口乾舌苦, 滲涕出, 百節四肢疼痛. 又痺不能久立. 得此道以來, 七十三年. 今有子二十六人, 身體雖勇, 無所疾患. 氣力乃如壯時, 無所憂患.」帝曰:「卿不仁, 有道而不聞於朕. 非忠臣也.」子都對曰:「臣誠知此道爲眞. 然陰陽之事, 宮中之利, 臣子之所難言. 又行之皆逆人情, 能爲之者少. 故不敢以聞.」帝曰:「勿謝. 戲君耳.」遂受其法. 子都年二百歲, 服餌水銀, 白日昇天. 武帝頗行其法, 不能盡用之. 然得壽最長於先帝也.

072(8-7) 하상공 河上公

하상공은 그 이름이 알려지지·않았다. 그는 한漢 효문제孝文帝 때 풀을 엮어 하수河水가에 암자를 짓고 항상 노자老子의 『도덕경道德經』을 외웠다.

당시 효문제는 마침 노자의 도를 좋아하여 왕공과 대신, 각 주州의 목사牧使, 조정에 있는 경사卿士 등을 불러 모두 이를 외우도록 하였으며, 노자의 경에 대하여 통달하지 못한 자는 조정에서 승진을 시키지 않을 정도였다.

그런데 문제가 경을 해석하다가 그 가운데 뜻이 풀리지 않아 의심을 가진 부분이 있었는데 그 누구도 이를 밝혀내지 못하는 것이었다. 그러자 시랑侍郎 배해裴楷가 임금에게 아뢰었다.

"섬주陝州 하수가에 노자를 외우는 자가 있다 합니다."

문제는 즉시 사람에게 선물을 준비하여 보내어 그 의문나는 부분을 물어오도록 하였다. 이에 하상공은 이렇게 말하였다.

"도는 높고 덕은 귀한 것입니다. 그러니 멀리서 질문해서는 안 됩니다."

문제는 즉시 수레를 타고 직접 찾아갔다. 그런데 하상공은 암자 안에 있으면서 나오지 않는 것이었다.

문제가 사람을 시켜 대신 이렇게 물어보도록 하였다.

"천하를 다 덮어 왕의 땅이 아닌 곳이 없고, 온 땅 끝까지 통틀어 임금의 백성이 아닌 자가 없다. 어떤 구역 안에 높은 것이 네 가지인데 그 중 하나가 왕이다. 그런데 그대가 비록 도를 가지고 있다 하나 그래도 짐의 백성일 뿐이다. 그런데 능히 굴복하지 아니하고 어찌 이토록 고고한 척하는가? 짐은 능히 백성을 부귀하게도 하고, 빈천하게도 할 수 있다."

그러자 순간적으로 하상공은 손뼉을 치면서 앉은자리에서 뛰어올라 가물가물 허공 속으로 올랐다. 땅에서 백여 척이나 솟아 허공에 멈추더니 한참 후에 내려다보면서 이렇게 대답하는 것이었다.

"지금 나를 보라. 위로는 하늘 끝까지 가지 못하였고, 중간으로 사람과 닿지도 않으며, 아래로는 땅에 붙어 있지도 않소. 그런데 무슨 그대에게 매인 백성이니 뭐니 하는 것이 있겠소? 그대는 능히 이러한 나를 부귀하게도 하고 빈천하게도 할 수 있겠소?"

문제는 크게 놀라 그가 신인神人임을 깨닫게 되었다. 그리하여 바로 수레에서 내려 머리를 숙이고 예를 갖추어 말하였다.

"짐이 능한 것이 없어 선인의 업적을 부끄럽게 하였소. 재능은 작은데 맡은 것은 커서 이를 감당해내지 못함을 근심하고 있소. 그런데 뜻은 도덕을 받들고자 하나 어둡고 우매한 부분을 만나 이를 밝혀내지 못하고 있소. 오직 원컨대 도군道君께서 불쌍히 여겨 가르쳐 주시기를 바라오."

하상공은 즉시 비단에 쓴 『노자도덕경장구老子道德經章句』 2권을 주면서 문제에게 이렇게 말하였다.

"깊이 연구하여 의심나는 부분을 스스로 풀어 본 것입니다. 내가 이 경을 지은 이래 이미 1천7백여 년이 흘렀으며 이미 세 사람에게 전해 주었는데 지금 그대까지 합하면 네 사람째입니다. 맞지 않는 사람에게는 보여주지 마시오."

황제는 절을 하며 무릎을 꿇고 그 경을 받았다. 대화가 끝나자 하상공이 어디로 사라졌는지 알 수 없었다.

무제는 드디어 서산西山에 높은 누대를 짓고 멀리 바라보았으나 다시는 그가 보이지 않았다.

논자論者들은 문제가 비록 대도에 대하여 탐닉하고 숭상할 줄은 알았지만 마음으로는 아직 순수하게 믿지 못하였기 때문에 하상공이 신기한 변화를 보여주어 문제가 깨닫고 그로 하여금 도를 이루도록 해주기 위해서 그렇게 한 것이라 여겼다. 당시 사람들은 그가 하수가에 살아 그를 '하상공'이라 불렀다.

河上公者, 莫知其姓名也. 漢孝文帝時, 結草爲庵于河之濱, 常讀老子『道德經』. 時文帝好老子之道, 詔命諸王公大臣·州牧·在朝卿士, 皆令誦之, 不通老子經者, 不得陞朝. 帝於經中有疑義, 人莫能通, 侍郎裴楷奏云:「陝州河上, 有人誦老子.」卽遣詔使齎所疑義問之, 公曰:「道尊德貴, 非可遙問也.」帝卽駕幸詣之, 公在庵中不出. 帝使人謂之曰:「溥天之下, 莫非王土; 率土之濱, 莫非王民. 域中四大, 而王居其一. 子雖有道, 猶朕民也. 不能自屈, 何乃高乎? 朕能使民富貴貧賤.」須臾, 公卽拊掌坐躍, 冉冉在空虛之中, 去地百餘尺, 而止於虛空. 良久, 俛而答曰:

「余上不至天, 中不累人, 下不居地, 何民之有焉? 君宜能令余富貴貧賤乎?」帝大驚, 悟知是神人, 方下輦稽首禮謝曰:「朕以不能, 忝承先業, 才小任大, 憂於不堪. 而志奉道德, 直以暗昧, 多所不了. 惟願道君垂愍, 有以教之.」河上公卽授素書『老子道德章句』二卷, 謂帝曰:「熟研究之, 所疑自解. 余著此經以來, 千七百餘年, 凡傳三人, 連子四矣, 勿示非人.」帝卽拜跪受經. 言畢, 失公所在. 遂於西山築臺望之, 不復見矣. 論者以爲文帝雖耽尚大道, 而心未純信, 故示神變以悟帝, 意欲成其道, 時人因號河上公.

【州牧】각 주의 목사. 지방장관을 가리킴.

【裴楷】인명, 한나라 文帝 때의 시랑.

【陝州】陝縣. 지금의 하남성 서부를 관할하였음.

【溥天之下~莫非王民】『詩經』小雅 北山의 구절. "溥天之下, 莫非王土. 率土之濱, 莫非王臣. 大夫不均, 我從事獨賢"이라 함.

【王爲四大】『老子』25장에 "道大, 天大, 地大, 王亦大. 域中有四大, 而王居其一焉"이라 함.

【西山】산 이름. 구체적으로는 알 수 없음.

참고 및 관련자료

1. 『太平廣記』(권9) 河上公

河上公者, 莫知其姓字. 漢文帝時, 公結莫爲庵於河之濱. 帝讀老子經, 頗好之. 勅諸王及大臣皆誦之, 有所不解數事, 時人莫能道之. 聞時皆稱河上公解老子經義旨, 乃使齎所不決之事以問. 公曰:「道尊德貴, 非可遙問也.」帝卽幸其庵, 躬問之. 帝曰:「普天之下, 莫非王土. 率土之濱, 莫比王臣. 域中四大, 王居其一.

子雖有道, 猶朕民也. 不能自屈, 何乃高乎?」公卽撫掌坐躍, 冉冉在虛空中, 去地數丈, 俛仰而答曰:「余上不至天, 中不累人, 下不居地. 何民臣之有?」帝乃下車稽首曰:「朕以不德, 忝統先業. 才小任大, 憂於不堪. 雖治世事而心敬道, 直以暗昧, 多所不了. 唯願道君有以敎之.」公乃授素書二卷與帝曰:「熟研之. 此經所疑皆了. 不事多言也. 余注此經以來, 一千七百餘年. 凡傳三人, 連子四矣. 勿以示非其人.」言畢, 失其所在. 須臾, 雲霧晦冥, 天地泯合, 帝甚貴之. 論者以爲文帝好老子之言, 世不能盡通, 故神人特下敎之, 而恐漢文心未至信, 故示神變. 所謂聖人無常心, 以百姓心爲心耶!

2. 『藝文類聚』(권78)

河上公, 莫知姓名也. 漢孝景(文)帝時, 結草爲菴于河湄, 嘗讀老子經. 景帝好老子之言, 有所不知數事, 莫能通者. 聞人說河上公讀老子, 乃遣人諮所不解事以問之. 河上公曰:「道尊德貴, 非可遙問也.」帝卽駕而從之. 公以素書二卷與帝, 曰:「熟省此, 則皆疑了. 不事多言言也, 勿以示非人.」言畢失其所在. 須臾雲霧晦冥, 天地斗合. 論者爲景帝好老子之言, 一世不能盡通之. 故神人將下敎之便去也.

073(8-8) 유근 劉根

유근은 자가 군안君安이며 장안長安 사람이다. 젊어서 오경五經에 밝아 한漢 효성황제孝成皇帝 수화綏和 2년에 효렴孝廉으로 천거되어 낭중郎中 벼슬을 제수받았다.

뒤에 그는 속세의 길을 버리고 숭고산嵩高山, 嵩山의 석실로 은둔하여 들어가 버렸다. 그 산은 높고 험준하여 높이가 5천 장이 되었으며 그 절벽의 북쪽을 통해 들어갔다. 겨울과 여름에도 옷을 입지 않고 지냈으며 털이 2, 3척이나 자랐고 그 얼굴은 마치 열서너 살쯤 되는 모습이었다. 그리고 눈은 움푹 들어갔고 구레나룻 수염이 많았는데 그 수염은 모두가 누런색으로 3, 4촌의 길이였다.

그가 사람들과 앉아 있을 때 그 자리에서 혹 갑자기 높은 모자에 검은 옷으로 바꿔 입어도 사람들이 이를 몰랐다.

당시 위군衛郡의 부군府君, 태수이 영천穎川에 있었는데 그 선조가 유근과 같은 나이로 왕망王莽이 여러 차례 사신을 보내어 유근을 청하였으나 유근은 나서려 하지 않았다고 하였다. 형군 태수는 사당을 지키는 관리 왕진王珍을 유근에게 보내어 안부를 물었으나 유근은 아무 대답을 하지 않았다. 다시 이번에는 공조功曹 벼슬의 조공趙公을 그가 있는 산으로 보내어 공경함의 뜻을 전달했으나 유근은 말로 태수에게 고맙다고 하면서 그 외에 다른 말을 하지 않았다.

뒤에 영천 태수로 고씨高氏 성의 태수가 부임하였을 때 백성들에게 큰 전염병이 돌아 군내에 죽은 자가 반을 넘었다. 게다가 태수의 가족도 모두가 병에 걸리고 말았다. 태수는 왕진을 시켜 유근에게 재앙을 물리치고 역기疫氣를 제거하는 도술을 구해 올 것을 부탁하였다. 왕진은 머리를 조아리며 태수의 뜻을 진술하였다. 이에 유근은 태세성太歲星의 기운이 있는 방향을 향해 땅에 구멍을 깊이 3자 정도로 파고 그 속을 모래로 채운 다음 술을 부으라고 가르쳐 주었다.

태수가 그의 말대로 하자 병은 즉시 나았고 전염병의 기세도 즉시 사라지고 말았다. 뒤에 자주 이런 방법을 쓰자 효험이 있었다.

다시 그 뒤 태수 사기史祁가 부임하였다. 그는 유근이 요망한 짓을 한다고 여겨 그를 죽일 참이었다. 그리하여 사신을 보내어 그를 불러

오도록 하였다. 군내의 모든 사람이 그렇게 해서는 안 된다고 간언을 하였지만 태수는 끝까지 이를 포기하지 않았다. 그러자 여러 관리들이 먼저 유근에게 이 사실을 알리려 사람을 보냈다. 그 심부름하는 자가 유근에게 이르자 유근이 이렇게 말하였다.

"태수가 나를 오라 하니 어쩌겠는가? 내 마땅히 가리라. 만약 가지 않으면 그대들 여러 사람이 나를 불러오지 않았다고 틀림없이 죄를 뒤집어쓸 것이다."

그리하여 유근은 군으로 찾아갔다. 그때 여러 빈객들이 자리를 메우고 있었다. 태수 사기가 유근을 앞으로 나오라 하면서 그 뜰에 오십여 명의 사람들로 하여금 새끼줄과 채찍, 몽둥이를 들고 그 뒤에 서 있도록 하였다. 그러고는 무서운 목소리로 유근에게 물었다.

"그대는 도술을 가지고 있다면서요?"

유근이 대답하였다.

"그렇습니다."

태수가 말하였다.

"도술이 있다면 능히 귀신을 불러 나에게 직접 보여주겠소? 만약 그렇게 하지 못하면 당장 그대를 죽일 것이오."

유근이 말하였다.

"이는 아주 쉽지요."

드디어 그는 태수 사기 앞에 있던 붓과 벼루를 빌려 부적을 써서 이를 가지고 계단의 뾰죽한 곳을 두드렸다. 그 소리는 쨍쨍하기가 마치 구리 소리와 같았다. 그리고 긴 휘파람을 불었는데 휘파람 소리는 아주 청량하였으며 성 밖까지 들렸다. 이를 들은 자들은 누구 하나 숙연해지지 않은 이가 없었으며 자리에 있던 빈객들도 모두가 두려움에

떨었다.

　잠깐 뒤에 군청 앞의 남쪽 벽이 갑자기 열리더니 네 명의 붉은 옷을 입은 관리가 나타나 길을 피하라고 선도를 하였으며 붉은 옷 입은 병사 수십 명이 칼을 잡고 과거科車라는 수레 하나를 허물어진 벽 속에서 청사 앞으로 끌어내어 나오는 것이었다.

　유근이 수레 위에 타고 있는 귀신을 내려오도록 명하자 붉은 옷의 병사들이 수레 위의 검은 천을 벗겼다. 그 위에는 노인 하나와 노파 하나가 있었는데 손이 뒤로 묶인 죄수였다. 그리고 그 머리 위에는 굵은 줄이 매달려 있었는데 이를 자세히 보았더니 바로 사기의 돌아가신 부모였다.

　사기는 기절할 듯이 놀라 너무 슬퍼 눈물을 흘렸다. 그러자 부모도 역시 울면서 사기를 꾸짖었다.

　"내 살아 있을 때 너는 아직 관직이 높지 않아 우리가 제대로 봉양을 받아보지도 못하였다. 그런데 우리가 죽고 나서 너는 무슨 이유로 신선의 높은 어른의 뜻을 거역하여 우리로 하여금 이렇게 죄인으로 끌려오는 치욕을 당하게 하느냐? 너는 무슨 면목으로 인간 세상에 서 있다는 말이냐?"

　사기는 계단으로 내려가 유근에게 자신의 부모를 용서해 줄 것을 애걸하였다. 유근은 그제야 붉은 옷의 병사들에게 명하여 그 죄수들을 데리고 나가도록 하였다. 이에 청사 앞의 남쪽 벽이 열리더니 수레가 그를 통해 나갔으며 그 수레의 소재를 찾을 수 없었고 유근 역시 사라지고 말았다.

　사기는 정신이 나가 마치 미친 자 같았고 그 아내는 까무러치고 말았다. 그 아내가 한참 후 깨어나 이렇게 말하는 것이었다.

"방금 붙잡혀 왔던 그대의 선인(부모)께서 크게 화를 내며 이렇게 말하더이다. '어찌 큰 선인을 범하여 나로 하여금 죄에 얽혀 너희를 죽이러 오게 만들었느냐?'라고 말입니다."

그로부터 한 달 뒤 사기와 그 처, 그 자식이 모두 죽고 말았다.

소실산少室山 사당지기 왕진은 자주 유근의 안색이 기쁨에 찬 모습을 보고 땅에 엎드려 머리를 조아리며 유근이 처음 도를 얻게 된 연유를 알려 달라고 청하였다. 유근은 이에 이렇게 설명해 주었다.

"옛날 나는 산에 들어가 깊이 사색하며 가 보지 않은 곳이 없었다. 뒤에 화음산華陰山에서 한 사람을 만났는데 그는 흰 사슴이 끄는 수레를 타고 있었으며 따르는 자가 수천 명이었다. 그의 좌우에는 옥녀玉女 네 사람이 깃발을 들고 있었는데 나이가 모두 열대여섯 정도였다. 나는 그에게 재배하고 머리를 숙이며 한마디 해 달라고 청하였다. 그러자 그 신인이 멈추어 나에게 이렇게 일러주었다.

'너는 옛날 한중韓衆이라는 사람의 이름을 들어 보았느냐?'

내가 '일찍이 들어 본 적이 있습니다'라고 하자 그 신인은 '내가 바로 그 사람이다'라 하였다.

나는 내가 어려서부터 장생불사의 도를 좋아하였으며 훌륭한 스승을 만나지 못해 그저 여러 방서方書를 익혀 그에 쓰인 대로 해 보았으나 거의 효험이 없었으니 나 유근은 운명과 타고난 관상이 도세度世할 수는 없는 것이 아닌가 하고 진술하면서 오늘 이렇게 다행히 대신大神을 만났으니 이는 나 유근이 잠자면서도 꿈속에서도 생각하며 원하던 바이며 나를 불쌍히 여겨 그 요결要訣을 내려 줄 것을 청하였다. 그러나 신인은 나에게 가르쳐 주려 하지 않았다. 이에 나는 눈물을 흘리며 다시 가슴을 치며 거듭 청하였다. 그러자 신인이 이렇게 가르쳐 주었다.

'앉아라. 내 그대에게 일러주겠다. 너는 선골仙骨은 있다. 그 때문에 나를 만날 수 있었던 것이다. 그런데 지금 너는 골수가 차 있지 못하며 혈기 또한 따뜻하지 못하다. 기氣가 약하여 뇌가 줄어들고 있으며 근육은 급하게 당기고 살은 허물어지고 있다. 그러므로 약을 먹고 기를 운행시켜도 힘을 얻을 수 없다. 반드시 장생하고자 한다면 먼저 십이 년 동안 병부터 고쳐야 한다. 그래야 선약 중에 상약上藥을 복용할 수 있다. 무릇 선도仙道에는 승천하고 구름을 밟고 다닐 수 있는 것도 있고, 오악五嶽을 마음대로 유행遊行하는 것도 있으며, 또는 곡류를 먹어도 죽지 않는 것이 있으며, 또 시해尸解하여 신선이 되는 것도 있는데 요결은 모두 약을 먹는 것이다. 약은 다시 상약上藥과 하약下藥이 있다. 그 때문에 신선도 여러 가지 품등品等이 있는 것이다. 방중술房中術을 모르면서 행기도인行氣導引하되 약을 복용하지 않으면 역시 신선이 될 수 없다. 약 중에 상급은 오직 구전환단九轉還丹과 태을금액太乙金液이 있을 뿐이다. 이를 복용하면 모두가 즉시 하늘로 오르게 되는데 여러 날, 여러 달의 시간을 필요로 하지 않는다. 그 다음이 운모雲母와 웅황雄黃 따위인데 이는 능히 사람으로 하여금 구름을 타고 용을 타게 하며 역시 귀신을 부리고, 변화하고 장생하게 하는 것이다. 초목의 약은 그저 능히 병을 치료하고 허한 것을 보충해 주는 정도이며 나이가 들지 않도록 멈추게 하고 백발을 검게 되돌리며 곡류를 끊고 기를 보익하는 정도일 뿐 사람을 죽지 않게 하지는 못한다. 그저 나이 수백 년을 살게 하며 아래로 겨우 그 타고난 품격을 온전하게 해주는 정도일 뿐이다. 오래도록 이를 믿고 행할 것은 못된다.'

나는 이에 머리를 조아리며 이렇게 말하였다.

'오늘 가르침을 받게 된 것은 하늘의 뜻입니다.'

신인은 다시 이렇게 말하였다.

'반드시 장생하고 싶거든 먼저 삼시三尸를 제거해야 한다. 삼시가 사라지면 의지가 안정되고 기욕嗜欲도 제거될 것이다.'

그러면서 신방 5편을 받게 되었다. 거기에는 이렇게 씌어 있었다.

'삼시는 몸에 잠복해 있다가 매월 보름과 그믐, 그리고 초하루에 하늘로 올라가 사람의 죄를 보고한다. 사명司命은 이로써 사람의 수명을 계산하여 늘리기도 하고 줄이기도 하는 것이다. 사람의 몸에 있는 정신은 사람을 살리고자 하며 삼시는 사람을 죽이고자 한다. 사람이 죽고 나면 정신이 흩어져 형태가 없는 속으로 되돌아간다. 그리고 삼시는 귀신이 되어 사람이 이를 제사지내면 이를 받아 흠향하게 되는 것이다. 이는 살아 있는 사람을 빨리 죽도록 하는 것이다. 꿈에 악인과 싸움을 벌이는 것은 신과 삼시가 서로 싸우는 것이다.'

나 유근은 그 순서에 따라 약을 합하여 복용하여 드디어 신선이 된 것이다."

왕진이 다시 이렇게 물었다.

"자주 땅에 던져진 부적을 발견하게 되는데 거기에는 어떤 일이 어떻게 될 것이며 어떤 이를 불러갈 것인지 등이 적혀 있었습니다. 그런데 마치 이를 주워 가는 자가 있는 것 같은데 그 사람은 보이지 않습니다. 또 어떤 일을 캐묻는 소리에 어떤 사람이 대답을 하는 소리가 들리지만 그 형태는 보이지 않습니다. 그리고 혹 채찍이나 회초리로 때리는 소리가 들리기도 하고 또는 땅에 피가 보이기도 하는데 그 단서를 헤아릴 수 없는 경우가 있습니다."

유근은 이에 왕진에게 행기行氣, 존신선생存神先生, 삼강육기三綱六紀, 사과상고謝過上古 등의 법을 가르쳐 주었다. 그러나 왕진이 신선의 명단에 오르게 되었는지는 알 수 없다.

유근은 뒤에 계두산鷄頭山 속으로 들어가 신선이 되어 사라졌다.

劉根, 字君安, 長安人也. 少時明五經, 以漢孝成皇帝綏和二年舉孝廉, 除郎中.

後棄世道, 遁入嵩高山石室中, 崢嶸峻絕, 高五千丈, 自崖北而入. 冬夏無衣, 毛長一二尺, 其顏如十四五許人, 深目多鬚, 鬢皆黃, 長三四寸. 每與坐, 或時忽然變著高冠玄衣, 人不覺換之.

時衡府君在潁川, 自說其先祖有與根同歲者, 王莽數使使請根, 根不肯往. 衡府君道廟掾王珍問起居, 根不答. 再令功曹趙公往山達敬, 根惟言謝府君, 更無他言.

後潁川太守高府君到官, 民人大疫, 郡中死者過半, 太守家大小悉病. 府君使珍從根求消災除疫氣之術. 珍叩頭述府君意, 根敎於太歲宮氣上穿地作孔, 深三尺, 以沙着中, 以酒沃之. 君依言, 病者卽愈, 疫氣登絕, 後常用之, 有效.

後太守史祈, 以根爲妖妄, 欲殺之, 遣使呼根. 舉郡皆諫, 以爲不可, 祈殊不肯止. 諸吏先使人以此意報根, 使者至, 根曰:「太守欲吾來何也? 吾當往耳, 不往者, 恐汝諸人必得罪, 謂卿等不來呼我也.」根卽詣郡. 時賓客盈坐, 祈令根前, 使庭下五十餘人將繩索鞭杖立于根後. 祈厲聲問曰:「君有道耶?」根曰:「有道.」祈曰:「有道, 能召鬼使我見乎? 若不見, 卽當戮汝.」根曰:「甚易耳.」遂借祈前筆硯書作符, 扣坫鋒, 錚然作銅聲.

因長嘯, 嘯音非常清亮, 聞于城外, 聞者莫不肅然, 衆賓客悉恐. 須臾, 廳前南壁忽開數丈, 見四赤衣吏, 傳呼避道, 赤衣兵數十人, 操持刀劍, 將一科車直從壞壁中入到廳前. 根勑下車上鬼. 赤衣兵發車上烏被, 上有一老公一老姥, 反縛囚繫, 大繩懸頭, 熟視之, 乃祈亡父母也. 祈驚愕, 愴然流涕, 父母亦泣, 責罵祈: 「我生時, 汝仕宦未達, 不得汝祿養. 我死後, 汝何爲犯忤神仙尊官, 使我被收束囚辱如此? 汝亦何面目立於人間?」 祈下堦叩頭, 向根乞放赦先人, 根乃勑赤衣兵將囚出去. 廳前南壁復開, 車過, 尋失車所在, 根亦隱去. 祈恍惚若狂, 其妻暴卒, 良久乃蘇, 云: 「見君家先被捉者, 大怒云: 『何以犯觸大仙, 使我被罪, 當來殺汝.』」 後月餘, 祈及妻兒並卒.

少室廟掾王珍, 數得見根顏色懽悅之情, 伏地叩頭, 請問根從初得道之由. 根說: 「昔入山精思, 無處不到. 後入華陰山, 見一人乘白鹿, 從千餘人, 玉女左右, 四人執彩旄之節, 年皆十五六. 余再拜頓首, 求乞一言. 神人乃住, 告余曰: 『汝聞昔有韓衆否乎?』 答曰: 『嘗聞有之.』 神人曰: 『卽我是也.』 余自陳少好長生不死之道, 而不遇明師, 頗習方書, 按而爲之, 多不驗, 豈根命相不應度世也? 今日有幸逢大神, 是根宿夜夢想, 從心所願, 願見哀憐, 賜其要訣. 神未肯告余, 余乃流涕自搏重請. 神人曰: 『坐, 吾將告汝. 汝有仙骨, 故得見我. 汝今髓不滿, 血不煖, 氣少腦減, 筋急肉沮, 故服藥行氣不得其力. 必欲長生, 且先治病十二年, 乃可服仙之上藥耳. 夫仙道有昇天蹻雲者, 有遊行五嶽者, 有食穀不死者, 有尸解而仙者, 要在於服藥. 服藥有上下, 故仙有數品也. 不知房中之事, 行氣導引而不得神藥, 亦不能仙也. 藥之上者, 唯有九轉還丹及太乙金液, 服之, 皆立便登天, 不積日月也. 其次雲母雄黃之屬, 能使人乘雲駕龍, 亦可使役鬼神, 變化長生者. 草木之藥, 唯能治病補虛, 駐年返白, 斷穀益氣, 不能使人不死也, 高可數百年, 下纔全其所禀而已, 不足久賴矣.』余乃頓首曰:『今日受教, 乃天也.』神人曰:『必欲長生, 先去三尸, 三尸去, 則意志定, 嗜欲除也.』乃以神方五篇見授, 云:『伏尸常以月望晦朔上天, 白人罪過. 司命奪人筭紀, 使少壽. 人身中神欲人生, 而三尸欲人死, 死則神散, 返於無形之中. 而三尸成鬼, 而人享奠祭祀之, 則得歆饗, 以此利在人速死也. 夢與惡人鬪爭, 此乃神與尸相戰也.』根乃從次合作服之, 遂以得仙.」

珍又言:「數見投符於地, 有所告召, 卽見如取之者, 然不見人. 又唯聞有所推問, 有人答對, 而不見形也. 或聞有鞭杖聲, 而或地上見血, 莫測其端也.」教珍守一行氣‧存神先生‧三綱六紀‧謝過上古之法, 不知珍能得仙名耳.

根後入鷄頭山中仙去矣.

【劉根】後漢 때의 人物.『後漢書』에 그 傳이 실려 있다.

【孝成帝】西漢의 成帝. 劉驁. B.C.32~B.C.7년 재위.

【綏和】성제의 연호. 2년은 B.C.7년에 해당함.

【衡府君】衡郡의 태수. '府君'은 한나라 때 태수의 별칭.

【潁】지명. 지금의 河南省 禹縣.

【王莽】서한 말 新나라를 세웠던 인물(B.C.45~A.D.23). 자는 巨君. 한나라 元帝皇后의 조카이며 大司馬, 安國公 등을 역임하였음. 平帝가 죽자 어린 아들 嬰을 왕으로 세우고 자신은 攝皇帝라 하며 정권을 농단하다가 3년 후 제위를 찬탈하여 국호를 新이라 하였으나 농민군에게 長安에서 피살됨. 그 뒤를 이어 光武帝(劉秀)가 東漢을 세워 劉氏의 漢나라를 이어 갔음.

【廟掾】사당을 지키는 낮은 관리.

【階鋒】계단에서 가운데 볼록 솟아오른 부분.

【科車】수레의 일종으로 뚜껑이 없으며 선인들이 타는 것을 말함. 『宋書』禮樂志에 "車無蓋者曰科車"라 하였으며, 『遁甲開山圖』에 "霍山南嶽諸君, 服靑錦之袍, 戴啓之冠, 佩道君之玉策而來. 或駕科車, 或駕龍虎"라 함.

【少室】산 이름. 지금의 河南省 登封縣 嵩山의 서쪽 봉우리.

【華陰山】산 이름. 구체적으로는 알 수 없음.

【韓衆】韓終을 가리키며 漢나라 때의 선인.

【九轉還丹】空靑, 白石英, 丹沙, 雄黃, 雌黃, 水銀 등을 섞어 아홉 번 燒煉하여 만든 단약.

【太乙金液】단약. 구체적으로는 알 수 없음.

【伏尸】몸에 잠복하고 있는 三尸.

【月望】음력으로 매월 보름날.

【晦朔】음력으로 그믐과 초하루.

【司命】신 이름.

【守一】마음과 몸을 專一하게 하는 수양법.

【三綱】원래 儒家의 삼강(君爲臣綱, 父爲子綱, 夫爲婦綱)을 말하나 여기서는 內煉의 방법을 가리키는 것으로 보임.

【六紀】원래 儒家에서 諸父, 兄弟, 族人, 諸舅, 師長, 朋友 사이의 기본 벼리를 일컫는 말(『白虎通』三綱六紀)이나 여기서는 역시 내련의 방법으로 구체적으로는 알 수 없음.

【謝過上古】역시 내련의 방법으로 보임.

참고 및 관련자료

1. 『太平廣記』(권9) 劉根

劉根者, 字君安, 京兆長安人也. 少明五經, 以漢孝成皇帝綏和二年, 擧孝廉, 除郎中. 後棄世學道, 入嵩高山石室. 崢嶸峻絕之上, 直下五千餘丈. 冬夏不衣, 身毛長一二尺. 其顔色如十四五歲人, 深目, 多鬚鬢, 皆黃, 長三四寸. 每與坐, 或時忽然變著高冠玄衣, 人不覺換之時, 衡府君自說, 先祖與根同歲者. 至王莽時, 頻使使者請根, 根不肯往. 衡府君使府掾王珍問起居, 根不答. 再令功曹趙公. 往山達敬, 根唯言謝府君, 更無他言. 後穎川太守高府君到官, 郡民大疫, 死者過半. 太守家大小悉得病, 高府君復遣珍往求根. 請消除疫氣之術, 珍叩頭述府君之言, 根敎言於太歲宮氣上. 掘地深三尺, 以沙着其中, 及酒沃之. 君依言, 病者悉愈, 疫氣尋絕, 每用有效. 後太守張府君, 以根爲妖, 遣吏召根, 擬戮之. 一府共諫府君, 府君不解, 如是諸吏達根, 欲令根去. 根不聽, 府君使至, 請根. 根曰:「張府君欲吾何爲耶? 間當至耳. 若不去, 恐諸君招咎. 謂卿等不敢來呼我也.」根是日至府, 時賓客滿坐. 府君使五十餘人, 持刀杖繩索而立. 根顏色不怍, 府君烈聲問根曰:「若有何道術也?」答曰:「唯唯.」府君曰:「能召鬼乎?」曰:「能.」府君曰:「旣能. 卽可捉鬼至廳前. 不爾, 當大戮.」根曰:「召鬼至易見耳.」借筆硯及奏按, 鎗鎗然作銅鐵之聲, 聞於外. 又長嘯, 嘯音非常淸亮. 聞者莫不肅然, 衆客震悚. 須臾, 廳上南壁忽開數丈, 見兵甲四五百人. 傳呼赤衣兵數十人, 齎力劍, 將一車, 直從壞壁中入來. 又壞壁復如故. 根粉下車上鬼, 其赤衣便乃發車上披, 見下有一老翁老姥. 大繩反縛囚之, 懸頭廳前. 府君熟視之, 乃其亡父母也. 府君驚愕流涕, 不知所措. 鬼乃責府君曰:「我生之時, 汝官未達, 不得汝祿養; 我死, 汝何爲犯神仙尊官, 使我被收, 困辱如此! 汝何面目以立人間?」府君下階叩頭, 向根伏罪受死, 請求放故先人. 根粉五百兵將囚出, 散遣之. 車出去南壁開, 後車過, 壁復如故. 旣失車所在, 根亦隱去. 府君惆悵恍惚, 狀若發狂, 妻登時死, 良久乃蘇. 云見府君家先捉者, 大怒, 言:「汝何故犯神仙尊官, 使我見收. 今當來殺汝!」其後一月, 府君夫婦用皆卒. 府掾王珍, 數得見. 數承顏色懽然時, 伏地叩頭, 請問根學仙神來末. 根曰:「吾昔入山精思, 無所不到. 後如華陰山, 見一人乘白鹿車. 從者十餘人, 左右玉女四人, 執采旄之節, 皆年十五六. 余載拜稽首, 求乞一言. 神人乃告余曰:‘爾聞有韓衆否?’答曰:‘實聞有之.’神人曰:‘我是也.’余乃自陳曰:‘某少好道, 而不遇明師. 頗習方書, 按而爲之, 多不驗. 豈根命相不應度世耶? 有幸今日得過大神, 是根宿昔夢想之願. 願見哀憐, 賜其要訣.’神未肯告余, 余乃流涕自搏. 重請, 神人曰:‘坐. 吾將告汝. 汝有仙骨, 故得見吾耳. 汝今髓不滿, 血不煖. 氣少腦減, 筋息肉沮. 故服藥行氣, 不得其力. 必欲長生, 且先治病. 十二年, 乃可服仙藥耳. 夫仙道有昇天蹂雲者, 有遊行五岳者, 有服食不死者, 有屍解而仙者. 凡修仙道, 要在服藥. 藥有上下, 仙有數品. 不知房中之事, 及行氣導引並神藥者, 亦不能仙也. 藥之上者, 有九轉還丹, 太乙金液. 服之皆立登天, 不積日月矣. 其次, 有雲母, 雄黃之屬. 雖不卽乘雲駕龍, 亦可役使鬼神, 變化長生. 次乃草木諸藥, 能治百病, 補虛駐顏, 斷穀益氣, 不能使人不死也. 上可數百歲, 下卽全其所稟而已. 不足久賴也.」余頓首曰:「今日蒙教, 乃天也.」神人曰:「必欲長生, 先去三尸. 三尸去, 卽志意定, 嗜慾除也.」乃以神方五篇見授. 云:「伏尸常以月望晦朔上天, 白人罪過. 司命奪人算, 使人不壽. 人身中神, 欲得人生, 而尸欲得人死. 人死則神散, 無形之中而成鬼, 祭祀之則得歆饗. 故欲人死也. 夢與惡人鬪爭, 此乃尸與神相戰也.」余乃從其言, 合服之, 遂以得仙. 珍又每見根書符了, 有所呼召, 似人來取. 惑數聞推問, 有人答對. 及聞鞭撻之聲, 而悉不見其形, 及地上時有血, 莫測其端也. 根乃教珍守一行氣存神, 坐三綱六紀, 謝過上名之法. 根後入雞頭山仙去.

2. 『博物志』(5)

劉根不覺飢渴, 或謂能忍盈虛. 王仲都當盛夏之月, 十爐火炙之不熱; 當嚴冬之時, 裸之而不寒. 桓君山以爲性耐寒暑. 君山以爲無仙道, 好奇者爲之, 前者已述焉.

3. 『搜神記』(1)

劉根字君安, 京兆長安人也. 漢成帝時, 入嵩山學道. 遇異人, 授以祕訣, 遂得仙. 能召鬼. 潁川太守史祈以爲妖, 遣人召根, 欲戮之. 至府, 語曰:「君能使人見鬼, 可使形見, 不者加戮.」根曰:「甚易. 借府君前筆硯書符.」因以叩几. 須臾, 忽見五六鬼, 縛二囚於祈前. 祈熟視, 乃父母也. 向根叩頭曰:「小兒無狀, 分當萬死.」叱祈曰:「汝子孫不能光榮先祖, 何得罪神仙, 乃累親如此!」祈哀驚悲泣, 頓首請罪. 根黙然忽去, 不知所之.

4. 『後漢書』卷82(下) 方術列傳 劉根傳.

劉根者, 潁川人也. 隱居嵩山中. 諸好事者, 自遠而至, 就根學道, 太守史祈以根爲妖妄, 乃收執詣郡, 數之曰:「汝有何術, 而誣惑百姓? 若果有神, 可顯一驗事. 不爾, 立死矣.」根曰:「實無它異, 頗能令人見鬼耳.」祈曰:「促召之, 使太守目覩, 爾乃爲明.」根於是左顧而嘯, 有頃, 祈之亡父祖近親數十人, 皆反縛在前, 向根叩頭曰:「小兒無狀, 分當萬坐.」顧而叱祈曰:「汝爲子孫, 不能有益先人, 而反累辱亡靈! 可叩頭爲吾陳謝.」祈驚懼悲哀, 頓首流血, 請自甘罪坐. 根嘿而不應, 忽然俱去, 不知在所.

5. 『歷世眞仙體道通鑑』

劉根, 潁川人. 能令人見鬼, 隱於嵩山.(下略)

神仙傳

제9권

074(9-1) 호공壺公

호공은 그 성명은 알 수 없으나 지금 세상에 전하는 『초군부抄軍符』와 귀신을 불러 병을 치료하는 『왕부부王府符』 등 20여 권의 책은 모두가 호공의 손에서 나온 것으로 이들을 합하여 이름을 『호공부壺公符』라 한다.

여남汝南의 비장방費長房이 시연市掾이라는 벼슬을 할 때, 홀연히 멀리서 호공이 나타나 시장으로 들어가 약을 파는 것을 보았는데 사람들이 그를 알아보지 못하였다 한다. 그는 약을 팔면서 전혀 값을 흥정하지 않았으며 그의 약으로는 어떤 병도 모두 나았다고 한다. 그는 약을 사러 온 사람에게 이렇게 일러주었다.

"이 약을 먹으면 반드시 무슨 물건을 토해낼 것이며 몇 월 며칠 낫게 될 것입니다."

그런데 과연 누구나 그의 말과 같았다. 그리하여 하루에 수만 금의 돈을 거두었는데 그때에 맞추어 그는 시중의 가난하고 춥고 배고픈 자에게 이를 베풀었으며 그 자신을 위해 남겨두는 것은 아주 적었다.

호공은 항상 하나의 빈 병壺을 그 머리 위에 매달아 놓고 앉아 있었다. 해가 지고 나서 호공이 훌쩍 뛰어올라 그 속으로 들어가고 나면 사람들은 그의 소재를 알 수 없었다. 오직 비장방만이 누대에서 그를 보았고 그가 보통 사람이 아님을 알게 되었다.

비장방은 이에 매일 그 호공이 앉았던 자리를 깨끗이 청소하고 먹을 것을 공급하였는데 호공은 그때마다 받으면서도 고맙다는 말을 하지 않았다.

이렇게 세월이 한참 흘렀지만 비장방은 전혀 게으름을 피우지 않

호공과 비장방: 『仙佛奇蹤』

앉고 역시 감히 무엇을 요구하지도 않았다. 호공은 비장방이 독실하고 미덥다는 것을 알고 나서 이렇게 일러주었다.

"저녁이 되어 사람이 없을 때 다시 오시오."

비장방이 그의 말대로 어둠을 타서 다시 찾아가자 호공이 비장방에게 말하였다.

"그대는 내가 병 속으로 뛰어들어가는 것을 보거든 그때 그대도 나를 따라 뛰어오르시오. 그대도 들어올 수 있을 것이오."

비장방은 그의 말대로 시험하여 다리를 쭉 펴자 자신도 모르는 사이에 그 병 속에 들어와 있는 것이었다. 그가 들어온 뒤에 다시는 그 병을 볼 수가 없었고 단지 오색의 누관樓觀과 중문重門, 그리고 복도가 보였으며, 호공의 좌우에 수십 명의 시중드는 자가 보일 뿐이었다. 호공이 비장방에게 말하였다.

"나는 선인이오. 천조天曹의 직무를 더럽혔고 내가 통괄하고 받들어야 할 사무를 제대로 수행하지 않아 이렇게 귀양을 와서 잠시 인간 세상에 돌아와 있을 뿐이라오. 그대는 가히 가르칠 만하여 그 때문에 나를 볼 수 있게 된 것이오."

비장방은 앉지도 못하고 머리를 조아리며 이렇게 자신을 설명하였다.

"이 육신을 가진 자가 무지하나 이처럼 수십 겁이 흐른 후, 다행히 오류인지 모르오나 이렇게 불쌍히 여기심을 만났으니 이는 간을 열어 기氣를 베풀어 주시는 것과 같고, 고목과 썩은 나무에 생명을 불어넣어 주시는 것과 같습니다. 단지 아직도 썩은 냄새에 더럽고 완고하며 다 낡은 이 몸이 공의 부림을 담당해낼 수 있을지 모르겠습니다. 만약 공께서 나를 불쌍히 여겨 주신다면 이는 백 번 다시 태어남의 후한 행운인 줄로 여기겠습니다."

호공이 말하였다.

"살펴보니 그대는 아주 훌륭하군요. 남에게 이 사실을 말하지 마시오."

그리고 호공은 뒤에 비장방이 있는 누대 위로 찾아가 이렇게 말하였다.

"나에게 약간의 술이 있소. 그대와 함께 마시리라."

그런데 그 술은 누대 아래층에 있었다. 비장방이 사람을 내려보내어 이를 갖고 올라오도록 하였지만 무거워 들 수가 없었다. 수십 명이 나섰지만 역시 옮길 수가 없었다. 비장방이 호공에게 이 사실을 말하자 호공이 내려갔다. 그는 손가락 하나로 이를 들어올려 비장방과 함께 마셨다. 그런데 그 술독은 꿀벌 크기 만한 것이었는데 이를 이틀

날 아침까지 마셔도 술독이 비지 않는 것이었다. 이에 호공이 비장방에게 이렇게 묻는 것이었다.

"나는 모일에 의당 떠나야 하오. 그대도 같이 가시겠소?"

비장방이 말하였다.

"떠나고 싶은 마음이야 더 말할 나위도 없습니다. 다만 친척들이 알지도 깨닫지도 못하게 해야 할 텐데 어떻게 하면 되겠습니까?"

호공이 말하였다.

"아주 쉽지요."

이에 하나의 푸른 대나무 지팡이를 구해 비장방에게 주면서 이렇게 경계시켰다.

"그대는 이 대나무를 가지고 집으로 돌아가시오. 그리고 병이 났다고 핑계를 대시오. 뒤에 이 지팡이를 그대가 누워 있던 자리에 두시오. 그리고 아무 말도 하지 않고 있으면 곧 오게 될 거요."

비장방이 집으로 돌아와 호공이 일러준 대로 하였다. 그러자 집안 사람들은 그가 죽었다고 여겨 울면서 장례를 치렀다.

비장방이 호공을 따라나섰더니 황홀하여 어디로 가는지 알 수 없었다. 그런데 호공은 비장방을 여러 호랑이 무리 속에 남겨두었다. 호랑이들은 이빨을 갈며 입을 벌려 비장방을 물고자 덤볐다. 비장방은 전혀 겁을 내지 않았다.

이튿날, 다시 비장방을 석실에 가두었는데 그 머리 위에는 큰 돌이 매달려 있어 크기가 몇 길이나 되었다. 겨우 띠풀로 엮은 새끼줄에 묶여 매달려 있는 것이었다. 게다가 여러 뱀들이 그 끈을 물어 곧 끊어질 판이었다. 그러나 비장방은 태연자약하였다. 그제야 호공이 와서 이렇게 칭찬하였다.

"그대는 가히 가르칠 만하오."

그러고는 비장방에게 변소에서 밥을 먹도록 명하였다. 변소의 악취는 아주 심하였고 그 속에는 한 촌寸 길이의 벌레들이 있었다. 비장방이 난색을 표하였다.

그러자 호공은 탄식을 하며 그를 되돌아가도록 보내면서 이렇게 말하였다.

"그대는 신선이 될 수가 없소. 지금 그대를 인간 세상을 주관하는 자로 삼겠소. 그곳에서 수백 세를 살게 해주겠소."

그러면서 그에게 부적符籍 한 권을 주어 보내었다. 그 부적에는 이렇게 씌어 있었다.

"이를 지니고 있으면 여러 귀신들을 부릴 수 있다. 그리고 '사자使者'라 칭하면 병을 치료하고 재앙을 소멸시킬 수 있다."

비장방은 집에 가는 방법이 없음을 걱정하였다. 그러자 호공이 대나무 지팡이를 주면서 말하였다.

"이것을 타면 집에 갈 수 있다."

비장방이 인사를 하고 떠났다. 그 지팡이를 타자 홀연히 잠을 자는 듯하더니 이미 집에 도착해 있었다. 집안 사람들은 그를 귀신이라 여겼다. 비장방이 겪은 일을 모두 전하자 이에 그 관을 열어 보았더니 오직 지팡이 하나만 있는 것이었다. 그러자 사람들이 그의 말을 믿었다.

비장방은 자신이 타고 왔던 대나무 지팡이를 갈피호葛陂湖 물에다 던져 넣고 보았더니 그것은 바로 청룡靑龍이었다. 비장방이 하루 동안 집을 떠나 있었다고 말하였으나 계산해 보았더니 그것은 이미 일 년의 시간이 흘렀던 것이다.

비장방은 부적으로 귀신을 부르고 병을 고치는 일을 시작하였는데 낮지 않는 자가 없었다. 매번 사람들과 함께 앉아 말을 나눌 때면 그는 눈을 감고 나무라는 것이었다. 사람들이 그 이유를 묻자 그는 이렇게 설명하였다.

"귀신이 법을 어기는 것을 보고 내가 화를 내고 있는 모습일 뿐이다."

여남군汝南郡에 항상 요괴의 귀신이 출몰하였다. 그 귀신은 한 해에 몇 차례 나타나곤 했는데 그들이 나타날 때면 길을 인도하는 귀신과 뒤에 따르는 자도 있어 매우 위의威儀에 찬 모습으로, 마치 태수太守가 군 청사에 들어가는 모습과 같았으며 게다가 북을 울리며 군 내외를 한 바퀴 돌고는 사라지는 것이었다. 백성들은 이를 큰 근심으로 여기고 있었다.

뒤에 어느 날 비장방이 부군府君, 군수을 찾아갔을 때 마침 그 귀신의 무리들이 부府의 문 앞에 와 있었다. 부군은 안으로 뛰어들어갔고 오직 비장방만이 남게 되었다. 그런데 귀신들이 그가 비장방임을 알고는 감히 앞으로 나가지 못하고 도망가려 하였다. 그러자 비장방이 무서운 소리를 질러 그들을 잡아 앞으로 나오도록 하였다. 귀신이 수레에서 내려와 홀판笏版을 군 마당에 펼쳐놓고 엎드려 머리를 조아리며 자신들의 잘못을 용서해 달라고 빌었다. 이에 비장방이 꾸짖었다.

"너희들 죽어야 할 늙은 귀신들, 온량溫涼도 헤아리지 아니하고 이유도 없이 수행원을 데리고 관부官府에 와서 당돌하게 굴다니. 그대는 마땅히 죽어야 할 이유를 아는가?"

그러고는 다시 급히 그들이 사람의 모습으로 바뀌도록 명령하여 하나의 찰부札符를 써서 이를 붙여 그들을 갈피군葛陂君에게 압송해 보내도록 하였다. 귀신들은 머리를 조아리며 눈물을 흘리더니 그 찰부를 가지고 떠났다. 비장방은 사람을 시켜 이들을 따라가며 감시하도록 하였다. 귀신이 그 찰부를 들고 갈피호 근처에 이르더니 그 목이 찰부를 칭칭 감더니 죽어 버리는 것이었다.

동해군東海郡에 가뭄이 삼 년 동안 계속되었다. 뒤에 비장방이 동해군에 이르러 백성들이 비를 내려 달라고 비는 것을 보고 이렇게 말하였다.

"동해군東海君이 죄를 지어 내 지난 날 그를 잡아다 갈피호 근처에 묶어 두었었소. 지금 그를 풀어 주어야겠소."

그러고는 동해군에게 비를 만들어 내리도록 명하였다. 그러자 즉시 큰비가 내렸다.

또 한번은 비장방이 어떤 사람과 함께 길을 가다가 서생書生 하나를 만났다. 그는 누런 두건에 가죽 외투를 입고 있었으며 안장 없이 말을 타고 가다가 내려 머리를 조아리는 것이었다. 비장방이 말하였다.

"급히 다른 말로 갈아타고 되돌아가거라. 그러면 너를 용서해 주리라."

같이 가던 사람이 이상히 여겨 묻자 비장방은 이렇게 설명해 주었다.

"이는 살쾡이다. 토지신의 말을 훔쳐 타고 나온 것이다."

또 일찍이 어떤 객과 자리를 같이하였을 때 시장에 가서 해파리를 사오도록 시켰더니 그가 눈 깜짝 하는 사이에 사서 오게 하는가 하면, 혹 하루 만에 천리 밖의 서로 다른 먼 곳에서 몇 사람이 동시에 그를 보았다는 일도 있었다.

壺公者, 不知其姓名. 今世所有『召軍符』, 召鬼神治病『玉府符』凡二十

餘卷, 皆出於壺公, 故摠名爲『壺公符』. 汝南費長房爲市掾時, 忽見公從
遠方來, 入市賣藥, 人莫識之. 其賣藥口不二價, 治百病皆愈, 語買藥者
曰: 「服此藥必吐出某物, 某日當愈.」 皆如其言. 得錢日收數萬, 而隨施
與市道貧乏飢凍者, 所留者甚少.

常懸一空壺於坐上, 日入之後, 公輒轉足跳入壺中, 人莫知所在, 唯長
房於樓上見之, 知其非常人也. 長房乃日日自掃除公座前地, 及供饌物,
公受而不謝. 如此積久, 長房不懈亦不敢有所求. 公知長房篤信, 語長房
曰: 「至暮無人時更來.」 長房如其言而往. 公語長房曰: 「卿見我跳入壺
中時, 卿便隨我跳, 自當得入.」 長房承公言爲試, 展足不覺已入. 旣入之
後, 不復見壺, 但見樓觀五色, 重門閣道, 見公左右侍者數十人. 公語長
房曰: 「我仙人也. 忝天曹職, 所統供事不勤, 以此見謫, 暫還人間耳. 卿
可教, 故得見我.」 長房不坐, 頓首自陳: 「肉人無知, 積劫厚, 幸謬見哀愍,
猶如剖棺布氣, 生枯起朽, 但見臭穢頑弊, 不任驅使. 若見憐念, 百生之
厚幸也.」 公曰: 「審爾大佳, 勿語人也.」 公後詣長房於樓上曰: 「我有少
酒, 汝相共飲之.」 酒在樓下, 長房遣人取之, 不能擧, 益至數十人, 莫能
得上. 長房白公, 公乃自下, 以一指提上, 與長房共飲之. 酒器不過如蜂
大, 飲之, 至旦不盡. 公告長房曰: 「我某日當去, 卿能去否?」 長房曰: 「思
去之心, 不可復言. 惟欲令親屬不覺不知, 當作何計?」 公曰: 「易耳.」 乃
取一靑竹杖與長房, 戒之曰: 「卿以竹歸家, 使稱病, 後日卽以此竹杖置
臥處, 嘿然便來.」 長房如公所言. 而家人見此竹是長房死了, 哭泣殯之.

長房隨公去, 恍惚不知何所之. 公獨留之於羣虎中, 虎磨牙張口, 欲噬
長房, 長房不懼. 明日, 又內長房石室中, 頭上有大石, 方數丈, 茅繩懸之,

諸蛇並往嚙繩欲斷, 而長房自若. 公往撰之曰: 「子可教矣.」 乃命噉溷, 溷臭惡非常, 中有蟲長寸許, 長房色難之. 公乃嘆謝遣之曰: 「子不得仙也. 今以子爲地上主者, 可壽數百餘歲.」 爲傳封符一卷付之, 曰: 「帶此可舉諸鬼神. 嘗稱使者, 可以治病消災.」 長房憂不能到家, 公以竹杖與之曰: 「但騎此到家耳.」

長房辭去, 騎杖忽然如睡, 已到家, 家人謂之鬼. 具述前事, 乃發視棺中惟一竹杖, 乃信之. 長房以所騎竹杖投葛陂中, 視之, 乃青龍耳. 長房自謂去家一日, 推之已一年矣.

長房乃行符收鬼治病, 無不愈者. 每與人同坐共語, 而目瞑訶遣. 人間其故, 曰: 「怒鬼魅之犯法耳.」

汝南郡中常有鬼怪, 歲輒數來, 來時導從威儀, 如太守入府, 打鼓周行內外匣, 乃還去, 甚以爲患. 後長房詣府君, 而正値此鬼來到府門前. 府君馳入, 獨留長房. 鬼知之不敢前, 欲去, 長房厲聲呼使捉前來. 鬼乃下車, 把版伏庭中, 叩頭乞得自改. 長房呵曰: 「汝死老鬼, 不念溫涼, 無故導從唐突官府, 君知當死否?」 急復令還就人形, 以一札符付之, 令送與葛陂君. 鬼叩頭流涕, 持札去. 使以追視之, 以札立陂邊, 以頸繞札而死.

東海大旱三年. 長房後到東海, 見其民請雨, 謂之曰: 「東海君有罪, 吾前繫於葛陂, 今當赦之.」 令其作雨, 於是即有大雨.

長房曾與人共行, 見一書生, 黃巾被裘, 無鞍騎馬, 下而叩頭. 長房曰: 「促還他馬, 赦汝罪.」 人間之, 長房曰: 「此貍耳, 盜社公馬也.」

又嘗與客坐, 使至市市鮓, 頃刻而還. 或一日之間, 人見在千里之外者數處.

【召軍符】부적의 일종. 군대를 불러 마음대로 부리는 부적으로 여겨짐.

【王府符】역시 부적의 일종.

【賣】'買(사다)'의 오기로 보임.

【天曹】도가에서 말하는 天上의 神官, 관직을 말함.

【肉人】속인의 다른 말.

【噉溷】'변소에서 밥을 먹도록 하다'의 뜻.

【葛陂】호수 이름. 지금의 河南省 新蔡縣에 있음. 澺水의 물이 흘러들며 다시 銅水와 富水가 흘러나와 淮河와 연결되었으나 지금은 메워지고 없음.

【版】笏과 같음. 고대 관리들이 상급자의 지시를 받아 적기 위해 지니고 있었음.

【東海】군 이름. 지금의 山東省 郯城.

【社公】토지신. 『禮記』郊特牲 "社祭土而主陰氣"의 孔穎達 疏에 許慎의 말을 인용하여 "金人謂社神爲社公"이라 함.

【鮓】해파리. '海蜇'이라고도 함.

<hr>

참고 및 관련자료

1. 『太平廣記』(권12) 壺公

　　壺公者, 不知其姓名也. 今世所有召軍符·召鬼神治病玉府符, 凡二十餘卷, 皆出自公. 故總名壺公符. 時汝南有費長房者, 爲市掾, 忽見公從遠方來, 入市賣藥, 人莫識之. 賣藥口不二價, 治病皆愈. 語買人曰:「服此藥必吐某物. 某日當愈.」事無不效. 其錢日收數萬, 便施與市中貧乏饑凍者, 唯留三五十. 常懸一空壺於屋上, 日入之後, 公跳入壺中, 人莫能見. 唯長房樓上見之, 知非常人也. 長房乃日日自掃公座前地, 及供饌物, 公受而不辭. 如此積久. 長房尤不懈, 亦不敢有所求. 公知長房篤信, 謂房曰:「至暮無人時更來.」長房如其言卽往. 公語房曰:「見我跳入壺中時, 卿便可效我跳, 自當得入.」長房依言, 果不覺已入. 入後不復是壺, 唯見仙宮世界, 樓觀重門閣道. 公左右侍者數十人, 公語房曰:「我仙人也. 昔處天曹, 以公事不勤見責, 因謫人間耳. 卿可敎, 故得見我.」長房下座頓首曰:「肉人無知, 積罪却厚. 辛謬見哀憫. 猶入剖棺布氣, 生枯起朽. 但恐臭穢頑弊, 不任驅使, 若見哀憐. 百生之厚幸也.」公曰:「審爾大佳, 勿語人也.」公後詣長房於樓上曰:「我有少酒, 相就飲之.」酒在樓下, 長房使人取之, 不能舉益, 至數十人莫能得上. 乃白公, 公乃下, 以一指提上. 與房共飲之. 酒器如拳許大, 飲之至暮不竭. 告長房曰:「我某日當去, 卿能去乎?」房曰:「欲去之心, 不可復言. 欲使親眷不覺知去, 當有何許?」公曰:「易耳.」乃取一青竹杖與房, 戒之曰:「卿以竹歸家, 便可稱病. 以此竹杖置卿所臥處, 黙然便來.」房如公言, 去後. 家人見房已死, 屍在牀, 乃向竹杖耳, 乃哭泣葬之. 房詣公, 恍惚不知何所. 公乃留房於群虎中, 虎磨牙張口欲噬房, 房不懼. 明日, 又內於石室中. 頭上有一方石, 廣數丈, 以茅絢懸之. 又諸蛇來嚙繩, 繩卽欲斷, 而長房自若. 公至. 撫之曰:「子可教矣.」又令長房啗屎, 兼蛆長寸許, 異常臭惡. 房難之. 公乃歎謝遣之曰:「自不得仙道也. 賜子爲地上主者. 可得壽數百歲.」爲傳封符一卷付之, 曰:「帶此可主諸鬼神. 常稱使者, 可以治病消災.」房憂不得到家, 公以一竹杖與之曰:「但騎此, 得到家耳.」房騎竹杖辭去, 忽如睡覺, 已到家. 家人謂是鬼. 具述前事, 乃發棺視之, 唯一竹杖, 方信之. 房所騎竹杖, 棄葛陂中, 視之乃青龍耳. 初去至歸謂一日. 推問家人, 已一年矣. 房乃行符, 收鬼治病, 無不愈者. 每與人同坐共語, 常呵責嗔怒, 問其故, 曰:「嗔鬼耳.」時汝南有鬼怪, 歲輒數來郡中, 來時從騎如太守, 入府打鼓, 周行內外, 爾乃還去, 甚以爲患. 房因詣府廳事, 正值此鬼來到府門前. 府君馳入, 獨留房. 鬼知之, 不敢前. 房大叫呼曰:「便捉前鬼來.」乃下車伏庭前, 叩頭乞曰:「改過.」房阿之曰:「汝死老鬼, 不念溫良. 無故導從, 唐突官府. 自知合死否?」急復眞形, 鬼須臾成大鼇: 如車輪, 頭長丈餘. 房又令復人形, 房以一札符付之, 令送與葛陂君. 鬼叩頭流涕, 持札去. 使人追視之, 乃見符札入陂邊. 鬼以頭繞樹而死. 房後到東海, 東海大旱三年. 謂請雨者曰:「東海神君前來淫葛陂夫人, 吾係之, 辭狀不測, 脫然忘之. 遂致久旱, 吾今當赦之.」令其行雨, 卽便有大雨. 房有神術, 能縮地脈, 千里存在, 目前宛然, 放之復舒如舊也.

2. 『太平廣記』(권293) 費長房

費長房能使鬼神, 後東海君見葛陂君, 淫其夫人. 於是長房勅繫三年, 而東海大旱. 長房至東海, 見其請雨. 乃勅葛陂君出之, 卽大雨也.

3. 『仙佛奇蹤』(권2) 費長房

費長房, 汝南人. 曾爲市掾, 有老翁賣藥于市, 懸一壺於肆頭. 及市罷, 輒跳入
壺中, 市人莫之見. 惟長房於樓上觀之, 異焉. 因往再弄, 翁曰:「子明日更來.」長
房旦日果往, 翁乃與俱入壺中, 但見玉堂廠麗, 旨酒甘肴盈衍其中. 共飮畢, 而出
翁, 囑不可與人言. 後乃就長房樓上曰:「我仙人也. 以過見責, 今事畢, 當去子.
寧能相隨乎! 樓下有少酒與卿爲別.」長房使十人扛之, 猶不能擧. 翁笑而以一指
提上, 視器, 如有一升許, 而二人飮之, 終日不盡. 長房心欲求道, 而念家人爲憂.
翁知, 乃斷一靑竹, 使懸之舍. 後家人見之, 長房也. 以爲縊死. 大小驚號, 遂殯殮
之. 長房立其傍, 而衆莫之見, 於是隨翁入山, 踐荊棘於群虎之中, 留使獨處. 長
房亦不恐, 又臥長房於空室, 以朽索懸萬斤石於其上, 衆蛇競來齧, 索欲斷. 長房
亦不移, 翁還, 撫之曰:「子可敎也.」復使食糞, 糞中有三蟲, 臭穢特甚, 長房意
惡之, 翁曰:「子幾得道, 恨於此, 不成, 奈何?」長房辭歸, 翁與一竹杖曰:「騎此
任所之, 頃刻至矣. 至當以杖投葛陂中.」長房乘杖, 須臾來歸. 自謂:「去家適經
旬日而已. 十餘年矣.」卽以杖投陂, 顧視則龍也. 家人謂其死久, 驚訝不信. 長房
曰:「往日所葬, 竹杖耳.」乃發塚剖棺, 杖猶存焉. 遂能醫療衆病, 鞭笞百鬼. 又
嘗食客, 而使使至宋市鮓, 須臾還乃飯. 桓景嘗學于長房, 一日謂景曰:「九月九
日, 汝家有大災, 可作絳囊盛茱萸, 繫臂上, 登高山, 飮菊花酒, 禍可消.」景如其
言, 擧家登山, 夕還, 見牛羊雞犬, 皆暴死焉.

075(9-2) 윤궤 尹軌

윤궤는 자가 공도公度이며 태원太原 사람이다. 오경五經에 박학하
였으며 특히 천문天文과 이기理氣에 밝았고, 하락河洛의 참위讖緯에

윤희: 『仙佛奇蹤』

대하여 정밀하고 미세하지 않은 것이 없었다.

늦은 나이에 비로소 도를 신봉하여 항상 황정黃精을 복용하되 하루 세 번 조제하여 그 나이가 수백 세에 이르도록 얼굴이 미소년 같았다.

늘 자신은 먼 조상 윤희尹喜가 주周 강왕康王과 소왕昭王 때에 풀로 된 누각에 살고 있었으며 그때 노군老君을 만나 함께 경을 토론하였다는 것과 그 뒤 주 목왕穆王이 그 누관樓觀을 다시 수리하여 도 있는 선비들을 초대하였다는 것을 듣고 있었다. 그리하여 윤궤 자신도 드디어 그 누관에 살게 되었다. 그리고 스스로 말하기를 윤희가 자주 찾아와 만난다고 하며 그 윤희가 도의 요체를 주어 이로부터 능히 앉은자리에서 순식간에 사라지는 등 변화의 일을 해낼 수 있게 되었다는 것이다.

한편 소주蘇州, 병주幷州 지역의 집안들은 자주 윤궤를 받들어 모셨으며 여러 세대를 두고 그 자손들이 윤궤를 보았는데 그의 얼굴은 항상 50세쯤의 모습이었다는 것이다.

사람 사는 인간 세상에 나타나기도 하고 혹은 산에 들어가 일 년이고 반년이고 나타나지 않기도 하며 처자나 식구는 없었다. 그는 천하의 성쇠치란盛衰治亂의 시기와 안위길흉安危吉凶의 소재를 예견하여 말하였는데 맞지 않는 경우가 없었다.

진晉나라 영강永康 원년 십이월, 그가 낙양洛陽의 성 서쪽 어느 집에 이르러 하룻밤 재워 줄 것을 청하였지만 집주인은 마침 사제蜡祭를 지내야 한다는 이유로 재워 줄 수 없다고 하였다. 한참 후 윤궤가 자신의 성명을 말하자 주인은 문을 열어 그를 맞이하여 그 앞에 주식을 차려 주며 아울러 몇 곡斛의 곡식을 그가 타고 왔던 푸른 노새에게 먹이로 주었다. 그런데 윤궤는 끝내 먹지 아니하였고, 노새 역시 그 곡식을 먹지 않는 것이었다.

이튿날 아침 윤궤는 떠나면서 주인에게 이렇게 말하였다.

"그대는 어려운 사람을 더욱 급하게까지 하는 그런 나쁜 사람은 아니군요. 처음에는 비록 나를 재워 주지 않겠다고 하였으나 뒤에는 더욱 열심히 나와 노새에게 잘해 주었소. 내 그대가 차려 준 것을 먹지는 않았지만 그래도 서로 그에 맞게 보답은 해주는 것이 마땅하리라 보고 있소. 지금 그대에게 신약神藥 한 알을 드리겠소. 이를 늘 몸에 지니고 계시기 바라오. 내년에 전쟁이 일어나 죽어 가는 자가 땅에 가득할 거요. 그때 이 약은 그대의 몸과 생명을 온전하게 해줄 거요."

이듬해 과연 낙양에 조왕趙王 사마륜司馬倫의 난이 일어나 죽은 자가 수만 명이나 되었다. 온 집안에 모두 군대에 입대하여 살아 돌아온 자가 없었으며 집에 남아 있는 이들도 누구나 겁살을 당하여 살아남은 자가 없었다. 그런데 이 약을 가진 그 사람만이 홀로 남게 되었다.

윤궤는 허리에 칠죽관漆竹箸 수십 개를 차고 다녔는데 그 속에는 모두 약이 들어 있었다. 이 약을 사람 입에 넣어 주면 죽은 자가 즉시 살아나는 그런 것이었다. 이에 천하에 크게 역질疫疾이 번지자 그에게 대추 크기의 이 약을 얻어 지니고 있던 사람은 그 약을 문에 바르게 되면 온 집안이 그런 전염병에 걸리지 않았으며, 혹 이미 병이 들었더라도 즉시 살아났다.

또 그의 제자 중에 황리黃理라는 자가 있어 육혼산陸渾山에 살고 있었다. 당시 그 산의 호랑이가 늘 포악하게 굴어 근심거리였다. 그러자 윤궤는 그에게 큰 나무 하나를 베어 이를 기둥으로 하여 집 둘레 사방 각 1리쯤 되는 곳에 하나씩 묻어 두도록 하였다. 그리고 윤궤 자신이 그 나무마다 도장을 찍어 두었다. 그러자 호랑이는 흔적조차 없이 사라지고 말았다.

다시 괴이한 새 한 마리가 황리의 지붕에 머물고 있어 이를 윤궤에게 말하자 윤궤가 하나의 주부奏符를 지어 새가 와서 우는 곳에 붙여 놓았다. 그날 저녁이 되자 그 새는 그 주부 아래 엎어져 죽어 버렸으며, 그로부터 이러한 일이 일어나지 않는 것이었다.

한편 어떤 사람이 부친의 상을 당하였으나 그때 집안이 가난하여 일을 치를 수 없게 되었다. 윤궤가 만나 보고 탄식하였다. 그 아들이 고아로서 곤고함을 설명하자 윤궤는 이를 불쌍히 여겨 우선 그에게 물었다.

"그대는 몇 근의 납을 준비할 수 있소?"

그 아들이 말하였다.

"그 정도는 구할 수 있습니다."

그러고는 수십 근의 납을 준비하였다. 윤궤는 이를 가지고 산속의 작은 집으로 들어가 화로 속에 납을 녹여 대추 크기의 신약을 그 끓는 납 속에 던져 넣어 이를 저었다. 이렇게 모두가 은으로 만들어 이를 그 아들에게 주면서 이렇게 말하였다.

"내 그대가 집이 가난하여 아버지 장례를 치르지 못함을 염려하여 이를 주노니 다른 사람에게 말하지 말라."

그리고 또 어떤 사람이 있었는데 본래 사족士族의 귀한 자제였으나 공무를 처리하다가 장부를 정확하게 기록하지 않아 관전官錢 백만을 배상해야 할 일이 생기고 말았다. 그는 농토와 집, 그리고 수레와 소 등 전 재산을 팔려고 내놓았지만 이것조차 팔리지 않아 그만 옥에 갇히고 말았다. 그러자 윤궤가 평소 알고 있던 큰 부자에게 이렇게 부탁하였다.

"잠시 나에게 백만 전을 꿔 주시오. 급한 사람을 구해내야겠소. 20일 후에 즉시 갚아 드리겠소."

부자가 곧바로 백만 전을 윤궤에게 꿔 주자 이를 그 갇힌 사람에게 주면서 이렇게 말하였다.

"그대는 어서 주석 백 냥을 가져오시오."

그가 백 냥의 주석을 사서 가져오자 윤궤는 이를 솥에 넣고 끓여 녹였다. 그리고 신약 한 수저를 그 끓는 주석에 던져 넣자 이들이 모두 황금으로 변하는 것이었다. 이 금을 저울에 달아 팔아 백만 전을 마련하여 부자에게 갚았다.

윤궤는 뒤에 남양南陽의 태화산太和山에 이르러 신선이 되어 승천하였다.

尹軌者, 字公度, 太原人也. 博學五經, 尤明天文理氣, 河洛讖緯, 無不精微. 晚乃奉道, 常服黃精, 日三合, 年數百歲, 而顏色美少. 常聞其遠祖尹喜, 以周康王·昭王之時, 居草樓, 遇老君與說經, 其後周穆王再修樓觀, 以待有道之士, 公度遂居樓觀焉. 自云, 喜數來與相見, 授以道要, 由是能坐在立亡, 變化之事. 蘇幷州家先祖頻奉事之, 累世子孫見之, 顏狀常如五十歲人. 遊行人間, 或入山, 一年半年復見, 無妻息. 其說天下盛衰治亂之期, 安危吉凶所在, 未嘗不効.

晉永康元年十二月, 道洛陽城西, 一家求寄宿, 主人以祭蜡不欲令宿. 良久, 公度語其姓名, 主人乃開門迎公度. 與前設酒食, 又以數斛穀與公度所乘靑騾, 公度竟不飮啖, 騾亦不食穀. 明旦去, 謂主人曰:「君是不急難人耳. 先雖不欲受我宿, 後更有勤意吾及騾, 雖不食君所設, 意望相酬耳. 今賜君神藥一丸, 帶以隨身, 明年當有兵死者滿地, 此藥可以全君體命.」明年洛中, 果有趙王倫之亂, 死者數萬. 擧家有從軍者, 皆不還, 在家又爲劫殺皆盡, 惟餘得藥一人耳.

公度腰中帶漆竹管數十枚, 中皆有藥, 入口卽活. 天下大疫, 有得藥如棗者, 塗其門, 則一家不病, 病者立愈.

又弟子黃理, 居陸渾山中, 患虎爲暴. 公度使斷大木爲柱, 去家四方各一里外埋一柱, 公度卽以印印之, 虎卽絕跡. 又有怪鳥止其屋上, 以語公度, 公度爲書一奏符, 著鳥鳴處. 至夕, 鳥伏死符下, 遂絕.

有人遭大喪, 當年而貧窮, 不及, 公度見而嗟之. 孝子說其孤苦, 公度愴然曰:「君能得數斤鉛否?」孝子曰:「可得耳.」乃具鉛數十斤. 公度將入山中小屋下, 爐火中銷鉛, 以神藥如棗大投沸鉛中, 攪之, 皆成銀. 以與之曰:「吾念汝貧困, 不能營葬, 故以相與, 愼勿言也.」

復又有一人, 本士族子弟, 遇公事簿書不明, 當陪負官錢百萬. 出賣田宅車牛, 不售, 而見收繫. 公度語所識富人曰:「可蹔以百萬錢借我, 欲以救之, 後二十日頓相還也.」富人卽以錢百萬與公度, 公度以與遭事者, 乃語曰:「君致錫百兩.」其人卽買錫與之. 公度於爐中洋錫, 以神藥一方寸匕投沸錫中, 變成黃金. 金卽秤賣, 得錢百萬還錢主.

公度後到南陽太和山昇仙去矣.

【理氣】중국 철학에서 말하는 두 가지 범주. '理'는 사물의 근본 원리나 준칙. '氣'는 사물을 이루는 미세한 물질.

【尹喜】『列仙傳』의 關令尹. 老子가 은둔하고자 函谷關에 이르렀을 때 그곳을 지키던 그가 글을 써 줄 것을 요구하여 『老子』(道德經) 5천 자가 이루어졌다 함. 단 역대로 그 이름에 대하여 '함곡관의 關尹', 혹은 '關의 令尹', '關令 尹喜', '관령윤이 기뻐하며' 등 여러 가지 풀이가 있음. 『史記』老子列傳 참조.

【周 康王】서주의 임금 姬釗. 成王의 아들.

【昭王】역시 서주의 임금. 姬瑕. 康王의 아들.

【穆王】역시 서주의 임금으로 이름은 姬滿. 昭王의 아들. 흔히 '穆天子'라 하며 신선 방술에 깊은 관심이 있어 『穆天子傳』은 이를 기록한 것임. 그의 일화는 『列子』와 도가 여러 책에 널리 실려 있음.

【樓觀】樓觀臺. 陝西省 周至에 있음. 尹喜가 이곳에서 초막을 짓고 살았다 하며 뒤에 사람들이 道觀을 지어 이를 '樓觀'이라 하였음.

【永康】晉 惠帝 司馬炎의 연호. 300~301년.

【祭蜡】臘祭를 말함. 12월에 지내는 제사로 고대 신농씨 때부터 시작되었다

하며, 夏나라는 嘉平, 商나라는 淸祀, 周나라는 大臘이라 불렀음.

【趙王倫】晉나라 때 諸侯國인 趙나라 임금 司馬倫. 晉 惠帝 永平 元年(291) 惠帝의 황후인 賈后와 楊駿의 정권 다툼으로 賈后가 楚王 司馬瑋와 결탁, 楊駿을 죽이고 汝南王 司馬亮으로 하여금 정치를 보좌하게 하였다. 그러나 뒤에 賈后가 다시 司馬瑋를 시켜 司馬亮을 죽이고 司馬瑋까지 죽이자, 趙王 司馬倫이 군대를 일으켰다. 이에 齊王 司馬冏이 入宮하여 賈后를 죽이자 司馬倫이 稱帝하였다. 다시 成都王 司馬穎이 군대를 일으켜 司馬倫을 죽이고 惠帝를 복위시켰다. 그 와중에 長沙王 司馬乂가 다시 司馬冏을 죽였고, 河間王 司馬顒이 司馬乂를 죽였다. 최후로 東海王 司馬越이 起兵하여 司馬穎과 司馬顒을 죽였다. 이로써 16년간 이어진 八王之亂은 끝이 나게 된다.

【陸渾山】산 이름. 구체적으로는 알 수 없음.

【奏符】하늘의 조정에 알리는 信符.

【太和山】산 이름. 지금의 武當山.

참고 및 관련자료

1. 『太平廣記』(권13) 尹軌

尹軌者, 字公度, 太原人也. 博學五經, 尤明天文星氣, 河洛讖緯, 無不精微. 晚乃學道, 常服黃精華. 日三合, 計年數百歲. 其言天下盛衰, 安危吉凶, 未嘗不效. 腰佩漆竹筒十數枚, 中皆有藥. 言可辟兵疫. 常與人一丸, 令佩之, 會世大亂, 鄕里多羅其難, 唯此家免厄. 又大疫時, 或得粒許大塗門, 則一家不病. 弟子黃理, 居陸渾山中, 患虎暴. 公度使其斷木爲柱, 去家五里, 四方各埋一柱. 公度卽印封之, 虎卽絶迹, 到五里輒還. 有怪鳥止屋上者, 以白公度, 公度爲書一符, 着鳥所鳴處. 至夕, 鳥伏死符下. 或有人遭喪, 當葬而貧, 汲汲無以辦, 公度過省之. 孝子遂說其孤苦, 公度爲之愴然. 令求一片鉛. 公度入荊山, 架小屋, 於爐火中銷鉛, 以所帶藥如米大. 投鉛中攪之, 乃成好銀, 與之. 告曰:「吾念汝貧困, 不能營葬. 故以拯救, 愼勿多言也.」有人負官錢百萬, 身見收縛. 公度於富人借數千錢與之, 令致錫, 得百兩. 復銷之, 以藥方寸七投之, 成金, 還官. 後到太和山中仙去也.

076(9-3) 개상 介象

개상은 자는 원칙元則이며 회계會稽 사람이다. 오경五經에 박통하였고 제자백가들의 말을 널리 섭렵하였으며 능히 글을 지을 줄 알았다. 그는 남몰래 도법道法을 수련하여 동악東嶽, 태산으로 들어가 기금지술氣禁之術을 전수받아 능히 초가집 지붕 위에서 닭을 구워도 닭만 익을 뿐 이엉은 전혀 타지 않는 비법을 수행할 수 있게 되었다. 그리고 능히 한 마을 안 누구도 밥도 지을 수 없고 불도 피울 수 없도록 하기도 하였으며, 혹 사흘 동안 닭과 개가 울지도 짖지도 못하게 할 수 있었다. 그런가 하면 한 시내 전체 사람을 동시에 앉혀 일어나지 못하게 하기도 하였으며, 자신의 몸을 숨겨 이를 초목이나 조수鳥獸로 변하게 하기도 하였다.

『구단지경九丹之經』이 있다는 소문을 듣고 천 리를 멀다 아니하고 두루 이를 찾으러 돌아다녔으며 훌륭한 스승을 만나지 못하자 이에 산으로 들어가 사색하며 신선을 만나게 해 달라고 기원하였다. 그러던 어느 날 그가 피로가 극에 달하여 돌 위에 누워 있을 때 호랑이 한 마리가 나타나 그를 핥는 것이었다. 그는 잠에서 깨어 호랑이를 발견하고는 이렇게 말하였다.

"하늘이 너를 보내어 나를 호위하고 모시도록 한 것이라면 너는 잠시 머물러 있어라. 그러나 만약 산신山神이 너를 보내어 나를 시험하는 것이라면 너는 즉시 떠나거라."

그러자 호랑이는 사라지고 말았다.

개상이 다시 산으로 들어가 골짜기에 돌이 있는데 보랏빛에 광채가 나며 달걀 크기 만한 것이 수도 없이 많음을 발견하였다. 그가 이를 두 개 주워 들고 계속 나갔지만 골짜기가 너무 깊어 더 이상 갈 수가 없어 그만 되돌아서고 말았다. 그러자 산속에 한 미녀가 나타났는데 나이는 15, 16세쯤으로 안색이 보통 사람과 달랐으며 의복에는 다섯 가지 무늬가 나고 있어 신선이 아닌가 하였다. 이에 개상이 머리를 조아리며 그에게 방생의 비방을 가르쳐 달라고 청하자 그 여자는 이렇게 말하였다.

"그대는 급히 그 손에 쥐고 있는 그 물건을 제자리에 갖다 놓고 다시 오시오. 내 여기서 그대를 기다리겠소."

개상이 즉시 그 돌을 원래 있던 그 골짜기에 놓고 되돌아왔다. 여자는 과연 그 자리에 그대로 있었다. 개상이 다시 머리를 조아리자 여자는 이렇게 일러주었다.

"그대는 혈양지기血養之氣가 아직 다하지 않았소. 삼 년 동안 단곡斷穀을 마치고 다시 오시오. 내 여기서 기다리겠소."

개상은 돌아와 삼 년 동안 단곡을 하고 이에 다시 그 여자를 찾아갔다. 그 여자는 과연 그 자리에 있었다. 이에 어느 날 그에게 단방丹方을 전수해 주며 이렇게 일러주었다.

"이를 터득하면 곧 신선이 될 수 있습니다. 다른 것은 하려 들지 마시오."

개상이 이 약을 아직 완성하지 않았을 때 그는 항상 제자 낙연아駱延雅의 집에 머물고 있었다. 그러던 어느 날 그가 휘장 안의 병풍으로 가린 침대에 있을 때 마침 몇몇 서생이 서로 『좌전左傳』의 내용을 두고 토론을 벌였는데 의견이 분분하여 결판을 내지 못하고 있었다. 이를 듣고 있던 개상이 참지 못하고 나서서 이들을 위해 그 뜻을 풀이해 주었다. 그러자 서생들은 개상이 보통 사람이 아님을 알고 몰래 임금(손권)에게 표를 올려 개상을 알려주고 말았다.

개상이 이를 알고는 떠나고자 하면서 이렇게 말하였다.

"관가의 일이 나를 구속할까 두렵다."

그러자 낙연아가 극구 말려 겨우 다시 머물게 되었다.

과연 오왕吳王, 손권이 그를 무창武昌으로 불러 심히 존중하며 그를 '개군介君'으로 칭하였다. 그리고 그를 위하여 저택을 지어 주고 임금이 쓰는 휘장까지 공급해 주었으며 여러 차례 수천 금의 자금도 하사하면서 그를 따라 은형隱形의 비법을 배웠다. 개상이 이를 실험하여 후궁과 궁전 문을 드나들어 보았는데 아무도 이를 보지 못하였다. 그리고 다시 개상에게 변화變化를 보여 달라 하였더니 이번에는 참외와 채소, 온갖 과일나무를 심었더니 그 자리에서 이들이 모두 살아나는 것이었다.

그가 선주先主, 손권와 함께 이야기를 나누었다.

"생선회 중에 어떤 것이 가장 훌륭합니까?"

"치어鯔魚, 숭어가 최상이지요."

이 말에 선주가 말하였다.

"이는 바다에 사는 물고기입니다. 구해 먹을 수 있습니까?"

개상이 말하였다.

"가능하지요."

그리고 즉시 사람을 시켜 궁궐 뜰에 네모난 구덩이를 파고 물을 가득 채우도록 하였다. 이에 개상이 즉시 낚시와 미끼를 찾아 일어나 낚시를 시작하였다. 낚싯줄을 구덩이에 드리우고 한 식경食頃도 되지 않아 숭어를 낚아 올렸다.

선주가 놀라 개상에게 물었다.

"이는 먹을 수 있는 것입니까?"

개상이 말하였다.

"폐하를 위해 이를 잡아 회를 만들고자 하는데 어찌 먹을 수 없는 것이겠습니까?"

그리고 주방 사람을 시켜 이를 잘라 오도록 하였다. 선주가 다시 물었다.

"촉蜀 땅으로 보낸 사신이 아직 도착하지 않았습니다. 그가 생강을 가지고 오면 이를 회와 함께 먹으면 지극한 맛일 텐데요. 지금 아직 생강을 가지고 오지 못하고 있으니 어찌하면 생강을 구할 수 있을까요?"

개상이 말하였다.

"쉽게 구할 수 있습니다. 원컨대 심부름 시킬 사람 하나를 정해 주십시오. 아울러 그에게 돈 오천 문文을 주어 보내십시오."

그리고 개상이 부적을 하나 써서 그의 대나무 지팡이에 달아매어 주고는 그로 하여금 눈을 감고 지팡이를 타고 있도록 하였다. 그리고 그 지팡이가 멈추는 곳에서 곧 생강을 살 것이며 생강을 산 다음에는 똑같이 하고 눈을 감도록 일러주었다. 그가 시키는 대로 지팡이를 탔더니 순식간에 성도成都에 이르러 있는 것이었다. 그곳이 어딘지 알 수 없어 사람에게 물었더니 촉 땅이라는 것이었다. 이에 생강을 사게 되었다. 그때 마침 오吳나라 선주가 보낸 사신 장온張溫이 이 촉 땅에 있었는데 그 수행원이 마침 시장에 나갔다가 그 생강을 사는 사람과 마주치게 되었다. 이에 크게 놀라 자신의 집에 편지를 전달해 달라고 부탁을 하기에 이르렀다. 이 사람이 생강을 사서 다시 부엌에 이르렀을 때는 회를 뜨는 일이 막 끝날 즈음이었다.

개상은 또한 여러 부적의 글을 마치 독서하듯이 쉽게 읽어내었는데 조금도 오류가 없었다. 혹 이를 믿지 못하는 자가 있어 여러 부적 중에 표시를 해 둔 것을 제외하고 나머지를 개상에게 보여주었다. 그러자 개상은 하나하나씩 모두 구별해내는 것이었다.

또 어떤 자가 산속에 기장 농사를 하고 있었는데 원숭이가 이를 먹어치워 걱정이었다. 그는 개상이 도술이 있다는 소문을 듣고 그를 찾아와 원숭이를 물리치는 법을 일러 달라고 청하였다. 개상은 그에게 다른 것을 일러주지 않고 단지 이렇게 말하였다.

"그대는 내일 기장 밭에 가서 만약 원숭이 무리가 내려오는 것을 보거든 크게 소리 질러 이렇게 말하시오. '내 이미 개군에게 말하였다. 개군이 그대들에게 이 기장을 먹지 않도록 하였다더라."

이 사람은 급한 나머지 곧바로 개상이 자신을 속이며 놀리는 것이라 말하고는 돌아와 버렸다. 그리고 이튿날 기장 밭에 나가 원숭이 무리가 나무에서 내려오려는 것을 보고 시험삼아 개상의 말을 해보았다. 그랬더니 원숭이들이 즉시 나무 위로 되돌아가더니 그 종적조차 보이지 않는 것이었다.

개상은 오나라에 머물면서 여러 차례 떠나겠다고 요구하였지만 선주는 허락하지 않았다. 그러자 자신은 모월 모일에 병이 들어 죽게 될 것이라 하자 선주가 좌우를 시켜 그에게 배 한 상자를 선물하였다. 개상은 이를 먹고 잠시 후 죽고 말았다. 선주가 그를 땅에 묻어 주었다.

그런데 그가 정오에 죽었는데 그날 포시哺時에 개상은 이미 건업建業에 나타나 왕이 주었던 배의 씨를 정원 안에 심도록 부탁하는 것이었다. 그곳의 관리가 나중에 이를 선주에게 알리자 선주는 그의 관을

열어 보게 하였다. 그런데 그 속에는 단지 하나의 주판奏版 부적만이
있을 뿐이었다.

　선주는 개상을 생각하며 그를 위해 그가 살던 집을 사당으로 꾸미
도록 하였다. 그리고 때때로 몸소 그곳에 찾아가 제사를 지냈다. 그때
마다 항상 흰 고니가 날아와 그 자리 위에 모여들었다가 한참 뒤에
떠나는 것이었다.

　뒤에 제자들이 개상을 개죽산蓋竹山에서 보았는데 그의 안색이 더
욱 젊어졌더라는 것이었다.

　介象者, 字元則, 會稽人也. 學通五經, 博覽百家之言, 能屬文. 陰修道
法, 入東嶽受氣禁之術, 能茅上燃火煮雞, 雞熟而茅不燋. 能令一里內不
炊不蒸, 雞犬三日不鳴不吠. 能令一市人皆坐, 不能起. 能隱形變化爲草
木鳥獸.

　聞『九丹之經』, 周遊數千里求之, 不値明師, 乃入山精思, 冀遇神仙,
疲極臥石上. 有一虎往舐象, 象睡寤見虎, 乃謂之曰:「天使汝來侍衛我
者, 汝且停; 若山神使汝來試我, 汝疾去.」虎乃去. 象入山見谷中有石子,
紫色光彩, 大如雞子, 不可稱數, 乃取兩枚而遊. 谷深, 不得度, 乃還. 於
山中見一美女, 年十五六許, 顏色非常, 衣服五彩, 蓋仙人也. 象叩頭乞
長生之方, 女曰:「汝急送手中物還故處, 乃來, 吾故於此待汝.」象卽以石
送於谷中而還. 見女子在舊處, 象復叩頭, 女曰:「汝血養之氣未盡, 斷穀
三年, 更來. 吾止此.」象歸, 斷穀三年, 乃復往見, 此女故在前處. 乃以丹
方一日授象, 告曰:「得此便仙, 勿他爲也.」

　象未得合作此藥, 常住弟子駱延雅舍. 帷下屛床中, 有書生數人, 共論

書『傳』事, 云云不判. 象傍聞之, 不能忍, 乃爲決解之. 書生知象非凡人,
密表奏象於其主, 象知之欲去, 曰:「恐官事拘束我耳.」延雅固留. 吳王
詔徵象到武昌, 甚敬重之, 稱爲介君. 爲象起第宅, 以御帳給之, 賜遺前
後累千金, 從象學隱形之術, 試還後宮及出入殿門, 莫有見者. 又令象變
化, 種瓜菜百菓, 皆立生.

與先主共論:「鱠魚何者最上?」象曰:「鯔魚爲上.」先主曰:「此魚乃
在海中, 安可得乎?」象曰:「可得耳.」但令人於殿中庭方埳者水滿之, 象
卽索釣餌起釣之, 垂綸於埳中, 不食頃, 得鯔魚. 先主驚喜, 問象曰:「可
食否?」象曰:「故爲陛下取作鱠, 安不可食?」仍使廚人切之. 先主問曰:
「蜀使不來, 得薑作鱠至美, 此間薑不及也, 何由得乎?」象曰:「易得耳.
願差一人, 并以錢五千文付之.」象書一符, 以著竹杖中, 令其人閉目騎
杖. 杖止便買薑, 買薑畢, 復閉目. 此人如言, 騎杖須臾已到成都, 不知何
處, 問人, 言是蜀中也, 乃買薑. 于時, 吳使張溫在蜀, 從人恰與買薑人相
見, 於是甚驚, 作書寄家. 此人買薑還廚中, 鱠始就矣.

象又能讀諸符文如讀書, 無誤謬者. 或不信之, 取諸雜符, 除其標注以
示象, 象皆一一別之.

又有一人種黍於山中, 嘗患獼猴食之, 聞象有道, 從乞辟猴法. 象告無
他:「汝明日往看黍, 若見猴羣下, 大噪語之曰:『吾已告介君, 介君敎汝
莫食黍.』」此人倉卒直言象欺弄之, 明目往見, 羣猴欲下樹, 試告象言語,
猴卽各還樹, 絕跡矣.

象在吳連求去, 先主不許. 象言某月日病, 先主使左右以梨一笸賜象,
象食之, 須臾便死. 先主殯埋之. 以日中死, 其日餔時已至建鄴, 以所賜

梨付苑內種之. 吏後以表聞先主, 發視其棺中, 唯一奏版符耳. 先主思象,

使以所住屋爲廟, 時時躬往祭之. 常有白鵠來集座上, 良久乃去. 後弟子

見象在蓋竹山中, 顏色更少焉.

【氣禁之術】內煉의 용어. 호흡법.

【吳王】삼국 오나라 孫權을 가리킴.

【武昌】지명. 지금의 湖北省 鄂城. 東吳가 일찍이 두 번 이곳으로 도읍을 옮긴 적이 있음.

【鯔魚】숭어의 일종이라 함.

【方坎】네모로 판 구덩이.

【奩】원래는 여자들의 화장품 상자. 여기서는 작고 아름답게 만든 상자.

【餔】晡와 같음. 저녁 무렵.

【建業】중국 남조 때 수도였던 지금의 남경. 建業, 建康으로 불렸음.

【奏版】관리들이 내용을 적어 상주하는 簡版.

【蓋竹山】산 이름. 구체적으로는 알 수 없음.

참고 및 관련자료

1. 『太平廣記』(권13) 介象

介象者, 字元則, 會稽人也. 學通五經, 博覽一家之言, 能屬文. 後學道入東山, 善度世禁氣之術. 能於茅上燃火煮鷄而不燋. 令一里內人家炊不熟. 鷄犬三日不鳴不吠. 令一市人皆坐不能起. 隱形變化爲草木鳥獸, 聞有五丹經, 周旋天下尋求之. 不得其師, 乃入山精思, 冀遇神仙. 憊極臥石上, 有一虎往舐象額. 象寤見虎, 乃謂之曰:「天使汝來侍衛我, 汝且停. 若山神使汝試我, 卽疾去.」虎乃去. 象入山, 谷上有石子, 紫色, 光綠甚好, 大如鷄子, 不可稱數. 乃取兩枚, 谷深不能前, 乃還. 於山中見一美女, 年十五六許, 顏色非常, 被服五綵, 蓋神仙也. 象乞

長生之方, 女曰:「子可送手中物着故處, 乃可. 汝未應取此物. 吾故止待汝.」象送石還, 見女子在前處. 語象曰:「汝血食之氣未盡, 斷穀三年, 更來. 吾止此.」象歸, 斷穀三年復往, 見此女故在前處. 乃以還丹經一首投象, 告之曰:「得此便德仙, 勿復他爲也.」乃辭歸. 象常住弟子駱廷雅舍, 帷下屏牀中, 有數生論佐傳義, 不平. 象傍聞之不能忍, 乃忿然爲決. 書生知非常人, 密表薦於吳主. 象知之欲去, 曰:「恐官事拘束我耳.」廷雅固留. 吳王徵至武昌, 甚尊敬之, 稱爲介君. 詔令立宅, 供帳皆是綺繡. 遺黃金千鎰, 從象學隱形之術. 試還後宮, 出入閨闥, 莫有見者. 如此幻法, 種種變化, 不可勝數. 後告言病, 帝遣左右姬侍, 以美梨一奩賜象, 象食之, 須臾便死. 帝埋葬之, 以日中時死, 晡時已至建業, 所賜梨付苑吏種之. 吏後以表聞, 先主既發棺視之, 唯一符耳. 帝思之, 與立廟. 時時躬往祭之, 常有白鶴來集座上, 遲廻復去. 後弟子見在蓋竹山中, 顏色轉少.

2. 『三國志』卷63 吳書 趙達傳 注

3. 『藝文類聚』(권86)

神仙傳: 介象爲吳主所徵, 在武昌, 連求去不許. 象言病, 帝以美梨一奩賜之, 象死. 殯而埋之, 以日中時死, 其晡時到建業, 以所賜梨付守苑吏種之.

4. 『藝文類聚』(권90)

神仙傳曰: 介象死. 吳先帝思之, 以象所住屋爲廟, 時時往祭之. 有白鶴來, 集坐上也.

神仙傳

제10권

077(10-1) 동봉 董奉

동봉은 자가 군이君異이며 후관현侯官縣 사람이다. 옛날 오吳나라 선주先主, 손권 때 어떤 어린 나이에 그 현의 현령이 된 사람이 있었는데 그는 나이 30 남짓의 동봉이 도가 있는 자임을 알지 못하였다.

그런데 그 현령은 그곳의 관직을 떠나 50여 년이 지난 후 다른 직책으로 부임해 가는 길에 이 후관현을 지나게 되었다. 그러자 그곳에 옛날 그 밑에서 벼슬을 하던 관리들이 모두 나서서 그 옛 현령을 인사차 뵙게 되었다. 그때 동봉도 역시 그 무리에 끼었는데 얼굴이 옛날과 같아 조금도 달라진 것이 없었다. 그 현령은 일찍이 그 동봉을 잘 알고 있던 터라 이상히 여겨 물었다.

"그대는 무슨 도를 가지고 있는 것이 아니오? 옛날 내가 이 현에 있을 때 나의 나이가 그대와 같았소. 그런데 나는 지금 이미 백발로 변하였는데 그대는 그대로 젊구려."

그러자 동봉은 이렇게 말하였다.

"우연이겠지요."

뒤에 교주자사交州刺史 두섭杜燮이 중병에 걸려 죽어 벌써 사흘이 지난 상태였다. 그때 동봉은 남쪽에 있다가 이를 알고 찾아가 세 알의 약을 죽은 사람의 입에 넣어 주었다. 그리고 그 죽은 자의 머리를 들도록 하여 흔들어 소화시켜 내리도록 하였다.

그로부터 한 식경食頃쯤 지나자 두섭은 눈을 뜨고 스스로 손과 발을 움직일 수 있었으며 얼굴색이 점차 돌아오기 시작하였다. 다시 반나절이 지나자 능히 일어나 앉았으며 드디어 살아났다. 나흘 뒤에는 능히 말을 할 수 있게 되었다. 그는 이렇게 설명하였다.

"죽을 때 마치 갑자기 꿈속으로 들어가는 것 같더니 수십 명의 검은 옷을 입은 자가 나타나, 나를 거두어 뚜껑이 없는 수레에 태우더니 데리고 갑디다. 그리고 커다란 붉은색 문으로 들어갔는데 한 촌밖에 되지 않는 좁은 감옥을 지났는데 그 감옥이 하나씩의 집이었으며 그 집은 겨우 한 사람만이 용납될 공간이었소. 그들은 나를 하나의 그러한 방 안으로 들여보내더니 흙으로 밖에서부터 봉쇄하였소. 다시는 밖을 볼 수가 없었습니다. 그런데 황홀 상황이 잠깐 지나가더니 어떤 사람이 하는 말소리가 들렸소. '태을太乙이 사자를 보내어 두섭을 부르러 왔습니다. 급히 문을 열고 꺼내시오.' 밖에서 삽으로 그 방을 파내는 소리가 들렸소. 한참 후에 끌려 나왔더니 밖에 어떤 수레와 말이 있었는데 그 수레 지붕은 붉은색이었고 세 사람이 함께 그 수레에 타고 있었소. 한 사람이 부절을 쥐고 나를 불러 수레에 오르도록 하여 데려왔는데 이 문에 이르러 깨어났다오."

두섭은 이렇게 살아나자 동봉을 위하여 뜰 가운데 높은 누각을 지어 주었다. 동봉은 음식은 먹지 아니하고 오직 포와 대추를 먹으며 약간의 술을 마실 뿐이었으며, 이를 위하여 두섭은 하루에 세 번씩 이를 마련하여 차려 주었다. 동봉은 두섭이 있는 곳에 와서 음식을 먹기도 하였는데 그가 누각에서 내려올 때면 마치 새가 날아오는 것과 같아 즉시 그 자리에 도착하였으며 그가 내려오는 줄도 모를 정도였다. 그가 누각으로 올라갈 때도 역시 마찬가지였다.

이렇게 일 년이 지나자 그는 두섭에게서 떠나기를 청하였다. 두섭은 눈물을 흘리며 만류하였으나 허락하지 않았다. 이에 두섭이 제의하였다.

"그대는 어디로 가려 하십니까? 제가 큰 배를 하나 준비해 드리겠습니다."

그러자 동봉이 말하였다.

"배는 필요없습니다. 관棺 하나를 준비해 주면 고맙겠습니다."

두섭이 즉시 이를 준비하자 이튿날 일중日中이 되자 동봉은 죽어버렸다. 두섭이 사람을 시켜 이를 묻었다. 그로부터 이레가 되자 어떤 사람이 용창舂昌이라는 곳에서 왔다면서 동봉을 만났는데 두섭에게 고맙다고 안부를 전해 주면서 자중자애하기를 기원한다는 것이었다. 두섭이 이에 동봉의 관을 열어 보았더니 단지 한 폭의 비단만 있었는데 한 면에는 사람의 모습이 그려져 있었고, 다른 한 면에는 붉은 글씨의 부적이 씌어 있었다.

동봉은 뒤에 여산廬山 아래로 돌아와 살았다. 그때 어떤 사람이 젊어 나병에 걸려 곧 죽게 되어 그 몸을 수레에 싣고 동봉을 찾아와 머리를 쪼며 애걸하였다. 동봉은 이 사람을 하나의 방에 가두어 앉힌 뒤 다섯 겹의 베 헝겊으로 그 병자의 눈을 싸고는 조금도 움직이지 말도록 하였으며 그 가족도 그에게 접근하지 말도록 하였다. 그 병자가 말하였다.

"어떤 물건이 와서 핥는 소리가 들립니다. 너무 고통스러워 견딜 수가 없습니다. 골고루 이렇게 하지 않는 곳이 없습니다. 이 물건의 혀는 한 척尺쯤 됩니다. 그 숨소리는 소의 숨소리 만합니다. 끝내 무슨 물체인지는 알 수 없으나 한참 후에 사라졌습니다."

동봉이 이에 다시 그 병자를 찾아가 헝겊을 풀어 주고는 물을 두어 마시게 하였다. 그리고 그를 돌려보내면서 일러주었다.

"머지않아 낫게 될 것입니다. 다만 바람을 쐬지 마십시오."

십수 일 사이 병자의 몸은 온통 붉은색으로 변하더니 살갗의 통증도 사라져 목욕을 할 수 있었다. 그러자 다시는 통증이 없는 것이었다. 그리고 다시 20여 일이 지나자 그 피부의 종기들이 모두 나아 몸이 굳기름처럼 곱게 변하였다.

그 뒤 자주 큰 가뭄이 들어 온갖 곡식이 말라 타들어가자, 현령 정사언丁士彦이 강기綱紀에게 말하였다.

"동봉은 도술이 있으니 능히 비를 내리게 해줄 수 있으리라."

이에 술과 포를 싣고 동봉을 만나 큰 가뭄이 일어났음을 설명하였다. 이에 동봉이 아주 쉽게 허락하였다.

"비를 내리게 하는 일은 쉽습니다."

그러고는 지붕을 쳐다보며 말하였다.

"가난한 집들은 그 지붕이 모두 하늘을 보고 있습니다. 비가 올 때 이를 피할 수 없으니 어찌하겠습니까?"

현령이 그 뜻을 알아차리고 이렇게 말하였다.

"선생께서는 그저 비를 내려 달라고 기도하십시오. 제가 그들 집을 잘 수리해 주겠습니다."

이에 이튿날 정사언은 스스로 관리들을 거느리고 대나무를 날라 집을 지었다. 집이 완성되자 진흙을 바르기 위하여 사람들에게 땅을 파서 흙을 모으고 물을 길어 진흙을 만들도록 하였다. 동봉이 말하였다.

"가뭄에 물을 대느라 번거롭게 하지 마십시오. 날이 저물 때 저절로 비가 올 것입니다."

그날 밤 과연 큰비가 내렸는데 그 수량이 어디에나 풍족할 만큼 되었다.

동봉은 다시 산에 살면서 그곳 사람들을 위하여 병을 고쳐 주며 그 값으로 돈이나 물건을 전혀 받지 않았다. 중병에 걸린 자를 낫게 해주고는 그에게 살구나무 다섯 그루씩을 심도록 하고 가벼운 병에 걸린 사람에게는 한 그루씩 심도록 하였다. 이렇게 몇 년이 흐르자 거의 10만여 그루가 되어 울창하게 숲을 이루었다. 그리고 산속의 온갖 벌레와 짐승들에게 그 살구나무 아래 놀도록 하여 그 아래에는 풀이 자라지 않아 마치 김을 매어 풀을 모두 뽑은 것 같았다.

이에 살구가 크게 익자 동봉은 그 행림杏林에 대나무 창고를 만들어 놓고 당시 사람들에게 이렇게 말하였다.

"살구를 사고 싶은 사람은 와서 가져가되 값을 치를 필요가 없다. 가져가고 싶은 만큼 어서 가져가라. 곡식 한 그릇을 창고 안에 두고 그 그릇만큼 살구를 가져간다고 여기면 된다."

그런데 매번 곡식이 한 번씩 적고 살구를 더 가져가는 자가 있었다. 그러자 서너 마리의 호랑이가 그를 따라가 물어 버리는 것이었다. 그러면 그 자는 놀라 도망가다가 그 살구를 쏟아 버리고 말았다. 그제야 호랑이가 되돌아왔다. 그가 집에 돌아가 가져간 살구를 헤아려 보면 곡식만큼 줄어들어 있는 것이었다.

또 어떤 사람이 빈손으로 가서 살구를 훔쳐오자 호랑이가 그를 따라 그 집까지 가서 그를 물어 죽음에 이르게 되었다. 집안 식구들이 살구를 훔쳤기 때문에 그런 일이 벌어진 것을 알고 드디어 살구를 되돌려 놓으며 머리를 조아리고 죄를 빌었다. 그러자 그 죽어가던 식구가 다시 살아나기도 하였다.

이런 일이 있고부터 살구를 사려는 자는 누구나 그 수풀에서 스스로 그 양을 맞게 재어 감히 속이는 자가 없어졌다.

동봉은 그 살구를 팔아 얻은 곡식으로 가난한 자를 구제하였고 떠돌며 고생하는 자들에게 공급하였다. 이렇게 한 해에 3천 곡斛씩

소비하여도 오히려 아주 많이 남을 정도였다.

또 현령의 친척 집안에 딸이 있었는데 그가 사악한 정령의 귀신이 들려 백방으로 치료해도 고쳐지지 않자 동봉에게 이렇게 제의하였다.

"만약 능히 그 아이를 고쳐 준다면 그대의 아내로 삼아 주겠소."

이에 동봉이 즉시 그 여자를 위하여 귀신에게 호통을 쳤다. 그러자 크고 흰 거북이 나왔는데 그 길이가 6척이나 되었으며 땅을 기어 병자의 집 문을 향해 가는 것이었다. 동봉이 사람에게 그를 베어 죽이게 하였더니 그 여인의 병이 즉시 나았다. 이리하여 드디어 그 여자를 아내로 맞게 되었으나 오래 지나도 아이가 생기지 않는 것이었다.

동봉이 마침 외출하게 되자 그 아내는 홀로 살 수가 없어 이에 딸 하나를 양녀로 들이기를 청하였다. 그 딸은 나이 열 살이었는데 동봉이 어느 날 아침에 몸을 띄워 구름 속으로 들어가자 아내와 양녀는 그 집을 그대로 지키면서 살구를 팔아 가계를 꾸렸다. 그런데 역시 이를 속이는 자가 있으면 호랑이가 예전처럼 쫓아가는 것이었다.

그 양녀가 자라 사위를 얻어 함께 살게 되었다. 그런데 그 사위는 흉악한 자였다. 항상 사당의 신의 옷과 물건을 들고 오기도 하였다. 사당 위의 신이 아래에 있는 신무神巫에게 일렀다.

"어떤 자가 선인의 사위라는 것을 믿고 내 옷과 물건을 빼앗아간다. 나는 이곳에 있을 수 없다. 그에게 부끄러움이 무엇인지 한번 일러주면 된다. 선인과 인연이 있는 자이니 다시 문책할 필요는 없다."

동봉은 민간에 겨우 백 년을 살다가 승천하였는데 그 얼굴은 항상 서른 살 젊은이 같았다.

董奉者, 字君異, 侯官縣人也. 昔吳先主時, 有年少作本縣長, 見君異年三十餘, 不知有道也. 罷去五十餘年, 復爲他職, 行經侯官. 諸故吏人皆往見故長, 君異亦往, 顏色如昔, 了不異故. 長宿識之, 問曰:「君無有道也? 昔在縣時, 年紀如君輩, 今吾已皓白, 而君猶少也.」君異曰:「偶爾耳.」

　杜燮爲交州刺史, 得毒病死, 已三日. 君異時在南方, 乃往以三丸藥內死人口中, 令人擧死人頭搖而消之. 食傾, 燮開自動手足, 顏色漸還, 半日中能起坐, 遂活. 後四日, 乃能語, 云:「死時奄然如夢. 見有數十烏衣人來收之, 將載露車上去, 入大赤門, 徑以寸獄, 獄各一戶, 戶纔容一人. 以燮內一戶中, 乃以土從外封之. 不復見外. 恍惚間, 聞有一人言:『太乙遣使者來召杜燮, 急開出之.』聞人以鍤掘其所居戶, 良久, 引出之. 見外有車馬, 赤蓋, 三人共坐車上, 一人持節呼燮上車, 將還至門而覺.」燮旣活, 乃爲君異起高樓於中庭. 君異不飮食, 唯啖脯棗, 多少飮酒, 一日三爲君異設之. 君異輒來就燮處飮食, 下樓時忽如飛鳥, 便來到座, 不覺其下, 上樓亦爾. 如此一年, 從燮求去, 燮涕泣留之, 不許. 燮問曰:「君慾何所之? 當具大船也.」君異曰:「不用船, 宜得一棺器耳.」燮卽爲具之. 至明日日中時, 君異死, 燮使人殯埋之. 七日, 人有從容昌來, 見君異, 因謝杜侯, 好自愛重. 燮乃開視君異棺中, 但見一帛, 一面畫作人形, 一面丹書符,

　君異後還廬山下居. 有一人少便病癩, 垂死, 自載詣君異, 叩頭乞哀. 君異使此人坐一戶中, 以五重布巾韜病者目, 使勿動搖, 乃勅家人莫近. 病人云:「聞有一物來舐之, 痛不可堪, 無處不匝. 度此物舌當一尺許, 其

氣息大小如牛, 竟不知是何物, 良久乃去.」君異乃往解病人之巾, 以水與飲, 遣去:「不久當愈, 且勿當風.」十數日間, 病者身體通赤, 無皮甚痛, 得水浴, 卽不復痛. 二十餘日, 卽皮生瘡愈, 身如凝脂.

後常大旱, 百穀燋枯, 縣令丁士彥謂綱紀曰:「董君有道, 必能致雨.」乃自齎酒脯見君異, 說大旱之意. 君異曰:「雨易得耳.」因仰視其屋曰:「貧家屋皆見天, 不可以得雨, 如何?」縣令解其意, 因曰:「先生但爲祈雨, 當爲架好屋.」於是, 明日, 士彥自將吏人, 乃運竹爲起屋. 屋成當泥塗, 作人掘土取壤, 欲取水作泥. 君異曰:「不煩運水, 日暮自當雨也.」其夜, 大雨高下皆足,

又君異居山間, 爲人治病, 不取錢物, 使人重病愈者, 使栽杏五株, 輕者一株. 如此數年, 計得十萬餘株, 鬱然成林. 而山中百蟲羣獸, 遊戲杏下, 竟不生草, 有如耘治也. 於是杏子大熟, 君異於杏林下作簞倉, 語時人曰:「欲買杏者, 不須來報, 徑自取之. 得將穀一器置倉中, 卽自往取一器杏云.」每有一穀少而取杏多者, 卽有三四頭虎嚙逐之, 此人怖懼而走, 杏卽傾覆, 虎乃還去, 到家量杏, 一如穀少. 又有人空往偷杏, 虎逐之到其家, 乃嚙之至死. 家人知是偷杏, 遂送杏還, 叩頭謝過, 死者卽活. 自是已後, 買杏者皆於林中自平量之, 不敢有欺者. 君異以其所得粮穀賑救貧窮, 供給行旅, 歲消三千斛, 尙餘甚多.

縣令親故家, 有女爲精邪所魅, 百不能治, 以語君異:「若能得女愈, 當以侍巾櫛.」君異卽爲君勑諸魅. 有大白鼉, 長丈六尺, 陸行詣病者門, 君異使人斬之, 女病卽愈. 遂以女妻之, 久無兒息. 君異出行, 妻不能獨住, 乃乞一女養之. 女年十歲, 君異一旦竦身入雲中去, 婦及養女猶守其宅,

賣杏取給, 有欺之者, 虎逐之如故. 養女長大, 納婿同居, 其婿凶徒也, 常取諸祠廟之神衣物. 廟下神下巫語云: 「某甲恃是仙人女婿, 奪吾衣物, 吾不在此, 但羞人耳. 當爲仙人故無用爲問.」 君異在民間僅百年, 乃昇天, 其顏色常如年三十時人也.

【董奉】 '杏林'의 고사를 낳은 신선으로 지금도 '행림'은 仁術을 뜻함. 의료계를 대신하는 말로 쓰이고 있으며 이 『신선전』이 그 원 출전이다. 한편 『漢韓大字典』(p.609)에는 '동봉'이 '훈봉(董奉)'으로 잘못 기재되어 있다.

【候官】 지명. 治所는 지금의 福建省 福州市.

【交州】 지금의 廣東省 廣州市.

【露車】 고대 민간에서 짐을 나르기 위하여 간단하게 만든 수레. 덮개가 없어 '노거'라 함.

【簞倉】 대나무로 만든 간단한 창고.

【巾櫛】 수건과 빗. 목욕을 하고 난 후를 위해 봉사함을 뜻하며 흔히 아내의 업무를 하는 것. 여기서는 하찮은 일을 함을 뜻함.

【巫語】 巫覡의 언어. 무격이 신의 말을 풀어해 줌.

참고 및 관련자료

1. 『太平廣記』(권12) 董奉

董奉者, 字君異, 候官人也. 吳先主時, 有少年爲奉本縣長. 見奉年四十餘, 不知其道, 罷官去. 後五十餘年, 復爲他職, 得經候官. 諸故吏人皆老, 而奉顏貌一如往日. 問言:「君得道邪? 吾昔見君如此. 吾今已皓首 而君轉少, 何也?」奉曰:「偶然耳.」又杜變爲交州刺史, 得毒病死. 死已三日, 奉時在彼, 乃往. 與藥三丸, 內在口中, 以水灌之. 使人捧擧其頭, 搖而消之. 須臾, 手足似動, 顏色漸還, 半日乃能起坐. 後四十日乃能語, 云:「死時奄忽如夢. 見有十數烏衣人來, 收變上車去. 入大赤門, 徑以獄中. 獄客一戶, 戶纔容一人, 以變內一戶中, 乃以土從外封塞之, 不復見外光. 忽聞戶外人言云: '太乙遣使來召杜變.' 又聞除其戶土, 良久引出. 見有車馬赤蓋, 三人共坐車上. 一人持節, 呼變上車. 將還至門而覺, 變遂活.」因起謝曰:「甚蒙大恩, 何以報效?」乃爲奉起樓於庭中. 奉不食他物, 唯啖脯棗, 飲少酒. 變一日三度設之, 奉每來飲食, 或如飛鳥, 騰空來坐, 食了飛去. 人每不覺, 如是一年餘. 辭變去. 變涕泣留之不住. 變問:「欲何所之? 莫要大船否?」奉曰:「不用船. 唯要一棺器耳.」變既爲具之. 至明日日中時, 奉死. 變以其棺殯埋之. 七日後, 有人從容昌來, 奉見囑云:「爲謝變, 好自愛理.」變聞之, 乃啓殯發棺視之. 唯存一帛, 一面畫作人形, 一面丹書作符. 後還豫章廬山下居, 有一人中有癩疾, 垂死. 載以詣奉, 叩頭求哀之. 奉使病人坐一房中, 以五重布巾蓋之, 使勿動. 病者云:「初聞一物來舐身, 痛不可忍. 無處不匝, 量此舌廣一尺許, 氣息如牛, 不知何物也, 良久物去.」奉乃往池中, 以水浴之, 遣去. 告云:「不久當愈, 勿當風.」十數日, 病者身赤無皮, 甚痛. 得水浴, 痛即止. 二十日, 皮生即愈, 身如凝脂. 後忽大旱, 縣令丁士彥議曰:「聞董君有道, 當能致雨. 乃自齎酒脯見奉, 陳大旱之意.」奉曰:「雨易得耳.」因視屋曰:「貧道屋皆見天, 恐雨至何堪? 令解其意..」曰:「先生但致雨, 當爲立架好屋.」明日, 士彥自將人吏百餘輩, 運竹木, 起屋立成. 方聚土作泥, 擬數里取水. 奉曰:「不須爾. 暮當大雨, 乃止.」至暮即大雨, 高下皆平, 方民大悅. 奉居山不種田, 日爲人治病, 亦不取錢. 重病愈者, 使栽杏五株; 輕者一株. 如此數年, 計得十萬餘株, 鬱然成林. 乃使山中百禽群獸, 遊戲其下, 卒不生草, 常如芸治也. 後杏子大熟, 於林中作一草倉, 示時人曰:「欲買杏者, 不須報奉. 但將穀一器置倉中, 即自往取一器杏去.」常有人置穀來少, 而取杏去多者. 林中群虎出吼逐之, 大怖, 急挈杏走, 路傍傾覆. 至家量杏, 一如穀多少. 或有人偷杏者, 虎逐之到家, 嚙至死. 家人知其偷杏, 乃送還奉, 叩頭謝過, 乃却使活. 奉每年貨杏得穀, 旋以賑救貧乏, 供給行旅不逮者, 歲二萬餘斛. 縣令有女, 爲精邪所魅, 醫療不効, 乃投奉治之, 若得女愈, 當以侍巾櫛. 奉然之, 即召得一白鼉. 長數丈, 陸行詣病者門. 奉使侍者斬之, 女病即愈. 奉遂納女爲妻, 久無兒息. 奉每出行, 妻不能獨住, 乃乞一女養之, 年十餘歲. 奉一日竦身入雲中去, 妻與女猶存其宅, 賣杏取給. 有欺之者, 虎還逐之. 奉在人間三百餘年乃去, 顏狀如三十時人也.

2. 『藝文類聚』(권7)

神仙傳曰: 董奉還豫章, 廬山下居, 在山閒. 了不佃作, 爲人治病, 亦不取錢物, 使病愈者, 種杏五株.

3. 『藝文類聚』(권87)

神仙傳曰: 董奉居廬山, 爲治病, 重者種杏五株, 輕者一株. 於林中所在, 簞食一器, 是換一穀. 少者虎逐之, 乃以穀賑貧窮, 號董仙杏林.

078(10-2) 이근 李根

이근은 자가 자원子源이며 허창許昌 사람이다. 당시 조가趙賈라는 사람이 있었는데 그의 아버지와 할아버지가 대대로 이근을 보았다는 말을 듣고 조가가 아이였을 때부터 이근을 따라 모시기 시작하여 조가가 이미 84세가 되었으나 이근은 어린아이의 모습으로 늙지 않았다고 한다.

그리고 또 수춘壽春의 오태문吳太文 집에서 태문이 이근을 따라다니며 도를 배워 금은을 만드는 법을 얻게 되어 즉시 이를 성취시켰다.

이근은 능히 변화를 일으켜 물과 불 속에도 들어가며, 앉은자리에서 음식을 마련하여 20명이 먹을 수 있도록 공급하였는데 모두가 정밀하고 훌륭한 반찬으로, 사방 기이한 물건이며 그곳에는 나지도 않는 것들이었다.

그가 어느 날 갑자기 태문에게 이렇게 고하였다.

"왕릉王陵이 패하여 이 수춘이 함락될 것입니다. 전투가 벌어지는 가운데에서는 살 수가 없으니 급히 다른 곳으로 이사하여 이곳을 떠나십시오."

많은 사람들이 이근이 요언을 퍼뜨린다고 이를 잡아들이도록 하여 죽여 없애고자 하였다. 이때 이근은 마침 상소문을 작성하고자 준비를 하고 있었는데 갑자기 밖에 천여 명의 사람이 에워싸고 자신을 나오라고 요구한다는 소리를 듣고 급히 오태문의 아버지에게 이렇게 고하였다.

"어서 급히 저들에게 이렇게 말하시오. '나는 모른다. 관리들이 스스로 들어와 수색해 보아라. 어제 이미 이근은 떠났다'라고요."

태문이 문을 열고 나서서 사방을 살펴 이근을 찾아보았으나 그가 어디로 사라졌는지 소재를 알 수 없었다. 게다가 그가 쓰던 좌우 기물器物도 모두 사라지고 보이지 않는 것이었다. 이에 관병이 들어가 수색하였다. 곡식 창고와 옷을 넣어 두는 상자 속까지 빠짐없이 살펴보았으나 이근을 찾아낼 수 없었다.

한참 뒤에 태문은 나와 보았더니 이근은 방금 앉았던 자리에 그대로 앉아 있었으며 조금 전과 전혀 다를 바가 없었다. 이에 이근이 오태문에게 말하였다.

"태위 왕릉의 가족이 모두 멸족을 당하였소. 그대의 아우가 나에게 이 사실을 누설했는데 열흘 안에 죽임을 당할 것이오."

결국 모두가 그의 말과 같았다.

이근의 제자 집에서 딸을 이근에게 주어 아내로 삼아 주었다. 그 여자는 글을 알고 있었다. 이근이 마침 외출하였을 때 그 여자는 몰래 비단에 쓴 이근의 책 한 권을 읽어 보았다. 그리하여 이근 자신이 도경道經에 쓴 글을 통해 이근은 한漢나라 원봉元封 중에 모씨某氏에게 배웠다고 했는데, 계산해 보았더니 당시 이근은 이미 나이가 7백여 세가 되었음을 알게 되었다.

그리고 태문은 이근의 두 눈동자가 모두 네모난 형태라고 하였는데 『선경仙經』에 "8백 세가 된 사람의 눈동자는 네모이다"라 하였다.

한편 이근은 제자들에게 이렇게 말하였다.

"나는 신단神丹 대도大道의 비결을 터득하지 못하였다. 오직 지선방地仙方만을 터득하였을 뿐이다. 내 목숨은 천지와 나란히 할 것이나 단지 하늘 아래 이 땅의 보통 선비처럼 되지는 않을 것이다."

李根, 字子源, 許昌人也. 有趙賈者, 聞其父祖言傳世見根也, 賈爲兒時便隨事根, 至賈年八十四, 而根年少不老. 昔在壽春吳太文家, 太文從之學道, 得作金銀法, 立成. 根能變化入水火中, 坐致行廚, 能供二十人, 皆精細之饌, 四方奇異之物, 非當地所有也.

忽告太文云:「王陵當敗, 壽春當陷, 兵中不復居, 可急徙去.」衆乃使人收根, 欲殺之. 根時乃方欲書疏, 奄聞外有千餘人圍其家求根, 語太文父曰:「忽忽但語: 吾不知, 官自來搜之, 昨已去矣.」太文出戶還顧, 窺根失所在, 左右書器物皆不復見. 於是官兵入索, 困食衣篋之中, 無處不遍, 不得根. 及良久, 太文出, 見根固在向坐, 儼然如故. 根語太文曰:「王太尉當族誅. 卿弟泄語, 十日中當卒死.」皆果如言.

弟子家有以女給根者, 此女知書, 根出行, 竊視根素書一卷, 讀之, 得根自說其學道經疏云, 以漢元封中學道於某甲, 時年計根已七百餘年也.

又太文說根兩目瞳子皆方, 按『仙經』說:「八百歲人瞳子方也.」根告諸弟子言:「我不得神丹大道之訣. 唯得地仙方耳, 壽畢天地, 然不爲下土之士也.」

【許昌】 지금의 河南省 許昌市.

【壽春】 지금의 安徽省 壽縣.

【王陵】 漢初에 劉邦에게 귀속하여 右丞相을 지냈으며 뒤에 呂后에게 주살당한 인물이 있으나 이와 동일인인지는 알 수 없음.

【囷食】 '囷倉'의 오기로 보임. '균창'은 곡식을 저장하는 창고.

【下土】 땅을 뜻함. '上天'의 상대되는 말.

079(10-3) 이의기 李意期

이의기는 촉군蜀郡 사람으로 몇 대에 걸쳐 사람들이 그를 알고 있었으며 한漢 문제文帝 때 사람이라 하였다. 처자와 자식도 없었다.

그는 사람이 먼 길을 급히 다녀와야 할 경우가 있을 때면 그에게 부적 하나를 주었고, 아울러 단서丹書를 그 사람 양쪽 발에 달아 주었다. 그러면 그는 천 리를 하루가 다 하기 전에 다녀올 수 있었다.

또 어떤 사람이 사방의 군국郡國들의 궁궐이나 시정市井의 모습을 말하는 자가 있어 앉아 듣던 사람들이 혹 이를 직접 보지 못한 자가 있어 거듭 묻게 되면 의기는 즉시 흙을 모아 군국의 형상을 만들어 보였는데 모두가 사실과 같았으나 그 크기가 한 촌寸 정도로 작았을 뿐이었다. 그리고 그것도 잠시 후에는 소멸되어 사라져 버리는 것이었다.

혹 그가 어디로 유람을 떠나면 그의 소재를 알 수가 없었지만 일년 쯤 뒤에 다시 촉으로 돌아온다. 그리고 걸식으로 얻은 것은 모두 가난하고 없는 자들에게 나누어 주었다.

그는 성도成都의 귀퉁이에 하나의 토굴을 짓고 그 속에 살았으며 겨울에는 홑겹의 옷을 입고 머리가 길어지면 이를 잘라 버리되 오직 5촌 정도 길이쯤 자라게 하였다.

그는 약간의 술과 포脯, 그리고 대추와 과실을 먹되 혹 백 일을 계속하기도 하였으며, 토굴에서 나오지 않을 때는 아무것도 먹지 않았다.

유비劉備 현덕玄德이 동쪽으로 오吳나라를 쳐 관우關羽의 원한을 갚겠다고 사람을 보내어 이 의기를 맞아오도록 하였다. 의기가 도착하자 유비는 공경하며 예로 맞았다. 그러면서 오나라를 치는 일에 대하여 묻자 의기는 대답은 하지 아니하고 종이와 붓을 달라고 하였다. 현덕이 이를 준비해 주자 의기는 병마와 무기를 수십 장의 종이에 그렸다. 그러고는 즉시 하나하나를 손으로 찢어 버리며 이렇게 혀를 차는 것이었다.

"쯧쯧!"

그리고 다시 대인大人 하나를 그림으로 그려 이를 땅에 묻더니 곧바로 지름길로 돌아가 버리는 것이었다. 유비는 불쾌하게 생각하면서도 출병하여 나섰으나 결국 크게 패하여 십여만의 군사가 겨우 수백 명만이 살아 돌아올 수 있었다. 그리고 무기와 군수 물자도 모두 일시 탕진되고 말았다.

유비는 분하기도 하고 부끄러워 결국 병이 나서 영안궁永安宮에서 죽고 말았다. 생각해 보면 그가 대인을 그려 땅에 묻은 것은 바로 유비의 죽음을 상징한 것이었다.

의기는 말이 적었다. 사람이 어떤 일을 물어도 거의 대답을 하지 않았다. 촉 땅 사람으로 우환이 있어 그에게 찾아가 길흉을 물었는데 저절로 그 얼굴에 징후가 보이게 마련이므로 오직 의기의 안색을 보고 그 점을 알아내면 그만이었다. 즉 의기가 즐거워하는 표정이면 온갖 일이 모두 길한 것이요, 의기의 표정이 슬픔에 찬 모습이면 모든 일이 안 좋다는 것이었다.

등애鄧艾가 촉 땅에 오기 백여 일 전에 갑자기 의기의 소재를 알 수 없게 되었다. 뒤에 의기는 낭야산琅琊山으로 들어가 다시는 나타나지 않았다.

李意期者, 蜀郡人也, 傳世識之, 云是漢文帝時人也, 無妻息. 人有欲遠行速至者, 意期以符與之, 并以丹書其人兩足, 則千里皆不盡日而還. 人有說四方郡國宮觀市井者, 座中或未見, 重問說者, 意期卽爲撮土作之, 所作郡國形象皆是, 但盈寸耳, 須臾消滅. 或遊行, 不知所之, 一年許, 復還於蜀中. 乞食所得, 以與貧乏者. 於成都角中, 作一土窟而居其中, 冬夏單衣, 髮長剪去之, 但使長五寸許. 啜少酒脯及棗果. 或食百日, 不出窟則無所食也.

劉玄德欲東伐吳, 報關羽之怨, 使人迎意期. 意期到, 玄德敬禮之, 問其伐吳, 意期不答而求紙筆, 玄德與之. 意期畫作兵馬器仗十數紙, 便一一以手裂壞之, 曰:「咄咄.」又畫一大人, 掘地埋之, 乃徑還去. 玄德不悅, 而出軍, 果大敗, 十餘萬衆, 纔數百人得還, 器仗軍資, 一時蕩盡. 玄德忿恥, 發病而卒於永安宮. 乃追念其所作大人而埋之, 正是玄德之死象也.
意期少言語, 人有所問, 略不對答. 蜀人有憂患, 往問吉凶, 自有常候, 但
占意期顔色: 若懽悅, 則百事吉; 慘戚, 則百事惡. 鄧艾未到蜀百餘日, 忽
失意期所在. 後入瑯琊山中, 不復出也.

【蜀郡】 지금의 四川省 일대를 관할하던 군. 治所는 成都.
【四方】 사방의 나라. 『詩經』 大雅 民勞에 "惠此中國, 以綏四方"의 毛注에
"中國, 京師也; 四方, 諸夏也"라 함.
【劉玄德】 삼국시대 劉備.
【咄咄】 한탄하는 소리. 혹 혀를 차는 소리.
【永安宮】 지금의 四川省 奉節縣에 있는 行宮. 劉備가 223년 이곳에서 죽음.
【鄧艾】 자는 士載(197~264). 삼국시대 魏나라 사람으로 위나라가 蜀을 벌할
때 成都에 입성하자 後主 劉禪이 항복함. 뒤에 太尉에 올랐으나 鍾會의 무고
로 衛瓘에게 피살됨. 『三國志』 권28에 전이 있음.
【瑯琊山】 山東省 膠南縣에 있음.

참고 및 관련자료

1. 『太平廣記』(권10) 李意期

　　李意期者, 本蜀人. 傳世見之, 漢文帝時人也. 無妻息, 人欲遠行速至者, 意期
以符與之, 並丹書兩腋下, 則千里皆不盡日而還. 或說四方國土, 宮觀市纏, 人未
曾見, 聞說者意不解. 意期則爲撮土作之, 但盈寸, 其中物皆是, 須臾消滅. 或行
不知所之. 一年許復還. 於是乞食得物, 卽度與貧人. 於城都角中, 作土窟居之,
冬夏單衣, 飮少酒, 食脯與棗栗. 劉玄德欲伐吳, 報關羽之死, 使迎意期. 意期到,
甚敬之, 問其伐吳吉凶, 意期不答, 而求紙. 畫作兵馬器仗十數萬, 乃一一裂壞之,
曰:「咄!」又作一大人, 掘地埋之, 乃徑還去. 備不悅, 果爲吳軍所敗, 十餘萬衆.

繞數百人得還, 甲器軍資略盡. 玄德忿怒, 遂卒於永安宮. 意期少言, 人有所問, 略不對答. 蜀人有憂患, 往問之, 吉凶自有常候, 但占其顏色, 若懽悅則善; 慘慽則惡. 後入琅邪山中, 不復見出也.

080(10-4) 왕흥 王興

왕흥은 양성陽城 사람으로 골짜기에 눌러 사는 본래 평범한 백성으로 글을 몰랐으며 도를 배울 생각도 없었다.

옛날 한漢 무제武帝가 원봉元封 2년 숭산嵩山에 올라 대우석실大愚石室에 오른 다음 그곳에 도궁道宮을 짓고 동봉군董奉君, 동방삭東方朔 등으로 하여금 재계하고 몸을 씻은 다음 신을 사색하도록 하였다. 밤이 되자 홀연히 선인이 나타났는데 키는 두 길이 넘었고, 귀는 아래로 늘어져 어깨에 닿았다.

무제가 예를 갖추어 묻자 선인이 이렇게 대답하였다.

"나는 구의산九疑山의 선인입니다. 중악中嶽 숭산의 돌 위에 창포가 있는데 한 촌寸에 아홉 마디가 있다고 들었습니다. 이를 복용하면 장수할 수 있다기에 이를 채취하러 온 것입니다."

말을 마치자 갑자기 어디로 사라져 보이지 않는 것이었다. 무제가 돌아보며 신하에게 말하였다.

"저는 도를 배우고 복식服食을 하고자 하는 자가 아니다. 틀림없이 중악의 신일 것이다. 이로써 짐을 가르쳐 주기 위한 것이다."

이에 창포를 따서 복용하였다. 다시 2년 뒤 무제는 본래 뜨거운

음식을 좋아하였지만 창포를 복용할 때마다 열이 심하여 괴로워하다
가 불쾌히 여겨 중도에 그만두고 말았다. 그때 시종관들은 모두 이를
계속 복용하였지만 능히 오래 지속할 수가 없었다.

단지 왕흥만은 신선이 무제에게 항상 창포를 복용하도록 일러주
었다는 소문을 듣고 창포를 따서 복용하며 그치지 않아 드디어 장생
長生의 길로 들어서 위魏 무제武帝 때까지 살아 있었다.

그 이웃의 늙은이나 어린아이들은 모두 몇 세대를 두고 그를 보았
다고 한다. 그리고 그를 보면 항상 50살쯤으로 보였으며 그 강건함이
하루에 3백 리를 걸을 수 있었다 한다. 뒤에 그는 어디로 갔는지 알
수 없었다.

王興者, 陽城人也, 常居一谷中. 本凡民, 不知書, 無學道意也. 昔漢武
帝元封二年, 上嵩山, 登大愚石室, 起道宮, 使董奉君・東方朔等, 齋潔
思神. 至夜, 忽見仙人長二丈餘, 耳下垂至肩. 武帝禮而問之, 仙人答曰:
「吾九疑仙人也, 聞中嶽有石上菖蒲, 一寸九節, 服之可以長生, 故來採
之.」 言訖, 忽然不見. 武帝顧謂侍臣曰;「彼非欲學道服食者, 必是中嶽
之神, 以此教朕耳.」 乃採菖蒲服之, 且二年. 而武帝性好熱食, 服菖蒲每
熱者, 輒煩悶不快, 乃止. 時從官多皆服之, 然莫能持久. 唯王興聞仙人
使武帝常服蒼蒲, 乃採服之, 不息, 遂得長生, 魏武帝時猶在, 其隣里老
小皆云傳世見之. 視興常如五十許人, 其强健, 日行三百里. 後不知所之.

【陽城】 지금의 河南省에 있던 古地名.
【董奉君】 董奉(077). '杏林'의 고사를 낳은 인물. 선인. 도사.

【九疑仙人】九嶷仙人이 아닌가 함. 九嶷山에서 도를 닦던 어떤 선인.
【菖蒲】다년생 수초로 뿌리를 약재로 활용함.

1. 『太平廣記』(권10) 王興

　王興者, 陽城人也. 居壺谷中, 乃凡民也. 不知書, 無學道意. 漢武上嵩山, 登
大愚石室, 起道宮. 使董仲舒・東方朔等, 齋潔思神. 至夜, 忽見有仙人, 長二丈,
耳出頭巔, 垂下至肩. 武帝禮而問之, 仙人曰:「吾九嶷之神也. 聞中岳石上菖蒲,
一寸九節, 可以服之長生. 故來採耳.」忽然失神人所在. 帝顧侍臣曰:「彼非復學
道服食者, 必中岳之神以喩朕耳.」爲之採菖蒲服之. 經二年, 帝覺悶不快, 遂止.
時從官多服, 然莫能持久, 唯王興聞仙人教武帝服菖蒲, 乃採服之不息,. 遂得長
生. 隣里老少, 皆云世世見之, 竟不知所之.

2. 『藝文類聚』(권81)

　神仙傳曰: 王興者, 陽城人. 漢武帝上嵩高, 忽見有仙人, 長二丈, 耳出頭, 下
垂肩. 帝禮而問之, 仙人曰:「吾九疑人也. 聞中嶽有石上菖蒲, 一寸九節. 食之可
以長生, 故來採之.」忽然不見, 帝謂侍臣曰:「彼非欲服食者, 以此喩朕耳.」

081(10-5) 황경 黃敬

　황경은 자가 백엄伯嚴이며 무릉武陵 사람이다. 어려서 경서를 읽고
외워 그 주州의 부종사部從事라는 벼슬을 하였다. 그러나 뒤에 그는
세상을 버리고 곽산霍山에서 도를 배워 80여 년을 보낸 다음 다시

중악中嶽으로 들어갔다. 그곳에서 그는 오로지 복기단곡服氣斷穀을 실행하고 탄토呑吐의 일을 행하였으며 태식내시胎息內視로 육갑옥녀六甲玉女를 불러 음양부陰陽符를 삼키는 도를 얻었다. 그리고 다시 적성赤星이 통방洞房 앞에 있을 때 사색하여 이것이 크게 변하도록 하여 그 불꽃이 자신의 몸을 감싸듯이 빛을 내게 할 수 있었다.

그가 2백 세에 이르렀을 때 다시 돌려 젊은 장정으로 변화시켰다. 도사 왕자양王紫陽이 자주 그를 찾아뵈면서 요언要言을 일러줄 것을 청하였다. 그러자 황경이 자양에게 이렇게 일러주었다.

"나는 복약服藥의 도를 수행하지 않는다. 다만 자연을 그대로 지킬 뿐이다. 그저 지선地仙 정도가 되면 족할 뿐이니 어찌 이를 힐책할 것인가? 듣기로 신야新野의 음군陰君이 신단神丹을 익혀 승천昇天의 법술을 알고 있다 하더라. 그는 진인眞人으로 대도의 극을 가진 자이다. 그대는 그를 따르라. 사람으로 기욕嗜欲을 제거하는 법은 나처럼 할 수 있겠지만 내가 하는 바를 그대로 배울 수는 없다."

자양은 청하기를 그치지 않았다. 그러자 황경이 다시 자양에게 이렇게 일러주었다.

"대관大關의 중간에 보성輔星이 있다. 이를 보겠다고 늘 사색하며 이런 생각이 습성이 되도록 하라. 그리고 적동赤童이 마지주정馬持朱庭에 있을 때 손가락으로 가리키며 이를 흔들어 몸의 모습을 그려라. 그리고 또 삼시三尸를 소멸시켜 사명死名을 제거하라. 잘 생각하여 이를 지켜내면 장생할 수 있다. 실패하면 머지않아 요명窈冥에 빠질 것이다."

자양이 이를 전수받아 장생의 도를 얻게 되었다.

黃敬, 字伯嚴, 武陵人也. 少讀誦經書, 仕州爲部從事. 後棄世, 學道於霍山, 八十餘年, 復入中嶽. 專行服氣斷穀, 爲呑吐之事, 胎息內視, 召六甲玉女, 呑陰陽符. 又思赤星在洞房前, 轉大, 如火周身. 至二百歲, 轉還少壯. 道士王紫陽數往見, 從求要言, 敬告紫陽曰:「吾不修服藥之道, 但守自然, 蓋地仙耳, 何足詰問? 聞新野陰君神丹昇天之法, 此眞人大道之極也, 子可從之. 人能除遣嗜慾如我者, 不可以學我所爲也.」 紫陽固請不止, 敬告紫陽曰:「大關之中有輔星, 想而見之翕習成. 赤童在馬持朱庭, 指而搖之鍊身形. 消遣三尸除死名, 審能守之可長生, 失之不久倫窈冥.」 紫陽受之, 得長生之道也.

【武陵】 지금의 湖南省 常德市.

【從事】 관직 이름. 한나라 때 三公과 지방 장관의 속관.

【吐呑】 呑液吐氣의 줄인 말. 신선들의 수양법 중의 하나.

【六甲】 신의 이름. 甲子, 甲戌, 甲申, 甲午, 甲辰, 甲寅神을 가리킴. 이들이 天帝의 명에 의해 風雷를 일으키며 귀신을 제압함. 도사들이 이의 符籙을 이용하여 귀신을 쫓는다 함.

【陰陽符】 齋戒와 醮祭 등에서 상자 위에 붙이는 부적.

【洞房】 얼굴에서 양 眉間의 들어간 뼈. 2촌 사이를 '洞房'이라 함. '통방'으로 읽어야 맞음.

【新野陰君】 陰長生을 가리킴. 037 참조.

【輔星】 북두칠성에서 第四星. 『晉書』 天文志(上)에 "抱北極四星曰四輔, 所以補佐北極而出度授政也"라 함.

082(10-6) 노여생 魯女生

노여생은 장락長樂 사람이다. 호마胡麻와 이출餌朮을 복용하며 곡
식을 끊기를 80여 년에 심히 젊어져서 하루에 3백 리를 갈 수 있었으
며 뛰는 사슴을 쫓을 정도로 빨랐다. 그리하여 마을 사람들이 몇 대에
걸쳐 그를 보았다. 그리고 2백여 년 뒤에 그는 화산華山으로 들어가
버렸다. 당시 친구 중에 한 이가 그와 이별한 지 50여 년 뒤에 화산의
사당에 갔더니 그는 백록白鹿을 타고 있었으며 뒤에 그를 시종하는
옥녀가 수십 인이더라는 것이었다.

魯女生者, 長樂人也. 服胡麻餌朮, 絕穀八十餘年, 甚少壯, 一日行三百
餘里, 走逐麞鹿, 鄕里人傳世見之. 二百餘年, 入華山中去. 時故人與女生
別後五十年, 入華山廟, 逢女生, 乘白鹿, 從後有玉女數十人也.

【長樂】지금의 福建省 동부 연해. 閩江의 연안.
【胡麻】外丹用의 약. 참깨를 가리킴. 服食家들은 巨勝, 狗虱, 方莖, 鴻藏 등을
높이 여기며, 輕生不老, 聰明耳目, 耐寒延年한다고 여겼음.
【麞】노루. '獐'과 같음.

참고 및 관련자료

1. 『藝文類聚』(권95)
　神仙傳曰: 魯女生者, 餌朮絕穀, 入華山. 後故人逢女生, 乘白鹿, 從玉女數
十人.

083(10-7) 감시 甘始

감시는 태원太原 사람이다. 행기行氣의 방법을 잘 닦아 마시지도 먹지도 않았다. 겨울에는 천문동天門冬을 복용하였으며 방중술房中術을 행함에는 용성容成과 현소玄素의 방법에 의거하였고 이를 연역하고 보태어 한 권의 책을 만들었는데 이를 활용하면 심히 효과가 있다고 한다. 병을 치료하면서 침이나 뜸, 탕약 등을 사용하지 않는다. 인간 세상에 3백여 세를 살고 나서 왕옥산王屋山으로 들어가 신선이 되어 사라졌다.

甘始者, 太原人也. 善行氣, 不飮食. 又服天門冬, 行房中之事, 依容成・玄素之法, 更演益之, 爲一卷, 用之甚有近効. 治病不用針灸湯藥. 在人間三百餘歲, 乃入王屋山仙去也.

【天門冬】도교에서 外丹用으로 흔히 사용되는 약초. 麥門冬과 天門冬으로 구분함.
【容城】고대 신선. 『列仙傳』참조.
【王屋山】지금의 河南省 濟源縣 서북에 있음. 道敎 十大洞天 중의 第一洞天. 黃帝 軒轅氏가 이곳에서 제단을 설치하여 祈雨祭를 지냈다 함.

참고 및 관련자료

1. 『後漢書』甘始傳

甘始・東郭延年・封君達三人者, 皆方士也. 率能行客成御婦人術, 或飮小便, 或自倒懸, 愛嗇精氣, 不極視大言. 甘始·元放·延年皆爲操所錄, 問其術而行之. 君達號「靑牛師」. 凡此數人, 皆百餘歲及二百歲也.

2. 『後漢書』甘始傳 注

曹植辯道論曰: 「甘始者, 老而有少客, 自諸術士咸共歸之. 然始辭繁寡實, 頗切怪言. 余嘗辟左右獨與之言, 問其所行. 溫顏以誘之, 美辭以導之. 始語余: 『吾本師姓韓字雅. 嘗與師於南海作金, 前後數四, 投數萬斤金於海.』又言: 『諸梁時, 西域胡來獻香罽腰帶割玉刀, 時悔不取也.』又言: 『車師之西國, 兒生劈背出脾, 欲其食少而怒行也.』又言: 『取鯉魚五寸一雙, 令其一著藥投沸膏中, 有藥奮尾鼓鰓, 遊行沈浮, 有若處淵, 其一者已孰而可噉.』余時問言: 『寧可試不?』言: 『是藥去此踰萬里, 當出塞, 始不自行不能得也.』言不盡於此, 頗難悉載, 故粗擧其巨怪者. 始若遭秦始皇·漢武帝·則復徐市·欒大之徒也.」

3. 『藝文類聚』(권81)

神仙傳曰: 甘始者, 太原人. 服天門冬, 在人間三百餘年.

084(10-8) 봉군달 封君達

봉군달은 농서隴西 사람이다. 50여 년 황정黃精을 복용하였고, 다시 오서산烏鼠山에 들어가 수은水銀을 연단하여 복용하였다. 백여 세에 고향을 다녀갔으며 그때 30여 세쯤으로 보였다 한다. 항상 푸른 소를 타고 다녔으며 사람이 병이 나거나 죽어간다는 소식을 들으면 곧 찾아가 약을 주어 이를 치료해 주었으며 그의 손이 닿으면 모두가 나았다. 이름이나 자를 남에게 말해 주지 않아 세상 사람들은 그가 푸른 소를 타고 다니는 것만 알아 그를 '청우도사靑牛道士'라 불렀다. 그 뒤 2백여 년이 지나 그는 현구산玄丘山으로 들어가 신선이 되어 사라졌다.

封君達者, 隴西人也. 服黃精五十餘年, 又入烏鼠山, 服鍊水銀. 百餘歲, 往來鄉里, 視之年如三十許人. 常騎靑牛, 聞人有疾病時死者, 便過與藥治之, 應手皆愈. 不以姓字語人, 世人識其乘靑牛, 故號爲靑牛道士. 後二百餘年, 入玄丘山仙去也.

【隴西】지금의 甘肅省 서남쪽을 이르던 말.
【烏鼠山】'鳥鼠山'으로 표기된 판본도 있음. 산 이름. 구체적으로는 알 수 없음.
【玄丘山】'玄邱山'으로도 쓰며 역시 구체적으로는 알 수 없음.

참고 및 관련자료

1.『博物志』(5)

皇甫隆遇靑牛道士, 姓封名君達. 其論養性法卽可放用, 大略云:「體欲常勞, 食欲常少, 勞勿過極, 少勿過虛, 去肥濃, 節酸鹹, 減思慮, 捐喜怒, 除馳逐, 愼房室. 春夏施瀉, 秋冬閉藏.」詳別篇, 武帝行之有效.

2.『後漢書』方術列傳 甘始傳 注

漢武帝內傳曰:「封君達, 隴西人. 初服黃連五十餘年, 入烏擧山, 服水銀百餘年, 還鄉里, 如二十者. 常乘靑牛, 故號『靑牛道士』. 聞有病死者, 識與不識, 便以要閒竹管中藥與服, 或下針, 應手皆愈. 不以姓名語人. 聞魯女生得五岳圖, 連年請求, 女生未見授. 并告節度. 二百餘歲乃入玄丘山去.」

3. 『太平御覽』 720

博物志曰: 魏武帝問封君達養生之術, 君達曰: 「體欲常勞, 食欲常少, 勞無過虛, 省肥濃, 節醎酸, 減思慮, 損喜怒, 除馳逐, 愼房室, 春夏施寫, 秋冬閉藏.」武帝行之有効.

4. 『藝文類聚』(권78)

封君達, 隴西人. 初服黃連五十餘年, 入鳥鼠山. 又於中服水銀百餘年, 還鄉, 年如二十者.

5. 『太平廣記』(권14) 劉子南에 '封君達'의 관련 기록이 있다.

劉子南者, 乃漢冠軍將軍武威太守也. 從道士尹公, 受務成子螢火丸, 辟疾病疫氣·百鬼虎狼·虺蛇蜂蠆諸毒, 及五兵白刃·賊盜凶害. 用雄黃各二兩, 螢火鬼箭蒺莉各一兩, 鐵槌柄燒令焦黑, 鍛竈中灰殺羊角各一分半, 研如粉麵, 以鷄子黃並丹雄鷄冠血, 丸如杏仁大者, 以三角絳囊盛五丸, 常帶左臂上. 從軍者繫腰中, 居家懸戶上. 辟盜賊諸毒物. 子南合而佩之. 永平十二年, 於武威邑界遇虜, 大戰敗績, 餘衆奔潰, 獨爲寇所圍, 矢下如雨, 未至子南馬數尺, 矢輒墮地, 終不能中傷. 虜以爲神人也, 乃解圍而去. 子南以敎其子及兄弟爲軍者, 皆未嘗被傷, 喜得其驗. 傳世寶之. 漢末, 靑牛道士封君達得之, 以傳安定皇甫隆, 隆授魏武帝, 乃稍傳於人間. 一名冠軍丸, 亦名武威丸, 今載在千金翼中.

神仙傳

해 제

Ⅰ. 도가·도교와 『신선전』

도가道家에 대한 정식 언급은 아마『사기史記』태사공자서太史公自序에 있는 사마천司馬遷의 아버지 사마담司馬談의「논육가요지論六家要旨」가 최초가 아닌가 한다.

"道家使人精神專一, 動合無形, 瞻足萬物. 其爲術也, 因陰陽之大順, 采儒墨之善, 撮名法之要, 與時遷移, 應物變化, 立俗施事, 無所不宜, 指約而易操, 事少而功多."

(도가는 사람의 정신을 전일하게 하며 움직임은 무형과 합치되며 만물을 풍족하게 하니 그것이 그 술이다. 음양의 대순을 근거로 유가 묵가의 장점을 채록하고 명가와 법가의 요체를 모아 때에 맞추어 움직이며 사물의 변화에 순응하고 시사에 맞추어 풍속을 세워 마땅치 않음이 없도록 하여 그 가리키는 바가 간단하고 행동이 쉬우니 일은 적고 공은 많게 된다.)

그리고 한대漢代에 이르러 『한서漢書』예문지藝文志 제자략諸子略 중에 도가에 대하여는 이렇게 설명하고 있다.

"道家者流, 蓋出於史官. 歷記成敗存亡禍福古今之道, 然後知秉要執本, 淸虛以自守, 卑弱以自持. 此君人南面之術也. 合於堯之克攘, 易之嗛嗛, 一嗛而四益. 此其所長也. 及放者爲之, 則欲絶去禮學, 兼棄仁義, 曰獨任淸虛, 可以爲治."

(도가의 흐름은 대개 사관에서 나왔다. 역대로 성패와 존망, 화복, 고금의 도를 기록한 연후에 중요한 근본만을 쥐고 청허하게 하여 스스로를 지키고 낮추고 약한 것으로써 자신을 지탱하니 이는 임금된 자의 통치술이다. 요임

금의 천하 양보와 합치고 주역 겸괘와 같으니 한번 겸손히 하여 네 가지 이익을 얻게 된다. 이것이 그 장점이다. 그러나 방종한 자가 이에 휩쓸리며 예학을 끊어 버리고 인의를 포기하면서 그저 홀로 청허함을 지키면 다스릴 수 있다고 떠들게 된다.)

그 뒤 한대에는 황로술黃老術이라 하여 민간과 학술계에 음양오행설陰陽五行說과 함께 극성을 부려 참위설讖緯說을 낳았고, 위진魏晉 때에는 삼현학三玄學: 周易, 老子, 莊子을 중심으로 현학玄學의 심오한 풍조를 보이면서 불교의 영향까지 합하여 종교(도교, 선교)의 경지로 옮아가기 시작하였다.

그러다가 당대唐代에 이르러 종교로서의 '도교'로 자리를 잡아 천보天寶 연간에 『노자老子』를 『도덕경道德經』으로, 장자莊子, 莊周를 '남화진인南華眞人'으로 하고 『장자莊子』책 역시 『남화진경南華眞經』(天寶 元年, 742년)으로, 그리고 『열자列子』를 『충허지덕진경沖虛至德眞經』(역시 742년)이라 하여 도교 경전經典으로 격상시키면서 도교 경전에 대한 연구와 집성이 활발하게 전개되었다.

물론 위진魏晉 시대에는 지괴志怪, 신괴神怪 소설을 형태로 기록을 남겼으며 이를 지금은 문학의 입장에서 연구하기도 한다. 특히 선계仙界와 신괴 기록의 한 형태로서 이어온 맥락으로 보면 『열선전列仙傳』(漢, 劉向), 『한무내전漢武內傳』(漢, 班固), 『동명기洞冥記』(漢, 郭憲), 『신이경神異經』(漢, 東方朔), 『해내십주기海內十洲記』(漢, 東方朔), 『목천자전穆天子傳』(晉, 郭璞), 『습유기拾遺記』(晉, 王嘉), 『술이기述異記』(梁, 任昉), 『수신기搜神記』(晉, 干寶), 『후수신기後搜神記』(晉, 陶潛), 『박물지博物志』(晉, 張華), 『한무고사漢武故事』, 『신선감우전神仙感遇傳』,

『속선전續仙傳』(唐 沈汾), 『용성집성록墉城集仙錄』, 『동선전洞仙傳』 등이 대표적이다.

그러나 이들은 도가류 『음부경陰符經』(漢, 張良 주), 『관윤자關尹子』(周, 尹喜), 『도덕경道德經』(老子), 『남화진경南華眞經』(莊子), 『충허지덕진경冲虛至德眞經』(列子), 『포박자抱朴子』(晉, 葛洪), 『항창자亢倉子』(周 庚桑楚), 『현진자玄眞子』(唐, 張志和), 『천은자天隱子』(唐, 司馬承禎), 『무능자無能子』, 『태식경胎息經』, 『지유자至游子』 등으로 그 연결고리를 형성하고 있으며, 중국 도교 연구에 아주 귀중한 자료가 되고 있다. 특히 같은 계열의 『속선전續仙傳』에는 신라인新羅人 '김가기金可記'의 기록도 들어 있어 흥미를 더해주고 있다.

다음으로 『신선전』에 대하여 살펴보자.

『神仙傳』晉, 葛洪(撰), 「四庫全書」子部 14 道家類

『신선전』은 동진東晋 갈홍葛洪이『포박자』내편內篇을 완성한 후 신선들에 대한 기록을 모아 편찬한 10권의 지괴소설志怪小說이며 신마소설神魔小說인 동시에 도교 경전 중 전기류傳記類에 해당한다. 갈홍의 자서自序에 의하면 제자 등승滕升이 신선의 유무에 대한 문제를 질문하자, 진秦나라 대부大夫 완창阮倉의 신선 기록에 수백 명을 싣고 있고, 한漢나라 유향劉向이『열선전』을 지어 71명을 기록하고 있으나 이는 천 명 중 1명도 안 될千不得一 정도이며 게다가 너무 간략하여 이들의 기록을 갖추어야 할 것이라 여겨 이 책을 저술한다고 하였다. 그리고 유향의『열선전』에 비해 좀더 많은 양을 실었다고 하였다. 실제 이 책에서 다룬 84명 중에『열선전』과 중복되는 인물은 '용성공容成公'과 '팽조彭祖' 두 사람뿐이며 나머지는 갈홍이 직접 수록하여 새롭게 보이는 신선들이다.

이『신선전』은 「광한위총서廣漢魏叢書」본과 「모진毛晉간본」, 「용위비서본龍威秘書本」, 「도장본道藏本」, 「설부본說郛本」, 「사고전서본四庫全書本」, 「사고전서『운급칠첨雲及七籤』본」이 있으며,『태평광기太平廣記』인전引傳『신선전』등의 기록이 전하고 있다. 각기 그 수록 내용과 문자의 이동이 있으며 그 중 「모진본」과 「사고본」을 우선 저본으로 삼아 연구가 진행되고 있다.

청淸 기윤紀昀의 「사고전서제요四庫全書提要」에는 지금 전하는『신선전』에 원본이라 하였다. 그러나 양숙梁肅의 「신선전론神仙傳論」과 당대唐代『신선전』에는 190명이나 실려 있다. 현존『신선전』은 「사고본」의 기록이 우선 대강을 갖춘 것으로 여기고 있으나 이는 바로 송대宋代 이방李昉의 『태평광기』와 명대明代 하당何鏜이 집록한 「한위총서」, 그리고 같은 명대 도종의陶宗儀의 『설부說郛』 등에 인용된 『신선전』을 다시 집록하여 이루어진 집일본輯佚本인 셈이다. 따라서 집록 과정에서 원본과 다르게 착오를 일으켰을 가능성은 배제할 수가 없다. 실제 『태평광기』에서 출전을 『신선전』이라 표시한 사람들 중에 공안국孔安國, 소선공蘇仙公, 성선공成仙公, 곽박郭璞, 윤사尹思, 태진부인太眞夫人, 마고麻姑, 이상재李常在 등은 지금의 「사고본」 『신선전』에는 따로 장이 실려 있지 않아 의문으로 남는다. 그리고 왕원王遠과 채경蔡經을 하나의 장으로 묶었으나 『운급칠첨』본에는 둘을 나누어 놓고 있으며, 장도릉張道陵과 회남왕淮南王, 劉安의 기록도 상이하여 역시 원본과의 차이를 가정할 수 있다.

若士者古之仙人也莫知其姓名然人盧敖者以春時

　　　　若士

我獨存焉

間遊無極之野與日月齊光與天地為常人其盡死而

吾道者上為皇失吾處其下為土乎將去汝入無窮之

為敗我守其一而處其和故千二百年而未嘗衰老得

靜必清無勞爾形無搖爾精乃可長生慎內閉外多知

至道之精杳杳冥冥無視無聽抱神以靜形將自正必

　　欽定四庫全書　　　　　　　　雲笈七籤　卷一百九

居三月復往見之膝行而前再拜請問治身之道答曰

族而雨未不待黃而落奚足以語至道哉黃帝退而閒

而造焉曰敢問至道之要廣成子曰爾治天下雲不待

廣成子者古之仙人也居崆峒之山石室之中黃帝聞

　　神仙傳

　　　廣成子

欽定四庫全書

雲笈七籤卷一百九

　　　　宋　　張君房　撰

『雲及七籤』 宋, 張君房(撰), 「四庫全書」 子部 14 道家類 『神仙傳』
(『神仙傳』 중 21명만을 추려 싣고 있다.)

좌우간 이들 84명(「광한위총서」에는 92명, 『도장정화록道藏精華錄』권 9에는 94명)은 각기 연단복약煉丹服藥, 은형변화隱形變化, 장생불로長生 不老, 백일승천白日昇天 등 온갖 상상력이 동원된 인간 한계 극복의 극치를 보여주고 있지만 실제 완전히 허구요 미신이라고 치부하기에 는 인간 세계의 또 다른 모습을 제시하고 있다는 면에서 흥미와 가치 를 더해 주고 있다. 특히 도교나 선교의 세계에서 꿈꾸는 이상 세계를 실제 상황으로 연출하고 보여주고 있어 매우 높은 종교의 한 형태요 민간 풍속과 토속 신앙의 한 부류를 적시하여 보여주는 것이라 여기 는 편이 합당하리라 본다.

따라서 당시 위진 지괴소설이나 도교 신선의 특색을 아주 잘 반영 한 작품 중의 하나인 동시에 당시 사회 풍조와 문화기층, 인간 내면의 희구와 열망을 극도의 별개 세상으로 설정한 뛰어난 창조물이라 할 수 있다.

게다가 이들 신선, 방사, 도술, 이인의 내용은 다시 송대에 이르러 『태평광기』에는 신선(神仙: 55권, 1~55), 여선(女仙: 15권, 56~70), 도 술(道術: 5권, 71~75), 방사(方士: 5권, 76~80), 이인(異人: 6권, 81~86) 등으로 전체 5백 권 중에 86권이나 차지하고 있다. 그런가 하면 『예문 유취藝文類聚』에도 관련된 곳마다 이들 신선 방사의 이야기를 근거로 제시하여 전재하고 있으며, 『태평어람太平御覽』 역시 두부(道部: 659~679)에는 이들 도가道家의 진인眞人, 천선天仙, 지선地仙, 시해尸解, 검해劍解, 도사道士, 재계齋戒, 양생養生, 복이服餌, 선경仙經, 이소理所, 용물用物, 전수傳授 등을 고루 싣고 있으며 산천 지명 명물마다 관련된 기록을 폭넓게 전재하고 있다.

이것이 명대에 이르러 유명한 『채근담菜根譚』의 저자인 홍응명洪

應明, 洪自誠이 『선불기종仙佛奇蹤』이라 하여, 신선과 불교 명인들의 이야기를 모아 집록하였고, 청대「사고전서」에는 따로『신선전』과 『운급칠첨』에도 싣고 있으며 그밖에 도가류에는 이에 관련된 서적을 모두 모아 일관된 분류로 정리하였다.

　그런가 하면 북송北宋 정화(政和: 1111~1117) 연간에 이미『만수도장萬壽道藏』이 이루어졌고 금金, 원元을 거치면서 명대에 이르러서는 『정통도장正統道藏』과『만력속도장萬曆續道藏』등 5천 권의 방대한 도교류 경전의 집대성이 이룩되게 된 것이다.

　끝으로 이 책은「사고본」의『신선전』을 저본으로 하되『운급칠첨』본과『태평광기』,『수신기』,『열선전』,『박물지』,『예문유취』,『선불기종』등의 관련기록을 대조하여 역주하였으며, 용어와 각주는 『운급칠첨』과『중국방술대사전中國方術大辭典』등을 참고하였고, 백화본『신선전금역』도 아주 귀중한 자료가 되었음을 밝힌다.

II. 갈홍(葛洪: 283~363)

　이『신선전』의 저자(편자) 갈홍은 동진東晉 때 도교학자道教學者로 자는 치천稚川이며 호는 포박자抱朴子이다. 단양丹陽 구용句容: 지금의 江蘇省 출신으로 장병도위將兵都尉, 복파장군伏波將軍 등을 지냈으며 진진 원제元帝: 司馬睿에 의해 관내후關內侯에 봉해지기도 했으나 그는 끝내 나부산羅浮山에 은거하여 연단煉丹과 저술著述로 생을 마쳤다.

　그는 조부 갈현葛玄: 葛仙公, 본책 066 참조의 영향을 받아 신선술神仙術과 초기 도교에 깊은 관심을 가졌으며 이로 인해 유명한『포박자抱朴

子』내편內篇 20권, 외편外篇 50권,『신선전』10권,『금궤방약金匱藥方』
100권,『주후구졸방肘後救卒方』3권,『비송시부碑頌詩賦』10권 등 불후
의 저작을 남겼다. 그 중『포박자』는 도가학설의 총체로서 지금까지
도 그 영향이 널리 미치고 있다.『진서晉書』권72 및『구가구진서九家
舊晉書』집본輯本에 전傳이 있다. 이를 전재하면 다음과 같다.

『晉書』권72(列傳 42) 葛洪傳

葛洪字稚川, 丹楊句容人也. 祖系, 吳大鴻臚. 父悌, 吳平後入晉,
爲邵陵太守. 洪少好學, 家貧, 躬自伐薪以貿紙筆, 夜輒寫書誦習, 遂
以儒學知名. 性寡欲, 無所愛翫, 不知棊局幾道, 摴蒱齒名. 爲人木
訥, 不好榮利, 閉門却掃, 未嘗交游. 於餘杭山見何幼道・郭文舉, 目
擊而已, 各無所言. 時或尋書問義, 不遠數千里崎嶇冒涉, 期於必得,
遂究覽典籍, 尤好神仙導養之法. 從祖玄, 吳時學道得仙, 號葛仙公,
以其鍊丹祕術授弟子鄭隱. 洪就隱學, 悉得其法焉. 後師事南海太
守上黨鮑玄. 玄亦內學, 逆占將來, 見洪深重之, 以女妻洪. 洪傳玄
業, 兼綜練醫術, 凡所著撰, 皆精覈是非, 而才章富贍.

太安中, 石冰作亂, 吳興太守顧祕爲義軍都督, 與周玘等起兵討
之, 祕檄洪爲將兵都尉, 攻冰別率, 破之, 遷伏波將軍. 冰平, 洪不論
功賞, 徑至洛陽, 欲搜求異書以廣其學.

洪見天下已亂, 欲避地南土, 乃參廣州刺史嵇含軍事. 及含遇害,
遂停南土多年, 征鎮檄命一無所就. 後還鄉里, 禮辟皆不赴. 元帝爲
丞相, 辟爲掾. 以平賊功, 賜爵關內侯. 咸和初, 司徒導召補州主簿,
轉司徒掾, 遷諮議參軍. 干寶深相親友, 薦洪才堪國史, 選爲散騎常

侍, 領大著作, 洪固辭不就. 以年老, 欲鍊丹以祈遐壽, 聞交阯出丹, 求爲句屚令. 帝以洪資高, 不許. 洪曰:「非欲爲榮, 以有丹耳.」帝從之. 洪遂將子姪俱行. 至廣州, 刺史鄧嶽留不聽去, 洪乃止羅浮山煉丹. 嶽表補東官太守, 又辭不就. 嶽乃以洪兄子望爲記室參軍. 在山積年, 優游閑養, 著述不輟. 其自序曰:

「洪體乏進趣之才, 偶好無爲之業. 假令奮翅則能陵厲玄霄, 騁足則能追風躡景, 猶欲戢勁翮於鷦鷯之群, 藏逸迹於跛驢之伍, 豈況大塊稟我以尋常之短羽, 造化假我以至駑之蹇足? 自卜者審, 不能者止, 又豈敢力蒼蠅而慕沖天之擧, 策跛鱉而追飛兎之軌; 飾嫫母之篤陋, 求媒陽之美談; 推沙礫之賤質, 索千金於和肆哉! 夫憔僥之步而企及夸父之蹤, 近才所以躓礙也; 要離之羸而强赴扛鼎之勢, 秦人所以斷筋也. 是以望絕於榮華之途, 而志安乎窮圮之域; 藜藿有八珍之甘, 蓬蓽有藻梲之樂也. 故權貴之家, 雖咫尺弗從也; 知道之士, 雖艱遠必造也. 考覽奇書, 旣不少矣, 率多隱語, 難可卒解, 自非至精不能尋究, 自非篤勤不能悉見也.

道士弘博洽聞者寡, 而意斷妄說者衆. 至於是有好事者, 欲有所修爲, 倉卒不知所從, 而意之所疑又無足諮. 今爲此書, 粗擧長生之理. 其至妙者不得宣之於翰墨, 蓋粗言較略以示一隅, 冀悱憤之徒省之可以思過半矣. 豈謂闇塞必能窮微暢遠乎! 聊論其所先覺者耳. 世儒徒知服膺周孔, 莫信神仙之書, 不但大而笑之, 又將謗毁眞正. 故予所著子言黃白之事, 名曰『內篇』, 其餘駮難通釋, 名曰『外篇』, 大凡內外一百一十六篇. 雖不足藏諸名山, 且欲緘之金匱, 以示識者.」

自號抱朴子, 因以名書. 其餘所著碑誄詩賦百卷, 移檄章表三十卷, 神仙・良吏・隱逸・集異等傳各十卷, 又抄五經・史・漢・百家之言・方技雜事三百一十卷,『金匱藥方』一百卷,『肘後要急方』四卷.

洪博聞深洽, 江左絕倫. 著述篇章富於班馬, 又精辯玄賾, 析理入微. 後忽與嶽疏云:「當遠行尋師, 剋期便發.」嶽得疏, 狼狽往別. 而洪坐至日中, 兀然若睡而卒, 嶽至, 遂不及見. 時年八十一. 視其顏色如生, 體亦柔軟, 舉尸入棺, 甚輕, 如空衣, 世以爲尸解得仙云.

史臣曰: 稚川束髮從師, 老而忘倦. 紬奇冊府, 總百代之遺編; 紀化仙都, 窮九丹之祕術. 謝浮榮而捐雜藝, 賤尺寶而貴分陰, 游德棲眞, 超然事外. 全生之道, 其最優乎! 贊曰: 稚川優洽, 貧而樂道. 載範斯文, 永傳洪藻.

Ⅲ. 「四庫全書提要」四庫全書 子部『神仙傳』提要
─ 清 紀昀

臣等謹按神仙傳十卷, 晉葛洪撰. 是書據洪自序, 蓋于抱朴子內篇旣成之後, 因其弟子滕升問仙人有無而作. 所錄凡八十四人. 序稱秦大夫阮倉所記凡數百人, 劉向所撰又七十一人. 今復抄集古之仙者. 見于仙經・服食方・百家之書. 先師所說耆儒所論以爲十卷. 又稱劉向所述, 殊甚簡略, 而自謂此傳有愈于向. 今考其書, 惟容成公・彭祖二條, 與列仙傳重出, 餘皆補向所未載. 其中如黃帝之見廣成子・盧敖之遇若士, 皆莊周之寓言, 不過鴻濛雲將之類. 未嘗實有其人. 淮南王劉安謀反自殺, 李少君病死, 具載史記・漢書, 亦實無登仙之事. 洪一概登載, 未免付會. 至謂許由·巢父, 服箕山石流黃丹, 今在中岳中山, 若二人, 晉時尙存. 洪目睹而記之者, 尤爲虛誕然. 後漢書方術傳載壺公·薊子訓·劉根·左慈·甘始·封君達諸人, 已多與此書相符, 疑其亦據舊文不盡僞撰. 又流傳旣久, 遂爲故. 實歷代詞人轉相沿用, 不必一一核其眞僞也.

諸家著錄皆作十卷, 與今本合, 惟隋書經籍志, 稱爲葛洪列仙傳, 其名獨異, 考新舊唐書, 並作葛洪神仙傳, 知今本隋志, 殆承上列仙傳讚之文, 偶然誤刊, 非書有二名也. 此本爲毛晉所刊, 考裴松之蜀志先主傳注引李意期一條, 吳志士爕傳注引董奉一條, 吳範·劉惇·趙達傳注引介象一條, 倂稱葛洪所述, 近爲惑衆其書, 文頗行世. 故撮擧數事載之篇末, 是徵引此書, 以三國志注爲最古. 然悉與此本相合, 知爲原帙漢魏叢書別載一本, 其文大略相同, 而所載凡九十二人. 核其篇第, 蓋從太平廣記所引, 鈔合而成. 廣記標題間有舛誤, 亦有與他書複見, 卽不引神仙傳者. 故其本頗有訛漏, 卽如盧敖·若士一條, 李善注文選江淹別賦·鮑照升天行, 凡兩引之俱稱葛洪神仙傳, 如此本合, 因太平廣記未引此條. 漢魏叢書本, 遂不載之, 足以證其非完本矣. 乾隆四十一年(1776)十月 恭校上. 總纂官臣紀昀, 臣陸錫熊, 臣孫士毅. 總校官 臣陸費墀.

1. 『神仙傳』晉, 葛洪(撰),「四庫全書」子部 14 道家類

2. 『雲及七籤』宋, 張君房(撰),「四庫全書」子部 14 道家類『神仙傳』

3. 『列仙傳』漢, 劉向(撰),「四庫全書」子部 14 道家類

4. 『續仙傳』唐, 沈汾(撰),「四庫全書」子部 14 道家類

5. 『高士傳』晉, 皇甫謐(撰),「四庫全書」史部 7 傳記類 3, 總錄之屬

6. 『拾遺記』晉, 王嘉(撰),「四庫全書」子部 12 小說家類 2, 異聞之屬

7. 『穆天子傳』晉, 郭璞(註),「四庫全書」子部 12 小說家類 2, 異聞之屬

8. 『神異經』漢, 東方朔(撰)「四庫全書」子部 12 小說家類 2, 異聞之屬

9. 『海內十洲記』「四庫全書」子部 12 小說家類 2, 異聞之屬

10. 『漢武故事』「四庫全書」子部 12 小說家類 2, 異聞之屬

11. 『漢武內傳』漢, 班固(撰),「四庫全書」子部 12 小說家類 2, 異聞之屬

12. 『洞冥記』漢, 郭憲(撰),「四庫全書」子部 12 小說家類 2, 異聞之屬

13. 『神仙感遇傳』「四庫全書」子部 14 道家類『雲及七籤』

14. 『洞仙傳』「四庫全書」子部 14 道家類『雲及七籤』

15. 『墉城集仙錄』「四庫全書」子部 14 道家類『雲及七籤』

16. 『列仙傳今譯・神仙傳今譯』(합본) 邱鶴亭(주역), 中國社會科學出
    版社, 北京 1996

17. 『仙佛奇蹤』(印本) 明, 洪應明, 廣文書局, 臺灣 臺北, 1983
18. 『中國方術大辭典』陳永正(主編), 中山大學出版社, 廣東 廣州, 1991
19. 『晉書』葛洪傳, 『搜神記』, 『博物志』, 『藝文類聚』, 『太平廣記』, 『太平御覽』, 『史記』, 『漢書』, 『後漢書』, 『三國志』, 『晉書』, 『莊子』, 『抱朴子』, 『論衡』, 『淮南子』, 『列子』, 『法苑珠林』

기타 공구서 등 관련 문헌은 생략함.